ANITA

Flávio Aguiar

ANITA
romance

EDITORIAL

Copyright © by Flávio Aguiar 1999, 2010

capa
Ivana Jinkings (criação) e Flávio Garotti (arte-final)
sobre quadro de pintor desconhecido, fotografado do livro
La vita di Giuseppe Garibaldi, de Gustavo Sacerdote, por Kiko Ferrite.
Ilustração de 4ª capa de Ivan Wasth Rodrigues (*Atlas Histórico Escolar*, MEC).

assistência editorial
Ana Lotufo

revisão
Marie Nakagawa
Mouzar Benedito
Priscila Ursula dos Santos

diagramação
PS Comunicações

produção gráfica
Paula Pires
Sirlei Augusta Chaves

CIP-BRASIL. CATALOGAÇÃO-NA-FONTE
SINDICATO NACIONAL DOS EDITORES DE LIVROS, RJ.

A229a
2. ed

Aguiar, Flávio, 1947-
    Anita : romance / Flávio Aguiar. - 2.ed. - São Paulo : Boitempo, 2010.

    Inclui bibliografia
    ISBN 978-85-7559-165-9

    1. Garibaldi, Anita, 1821-1849 - Ficção. 2. Garibaldi, Giuseppe, 1807-1882 - Ficção. 3. Romance brasileiro. I. Título.

10-4938.
CDD: 869.93
CDU: 821.134.3(81)-3

1ª edição: setembro de 1999
1ª reimpressão: outubro de 2001
2ª edição: outubro de 2010

É vedada, nos termos da lei, a reprodução de qualquer parte deste livro sem a expressa autorização da editora.

Este livro atende às normas do novo acordo ortográfico.

BOITEMPO EDITORIAL
Jinkings Editores Associados Ltda.
Rua Pereira Leite, 373
05442-000 São Paulo-SP
Tel.: (11) 3875 7285
Fax: (11) 3875 7250
E-mail: editor@boitempo.com
Site: www.boitempo.com

"Tudo passa sobre a Terra."
José de Alencar
Iracema

"There are periods in human history when money is not enough."
CLR James
The Black Jacobins

Para minhas filhas Renata, Maria e Tânia

Em memória do Padre Valter Seidl

SUMÁRIO

Prólogo.. 9
Parte I – N'Dry.. 11
Parte II – Djamene.. 25
Parte III – O Índio Vago.. 37
Parte IV – O Sargento Charrua............................. 47
Parte V – O Anu.. 67
Parte VI – O Abismo... 97
Parte VII – A Generosa e a Salobra...................... 127
Parte VIII – Geneviève.. 171
Parte IX – Goguette.. 255
Parte X – Guadelupe... 291
Epílogo... 327
Agradecimentos e referências............................... 331

PRÓLOGO

No ano de 1848 o corsário italiano Giuseppe Garibaldi e sua mulher, a brasileira Anita, deixaram as Américas e foram para a Europa com seus três filhos. Partiram em datas diferentes de Montevidéu, no Uruguai. Com eles iam também remanescentes da Legião Italiana, que Garibaldi comandara na luta de resistência contra o caudilho Rosas, de Buenos Aires, e seus simpatizantes na Banda Oriental (nome como muitos, na época, ainda se referiam ao Uruguai). Durante cinco anos, Montevidéu estivera cercada e sob assédio das forças de Rosas e seus aliados. Antes disso, Garibaldi lutara ao lado dos republicanos rio-grandenses, contra o Império do Brasil. Então conhecera Ana Ribeiro, que se tornou Anita Garibaldi. Naquele ano de 1848 Garibaldi voltava à Europa para lutar pela unificação da Itália, de onde estivera exilado por quase quinze anos, por suas convicções políticas e seu envolvimento com os membros da sociedade revolucionária conhecida como Jovem Itália.

Na Legião Italiana não havia só italianos. Havia também sul-americanos entre os que seguiram para a Europa. E dois não eram brancos. Um era o negro Andrés, ou André, Aguiar, ou Aguyar, dito "o mouro de Garibaldi". Sua origem e destino foram bastante explorados pela historiografia. O outro era chamado por Garibaldi de "o mulato Costa", "*il mulatto* Costa", em italiano. Dele, até aqui, pouco se soube, exceto que era feroz na luta e sarcástico com o inimigo, segundo depoimento do próprio Garibaldi, que também observou, em seus escritos, que via seu subalterno como uma espécie de desajustado, uma dessas pessoas que a sociedade cria e depois rejeita.

Este livro trata da vida deste Costa, cujo primeiro nome era, ou foi, durante algum tempo, José. O livro trata ainda, entre muitas outras coisas, de suas relações com Anita Garibaldi, não só enquanto ela vivia, mas também depois de sua morte. A origem desta história está num manuscrito que o próprio Costa deixou junto com seu testamento. O manuscrito foi propositadamente destruído. Mas a pessoa que o destruiu arrependeu-se e refez a história, num outro manuscrito, que depois também foi refeito. Por um desses entrelaçamentos de amizades e descendências familiares, tive em mãos a última cópia dessa história. Com mais pesquisas, algumas nada fáceis, cheguei a este resultado: o testemunho de como a vida e a morte de uma mulher podem ajudar a mudar completamente o destino de um homem, mesmo que nenhum deles suspeitasse ou talvez sequer desejasse algumas dessas mudanças e suas consequências. O texto que se segue, portanto, é uma reescrita, de memória, a partir do texto que li.

Flávio Aguiar

I

N'DRY

CAPÍTULO 1

Nossa história começa em alguma década de meados do século IV depois de Cristo. Nessa época a nova religião acendia almas e erguia mosteiros em pleno deserto egípcio. Penitentes e monges misteriosos viviam em cavernas e entre os animais; buscavam corpos que punir e almas que salvar. Pecadores e pecadoras convertiam-se; homens santos e mulheres santas por vezes nadavam na luxúria e no pecado, para depois se converterem de novo.

Uma das conversas foi Taís, a pecadora, a atriz e cortesã de Alexandria. Nascida de família rude, tivera por mestre um escravo núbio e cristão, africano negro muito dedicado à sua menina. Com ele aprendera princípios básicos da religião de Cristo. Mas, crescendo, afastara-se dos ensinamentos; a brutalidade dos pais levou-a ao caminho da perdição, e Taís teve uma vida intensa, prazerosa e mundana. Seus pretendentes matavam-se diante de sua porta na disputa por seus favores e ardores.

Um dia bateu à porta da impudente um monge do deserto chamado Pafnúcio. Tanto ele lhe falou e a admoestou, tanto ela o tentou com seus encantos e ele resistiu à força do pecado, que essa situação acabou por lhe reacender n'alma aqueles ensinamentos esquecidos, e a imagem mesma do velho e doce núbio que a ensinara. Taís voltou-se novamente para Cristo; queimou em frente à casa todos os seus bens, todas as suas roupas de escândalo; deu as joias e o dinheiro que tinha aos pobres e foi viver numa gruta, no pátio de um convento. Lá punia suas carnes, orava, comia pão e água. Por vezes os monges ouviam seus gritos lancinantes, e tinham conhecimento de que era a força agonizante do demônio vencido e devorado pelo ardor da fé. Quando morreu, Taís já vivia em ardor e odor de santidade, e todos reconheceram que sua alma devia repousar à mão direita do Senhor.

Quem lia, relia e treslia essa legenda de Santa Taís, segurando o livro em suas mãos de dedos longos e palmas rosadas, era a menina, quase mulher, N'Dry, de origem fula. Tinha a pele negra e os olhos mais ainda, de grande brilho para ler. Estava num acampamento improvisado à beira do Rio Níger, perto da cidade de Timbuctu, ou Tombuctu, no coração da África, lá pelos anos de 1800 e pouco. A vida de Santa Taís lhe viera às mãos numa rica cópia com ilustrações, em papel pergaminho, manuscrita, embora com caracteres tão fáceis de ler que pareciam impressos. As ilustrações lembravam essas antigas iluminuras dos livros medievais, feitas nos conventos de frades copistas beneditinos. O livro tratava da vida de vários santos e santas, conforme a tradição de muitos livros cristãos.

Foi isso que ela contou muitos anos mais tarde ao filho que teve, e que é o nosso personagem. Quando contou, ele já tinha idade para lembrar. E tanto lembrou, que escreveu. Por este relato, vê-se que Costa tinha ideias muito pessoais sobre a escrita para a época em que escreveu. É que ele não era um romancista, nem mesmo um memorialista. Escreveu memórias para que apenas uma pessoa as lesse, e as destruísse. Quanto ao destino, discutir se era possível mudá-lo, ou não, era uma de suas obsessões. E escreveu também que de todas as histórias que ouvira ou lera achava essa, a de Santa Taís, a mais bela.

Descreveu duas ilustrações do livro. A primeira recordava o tempo do aprendizado dela com o escravo núbio. Estavam ambos frente a frente, ela de túnica branca e ele de vermelha. Entre ambos, seguro por uma mão do escravo e a outra de Taís, se interpunha o Livro Sagrado das Escrituras. Como nas ilustrações antigas, a fala do escravo saía-lhe da boca sob a forma de uma fita e depois de enroscar-se no livro entrava pela orelha da menina. Havia um fundo azul, uma terra árida e uma palmeira solitária.

A segunda ilustração se referia ao momento da morte de Taís. Ela estava deitada diante da gruta em que vivera depois da conversão, de túnica rosada. À sua frente, Pafnúcio, ajoelhado, com outros monges por detrás. Entre ambos, uma figura do Cristo, que sustinha as mãos de ambos. Era o Cristo unindo os destinos de homem e mulher na santidade, do ser humano e da igreja, da terra e do céu. O curioso é que o olhar de Taís e de Pafnúcio não se dirigiam para o alto, mas estavam embevecidos um com o outro: eram amantes na palavra eterna. Pelo menos esta era a explicação que dera à jovem N'Dry o autor do livro e das iluminuras, um estranho que chegara àquelas paragens precedido por sua fama, explicação que ela repetiria mais tarde, bem mais tarde, ao nosso Costa, seu filho.

CAPÍTULO 2

Na verdade, ela presumia que aquele estranho homem fosse o autor do livro apenas porque ele lhe dissera isso; ela nunca o vira pintar, mas um estranho elo de confiança os unira desde sempre. Ele era um padre francês, chamado Jean Vaugirard, descendente de uma família de médias posses do sul da França. Enquanto esse país vivia as consequências da Revolução iniciada em 1789, num contínuo de marchas revolucionárias, rolar de cabeças na guilhotina, debates acalorados na Assembleia Nacional e tentativas de restauração dos poderes monárquicos e da aristocracia, o padre Vaugirard decidiu, com alguns companheiros de batina, a ir-se em África, para uma nova cruzada, dessa vez puramente espiritual. Seria uma cruzada para a restauração do acendrado espírito do primeiro cristianismo, pois o padre Vaugirard estava entre aqueles que pensavam serem os cataclismos sociais e políticos que se sucediam consequências do afastamento de Cristo por parte da Igreja. Este espírito era o do deserto, do antigo Egito, dos monges coptas. E lá se foi, e lá se foram, munidos da Bíblia, de exemplares de livros das vidas de santos, nas várias versões, rosários, comendo o que encontrassem, jejuando, fazendo penitências, impondo bênçãos a santuários esquecidos pelos séculos dos séculos e cobertos pela poeira de todos os tempos. Antecederam as tropas de Napoleão, herdeiro imperial da grande convulsão francesa do século XVIII, que lá foi disputar a supremacia nas areias com os britânicos.

A empresa deu em nada, como previa ou amaldiçoava o senso comum. Foram os padres recebidos com hostilidade, ou indiferença; quando muito, curiosidade. Os tempos eram outros, e agitados; as massas que pensavam atrair com sacrifício, exemplo e palavras de fé, ou estavam assustadas com as promessas de invasão que pairavam no ar, ou estavam sequiosas por outras palavras que prometessem pão, mel e paraíso nesta terra, não no outro mundo. A expedição caiu como gota d'água no deserto.

Os padres se dispersaram. Uns morreram de febre; outros enlouqueceram. Uns poucos foram resgatados mais tarde por tropas do próprio Napoleão. Um outro só foi encontrado décadas depois em Tânger, desmemoriado, faxineiro do mercado, e só reconhecido pelo cônsul francês porque este era seu primo distante e sabia da expedição. De rosto, era outro, tão envelhecido que estava. Mas tinha rosários e trastes em sua enxerga que lembravam um passado que ele esquecera. Convertera-se ao islamismo, e morreu no navio que o levava de volta à pátria mãe.

Outros nunca foram encontrados. Entre eles, o padre Vaugirard, que viu, primeiro, seu nome reduzido a padre Jean. Aparentemente ele internou-se pelo rumo do Nilo, para dentro. Descambou para o interior ao mesmo tempo em que começou a se vestir como os antigos monges que admirava: alpercatas de couro cru, camisolões enormes, cajado à mão. Deve ter padecido de febre, de fome, e uma cicatriz que tinha na altura do olho esquerdo testemunhava alguma violência. Levava sempre um alforje com as comidas que encontrava e os livros da empreitada, entre eles o que daria a N'Dry, e que era o seu favorito.

Nos devaneios pelos desertos e florestas não perdeu completamente a memória, como seu confrade achado em Tânger. Ela só se recolheu. De vez em quando, de tempos em tempos, depois de vários anos, vinha-lhe à mente de fato um nome – Jean Vaugirard, que ele reconhecia vagamente como seu. Pelo menos era o que N'Dry contaria mais tarde a seu filho. Ele lembrava-se disso quando ela lhe mostrava o livro e seu nome, Jean Vaugirard, na capa.

Em todo caso, quem chegou àquelas paragens do Níger foi um homem bizarro, alto, magro, mas não esquelético, nem destituído de beleza, embora maltratado pelos caminhos e pelo tempo. Respondia pelo nome de Pa D'Jan, tinha fama de ser um homem de poderes, de uma religião estranha. Foi ficando; ninguém o levou a sério, mas também não o hostilizaram. Falava línguas, inclusive as do lugar.

Ali havia uma espécie de feira-acampamento. Bem próximo ao grande rio, era uma espécie de ponto de parada que antecedia a chegada a Timbuctu. Muitos viajantes, comerciantes, pastores, beduínos do deserto, detinham-se por ali, e uma florescente população mais ou menos estável recebia-os para negócios e divertimentos.

Pa D'Jan não só foi ficando como tirando seus livros do alforje. Não atraiu muita gente. Algumas crianças desocupadas, um ou outro velho curioso e quase cego, o bobo do lugar. E N'Dry. Foi sua discípula mais assídua, e começou a aprender a ler aqueles estranhos caracteres dos livros de Pa D'Jan e sua língua. Assim o filho guardou o que ela contava, muitos anos mais tarde, em outro continente, e ele escreveria que assim aprendeu a amar histórias.

CAPÍTULO 3

Como N'Dry fora lá ter, era assunto para outro livro. Tinha algo como dezesseis anos e se dizia fula. Vinha do Golfo da Guiné. Era a quarta esposa de Da'Djié, de uma das aldeias nas savanas ao norte do Golfo. Da'Djié, servo, mas próspero e prepotente, encontrara um problema intransponível em sua vida. Era o tratador dos animais de seu amo, senhor este de vasta região. Um e outro eram temidos. O senhor gostava de criar crocodilos, e não raro seus inimigos iam parar no seu fosso e de lá não saíam; quem os servia aos animais era Da'Djié, que com isso, embora servo, ganhara altas recompensas. O problema é que seu amo morrera, e dizia a tradição que o servo mais querido deveria acompanhá-lo no além-túmulo. Da'Djié não teve dúvidas: dizia a tradição também que se o servo não estivesse à vista no dia do funeral teria de pagar a seu amo na outra vida, e ninguém tinha nada que interferir nem persegui-lo por isso. Da'Djié reuniu o quanto pôde do que tinha, mais as esposas, e tocou-se pelo caminho para longe da costa, indo parar naquele acampamento. Tinha consigo peças de marfim, jade, ébano, bronze, e até de ouro, que as mulheres carregavam. Este pequeno capital em bens permitiu-lhe se estabelecer numa tenda, como era o costume local, e começar a comerciar cabras, camelos, peles, couros e armas, além de pôr as mulheres a cozinhar para os viajantes. Inventivo e inovador, ele abriu um dos primeiros restaurantes do deserto.

N'Dry era a quarta mulher, e lhe cabiam sempre as tarefas mais degradantes, além do marido mais cansado. Em compensação, recebia as primeiras pancadas. Talvez por isso mesmo ela tenha se encantado tanto com as histórias de Pa D'Jan. O desprezo de que padecia também a favoreceu: desde que os serviços estivessem feitos, ninguém se importava muito com ela. Tinha assim algum tempo de sobra para dedicar-se àquele mundo novo que começava a desbravar. Os serviços só se multiplicavam mesmo quando chegavam as grandes caravanas do deserto trazendo sal para negociar em Timbuctu; fora isso, ela tinha lá seu tempo para dedicar-se às leituras e embevecer-se com as palavras do recém-chegado, já não tão recém assim.

    Que a terá levado a buscar nos braços de Pa D'Jan a paz de que necessitava? Que o terá levado a buscar nos braços dela a saciedade de uma fonte que deveria estar afogada? Vá se saber. O fato é que um dia ela serviu-lhe à beira do rio solene o vinho da palmeira, e ele a fecundou. A rigor, nem se sabe se era de noite, ou se foi de dia. Terão sido as leituras?

    Que ela era bonita, não há dúvidas. Tinha cabelos que guardava apresilhados, e sobrancelhas negras que encimavam um nariz longo e lábios a que não faltava uma ponta de soberba. Parece também que, pelo que ela contou mais tarde a seu filho, ele talvez não fosse o único rebento daquele homem estranho. Em todo caso, ela o amou como nunca mais amou ninguém. Isso mudou-lhe o destino, e deu-lhe um novo mundo. E ela frisava para o filho: outro destino, outro mundo.

CAPÍTULO 4

Pa D'Jan se foi como chegou: andando. Adivinharia o que o ventre de N'Dry agora escondia? Quem sabe? Mas deixou-lhe o livro, e a nova língua que aprendera. Não só isso: deixou-lhe a escrita, coisa que nenhuma das outras mulheres por ali conhecia, nem muitos homens. Ela fez-se mais altiva do que era, e a inveja em seu redor cresceu. Chegou a um ponto insuportável. Da'Djié recorreu então a um expediente comum que aprendera por ali. Sem saber ainda que ela estava grávida, senão teria aumentado o preço, vendeu-a a um tuaregue que ia para Timbuctu. Ela ficou apreensiva com seu novo destino, mas aliviada; não suportava mais aquele homem prepotente e suas mulheres orgulhosas, que via agora como ignorantes e idiotas. Foi-se com o tuaregue, que deixou em troca algumas dezenas de camelos e possuiu-a naquela mesma noite. Isso poderia fazê-lo o pai do Costa que nos interessa; mas N'Dry negou veementemente ao filho quando lhe contou a sua história.

Seu dono – A'Kar – não era mau. Tratou-a bem. Só queria que os serviços estivessem bem-feitos. O estado de suas coisas – entre elas o de uma escrava – era sinal de seu próprio estado. A vida, portanto, não piorou para N'Dry. Até melhorou em alguns aspectos. A partir do momento em que se manifestou a gravidez, A'Kar não mais a importunou: era tabu. Só quis saber se o filho era seu: ela disse que não. E percebeu, com isso, que ele queria vendê-la; se o filho fosse dele, mesmo sendo de uma escrava, ele não o venderia. Ou venderia somente a mãe. A ideia apertou-lhe o coração.

Se o dono não era mau, a situação era má. Timbuctu, antes uma cidade florescente, o esplendor do coração da África, estava em decadência. As casas, outrora brancas e reluzentes ao sol, agora estavam na maioria ocres, maltratadas pela pobreza e pelos ventos carregados de areia fina que sopravam do norte. O comércio penava, as escolas estavam desertas, as ruas ficavam escuras à noite, ao contrário de antes, vinte anos antes, quando tudo brilhava. Eram as guerras constantes que produziam esse estado de pobreza; guerras agravadas pela presença cada vez mais intensa dos negreiros em busca de escravos. Vinham de todos os lados, lutavam entre si pelos despojos humanos das aldeias atacadas, provocavam partidas, caravanas, recrutamentos, e a ideia do enriquecimento fácil atraía e desviava os jovens. Nações de longe, dizia-se, lucravam muito com aquele negócio. Imensas somas de dinheiro e de ouro estavam envolvidas nesse comércio de gente: as oportunidades cresciam em torno dele, mas desanimavam outros tipos de trabalho. Buscar negros tornara-se uma obsessão geral entre os povos das tendas do deserto, mesmo entre negros, que buscavam outros negros para encaminhá-los à costa e vendê-los ao povo dos navios. Fazia tempo que as coisas estavam assim, ricas e empobrecidas ao mesmo tempo.

A'Kar encarava tudo isso com tristeza e ceticismo, mas de modo realista. Quanto à escrava, estava disposto a vendê-la, e à criança, para ter algum lucro com seu investimento. Mas era magnânimo em seus pensamentos altivos. Esperaria a criança nascer, e crescer um pouco. E venderia a mãe e a criança juntos, para evitar as separações dolorosas. Era realista, mas não se julgava capaz de crueldades. Suas tendas ficavam sediadas perto da cidade; dali ele partia constantemente, em busca de negócios e de produtos que trazia do norte.

Afinal nasceu a criança, forte, de boa saúde, para a alegria de todos: mãe, proprietário, suas esposas, seus filhos. Até os cães ladraram. Era um menino. A'Kar gostou, valia mais, passou a tratar ambos com mais esmero. O menino cresceu esperto, ágil e atento. Para ela, ele, embora escravo, tinha um espírito de chefe. Por isso passou a chamá-lo de Sundiata, nome de um antigo chefe de seu povo fula. Para os outros, em torno, ele ficou sendo Assudan, que queria dizer mais ou menos "o africano estranho", isto é, de outra gente. Pois ele era moreno, mas nem tanto; tinha o rosto ossudo e afilado, que era o de seu pai; e tinha cabelos anelados. Como o pai – a mãe não esquecia – naquela noite do vinho da palmeira, ele gostava de ficar brincando com os brincos dourados que ela portava sempre. E em seu caderno ele anotou: "Ela me dizia, ao me contar esses detalhes – 'És Sundiata, rei do meu povo em outras terras, muito além'."

CAPÍTULO 5

N'Dry e seu filho trocaram de dono duas vezes em Timbuctu. Assim que o menino se pôs a caminhar, A'Kar trocou-a com o árabe Saliman por um rico serviço de prata, que ia de arreios de cavalo a baixelas de mesa. Saliman morava na cidade, numa casa que já fora próspera. Era vendedor de panos e tapetes, e esses negócios iam mal devido às guerras e apresamentos de escravos. N'Dry passou a temer por ela e pelo filho, que fossem vendidos e enviados para longe. Para proteger-se, converteu-se ao Islã e passou a chamar seu filho, em público, de 'Umar, que fora o nome do pai de Saliman. Mas este ia ficando cada vez mais pobre, a casa dava cada vez mais trabalho, suas mulheres eram cada vez mais exigentes. Um dia o bom Saliman morreu; seu irmão, que o invejava e que ficou à testa do clã, ainda instigado pelas mulheres, considerou que uma negra que se dizia convertida à palavra do Profeta e cujo filho usava o nome do venerando patriarca da família era um insulto. O expediente que protegera N'Dry durante algum tempo agora se voltava contra ela. Foi vendida então – com o filho – a um comerciante de escravos que partia para a costa do Atlântico. Dessa vez pagaram por ela peças de ouro, em moedas.

A viagem para o oeste, pelas terras áridas, foi terrível, para mãe e menino. Ela descobriu que sua condição mudara: não era mais escrava de um senhor, mas uma peça entre outras, e veio-lhe à mente a ideia de que algum Deus, em algum lugar, fosse de que religião fosse, a amaldiçoara. Dessa viagem ficou também a primeira lembrança de 'Umar, ex-Assudan, ainda Sundiata para sua mãe. Essa lembrança era dele apenso por uns panos à anca de N'Dry, levado pelo seu balanço em meio a um ruído de patas enormes.

Em um mês estavam na costa, e embarcaram num navio para as Américas, jogados com um monte de outros negros num porão podre e fétido. Mas algum dos deuses que a amaldiçoaram devia ter retirado a maldição, pensou N'Dry, pois, mal saiu o navio ao largo, foi abordado por duas fragatas inglesas, que caçavam negreiros, apresavam as cargas e as devolviam para o continente, a uma cidade especialmente fundada para esse fim chamada Freetown, em Serra Leoa. Não fazia muito, o governo inglês – é verdade que também pressionado por sociedades humanitárias – chegara à conclusão de que a melhor maneira de enfraquecer seus rivais ou aliados, como França, Espanha e Portugal, era atingi-los no comércio de escravos. Sobretudo esse era o caso da França: a Assembleia Nacional revolucionária abolira a escravidão nas colônias. Mas Napoleão, cônsul e imperador, ao mesmo tempo em que espraiava a revolução burguesa pela Europa, tramava o restabelecimento da escravidão no Caribe, principalmente na outrora próspera São Domingos, agora nas mãos dos negros revoltados, que proclamaram a independência e chamaram seu país de Haiti. Para enfraquecer Napoleão e os demais concorrentes, as fragatas de Sua Majestade Britânica puseram-se a perseguir quantos negreiros entrassem sob as vistas de seus longos óculos de alcance.

Ao ver-se no navio inglês para onde foi transportada, N'Dry pela primeira vez usou deliberadamente seus encantos de mulher. E encontrou a quem seduzir. Não queria voltar para o continente; temia que tudo acontecesse de novo. Queria um outro destino, e tinha coragem para isso: aprendera. O seduzido foi o intérprete e guia – sabedor dos caminhos dos negreiros, pois já fora um –, um luso de origem, versado em línguas da terra e outras, como o francês, bem pago pelo que fazia. Estava de partida para as Américas, onde tinha negócios, isto é, bordéis que administrava ou só abastecia com mão de ferro e luva de pelica, e para os quais levava mercadoria sempre que possível. A disciplina dos ingleses era estrita; não houve suborno, não havia suborno. Simplesmente o senhor Tarquínio dos Santos – esse era o ao mesmo tempo seduzido e interessado pelos dotes de N'Dry – presenteava de quando em quando a oficialidade com régias partidas de vinho do Porto, aguardente e rum das ilhas, charutos e outras comodidades, e eles faziam vista grossa diante de alguma africana que sumisse antes dos registros serem feitos. Foi o caso.

E deu-se assim que Tarquínio dos Santos, também conhecido como o Velho, foi quem trouxe a linda jovem e seu menino para as terras da América. N'Dry, além de atraente, era letrada, aprendia rápido, em pouco tempo falava o português, e o Velho gostava de uma prosa saborosa, além de outros sabores e especiarias amorosas. No navio mesmo que os trazia fez batizar ambos, a moça e o menino. Tanto e tão rápido se afeiçoara, que deu ao menino o seu nome: Tarquínio. E deu a ela o nome de Maria das Dores, que logo se tornou Dasdor. Entre um favor e outro ao Velho, Dasdor encontrava sempre tempo, na viagem, para ler para o menino o livro que trazia, que lhe fora dado por Pa D'Jan. E ele deliciava-se nas gravuras, e mergulhava nas línguas que ela lhe falava. O Velho descobrira algum prazer oculto no leito com ela; não a deixou em nenhum lugar pelo caminho. Ao contrário, trouxe-a diretamente para seu bordel pessoal, com o menino, na próspera cidade do Recife, naquela época parte do Reino Unido de Portugal, Brasil e Algarves. Ali chegado, o menino, já grandinho, tinha tudo para bem se abrasileirar: era moreno, mas não demais; falava um pouco de português e até algumas coisas em francês. E era filho de padre.

II

DJAMENE

CAPÍTULO 6

Todos os domingos Dasdor depunha sua beleza nas ruas do Recife. Usava véus de rendas trabalhadas em formas estelares, sobre o crespo dos cabelos, que mantinha sempre envoltos em rendilhas negras, e bastos. Andava de cabeça erguida, como num desafio, e ia com o filho pela mão, mesmo depois dele estar crescido. Usava vestidos largos e blusas fofas, claras ou escuras. Num e noutro caso o moreno queimado da pele ressaltava, junto com o decote que deixava entrever o risco dos seios opulentos, cobertos com uma mantilha quando conveniente ou necessário, a cintura bem moldada, o passo lento e algo de majestoso. Tinha uma leve preferência pela cor azul, que talvez lhe tenha ficado da convivência antiga com os tuaregues. Os vestidos dessa cor distribuíam reflexos azulados pela pele escura. O que ninguém sabia era que aquela tintura azul passava um pouco para a sua pele, e aquelas tonalidades de céu claro em pele noturna faziam a loucura de Tarquínio, o Velho.

Parecia nobre, a mãe do seu querido Sundiata, que não era mais Sundiata, mas Tarquínio, ou Quinho, simplesmente. Anos mais tarde, nas suas anotações, ele lembraria que, entre as coisas que marcaram os seus tempos de jovem no Recife, estavam o passo de rainha de sua mãe e as botas de Tarquínio, o Velho. Das botas, ele se lembrava bem. Alguns anos depois de chegados ao Recife, o Velho morreu, e foi enterrado com elas, deixando uma pequena fortuna em negócios para Dasdor. A cidade prosperava, era promissora, a Família Real se estabelecera no Rio de Janeiro e abrira todos os portos à navegação mundial, quer dizer, aos navios ingleses. O Velho não era bem-visto pelos negreiros locais, que conheciam suas atividades com os ingleses, mas o protegiam. Desafiar os súditos de Sua Majestade Britânica não era para qualquer um. De mais a mais, os negócios do Velho traziam lá suas vantagens para os senhores da terra, pois volta e meia ele viajava ao Caribe ou à África e sempre vinha com uma ou outra novidade, quer dizer, algumas mulheres novas e bem cuidadas.

Na cidade o Velho tinha dois negócios, um rendoso, fachada do outro, mais rendoso ainda. O primeiro era composto de duas partes, um restaurante e um hotel, chamados ambos "do Reino", na rua do Trapiche, no bairro que, no Recife, é dito o do Recife, onde a cidade nasceu. Davam de frente para o mar, as fachadas eram sóbrias, as janelas altas e as portas de madeira de lei inspiravam respeito e confiança. Ali pousavam viajantes ingleses, franceses, portugueses do Reino, senhores dos engenhos do interior, compradores e vendedores de algodão ou açúcar, de panos, vinhos, utensílios, cristais, ou ainda homens de governo e administradores: a elite do lugar. A casa do restaurante servia também de moradia para o Velho, Dasdor e seu filho. Comia-se no térreo, cozinhava-se no segundo andar, nos fundos, e eles moravam no terceiro, na frente. Nos fundos do terceiro andar havia outra cozinha. Na frente do segundo andar, um escritório. Era ali, na verdade, que se agenciavam as atividades para o outro negócio, quer dizer, o bordel, que, em contraposição ao Hotel do Reino, era chamado de Casa da Terra, embora nenhuma tabuleta marcasse o local. Ficava numa rua mais distante, dita do Encantamento, por ter fama de mal-assombrada. Dizia-se que aquelas vizinhanças haviam sido frequentadas por damas que tinham casos com padres, e elas, agora almas penadas, vinham em busca de seus amados, e como não os encontravam perseguiam quem passasse em horas mortas.

Tarquínio, o Velho, imperava no respeitável hotel e no restaurante. No bordel imperava Dasdor, logo Dona Dasdor e depois simplesmente a Senhora. Já se viu que Dasdor se impusera ao Velho por seus encantos e traquejos. Mas havia mais. O Velho era perdulário? Dasdor poupava. O Velho era esquecido, perdoava, era generoso? Ela não: lembrava de tudo, não perdoava nada, fazia-se de má. E assim fizera a fama de que se algo lhe acontecesse haveria uma devastação nas reputações de não poucas famílias no Recife. Isso a protegeu quando o Velho veio a falecer, vítima de um ataque súbito depois de um opíparo jantar. Os negócios continuaram sob a mão de ferro de Dasdor, a Senhora, que sabia também conseguir suas proteções e mantinha próximos alguns escravos de má fama, corpulentos e prontos para qualquer coisa.

Ao andar pelas ruas, no domingo, Dasdor não se descuidava da religião. Ia à missa muito cedo, para não despertar escândalos. Ademais, os padres faziam vista grossa à sua condição; uns por crença, pois naquele meio havia padres mais liberais que a maioria de todos os liberais; outros por temor de que ela revelasse as suas escapadelas; outros ainda por ambas as coisas. Depois, ela se detinha nos nichos e capelinhas construídas nas cabeceiras das pontes que interligavam os bairros por sobre os canais do rio Capibaribe e do Beberibe.

E assim ela passeava, soberba e majestosa, com o filho; ex-escrava, agora dona de escravos, Senhora da Casa da Terra, de triste fama para uns, de alegre reputação para outros.

CAPÍTULO 7

Anos mais tarde, o jovem Quinho, já então chamado Costa, contou muitas coisas de sua infância e crescimento no Recife a Anita quando a conheceu. A começar pelo livro da vida dos santos e santas, que ele ainda tinha em mãos, e cuja história deliciou a então jovem companheira e depois esposa de Garibaldi. Já faltavam muitas páginas, outras estavam descoradas, pois ele se molhara um pouco num naufrágio, mas ainda estava legível, graças a um estojo de couro, que funcionava também como capa, e que Dasdor mandara fazer. Foi nele que Anita, muitos anos depois, começaria a aprender a ler.

Falou também de um amigo que tivera, dito afilhado de um frade. Este frade era chamado por todos de Caneca, mas ele preferia falar dele por seus outros sobrenomes: Frei do Amor Divino. Esse frei tinha três reconhecidas afilhadas, que era um modo de designar quem descendia de quem não devia ter descendentes. Às vezes usava-se até a expressão "afilhado ou afilhada de minha carne". Esse afilhado, chamado José, era menos conhecido e mais retraído. Com ele, Quinho corria os bairros e as praias do Recife. A cidade crescia para além de suas pontes, sobretudo para os lados do bairro de Santo Antônio. Ali se estabeleciam mamelucos e mulatos, sempre muito novidadeiros, desfilando com suas mucamas de sombrinhas e sapatos luzidios. Aos domingos, depois do passeio com a mãe, ele e o companheiro subiam os rios para espiar as moças que costumavam nadar nuas nas águas calmas. Ficavam na margem esperando entrever as bundas reluzentes que afloravam no espadano do bater de pés, ou os seios florescentes, brancos ou morenos, ou queimados. Isso, naturalmente, ele não contou a Anita. Mas falou-lhe de quando iam buscar água na represa, dos lados de Olinda. A água escorria pelas aberturas feitas no muro, e os negros iam de canoa encher os enormes potes que traziam para a cidade. Dali iam à ponta da praia, que servia de cemitério para os negros. Dizia-se que à noite ouviam-se gemidos e o arrastar de correntes. Mas eles preferiam ir lá a chegar perto do mercado de escravos, onde viam negros miseráveis, alguns acorrentados, atirados ao sol ou à sombra, de carapinha suja e dedos escalavrados.

Quinho Costa disse a Anita que a primeira pessoa a lhe falar contra a escravidão fora aquele frei, o do Amor Divino. Lembrava ainda duas coisas muito vivas daquele padre, que fora fuzilado anos depois: o olhar negro, brilhante, firme, com o abraço cheio de ternura que ele lhe dera num dia de Natal. E que o frei lia para ele o misterioso livro de seu pai, fazendo-o mergulhar num mundo de sonhos e outras línguas.

Desse tempo, disse a ela, só tinha uma lembrança ruim, muito ruim. De um dia em que fora com os negros buscar água. O Velho ainda vivia. Estava quente, muito quente. Ele tirou a camisa, e esqueceu-a numa das pedras junto da represa. Ao voltar, a mãe passou-lhe uma descompostura. Bater, ela nunca lhe bateu, mas sabia ser dura como ninguém.

– Não ande sem camisa, parece um negro fugido.

O Velho aprovou:

– Negro é que anda de costa nua pra apanhar.

Costa nunca esqueceu daquele mau pedaço do menino Quinho. A palavra "negro" ficou nele como ferro em brasa na pele.

CAPÍTULO 8

Quinho Costa disse à Anita que deixara mesmo de ser criança quando seu querido Frei do Amor Divino foi morto pelas tropas do imperador D. Pedro I e seu corpo jogado na porta de um convento. Recife era uma cidade cheia de revoltas e agitações. A da Independência lhe levara o Velho. Ele, o Velho, não era bem-visto pelos patriotas, nem pelos exaltados, nem pelos moderados. Os exaltados não gostavam dele por suas ligações a seu ver excessivas com os ingleses. Os moderados também não gostavam, e pela mesma razão. Temiam que os ingleses, querendo valorizar as próprias plantações de açúcar e algodão no Caribe e alhures, investissem mais contra a escravidão para enfraquecer as plantações de outras terras, e eles assim se vissem privados do rendoso negócio do tráfico e dos braços da negrada africana na lavoura. Além de, naturalmente, se virem então privados dos braços das inúmeras negrinhas, mucamas, mulatas, pardas e pardavascas que faziam os seus prazeres mais prazerosos. Por isso não gostavam de quem se aproximasse demais dos ingleses. Num dos dias que se seguiram àquele setembro da Independência, o Velho se atracou numa discussão acalorada com um dos patriotas moderados. Naquela manhã ele se levantara de mau humor, com uma estranha dor no peito, e almoçara mal (naquele tempo se almoçava às 10 da manhã, se jantava às 4 da tarde e à noite comia-se uma ceia). À tarde foi à forra, num abusão de azeite e vinhos. Depois, sentindo-se pesado, foi dar uma caminhada para espairecer. Na ponte de Santo Antônio ele encontrou o adversário político e desafeto, e a discussão começou. Lá pelo terceiro insulto o Velho começou a tossir e a sentir-se mal. A tosse deu em falta de ar e ele caiu, primeiro de joelhos, depois por completo no chão. O rival mesmo pediu por socorro. Uns negros levaram-no, de liteira, até o hotel. Não adiantou nada. No dia seguinte foi enterrado com pompa e circunstância, em meio a desfiles de tropas que chegavam à cidade devido às agitações crescentes.

Com a presença das tropas, o frei teve de fugir. Depois voltara, mas envolvera-se em novas conspirações, e acabou novamente preso. Foi degradado em praça pública, quando outros padres arrancaram-lhe da roupa os ornamentos de sacerdote. Depois, teve de ser fuzilado por um pelotão da tropa, porque nenhum negro quis enforcá-lo, e enforcadores só havia negros. Costa dizia não se lembrar muito bem dos motivos, pois era menino ainda, mas tinha a ver tanto com a contestação do poder absoluto do imperador quanto com a ideia de proclamar uma República, coisa que, além de desagradar os monarquistas, pusera temerosos os patriotas moderados, sempre preocupados em não perder os seus escravos. Além do frei, o menino Quinho perdeu seu amigo, o José, afilhado do frei, que sumiu. Um negrinho lhe disse que ele fugira para o interior. Outro, que ele fora levado um dia para o quartel e não saíra mais. O que aconteceu de fato ele nunca soube ao certo.

Com os novos tempos, depois de chorar demais a perda do seu Velho, Dasdor procurou novos caminhos e novas ligações. Especializou-se. Vendeu o restaurante, que veio a ser o Café Inglês, e vendeu o hotel. Foi morar na rua do Encantamento. Perdeu a fachada, tornou-se apenas a dona do bordel. Para compensar a perda, buscou, pelos serviços, os favores de quanta autoridade havia. A Independência trouxera novas autoridades, ciosas de usar seus novos poderes e de estender seus agora mais amplos favores, e de usar suas novas prerrogativas em todos os espaços, inclusive os da cama. Por algum tempo a união de interesses e favores foi feliz. Assim o ouvidor, o juiz de fora, o diretor da Fazenda Pública, o inspetor da Alfândega, o procurador e até um régio professor, todos estenderam seu manto protetor sobre a dadivosa Dasdor, a Senhora da Casa da Terra.

As coisas não foram tão bem para Quinho. Sem seu grande amigo, motivo agora de chacota aberta pelos demais rapazolas da vizinhança, tornou-se brigão e violento. Arrebentou uns quantos narizes e dentes e também levou umas porradas e safanões. Aprendeu a brigar contra muitos, tornando-se ágil e matreiro. Cresceu. E amou de verdade pela primeira vez, o que foi motivo de ventura e desgraça.

CAPÍTULO 9

Dasdor achava que para os novos tempos juízes, professores, advogados eram bons, mas não eram suficientes. Os novos tempos traziam o soar das botas e das patas de cavalo. Foi atrás de alguém mais forte, alguém alto na polícia. Encontrou: era o major Carlos Jesus Bucéfalo Gonçalves, dito o Cabugá. O mais fácil nele era explicar o nome de Bucéfalo: seu pai era admirador de Alexandre, o Grande, e botou no filho o nome do cavalo do imperador macedônio. De mais a mais, o Cabugá comportava-se como convinha a seu nome: era um cavalo. Mandão, briguento, mau, costumava pisar com as botas os pés descalços dos prisioneiros, assim, olhando firme nos olhos, e se o coitado reclamasse lá vinha pancada na orelha. O Cabugá não quis apenas proteger o bordel. Quis adonar-se dele. Dasdor passou até a apanhar de vez em quando. Enquanto isso, o ódio do Quinho por aquele intruso foi aumentando e crescendo surdo.

O pomo da discórdia, a gota d'água, foi uma negrinha chamada Djamene, vinda da África numa das últimas expedições do Velho. Djamene era morena escura, atraente, cheia de redondos, com mãos de palmas rosadas, que tinham carícias doces e prolongadas. Era bonita de rosto, tinha seios de bico violeta e as suas ancas pareciam as dos anjinhos nus das igrejas barrocas.

Dasdor nunca deixara que qualquer uma das mulheres do bordel se aproximasse de Quinho. Mas agora ele era crescido. Ele mesmo se alçou e um dia levou-a à barranca do rio que conhecia tão bem. E lá ela se abriu para ele e se fechou sobre ele. E ele levou-a várias vezes àquela barranca, sem que a mãe soubesse. Mas quem primeiro descobriu tudo foi o Cabugá, por um escravo espia seu. Ao invés de contar a Dasdor, o que provocaria a expulsão "da putinha", quis aproveitar-se dela.

Um dia Quinho surpreendeu Cabugá entrando no bordel, arrastando Djamene pelo braço. A mãe lhe proibia a entrada ali. Mas dessa vez ele foi e empurrou o negro da entrada. Ao abrir a porta deu com Cabugá no vestíbulo, meio bêbado, com uma ponta da camisa fora das calças, arrastando a pequena mulher para a escada que ia dar nos quartos. Quinho chegou-se e pôs a mão no braço do policial. Este se voltou, de olhos vermelhos e com a boca em bafo de fogo, e gritou:

— Tira tua mão de mim, negro filho da puta, senão eu arrebento a ti, essa aqui e ainda a puta da tua mãe!

Foi a conta. Quinho levava na cinta, por detrás, uma faca de ponta e dois gumes, presente que ficara do seu amigo José. Antes que qualquer um deles percebesse o que estava acontecendo, ele a enfiou no pescoço do Cabugá, que caiu aos gorgolejos e ainda bateu com a cabeça no degrau. Djamene gritou, Dasdor veio correndo, mandou que todos permanecessem em cima e o negro da porta do lado de fora. Quando tudo serenou, Cabugá estava morto e o sangue, muito, coalhava pelo chão.

Naquela noite, várias coisas aconteceram. Na madrugada, o chão do vestíbulo brilhava de limpo. Dasdor fechara o bordel, alegando que um rico estrangeiro comprara a noite, e mandara seus negros espalhar a notícia. Mais tarde quatro negros fortes levaram um baú até uma canoa, que deslizou serena até depois dos arrecifes e voltou mais leve. Depois disso, Dasdor tivera uma conversa com seu filho.

— Eles vão desconfiar. Vão acabar sabendo. Vai haver silvo de chicote e lanho em carne. Cabugá era homem de muito poder, e um poder chegado a ferros, calabouços, torturas e chacinas. Ouvi dizer que muita gente desapareceu por aqui. Contra nós duvido que alguém faça algo além de nos incomodar um tanto. Confio nos meus protetores, no senhor do Engenho de São Damião, que fará correr dinheiro por mim. Mas tu, meu filho, não estarás seguro. Farão te acontecer algo ruim no meio da noite. Tens de partir, meu filho, e já.

Quinho escutava. Ao referir esses fatos a Anita, ele diria que sentia como se um punho sangrento lhe batesse no peito. Que nunca mais perdera essa sensação cada vez que ocorria de alguém insultá-lo de "negro", ou de falar na mãe, ou outra coisa parecida. Nessas horas, ele não via mais nada. Nas batalhas em que esteve, era diferente: punha-se frio e calculista. Mas não nesses confrontos de insultos, olho no olho. Ele via coisa de dentes sem boca e um olho só, enorme, pronto para um estouro de patas.

Antes do amanhecer Quinho tomou de alforjes, mudas de roupa e saiu mundo afora. Um negro foi acompanhá-lo, e saíram ambos a cavalo, para o interior. A mãe lhe dissera:

— Vai para o engenho do coronel Natalício, o São Damião. Ele te protegerá. O negro sabe, ele mesmo é do coronel, que cuidou de mim uma vez em que precisei, antes desse infeliz do Cabugá. Vai, meu filho, vai, antes que...

Ele cortou-lhe a fala:

— Mãe, proteja Djamene. Prometa, minha mãe. É tudo que eu peço.

Ela tremeu. De raiva talvez.
— Ela vai para longe daqui. É melhor. E agora vai.
— Adeus, minha mãe.

Ele inclinou-se e beijou-lhe a mão. Os cavalos vararam a noite, num trote marchador. Ele levava um aperto, o de não se despedir de Djamene. E levava consigo também o livro e a faca de dois gumes.

# III

O ÍNDIO VAGO

CAPÍTULO 10

Havia outrora nas campanhas do sul um tipo especial de homens chamados de *monarcas*. Era gente rude, sem paradeiro fixo, criada de brida solta, que andava pelos campos e pelas estâncias às vezes fazendo um serviço, às vezes cantando e jogando, envolta numa aura de violência. Esses homens não se ligavam a mulheres, nem terra ou patrão. Eram tidos como donos do seu nariz, e de pouco mais: o cavalo, a guitarra, os arreios, as armas, que andavam sempre armados, umas mudas de roupa, quando muito um brinco ou argola de ouro e aperos de prata para o cavalo. Eram na maioria analfabetos. Tanto que o povo dizia: *moço monarca não se assina, risca a marca.*

Na hierarquia da cerca, da propriedade e do trabalho, que começava a tomar conta daqueles campos, antes terras d'el rei, isto é, de ninguém, um pouco acima do monarca estava o peão. Era homem de trabalho, ligado a uma estância e a seu proprietário, às lides campeiras. Nem por isso perdiam contato com violências, que eram de outro tipo. Ligados a um estancieiro, faziam parte de seu exército particular, e por ele podiam ser chamados a intervir nas disputas políticas ou nas guerras de fronteira, pois praticamente todos os grandes proprietários daquela região tinham alguma patente militar. Se os peões estavam acima dos monarcas na hierarquia da ordem e do trabalho, não os excediam na fama, embora quando a peonada ia se divertir também pudessem ocorrer refregas, mortes, retalhos de faca e tiroteios à solta por conta deles mesmos, isto é, não pelas disputas ou causas de seus patrões.

Já um pouco abaixo do monarca, mas mais terrível ainda em fama, estava o chamado *índio vago*. Este havia cruzado a linha divisória da ordem, e estava definitivamente do outro lado. Era o bandoleiro, o fugitivo, às vezes mesmo sem saber mais o porquê. Gente de má fama, esses índios vagos não desapareciam de todo, nem se furtavam a frequentar cavalhadas, fandangos, e iam mesmo assim com um ar de desafio às autoridades. Sua presença quase sempre indicava barulho grosso, impunha medo, arrastava os mistérios de crimes sabidos e falados à boca pequena.

Abaixo de todos esses tipos estava a escravaria. Mas nem tanto: às vezes ela quase se confundia com a peonada, pois era comum, nos tempos de guerra, e eles não eram poucos, verem-se até escravos armados.

O nosso jovem e futuro Costa foi quase uma mistura de tudo, embora, em parte, em outras terras e com outros nomes. Como isso se deu é o tema desta nossa parte, talvez a mais difícil de recompor, pois nas notas futuras que tomou ele pouco escreveu sobre esse período de sua vida, que envolvia o jogo constante com crimes e mortes.

A primeira coisa que lhe aconteceu, depois de deixar o Recife, foi perder o apelido de Quinho, coisa de menino, e ganhar o nome de Tarquínio. Afinal, já matara nada mais nada menos do que o famoso Cabugá, e por mulher; já podia se considerar definitivamente um homem.

Foi até as terras do coronel Natalício, homem de braços abertos e hábitos liberais, a ponto de dar a seu engenho o nome de São Damião, santo do muito agrado dos pretos. O coronel deixou que ele ficasse com os homens do seu serviço, pensando tanto nos favores que devia à senhora como na ideia de que um cabra façanhudo, que liquidara aquele temido policial, ainda lhe seria de alguma serventia para outras coisas. Afinal, suas terras eram ricas em algodão, além de ter cabeças de gado sertão adentro, e ele vivia em rixas com os vizinhos, também cercados de gente façanhuda e temerária.

Nas terras do coronel, Tarquínio aprendeu de fato a usar uma arma, uma não, várias, entre elas a faca. Era taciturno e reservado, evitava misturar-se com os homens. Não gostava daquilo de trocar tiros de vez em quando por questões de gado e cerca, mas afinal o coronel o recebera e ele lhe devia o favor e o dever.

Foi algumas vezes com outros homens de couro e armas – como os sertanejos andavam vestidos e prevenidos – à vila próxima buscar sal e encomendas. Numa dessas idas soubera, por um negro disfarçado de tropeiro que passava por ali, mas que de fato era fugido, que a morte do Cabugá fora descoberta e sabiam que ele fora o autor. Um dos negros que carregara o baú naquela noite confessara tudo, no lanho do chicote e na queima da salmoura, antes de morrer. Sua mãe estava bem: ainda lhe valiam as proteções e a ajuda de ser a dona do melhor bordel da cidade, em que não se tocava. Mas ele, Tarquínio, não podia mais voltar. Ah, isso não podia, disse o negro, porque os amigos do Cabugá não iam esquecer. Até queriam vir buscá-lo. Mas isso não era fácil: o coronel Natalício era homem do governo. Tinham a ideia da tropa vir buscá-lo, porque para enfrentar um homem do governo, só o governo. A ideia nascia e, assim como nascia, morria: o coronel era um homem muito poderoso.

Mas um dia chegou a Tarquínio uma mensagem direta de sua mãe, por um negro que acompanhava um viajante. Dizia para ele fugir. Que tinham desistido da ideia de uma partida de tropa. Que iam mandar um bando de uns poucos homens para tocaiá-lo. E ela sugeria: acompanha o moço viajante, ele vai para o sertão e pode precisar de alguém como tu.

Tarquínio procurou o coronel. Depois do beija-mão e da licença, contou tudo, pediu conselho, mas disse de sua vontade de partir. O coronel respondeu:

– Não carece. Ninguém bole comigo ou com minha gente nesta banda do Capibaribe.

– Sei, senhor coronel. Mas é que vem gente de fora. E quem vem é gente no fundo também ligada à gente do governo, só que de outro tipo. Desculpe dizer isso, senhor coronel, mas são ratos de calabouço, acostumados a matar na sombra. O senhor coronel vai brigar com gente do seu partido, e por minha causa. Não é justo. E não há desdouro em me autorizar a seguir com este moço doutor que veio do estrangeiro estudar as plantas, as árvores e os animais do sertão bravo. Depois, daqui a algum tempo, eu volto.

O coronel se espantou um pouco de ver aquele moço mal saído de cueiros lhe dar lições de política, mas por dentro achou que o aviso tinha tino. E concordou. Mas não se deu por achado.

– Está bem. Umas semanas de viagem, não mais. Enquanto isso, se algum estranho aparecer por aqui, eu cuido dele. Ou deles. Podem vir quantos quiserem. Ninguém vai bulir com gente do coronel Natalício e ficar de graça por aí.

E foi assim que Tarquínio partiu sertão adentro. Ia como homem de armas, com mais uns negros e carregadores, como parte da pequena comitiva do doutor Alexander von Halle, jovem mas já ilustre membro da Sociedade Botânica e da Universidade de Leipzig, na Alemanha.

CAPÍTULO 11

Partiu. Mas não voltou. Simplesmente, a certa altura, perdeu-se da expedição, não sem antes ter certeza de que um dos carregadores era versado em armas. Afinal, não ia deixar o doutor sem proteção. Mas aconselhou o novo homem de armas que não fosse atrás dele. Quando explicou isso a Anita, disse que não sabia muito bem a razão de sua partida. Medo não era. Talvez fosse por curiosidade, ou porque no fundo, no fundo, não gostava de beijar mão de coronel. Seu mestre, o Frei do Amor Divino, não aprovaria, ele sentia por dentro.

De Pernambuco Tarquínio ganhou a Bahia, e seguiu costeando o rio São Francisco, para o sul. Nesse percurso ele de fato descobriu o mundo do boi e do cavalo.

Conhecera até então, na maioria, os cavalos marchadores, de trote rápido, que eram bons, resistentes, mas andavam quase vergados pelo peso dos cavaleiros, embora estes fossem magros como ele, ou pelo peso das sacas de algodão e açúcar que, com os jumentos, levavam para a cidade. Mas no sertão aberto do boi descobriu montarias enormes, acostumadas a perseguir gado em campo aberto, não no meio das galharias ressequidas demais ao norte.

Foi troteando de campo em campo, de fazenda em fazenda, sem se prender a ninguém. Mas não fez isso num dia ou dois, foi indo ao longo da vontade e do tempo, às vezes parando, conhecendo, até que se deu no sul das Minas Gerais, onde, pela primeira vez viu e ouviu as patas do seu cavalo quebrar as escarchas de geada ao amanhecer. Foi quando trocou de vez o gibão de couro pela capa de montaria, forrada de lã, a que mais tarde, mais longe, acrescentaria o poncho e o pala.

De nome já trocara. Ainda no sertão no norte de Minas ficou conhecido como "da Costa", depois o Costa. Não era dali. Para aqueles homens rudes o que não era dali vinha ou do alto sertão, das bandas das nascentes dos rios que desciam das serras de Goiás, ou então "da costa". Ele vinha da costa. E aceitou o novo nome que melhor ocultava seu rastro.

Quem era o Costa? Alguém difícil de definir. Era um cavaleiro solto, que andava sempre de arma em punho, sabia das lides do gado, era taludo, moreno escuro de pele, cabelo preto luzente encaracolado, de bigode pouco e barbicha rala, tudo debaixo de um nariz pontudo que ele tinha sempre alevantado. Era ladino. Sempre levava consigo um ou dois cavalos descansados, prontos para correr. Se lhe perguntavam onde os conseguira, ele dava um sorriso de zomba e não respondia. Um que insistiu saiu lanhado e se aquietou. Mas não eram roubados: ladrão de cavalo não vivia muito naquelas terras. Ele só não gostava que ficassem fazendo muitas perguntas a seu respeito.

Conhecia línguas, tanto as de bugre e negros como as de gente branca. Lia. Tinha sempre um ou dois livros, além de um especial que levava e nunca largava. Era alto, tinha voz fina e afinada. Gostava de cantar e tocar viola, e os lábios finos deixavam sair uma voz viril mas aflautada, que encantava muita moça. Mas ele não se ligava a ninguém. Ia.

Ia tanto pela vontade de ir, que descobrira em si essa coisa de se largar pelo mundo estranho, como que empurrado pelos dobrões de ouro e outras moedas que buscava. Os tropeiros se agitavam cada vez mais para o sul, onde iam buscar em terras ainda mal ocupadas ou em estâncias recém-instaladas os couros das reses, que traziam para os campos de Curitiba, o planalto de São Paulo e as Minas Gerais, onde eram usados para o transporte de erva-mate, ouro e pedras preciosas do interior para o litoral, e daí para a Europa.

Tarquínio, agora Costa, desceu das Minas para Sorocaba, e daí se foi com tropeiros pelos planaltos gerais, ditos Campos de Cima-Serra, entre os pinheirais que lhe lembravam os candelabros de sua mãe, até as campanhas sulinas dos confins do Império.

CAPÍTULO 12

A vida nos campos do sul lhe agradou. Era cheia de gente taciturna e calada como ele, que só palrava nas festas de Igreja, fandangos e cavalhadas. Aí se punham gritões, bebiam, cantavam. Lançavam desafios e bravatas. Aprendeu o castelhano e a se defender do vento, e com isso e o que mais sabia começou a se bastar por ali. Foi rebatizado: uma china, como se dizia das mulheres sem eira nem beira, com quem se acolherou por uns dias, descobriu que seu nome de batismo era Tarquínio. Meio castelhana, meio índia, e sabendo que ele não gostava que o chamassem por esse nome, deu-lhe o apelido de Talco. E foi assim que ele virou o monarca de fama Talco da Costa.

Talco da Costa foi se acostumando com as rudezas da terra, como aquilo de chamar mulheres soltas de chinas, de chinaredo. Já vira outras rudezas em outras terras. Ganhou a Banda Oriental, esteve em Corrientes, que hoje faz parte da Argentina, foi trabalhando em estâncias e jogando truco. Divertia os jogadores com seus ditos. Ao invés do tradicional castelhano do carteado, "A moda de Chacabuco, *envido y truco!*", saía-se com um "à moda de Pernambuco, envido e truco!".

As gentes achavam aquilo engraçado, riam, mas não se incomodavam muito com o fato dele ser de fora. Afinal, ele nunca ficava – andava sempre rodando de um lado para o outro, e não buscava intimidades com ninguém. Vestia-se como os da terra: o pano grosso pelo meio das pernas, dito o chiripá, calças de pano grosseiro, botas, camisa branca, colete de couro e o mais do costume, como as pantalonas brancas de renda nas pontas que faziam o refestelo das moças nas festas domingueiras.

Além do mais, Costa aprendeu uns toques de viola da terra. Por onde fosse, era requestado também para as festas, em que ganhava algumas patacas pelos trabalhos de sua voz, um pouco mais aguda do que o vozeirão grosso comum naquelas terras, e era de muito agrado. Cantou até em festas de padroeiro e recebeu bênção de padre. Foi ela também que o levou a provocar seu primeiro grande estrupício naquelas bandas.

Deu-se o caso numa bodega, nem se sabe exatamente que lado da fronteira era: se para lá, se para cá, naqueles campos ainda soltos, sem cercas, de penosa e quase deserta travessia. Estava por ali um particular de nome Laurindo, que era de dar importância por ser afilhado de não-sei-quem cheio de terras. Já tinha ele um gosto de rixa com o Costa por ter certa vez uma china preferido os carinhos deste às propostas dele, e pegara mais raiva porque a fama do Costa era a de ser bom de pelego e china, e que elas gostavam dele. Cheio de trago, Laurindo pôs-se num triz a provocar o desafeto, e o truz se deu. O Costa estava de cócoras, quieto, depois das cantorias, encostado ao batente da porta, picando fumo e juntando os pedacinhos na palma da mão. O outro se chegou e falou alguma coisa. Ele não respondeu. O Laurindo avançou:

— Estou falando contigo, ô negro filho duma égua e de voz de...

Não terminou o talvez de "china" que ia dizer. Costa sentiu de novo aquele olho de sangue por dentro e de um pulo enterrou a faca na virilha do outro, que nem viu o que se dava: o chapéu de abas largas cobrira o gesto e a lâmina. O sangue esguichou na parede, mas o Costa não se deu por satisfeito. Levantou-se com o outro ainda na ponta da faca e aquilo agora foi sangue e berro para todo o lado pela bodega e a rua. A capangada em redor acorreu, mas antes que o Costa cruzasse a porta um já estava de bucho aberto pataleando pelos cantos e os outros num recuo que lhe deu o tempo de ganhar o lombo do flete e sumir na noite.

O padrinho do Laurindo botou uma partida atrás dele. Mas não o acharam. E foi desse modo, de faca e sangue, que nasceu do monarca o índio vago Talco da Costa, de larga fama, boa voz, arredio e suspirado por muitas mulheres daquelas bandas meio desabridas.

IV

O SARGENTO CHARRUA

CAPÍTULO 13

— Ainda que mal le pergunte, o amigo de donde vem, e para donde vai?
— Por aí.
— Le fiz uma pergunta de bons modos. Gosto de resposta igual.
— Está bem. Respondo igual: o amigo de donde vem, e para donde vai?

O outro sorriu, exibindo os dentes claros e brilhantes, debaixo do bigode preto e basto.

— Por muito menos muita gente já foi ver como Nosso Senhor prepara seu mate, mas hoje não estou de brigas. Le respondo, no más: venho atrás do amigo, e vou atrás do amigo, se me entende. Sei quem é: o índio vago Talco da Costa. E vim le procurar de boa paz. Mas se quer briga, não regateio.

— Que quer de mim? E quem é então?
— Sou o capitão Rodrigo Severo Cambará, do exército da República Rio-grandense, Divisão do general Antônio de Souza Netto.
— Já ouvi falar.
— Bem ou mal?
— Os dois. Mas gostei do que ouvi. Tem fama de largado, leal, valente e de não matar pelas costas.
— Pois é. Agora oiça: estamos numa guerra braba, contra os caramurus do Império. E vai ser das compridas essa guerra. Dizem que isto por aqui vai virar uma república. Não sei. Mas sei que precisamos de gente decidida. E de inteligência. Sei que é índio letrado, o que é muito raro. Eu mesmo mal sei rabiscar alguma coisa, entre elas o meu nome, que comecei a escrever na cara dum patife, lá em Santa Fé, para onde vou. Vou tomar a vila, que está nas mãos dos caramurus, ver minha mulher, tomar um mate e terminar de rabiscar na cara do canalha. A questão é: quer vir conosco?
— Vou indo para outro lado. Para lhe responder, que não gosto de desfeitas, venho aí dos antigos Campos Neutrais e estou indo para o Alegrete.

Campos Neutrais ainda se dizia de terras que, entre o Rio Grande e o Uruguai, tinham ficado como uma faixa de ninguém. Eram bem pouco povoados, e lugar procurado por fugitivos.

— Não digo para vir comigo. Vá até Piratini, procure o major Teixeira Nunes, dito o Gavião. Procure em meu nome. Ele está precisando de alguém peleador, valente, conhecedor dos caminhos e ainda por cima das letras!

Talco mediu o outro, de farda, botões dourados, estrias vermelhas, dragonas douradas. Não era alto o capitão: mas o olhar sereno e firme, o sorriso franco e os gestos largados faziam-no crescer um pouco mais. Gostava dele. Mas não se enxergou muito naquela farda não. Olhou fora: uma partida de soldados e sargentos aguardava o capitão. Pensou naquilo de continências e clarins. Olhou-o nos olhos, e disse:

— Vou pensar.

— Por quê? – disse o capitão. – Quer um duelo?

Talco pôs-se em guarda, alevantando o poncho e pondo a mão na guaiaca que levava à cinta. A faca estava por detrás, presa pelo cinto às suas costas, pronta para saltar da bainha.

— De viola, é claro – acrescentou o capitão, dando uma risada daquelas de acordar querubim no céu, ao mesmo tempo tirava o instrumento de trás do balcão da bodega de beira de caminho onde estavam.

Talco não pôde deixar de rir também. Mas riu do seu jeito: um sorriso meio para dentro, sem o estardalhaço do outro. Mas aceitou o desafio. Tomou de seu instrumento também, que estava encostado no balcão. Mas sabia que ali se media alguma coisa além de cantorias.

Disse o capitão:

— Esteve na Banda Oriental, pois não?

— É.

— Então vamos ver o que sabe.

Talco deu nas cordas:

Cielito, cielo que sí
mi asunto es un poco largo
para algunos será alegre
y pa otros será amargo...

O capitão retrucou, emendando sua viola na melodia do outro:

Los que el yugo sacudieron
y libertad proclamaron
del rey que está tan lejos
lueguito ya se olvidaron...

Talco retomou:

Allá va cielo y más cielo
libertad, muera el tirano
o reconocernos libres
o adiocito y sable en mano...

Veio a resposta:

Mire que grandes trabajos
no apagan nuestros ardores
ni hambres, muertes, miserias
ni águas, frios y calores...

E Talco:

Cielito, los tiranos
son de laya tan fatal
que se ganan, es milagro
y traición, si salen mal...

– Encerremos – disse o capitão. E cantou:

Cielito, cielo que sí
guárdense su chocolate
aquí somos índios puros
y solo tomamos mate...

O capitão se ergueu. Deu a mão ao outro.
– Não leve nada por mal. Pense, se é o que quer. E depois de pensar vá procurar o Gavião, em Piratini. É pegar ou largar.
Talco apertou-lhe a mão. Repetiu:
– Vou pensar.
O capitão sorriu, como só ele sabia. E num gesto largo, sem dizer mais nada, saiu.

CAPÍTULO 14

Talco pediu um trago de canha e ficou, de fato, a pensar. O capitão tinha fama de homem franco e direto. Mas também de ladino, se preciso. Aquilo de dizeres, de duelos de voz e cantoria, tinha uma mensagem. Ou pegava em armas do lado dos republicanos, que precisavam arrebanhar gente para suas fileiras, ou ia se dar mal. Os imperiais jamais o aceitariam, sobretudo porque os cupinchas do Laurindo, que despachara para o mundo das formigas, eram deste lado. Mais dia menos dia, o pegariam. Se não estivesse do outro lado, teria de lutar sozinho no meio duma guerra de todo mundo. Não dava. Podia ir-se para a Banda Oriental, ou mesmo além do Prata. Mas lá, ele sabia, o destino dos de pele mais escura, mesmo meio escura, podia ser mais complicado. Não que no Rio Grande fosse fácil. Mas sempre havia um pouco mais da gente de má cor, ou da cor da má sina, como se dizia... Além do mais, embora de pele bem queimada, seus tratos mais refinados, suas sabedorias de viola e canto continuavam trazendo-lhe sucessos de galpão, bodega, cavalhada e até mesmo em algum salão. Não era desordeiro. Só não gostava que bulissem com ele, ou com sua cor. No mais, era corda de viola, canto e diversão. Mas a inveja tem olho comprido, ele sabia...

E havia as mulheres. Era de muito sucesso com elas. Isso também aumentava invejas. Logo aprendeu a reconhecer a hierarquia daqueles campos meio abertos ainda. Havia as chinas, a chinoca, a prenda e a mulher. Como gostava de estudar as palavras, aprendeu: china era tanto a palavra que a indiada usava para a fêmea de qualquer animal, quanto às pedras que os navios traziam de lastro, quando vinham sem carga. Eram pedras redondas, de rio, e dizia-se que no início vinham de longe, da China. Antes de levarem as cargas a bordo, os marinheiros retiravam as pedras de dentro dos navios e as abandonavam nos portos, ou nas praias. A maioria dos machos daquelas plagas não conhecia isso das pedras. Mas era assim que tratavam suas chinas.

E china era o que não faltava. O que mais havia era bugra, como se dizia, perdida de tribo, de aldeia, ou de antiga missão, a vagar pelos caminhos, à solta, ou pela beira das vilas. Talco — lembrança de sua mãe — aprendera a não desprezar mulher. Tratava-as bem, fossem quem fossem. Dava-lhes presentes, dessem-lhe ou não os seus favores. E assim fizera fama. E ele repetia de si para si, sem medo de ser grosseiro: faça a fama, deite-se na cama... E ria por dentro, do seu jeito quieto. Devia até a sua vida a uma dessas chinas.

Foi na beira da Banda Oriental, num vilarejo, quase um acampamento. Cupinchas do Laurindo tinham-lhe armado uma cilada. Um estava escondido atrás da mureta ao lado da bodega para onde ele ia levando seu cavalo. Outro estava a cavaleiro, escondido num pequeno capãozinho de mato na saída da rua — se é que ali havia uma rua: umas quantas poucas casinhas, algumas de pau a pique, mal alinhadas, umas meio em frente das outras. Basta dizer que a casa mais imponente era a bodega: uma porta e três janelas, tudo baixo.

Pois foi de uma dessas janelas que partiu um grito agudo, meio espanholado:

— Taaalco!

Pelo tom, ele conheceu o perigo. Vendo o da mureta se erguendo, com a garrucha apontada, ele deitou-se de banda ao lado do cavalo, segurando-se nas crinas e com as pernas. A bala passou zunindo, por cima da sela. Tocando o animal, viu que o outro puxava da faca e vinha feito louco. Erguido na sela, já de arma na mão, assestou-lhe uma bala na testa. Do capão saiu o capanga, mas vendo que o companheiro se dera mal, saiu mas foi campo fora, para o outro lado.

Talco teve um regalo de noite com sua salvadora. Mas longe, no campo, que não era bobo de ficar lá. Depois ela pediu-lhe que a levasse para uma outra vila, mais longe, de onde poderia pegar uma carreta para o Salto, na Banda Oriental.

— Não posso mais ficar por aqui — explicou. — Eles me matam.

Ele a levou, e lá a deixou. Foi quando entendeu, de fato, o sentido da palavra china.

CAPÍTULO 15

Mulher era a casada. Prenda, para namorar e dançar no salão. Eram coisas mais finas. Chinoca era a china querida. Depois a palavra foi subindo, até rivalizar com a prenda. China não subiu. Mas Talco – tudo isso lembrava ao sabor daquela canha, no balcão da bodega – tivera uma chinoca. Fora uma negra. E uma negra rara. A maioria das negras eram escravas, e olho de dono é severo, e de ciúmes. Com as chinas não havia esse problema. Elas eram de todo mundo.

Conheceu-a nos Campos de Cima-Serra, em pleno inverno. Não era, fora escrava. O dono morrera naquele planalto brabo e gelado, a família se fora, ela ficara com a mãe, a Velha Inácia, que tinha fama de bruxa e feiticeira. Era magra, magra, de voz fina e seca, e tinha um olho maior que o outro. A fama de feiticeira protegera as duas. Vinha gente de longe consultá-la, e isso lhes garantia alguma coisa para sobreviver: presentes, galinhas, uma ou outra vez até um porco. A velha Inácia fazia trabalhos de sortilégio e curava tudo.

Benedita – esse era o seu nome – era linda. Talco pediu permissão para dormir no galpãozinho perto da casinhola das duas, em troca de um dinheiro, se permitissem. A Velha Inácia olhou-o com seu olho maior e engrolou alguma coisa como "vá, meu filho". Ela dizia saber medir os homens com aquele olho. E todos o temiam, temiam que ele caísse sobre alguém e despejasse a maldição.

Caía uma chuvinha fina de fim de junho, e Talco, no galpão, depois de fazer um fogo, embrulhou-se no poncho, deixando espaço para dedilhar a viola. Daí a pouco viu que a Benedita estava na porta, meio abaixada para poder entrar. Tinha na mão um pano e algo fumegante: era uma terrina de pinhões. Entrando, ele viu-lhe a altivez do talhe, a pequena mão escura e rosada por dentro, o sorriso doce e o olhar direto, mas de veludo no reflexo do fogo. Da viola Talco tirou um som, e foi amor ao primeiro acorde.

Por ali ficou pelo inverno todo. Do galpãozinho passou para a casinhola. Fez-lhe até melhorias, pois em noites muito frias e pejadas de nuvens caía um tanto de neve, e elas tinham medo que o casebre desabasse. Ele reforçou-lhe as madeiras de arrimo e o couro do telhado, que telha propriamente não havia. Nas noites longas e cantadas de ventania, Talco lia. A velha fechava os olhos, Benedita devorava aquele livro de língua estranha e figuras coloridas. Quer dizer: devorava as figuras. Não sabia ler. Ouvia encantada.

Na primavera, Talco se foi. Deixou-lhes um dobrão de ouro e alguns patacões.

E era nelas que ele pensava, no balcão. Se entrasse na guerra, perderia Benedita de vista por muito tempo. Mas se não entrasse, e a guerra se alongasse, talvez a perdesse de vista para sempre... Não que quisesse se amarrar, ou se arranchar. Mas era o cheiro, o gosto de pinhão que ele tinha na boca, com todo o sabor maravilhoso daquele inverno, e os olhos quentes de Benedita. Pensou: quem sabe, se for uma república, haverá melhor lugar para ela, e melhores trilhas para minhas passagens por lá? Além do mais, posso ser oficial do novo governo, pelo menos ter uma anistia, ou algo assim. A guerra vai levar os carteados, as noites de viola para os acampamentos, ainda pensou. Vai ser o fim dos vagos e da Monarquia. Quem for peão vai ser soldado. E quem não for também.

Pagou o trago, saiu da bodega, tomou o cavalo e se foi no rumo de Piratini, pensando que o Frei do Amor Divino aprovaria.

CAPÍTULO 16

Piratini estava em festa. Ia ter missa pela República. Era novembro, e um pouco antes o general Netto, nos campos do Seival, depois de derrotar uma tropa do governo, proclamara o novo regime, fazendo de Piratini a capital. Era uma resposta política à reconquista de Porto Alegre pelos imperiais. Por mais que os republicanos tentassem, não conseguiam reconquistá-la. O general Netto vacilara: o tamanho da coisa o assustava. Mas seus subordinados, sobretudo os majores Lucas de Oliveira e Pedro Soares, tinham insistido: era preciso dar uma resposta, e a resposta era a República. Só assim conseguiriam aliados tanto no Uruguai, ou em Corrientes, quanto no próprio Brasil, onde o descontentamento com os governos da Regência, até Rio de Janeiro, não era pequeno. E foi assim que o general Antônio de Sousa Netto, numa tarde de setembro, proclamou a República Rio-grandense, em campo aberto e com a tropa formada. E isso agora ia merecer um *Te Deum* na capital, Piratini, que de pacato burgo passava a centro dos acontecimentos.

As ruas, a praça central, o prédio da Intendência, um sobrado de janelas altas e agora sede do novo governo ainda por ser formado, tudo estava embandeirado. Tropas desfilavam pela rua, em direção à praça e à igreja. À frente ia o major Teixeira Nunes – o Gavião – todo empertigado, portando pela primeira vez a bandeira recém-feita: um retângulo verde-amarelo cortado na diagonal pela faixa vermelha da revolução republicana. O major, embora moço, tinha já alguns cabelos grisalhos, guardando nos olhos um lume de juventude, que por vezes se esgazeava pelos horizontes e altos dos sobrados, onde mocinhas agitavam lenços coloridos como as bandeiras. Tinha um bigode saliente que reluzia ao sol, no forte contraste do rosto bronzeado e do olho azul de água-marinha. Logo atrás dele vinha a melhor invenção – na vista dos seus inventores – do exército da República: o Corpo de Cavalaria dos lanceiros negros, e a infantaria também de negros libertos. Naquelas terras era difícil conseguir soldados a pé, tamanho era o prestígio do cavalo. Mas com as promessas de liberdade para cada um, e com as promessas dos oficiais mais jovens, sobretudo, de que a República aboliria a escravidão, fora possível formar aqueles corpos de combate. Não eram só negros; havia de tudo, também brancos e índios, alguns. Mas o negror das peles sobressaía e chamava a atenção. Os negros a cavalo traziam chapéu de copa alta, como era seu costume. As fardas, que as refregas logo reduziriam a farrapos, ainda estavam algo luzidias, de azul-escuro brilhoso e alguns traços dourados. Muitos estavam descalços, só com as esporas para dominar os cavalos. Estes definiam o garbo da parada: arreados todos, alguns com aperos de prata, marchavam pataleando pelo chão ao som de um dobrado a que, deve-se dizer, não faltava de vez em quando um leve desafino. E tudo se ia pela rua em direção à missa.

 Encostado no balcão de uma bodega, na beira da rua, Talco vira o desfile passar. Ficara ouvindo os comentários. Ali havia um pouco de quase tudo: soldados de folga, gente desocupada do lugar, um ou outro viajante apeado do cavalo ou da carreta. Muitos reclamavam, reclamavam, reclamavam. Que os oficiais não pagavam a tropa, que tinham de comprar tudo fiado. Uma voz – num tom mais baixo – levantara a questão de que o Gavião prestava mais atenção a isso de bandeiras e festas do que ao estado dos soldados. De mais a mais, proibia saques nas vilas e estâncias em que entrassem, e que se alguém fosse pego forçando alguma moça à diversão era um deus-nos-acuda. E depois andavam sempre aqueles negros com ele, fiéis como cães enrabichados, e que ajudavam o filho duma égua a... De repente o falador calou-se e disfarçou tragando um gole da cachaça que tinha à frente, no balcão.

 Talco, que não se dera por achado com aqueles comentários, fazendo que não eram com ele, olhou à porta e viu que tinha entrado um tipo indiático, um índio mesmo, um bugre, baixo, de peito empinado sob o pala alevantado e caído por detrás. Tinha o cabelo liso escorrido e os olhos puxados e pequenos – mas de forte brilho. Nos ombros tinha as divisas de sargento.

 Achegou-se ao balcão, ao lado de Talco, e como se soubesse que ia encontrá-lo lá, foi logo perguntando:

– Buenas, amigo. De que lado está?

Talco bateu o isqueiro e tirou uma baforada do palheiro.

– E isso importa?

O outro deu um sorrisinho.

– Hoje não. Afinal é dia de festa. Mas amanhã sim.

– Venho procurar o major Teixeira Nunes, da parte do capitão Rodrigo Cambará.

O rosto do outro sombreou.

– O capitão morreu na tomada de Santa Fé, que Deus o tenha. Mas tomou a vila, isso tomou.

– É pena. Gostei de conhecer o capitão. Duelamos de viola, e agora, só quando Deus quiser. Que Deus o tenha no reino dos céus muitos anos sem nós, Talco ajuntou. E tomou um gole de canha.

O índio também bebeu, dizendo à saúde do capitão. Continuou:

– Posso levá-lo até o major. Me chamo Antônio do Sagrado Coração de Jesus e sou o chasque do major. Todos me conhecem como o sargento Charrua.

Num olhar de giro significativo, ajuntou:

– Sabe, eu olho tudo por aí também. Para ver o que a indiada pensa. E as coisas estão difíceis. Os imperiais estão aferrados em Porto Alegre, em Rio Grande e em São José do Norte, os únicos portos desse continente de São Pedro. As coisas começam a faltar, e ficam caras. As tropas se incomodam.

– Vamos ver o major? Ah, sim, eu não disse quem sou...

– Não carece. Eu sei quem é. Não disse que minha função também é saber o que se passa por aí? – disse o Charrua, com uma risota. – Vamos sim, logo que o fandango das bandeiras acabar.

Beberam um pouco mais, até comeram juntos uma linguiça frita, e depois saíram juntos pela tarde ensolarada. A festa acabara, e o vento agora agitava um ou outro pano riscado que ficara esquecido.

CAPÍTULO 17

Pelo caminho, foram conversando. Charrua continuou a falar da guerra:
— A guerra vai ser mesmo comprida. É o que todos dizem. Talvez seja porque querem.
— Como assim? Quem vai querer encompridar a guerra?
— Mais guerra, mais assaltos, mais correrias. Olhe pra esse mundo de gente que viu hoje no desfile. Na paz são nada, ou quase nada. São escravos, peões, índios perdidos, vagos como o amigo, não me leva a mal. Na guerra são alguém. Uns quantos morrem. Mas o resto tem china de graça — emendou, numa gargalhada.
— É. Mas estes aí não mandam. Não são eles que vão decidir se a guerra vai ser longa ou curta.
— É verdade. Mas por esse lado, dos de cima, a coisa se complica também. Na verdade, no começo, só queriam depor o presidente da Província, de que ninguém gostava. Por isso tomaram Porto Alegre no ano passado. Mas ninguém sabe exatamente onde vai parar a tropa quando se abre a porteira. Agora estão com um governo independente, rompidos com um império do tamanho do Brasil, e não têm como dar pra trás. Pior: nem pra frente.
— Como assim?
— Pois veja, os maiorais dizem que o negócio é conseguir um porto. Aqui terra não les falta. Dessas bandas pro poente é tudo deles, de suas estâncias, de suas tropas e de seus peões agora acantonados. Mas precisam do mar, por onde vêm e vão navios, charque, mercancias, roupas, panos, ferros, armas, muita coisa. A barra da lagoa dos Patos é dos imperiais. Porto Alegre também, depois que a retomaram e ali se aferraram.
— Não me leva a mal, mas o que um índio charrua faz por aqui?
— Já le disse: olho as coisas pro major. Entrei na guerra como o amigo vai entrar: pela mão do capitão Rodrigo, que conheci em correrias perto da Banda Oriental há algum tempo.

– É charrua mesmo?

– De pai e mãe. Estive na luta grande, contra o rei de Espanha, com muitos dos meus. Depois nos traíram. Os estancieiros voltaram-se contra nós. Diziam que roubávamos o seu gado. Armaram uma cilada para minha gente: fizeram uma festa, com muita algazarra e bebedeira. No meio da festa, sacaram das armas e começaram a nos matar. Uma grande parte morreu mesmo, estavam emborrachados. Eu mais uns poucos conseguimos fugir. Atravessamos a fronteira para cá. Uma tropa nos seguiu. Caíram numa emboscada. O general deles ficou ferido. Deixamos ele estaqueado no campo, com tiras de couro cru enfiadas nas feridas pra ele durar mais. Deve ter morrido de dor. Ou comido vivo pelos urubus e cimarrones, esses cães que se assalvajaram de novo. Não me arrependo. Tempos depois encontrei o capitão. Ele me convenceu a me alistar. Mas no começo não foi nada bom. Desconfiavam de mim. À noite, me tiravam as armas e me amarravam numa roda de carreta. Mas aí chegou o major. E foi tudo diferente. O major é um homem bravo, bom, dá gosto andar com ele. Sabe? Estou a ver se consigo uma pátria. Já fui charrua. Nasci charrua. Mas a bem da verdade cresci numa missão. Os padres me ensinaram a ler, a escrever, me ensinaram línguas. Me mandaram para Sacramento, para que eu aprendesse mais. Me tratavam bem. Mas os outros não. Fugi. Quis ser charrua de novo. Não deu certo: não foi só a traição e o massacre. É que não me acostumo. Agora estou por aqui: é a guerra. Não sou mais charrua. Sou o sargento Charrua. Mas olhe: estamos chegando.

CAPÍTULO 18

Estavam em frente ao prédio da Intendência. Entraram tirando os chapéus. Logo em frente de Talco estavam dois homens, olhando-o direto nos olhos. O primeiro – o major –, por entre o bigode saliente, falou:

– Sou o major Teixeira Nunes. Conheço sua fama. Mas o finado capitão me garantiu que é homem de bem. De correrias, mas de bem. E nunca vi o capitão se enganar no julgamento de um caráter. Na sua vida de paisano, faça o que quiser. Mas aqui é um soldado da República. E deve pensar nisso todo o tempo.

Talco respondeu àquele olhar direto. Considerou. Decidiu.

– Conheço os caminhos. Nunca fui soldado, mas sei pelear. Não sei disso de República, mas não gosto do Império.

– Não vai ser soldado de linha, nem cavalariano. Vai ficar sob minhas ordens diretas. Preciso de alguém que faça mapas, que seja de confiança, que possa fazer relatórios, entendeu? Que vá aonde eu mandar, mas saiba agir por conta própria. E que trabalhe aqui com o sargento Charrua, e que me ajude com a minha gente – os lanceiros libertos da Cavalaria Rio-grandense.

O major falava como se ainda estivesse na praça embandeirada. Talco reparou no outro a seu lado. Era alto, e o olhava muito interessado. Tinha um queixo pontudo, a boca fina, nariz saliente, estava de quepe militar e o olhava como quem o estudasse. A farda azul-escura destacava o grisalho dos cabelos. Este é o verdadeiro mandachuva, pensou.

Ele falou-lhe:

– Sou o general Antônio de Souza Netto. Se o major o aceitar no seu serviço, vai ganhar uma nova vida. Pense nisso. A paga é pouca, mas a causa é boa. E o que fez antes ficará para antes. Sabemos de seus feitos, mas sabemos que nunca roubou. Que diz?

Talco teve uma reação que ele mesmo não esperava: perfilou-se. Quando abriu a boca para dizer alguma coisa, o general já tinha dado as costas e entrado pelo corredor do casarão. Tinha a resposta por garantida. Na verdade, não perguntara. Dera uma ordem.

Talco dirigiu-se então ao major:

– Aceito.

– Pois considere-se alistado. Tem o soldo de um sargento, mas não é da linha. Não tem pelotão, a não ser o que eu designar. Fará reconhecimentos, mapas de por onde andou, e relatórios com explicações sobre esses lugares. Por hoje está dispensado, mas de madrugada partimos para o Camaquã.

Sem esperar resposta nem comentário, o major deu-lhe as costas e, batendo os tacos das botas no soalho, saiu por onde se fora o general.

Talco voltou-se para Charrua e perguntou:

– Quanto é o soldo de um sargento?

– Nada, respondeu o índio. O governo não tem dinheiro. O soldo é o que se apresa por aí. E sempre sobra uma moeda ou outra que terminam por nos dar. É uma guerra difícil. A luta se faz no campo, sobretudo. Os generais todos, a meu ver, os do Império e os da República, têm parentes, amigos, fornecedores, amantes, chinas, o diabo, nas cidades. Não vão ficar invadindo, tomando, queimando. A luta se faz por um rio, uma quebrada, um campo, onde houver sorte se toma a cavalhada, as reses, o couro. Está aí o soldo, a guerra, tudo.

CAPÍTULO 19

Nos três anos seguintes de guerra, Talco e o sargento Charrua ficaram amigos. Nas horas de folga, iam juntos às chinas, às bodegas, às cartas, às cantorias. Nas lutas e refregas, combatiam lado a lado muitas vezes. Talco se impressionara com o índio. Na campanha, na Banda Oriental, nos pampas de além-Prata, conhecera de tudo: tapes, minuanos, guaicurus, guenoas, carijós, coroados, patos, abipones, teuelches, araucos fugidos do outro lado da grande cordilheira a oeste, que diziam ser "El Ande", como se fosse uma pessoa. Tudo, até alguns charruas: gente braba, vestida de peles de animais, armada de lanças compridas e cavaleiros como ninguém. Aprendera algumas dessas línguas, algumas palavras. Aprendera a contar como os charruas: até quatro, e depois tudo múltiplo de um, dois, três, quatro. Cinco era doisum, seis doisdois, e assim por diante. Por isso maravilhava-se com aquele charrua: dono de várias culturas, línguas, dividido entre seus mundos. Era mais ou menos como ele, Talco, que se sentia ex-africano, ex-jagunço, ex-monarca, ex-vago, ex-isto e ex-aquilo e que não sabia o que ia ser.

Além do mais, Charrua servia-lhe de apoio. Era respeitado. E com ele, com a sua companhia, Talco angariava respeito mais rápido. Precisava, pois volta e meia tinha função de mando, decidir por qual das quebradas passar, em que capão ocultar-se para melhor emboscar, onde se ia para conseguir o vau do rio, sobretudo no inverno. Como lhe dissera o major, ele não tinha pelotão, propria-mente. Isso não era mau, pois lhe dava mais liberdade de movimentos. Mas era também uma prova ainda de desconfiança: ninguém lhe devia obediência permanente, não tinha comando, a bem dizer.

A tal ponto entendeu-se com o índio, que numa manhã, durante o mate, contou-lhe um sonho: ouvia uma voz, não sabia de quem. Era uma voz. Não via nada. Só a voz, que lhe dizia para pedir uma bênção. Mas não dizia de quem. Acordou no meio da noite, suando. Quis dormir de novo. Chegou a pegar no sono. Mas ouviu de novo a voz. Acordou de novo, de novo suado.

— É o teu tata — disse o sargento.

— O quê?

— O teu pai, em nossa língua. Ele já não está neste mundo. Mas vela por ti. Por isso te fala. Mas não podes ver o rosto dele: tu não o conheceste. Mas mesmo que tivesses conhecido, não verias o rosto. Este tipo de aviso vem assim, sem rosto. É para tomares cuidado. Algo te ameaça de dentro. Ele te avisa.

— Mas por que se mostra sem rosto?

— Ele está longe. Esta parte do mundo é uma pampa enorme, que se vai a oeste até as montanhas do Ande, que sobem até o céu, e se prendem na noite. Lá há um campo de estrelas, onde os mortos cavalgam eternamente, caçando as emas, e uma delas sangra: é o que os padres chamam de Cruzeiro, mãe de todas as emas, ou nhandus, como dizemos nós. Os outros nhandus correm para debaixo do corpo da mãe ferida. É lá que está teu pai, nesta caça sem fim. É de lá que ele te fala. Está com o rosto voltado para os nhandus, por isso não podes vê-lo. Mas ele te fala. Se visses o rosto, é porque ele tinha se descuidado da caça. Então seu aviso não adiantaria nada, porque é nos nhandus que ele vê o que vê. E ele vê algum perigo que corres, dentro de ti.

Talco calou-se. Estranho aquele charrua. Que mundo o seu. Depois de algum tempo, perguntou, passando a cuia de mate ao outro:

— Os homens vão caçar nhandus. E as mulheres?

— Essas ficam debaixo da terra, bem quietas. Descansam, depois de tudo o que passam aqui em cima. Mas quando se bole com elas, se assustam, e assombram. São as almas penadas que os padres dizem não existir, mas existem. Uma mulher jamais virá a ti nesses campos da noite sem rosto. Pode ser horrível, mas ela sempre terá um rosto, mesmo que velado.

— És cristão, Charrua?

— Sim e não. Os padres me ensinaram muita coisa. Mas não me fizeram esquecer de tudo o que eu aprendi com minha mãe e com o velho Yaro, patriarca da minha gente, e que vi morrer naquele massacre. Vai me odiar, me desprezar se eu não for de todo cristão?

— Não. Eu sou cristão, mas não levo uma vida cristã.

— Ora, velho, hoje a gente é um, amanhã outro. O que é agora é a guerra. Ela vai dizer o que somos. Dela espero uma pátria. Os portugueses, os castelhanos, os brasileiros, os orientais, os correntinos, os padres, todos têm pátria.

— Os negros não. Se tiveram, perderam.

— Mas são escravos. Nós, nem isso. Somos quem todo mundo esqueceu.

— Charrua, onde aprendeste a falar assim?

— Que há de estranho, meu velho? Não andas aí com teus livros e livretes, às vezes a ler às escondidas? Não és um negro que não é negro e que não chega a ser branco porque não é branco?

Charrua viu o cenho do outro:

– Não se ofenda.

Emendou com uma risada:

– Não vamos a brigar antes mesmo de sermos inimigos. Mas olhe, quem sabe é disso que teu tata queria te avisar: tens coisas em ti de que não podes ouvir falar. Isso mata.

Ouviram cavalos se aproximando. À frente vinha o major. Amanhecia. Os cavalos estavam cobertos de névoa espessa. Teixeira Nunes deu ordem de partir. Iam para o litoral.

– Decidir a sorte da República – emendou. E se afastou, arrastando a névoa por trás de si.

Na espécie de memórias que escreveu depois, Talco sublinhou esse momento como um dos mais decisivos de sua vida. Eram três anos já de guerra. Os imperiais mantinham-se aferrados à barra da lagoa dos Patos e a Porto Alegre. E a República minguava, à falta de um porto. Nos escritos, ele evocou as figuras que encontrara: o general Bento Gonçalves, presidente da República, que fora feito prisioneiro, levado para o Rio, depois para a Bahia, e de lá fugira, pelo mar até Santa Catarina e depois a cavalo; homem sério, severo, taciturno, e, dizia Talco, indeciso e sem sorte nas batalhas. O general Davi Canabarro, com quem teria maior convívio, gadelhudo, com as suíças grisalhas cobrindo as bochechas gordas, dado a aventuras de amor a qualquer hora, homem tido como rude e abrutalhado, um general de esporas perdido na política. Evocou Domingos José de Almeida, mineiro de origem, segundo Talco o único político que a República de fato teve, estadista, muito empurrado por sua mulher, dona Bernardina, que lhe escrevia cartas sobre como governar as finanças da República, já que ele era o ministro da Fazenda, e um ministro que nunca chegou a emitir dinheiro, pois a República não o teve. Descreveu outros. Mas ajuntou nessa passagem que quem mais o impressionara tinham sido Anita, que ele conheceu depois, o sargento Charrua, pelo seu destino, e o major, depois coronel, Teixeira Nunes, pela coragem e ideias ousadas. Acho eu, o narrador, que ele foi um pouco injusto, esquecendo, nesse momento, o general Netto; mas é verdade que este teve maior importância em sua vida depois, muito depois. Também não falou do italiano Luigi Rosetti, de longe o mais arguto, ousado e revolucionário intelectual da República. Mas cada coisa a seu tempo.

E anotou o muito que ficou a pensar nas palavras do seu amigo Charrua, enquanto rumavam para o norte e para a costa, pois a República decidira conquistar um porto invadindo e sublevando a Província de Santa Catarina contra o Império. Marchariam primeiro sobre Santo Antônio dos Anjos de Laguna, pequena vila e porto à beira de uma lagoa, protegida do mar por uma comprida e sinuosa barra, ainda perto do território do Rio Grande. Dali, poderiam fazer uma base para conquistar Nossa Senhora do Desterro, capital da província, logo mais ao norte, sublevando a guarnição.

Pensava ele que perigo podia ser aquele, pois durante algum tempo o sonho se repetira. Sempre a voz sem rosto, sempre ele sem saber ao certo quem é que lhe falava de dentro de si. Lá pelas tantas pensou que quem sabe ele mesmo queria ser aquela voz, queria ser outro. Uma coisa vaga se desenhou no seu espírito, que ele também não conseguia decifrar. Mas nesse momento ele teve de interromper por muito tempo suas reflexões, pois a chegada a seu primeiro destino precipitou os acontecimentos, e a guerra, até ali meio arrastada, tornou-se vertiginosa. Além disso, ele viria a conhecer Anita.

V

O ANU

CAPÍTULO 20

O sol em frente à proa, amanhecendo, o navio oscila. Talco de pé, no convés, olhando à frente o balanço do horizonte. Em vez de gritos de aves, o mugido de bois, e em lugar do marulho das ondas, o ranger das rodas de uma gigantesca carreta. Sobre ela, o navio assentado. Ao lado, outro navio, quase do mesmo porte, também assentado sobre rodas, também puxado por bois. Uma quantidade imensa de bois, mais de cinquenta juntas, arrastava os navios por aquela imensidão verde, em direção ao mar. Era um verde úmido da chuva da noite, dobrado pelo vento que zune no cordame. Ao redor, cavaleiros, a infantaria correndo, cinco picadores de cada carreiro de juntas, para guiá-las, para fazer os navios navegar pelo pampa verde, verde até não acabar, até darem com as primeiras areias do litoral. Mais ou menos assim ele registrou a cena em seus escritos, dizendo que não seria capaz de pintá-la.

Talco ia na proa do navio maior, o Seival, onde devia estar atento à menor oscilação lateral que pudesse pôr em perigo a estabilidade da carreta. Charrua ia no outro, menor, o Rio Pardo. Como iam mais alto do que os outros que seguiam a pé, tinham por função também vigiar para ver se os imperiais apareciam. Mas era difícil que aparecessem. Eles poderiam esperar tudo, menos aquilo, aquela espécie de loucura. Os dois tinham a função também de orientar os picadores no momento de fazer uma curva. As carretas paravam. Punham-se pedras no pé das rodas para o lado que o cortejo devia virar. As juntas puxavam, até o limite da oscilação possível. O conjunto girava um pouco. Deixavam-se as carretas avançar um tanto na nova linha reta. Repetia-se tudo, até chegar-se à nova direção desejada. E lá se iam, entre gritos, rangidos, mugidos, relinchos, no zunir da ventania do mês de julho.

A aventura fora decidida um pouco antes pelos maiorais da República. Durante anos tinham tentado viabilizar uma pequena armada de navios construídos na lagoa dos Patos, na foz do rio Camaquã, que enfrentasse as naves dos imperiais. Estas eram soberanas na lagoa, que, enorme, liga Porto Alegre ao porto do Rio Grande e dali ao mar. A empresa revelara-se cada vez mais difícil.

O encarregado da tarefa era Giuseppe Garibaldi, o corso italiano que, exilado de sua terra natal – onde se envolvera num atentado contra a vida do rei da Sardenha e Piemonte, Carlos Alberto –, viera a ter às Américas. Chegado ao Rio de Janeiro, os italianos exilados que lá viviam levaram-no a conhecer Bento Gonçalves, o presidente da República Rio-grandense, que lá estava prisioneiro, na Fortaleza da Laje. Com ele estavam outros líderes do movimento: entre eles, o conde Tito Lívio Zambeccari, de Bolonha, que também se exilara por se envolver nas lutas para derrogar o poder do papa e do Estado Pontificial que dominava todo o centro da Itália. Zambeccari vivera em Porto Alegre e aderira à conspiração republicana. Feitas as apresentações, Garibaldi aderiu à causa no ato. Deve-se dizer que por trás dessas apresentações e adesões todas estava o líder da sociedade Jovem Itália, a que Garibaldi pertencia, Giuseppe Mazzini, que do seu exílio em Londres mantinha contato com seus compatriotas nas Américas e dirigia uma verdadeira Internacional Republicana contra as monarquias europeias. Desde o casamento de uma princesa austríaca com D. Pedro I, o Brasil tornara-se aliado dos Habsburgos, do Império Austro-Húngaro. Este Império dominava o norte da Itália, reprimindo os patriotas. Consequentemente o Brasil entrava no rol dos adversários da Jovem Itália; daí a rede de alianças que levava condes e corsos exilados a combater em terras tão distantes.

Garibaldi tomou o navio em que viera, uma pequena embarcação mercante a que dera o nome de Mazzini, e, impulsivo, desfraldou em pleno litoral fluminense a bandeira da República. Imediatamente apresou uma sumaca brasileira que passava, em nome do novo governo, de que exibia uma carta de corso, como se dizia, explicando que aquilo era um ato de guerra entre nações beligerantes, e que, portanto, o apresamento era legítimo. Liberou a tripulação, não sem antes oferecer a liberdade a uns poucos negros que estavam na sumaca, desde que aderissem à República e seguissem com eles. Uns aceitaram; outros não, para surpresa do italiano. Além disso, fez e registrou o primeiro espólio da República em alto-mar: umas poucas armas, barris de bacalhau seco, outros de vinho do Porto e algumas sacas de café. Dos passageiros não tomou nada, mas em suas memórias registrou que teve o prazer de identificar que a sumaca era de um austríaco. Sentia-se assim afrontando o inimigo maior.

A sumaca chamava-se Lúcia, ou Luísa, não se sabe bem. Garibaldi bandeou-se com os seus para ela, queimou o Mazzini e deixou os passageiros numa praia deserta. Perseguido pelas fragatas do Império, Garibaldi tocou em direção ao sul. Depois de mil peripécias, fugas espetaculares, navegações arriscadas no rio da Prata, sempre perseguido, conseguiu chegar ao Rio Grande. Estivera até prisioneiro de um comandante militar argentino em Entre Rios, perto do rio Paraná, que o espancara e o torturara, pensando estar ele envolvido nas disputas entre os caudilhos locais, e do lado errado. Solto afinal pelo governador, que não era exatamente do mesmo lado do comandante, pôde seguir para o Rio Grande.

Na República, Garibaldi foi encarregado da Marinha inexistente. Precisava, portanto, fazê-la existir. Começou a construção de barcos e a atacar os navios mercantes do Império que passavam na lagoa, na foz do rio Camaquã. O pouco calado da região facilitava as fugas e dificultava as manobras dos navios de guerra de maior porte. Durante algum tempo isso funcionou; mas numa certa tarde o pequeno estaleiro de Garibaldi foi atacado por terra. Repeliram o inimigo, mas o comando republicano percebeu que a situação ficaria insustentável. Foi então que conceberam o plano maluco, arriscado, ousado e inusitado de levar os navios por terra até o mar, que ficava a cem quilômetros mais ou menos, e dali atacar Laguna, em Santa Catarina, que era um porto.

Assim foi dito, assim foi feito. Perseguidos pela esquadra imperial, comandada por um inglês, o almirante Greenfell, os dois navios entraram na boca de um pequeno riacho chamado Capivari. O almirante ficou esperando, na foz do riacho, que eles saíssem: não havia outro caminho. Mas perto das nascentes já se construíam as gigantescas rodas, os enormes eixos e os suportes das carretas.

Colocar os navios sobre as rodas foi uma proeza tão grande quanto depois levá-los campo fora. Um deles quase virou. Mas tudo foi bem. E assim Talco se viu naquela posição inesperada, a cavaleiro de um navio que navegava pela terra firme rumo ao mar.

CAPÍTULO 21

A expedição tinha apoio da terra. Davi Canabarro era o comandante-geral. Teixeira Nunes, promovido a tenente-coronel, o comandante da vanguarda. Iam por terra, em direção a Laguna. Dizia-se que os republicanos tinham apoio em tropas no interior de Santa Catarina, no planalto que continuava para o norte os campos de Cima-Serra do Rio Grande.

Na pequena esquadra de dois navios, o comandante era Garibaldi, que tinha o posto de capitão. Com ele iam vários italianos, mais um oficial superior, o irlandês naturalizado norte-americano John Griggs, que fora seminarista e agora era revolucionário profissional. Enorme, de olhos de um azul transparente, mas muito firmes para quem os olhasse, tinha uma barba cerrada cuja cor lhe dera o apelido: o Ruivo. Com eles ia um pequeno destacamento dos lanceiros – sob as ordens de Talco e Charrua, que conheciam a região, no Rio Grande, para garantir a segurança em caso de enfrentamento.

Ia com o grupo todo também o secretário da expedição, o italiano Luigi Rossetti. Falava e escrevia em várias línguas; era culto, refinado, um republicano ardente. Tinha a cabeleira basta, o olhar desempenado, trajava com esmero: camisas engomadas no verão, um capote azul-marinho nos tempos frios. Rossetti tinha um magnetismo que fazia os homens confiar no futuro e as moças arder de paixão. Durante os anos iniciais da República fora o redator-chefe do jornal O *Povo*, quinzenal, órgão oficial e noticioso da República. De ideias radicais sobre liberdade e democracia, incorrera no desagrado de alguns chefes republicanos, estancieiros mais conservadores, ao pregá-las com demasiado ardor. Esses estancieiros, afinal, tinham entrado na guerra para melhorar o preço do charque rio-grandense, abaixar os impostos e taxar o charque platino. Mas querer libertar todo mundo, sobretudo os negros, e de dar foros de gente à bugrada, isso era demais. Mas havia os que encaravam a ideia de libertar os escravos, até de dar terras aos índios. Estableceu-se a dissensão, a discussão, a frincha, o racha interno. Resultado: Rossetti teve de se afastar do jornal. Foi com a expedição para Santa Catarina. Concluíra que para terminar com a escravidão, era preciso sublevar o Império inteiro.

A expedição deu e não deu certo. Já de início, tiveram de enfrentar redemoinhos traiçoeiros, ventos espantosos, ondas e correntes poderosas daquele litoral deserto e sem abrigos. Indo para o norte, depararam com uma tempestade que os encurralou na costa. O Rio Pardo, onde iam Garibaldi e Talco, não resistiu aos vagalhões: tentaram ainda fazê-lo entrar na foz de um rio que vislumbraram no meio da noite, o Araranguá. Talco escreveu que ali ele começou a perceber algo que lhe traria muita reflexão: Garibaldi era obstinado, tinha ideia fixa sobre tudo, e, agarrado a uma, não abria mão. Tudo aconselhava que se afastassem da costa traiçoeira, inclusive o desconhecimento que Garibaldi, o comandante, tinha daqueles mares e correntes. Mas ele enfiou na cabeça que colocaria o navio pela foz adentro. Talco observaria depois que a estrela de Garibaldi costumava brilhar intensamente. Mas ele e ela traziam azar e desgraça para os que o cercavam.

Foi um estrupício: prensado entre o rio na cheia, pois era inverno, e os vagalhões do mar à solta, o pequeno navio não resistiu. De repente tudo aquilo começou a adernar e por fim virou de borco. Muitos dos italianos, inclusive um amigo de infância de Garibaldi, Eduardo Mutru, morreram naquela foz. Talco salvou-se graças a um enorme negro, chamado João Cavalo, que o puxou para a terra pela ponta da camisa, e por ter-se livrado do poncho empapado, cujo peso ameaçava arrastá-lo para o fundo. Tentaram, com Garibaldi, alcançar outros cujas roupas pesadas – sobretudos e botas, por causa do frio – os tolhiam. Em vão. Morreram quase duas dezenas de soldados e oficiais.

Depois de se reanimarem com um barrilete de cachaça que escapara do desastre, prosseguiram a pé para o norte. Terminaram por encontrar o outro navio, capitaneado por Griggs. Sucedeu-se aí outra proeza: como todas as águas da região estavam na cheia, conseguiram, puxando com cordas, levar o navio terra adentro pelo intrincado de canais a que o subir das águas dera largura e calado suficientes. De modo que quando as tropas de Canabarro se aproximaram de Laguna o navio atacou a vila desde o interior, da lagoa, e não pela barra, como seria de esperar. Surpresas, as tropas imperiais se renderam com pouca resistência. Os republicanos entraram numa vila que os recebeu em festa, com música, missas e bandeiras, como naquela manhã de Piratini.

Tomada a cidade, acantonada e descansada a tropa, Talco e Charrua viram-se de repente na praça da cidade, em frente ao sobrado que agora era a sede da proclamada República Juliana (em homenagem ao mês de julho), federada à República Rio-grandense.

– É a segunda República que eu vejo – disse o índio. – Acho que minha pátria deve estar chegando.

Talco riu:

– Vamos descobrir onde se pode tomar um trago, cantar um pouco e se divertir nesta república de pescadores.

Charrua ainda comentou, antes de tomar o amigo pelo braço e sair com ele à procura de um banco e um balcão:

– Quem diria, eu, o sargento Charrua, fundador de Repúblicas...

CAPÍTULO 22

O anu é pass'u preto,
Ai!
Passarinho de verão!
Si el'canta à meia-noite,
Ai que dor no coração,
Ai que dor no coração!
Ai!

Ai si tu anu soubesses,
Ai!
Quanto dói um bem querer!
Não ias anu cantar
Nas horas do amanhecer,
Nas horas do amanhecer!
Ai!

A voz de Talco, aflautada como sempre, junto das cordas da viola decorada com fitas pendentes verdes, amarelas e vermelhas, soava pelo pequeno salão, na encosta do morro. No intervalo das estrofes ele e mais dois violeiros tocavam forte o ritmo do sapateado. Os tacos batiam no assoalho de madeira, as esporas tiniam, enquanto as moças agitavam as saias e balançavam os corpos, num semigiro para um lado, depois um semigiro para o outro. Os rapazes e homens feitos tinham dançado aquela música de todo jeito, em chão de terra, com pés no chão e só de esporas, e até com outra letra, que também havia, falando que o anu era irmão dos pretos e fora ele quem lhes dera beiços grandes como seu bico... Mas ali não havia espaços para grosserias; era um festa de batizado, um baile onde se esperavam coisas de respeito.

O centro das atenções e dos olhares era o casal de padrinhos: o italiano Garibaldi e sua acompanhante, Ana de Jesus Ribeiro, ex-mulher de sapateiro. Dançava-se na casa dos pais da criança, de quem Ana era amiga. Ana era muito moça ainda, morena, de olhos negros e profundos, tinha cabeleira negra, que por vezes usava presa em coque, por detrás, outras vezes solta a cobrir-lhe os ombros. Não era alta, tinha seios fartos, cintura bem fina e dançava com graça em seus meneios, para lá e para cá. Garibaldi, seguindo os passos da moçada, desacostumado, bufava um pouco: batia no chão com o pé inteiro, o que lhe aumentava o cansaço. No meio da música, parou em frente aos violeiros. Charrua, que estava ao lado, viu aquilo e, tomando a viola de Talco, disse-lhe:

— Vai, mano velho, vai mostrar como é que é.

Talco foi. Deu dois passos à frente, pediu licença ao par da moça, que cortesmente a deu, e saiu-se a dançar, como devia: batendo primeiro com a ponta da bota, depois com o taco do calcanhar, fazendo as esporas tinir duas vezes a cada passo. Anita não se fez de rogada, e continuou a rodopiar com a graça de antes. Escreveria Talco muitos anos depois que ali, pela primeira vez, sentiu de perto a quentura daquele olhar, a sua determinação, o sorriso franco da moça bonita. E sentiu também algo muito difícil de definir.

Quem não estava gostando nada daquilo era o general Canabarro, que a tudo observava sentado a um canto do salão. Nervoso, batia com a mão na mesa, esfregava os pés no assoalho, procurava com a outra mão o sabre que, no entanto, deixara lá fora, com sua guarda: não ficava bem armas num baile de batizado.

Aquela festança tinha sido meio espontânea, meio forjada, para agradar tanto os pais da criança, que queriam Anita para madrinha, quanto o governo, que precisava de congraçamentos. Daí a vinda da oficialidade, dos músicos, da mistura de gentes. Mesmo com o novo governo, com seu presidente, vice e presidente da Câmara, todos sabiam que quem mandava de fato eram os militares rio-grandenses: Canabarro, Teixeira Nunes, que fora de novo promovido, dessa vez a coronel, e os outros. Daí bailarem naquele fim de mundo, povoado de comedores de camarão, pensava Canabarro, com saudades dos seus pagos. E pensava que nada, na verdade, ia bem. Lá estavam o italiano e sua morocha – a morena que, dizia-se à voz solta pela vila, roubara do marido. E isso ainda não bastava! Dava-se uma festa, logo um bugre se punha a mandar nela, e um negro a dançar com a moça motivo do escândalo! Bem, não era bem um negro, pensou o general, e era um dos homens mais bem-vistos e estimados de toda a tropa. Mas não era este o fuxico que ia correr a vila de ponta a ponta no dia seguinte. Não. Era que os rio-grandenses traziam bugres e negros para dançar nas festas das famílias, além de que seu capitão de mar se dava o direito de ficar com a mulher do sapateiro, uma mulher feita já de 18 anos, com idade para ser mãe! Canabarro pigarreou, ergueu-se, meio que pondo fim à festa, pelo menos para os oficiais e os soldados que o acompanharam. Garibaldi e os músicos ficaram. Estavam certos: tinham ganho folga naquela noite. Antes de sair, Canabarro chamou o sargento Charrua à parte e deu-lhe ordem de que os músicos tocassem. Mas que não fossem até muito tarde.

Para falar a verdade, os pensamentos de Talco, descontados alguns adjetivos, não iam longe dos do general. Acabada a festa, ele aproveitara a noite de folga para ficar pitando um cigarro de palha junto ao baixo casario da vila, agora cidade e capital da República. Estava perto do embarcadouro e olhava o vaivém das águas da lagoa. Teixeira Nunes ia longe, tentando instalar postos avançados em Garopaba do Norte e sublevar as guarnições de Nossa Senhora do Desterro, capital da província. O Gavião conseguira convencer Canabarro da necessidade de alguns de seus homens ficarem em Laguna para fazer a proteção dos poucos navios conquistados, da equipagem e dos oficiais e marinheiros, que eram vitais para a República, as Repúblicas, a essa altura. No fundo, Talco sabia, Teixeira Nunes temia o gênio explosivo de Canabarro e a indisciplina de suas tropas, acostumadas a ver em seu comandante um bom homem, mas não um modelo férreo de comportamento. E a situação ia de ruim a péssima.

No começo, como de costume, fora tudo festa, bandeiras, missa, desfiles. Laguna era uma cidade de pequenos comerciantes, alguns dedicados à pesca, que subitamente se viram livres dos pesados impostos do Império, através do governo da Província. O exército invasor fora recebido como libertador, e quase toda a vila o saudou, liderada pelo padre Vilela, que, como a grande maioria dos padres, era um conspirador de primeira e tudo abençoara com ardor republicano. Mas pouco a pouco os problemas vieram.

Libertar os poucos escravos existentes? Fazê-los soldados? Começaram as reclamações dos homens de bem, de bens e de posses. Quem os indenizaria? E isso de se pôr a armar negros... Já chegava os que tinham vindo com os rio-grandenses... Depois, a República teve que começar a pensar nos seus impostos. Havia que alimentar, que satisfazer todo aquele exército. Com o quê? Uma República que não era reconhecida por ninguém, a não ser por sua vizinha mais ao sul, pobre como ela, não podia garantir nada. Os prometidos reforços e recursos do sul, do planalto de Cima-Serra, não chegavam nunca. Canabarro mandava correios e correios pedindo recursos. Só recebia evasivas. Ou problemas, como um engenheiro castelhano que chegou por lá, cheio de ideias, querendo mudar tudo, construir pontes, casas, mas que no fim só pilhou um pouco do dinheiro local e teve que ser trancafiado para não fazer mal maior. O comércio estancara, as gentes reclamavam cada vez mais, cada vez mais alto.

Do lado da tropa, a situação não ia melhor. Ali não era o Rio Grande: não havia cavalhadas nem reses a apresar. Havia uns poucos jumentos, umas quantas vacas leiteiras, marrecos, galinhas da população pacata. Os soldados começaram a se inquietar. Iriam ser pagos com o quê? Começaram os pequenos furtos, uma ou outra fazendola distante foi tomada e saqueada por desconhecidos. Entre as tropas havia alguns bandoleiros famosos na região que, tomados de súbita fé republicana, aderiram aos revolucionários. Entre eles um bastante conhecido, João Retalho, que organizava esses furtos. Tinha uma barba grisalha sempre malfeita, poucos dentes, um olhar de esguelha para todos os lados. Todo mundo sabia que os furtos partiam dele e de alguns de seus homens. Mas premidos pela circunstância adversa, mesmo os oficiais mais severos nada faziam.

No mar, a situação não ia melhor. As guarnições do Desterro não se sublevaram. Só uns quantos soldados bem ao sul da capital. O Império abastecia a barra da lagoa dos Patos, chegando até Porto Alegre, a partir do Desterro e do Prata, com suas fragatas poderosas e em grande número. Os pequenos navios apresados em Laguna não eram suficientes para enfrentá-las. Garibaldi e Griggs organizaram algumas expedições, mas foram rechaçados. Na mais ousada chegaram até a barra de Santos, em São Paulo. Combateram, fizeram desafios e fugas espetaculares. Mas voltaram de mãos abanando. Tiveram até que incendiar um dos navios para não entregá-lo aos imperiais.

Em terra, estes aproveitavam os desentedimentos. Saqueavam aqui e ali e punham a culpa nos republicanos. Teixeira Nunes, tentando consolidar a sua vanguarda em Garopaba, entre Laguna e Desterro, encontrava dificuldades e resistências. A população fugia, negaceava, num dia concordava e noutro acatava os imperiais.

A República, pensava Talco, estava confinada. A fumaça do cigarro crioulo ia se perdendo na noite já tomada pelo frescor. Na encosta do morro, onde fora a festa, ainda luzia um brasido da fogueira que pusera fim ao baile, no terreiro. Destes pensamentos soturnos ele só se distraía ao ver a noite estrelada e se descobrindo a imaginar aqueles enormes olhos negros, tão perto e tão distantes, que ele nunca chegaria a tocá-los. Ficou tão tomado que chegou a dar um passo à frente, como se fosse começar um volteio do anu. Uma voz cortou-lhe o passo:

– Que te passa, homem?

Era o Charrua. Talco ficou com raiva, mas disfarçou. Deu um passo à frente e, como se fosse isto que pensasse, com um piparote jogou o toco do cigarro longe, na água da lagoa.

– Ué, disse. Não deverias estar na caserna com os outros?

– Caserna, aquele galpão cheio de buracos e tábuas soltas? Caramba, resolvi escorregar por uma das frestas, que são do tamanho de uma porta, e tomar a fresca por aqui. Depois, voltar não vai ser problema. A fresta está aberta para os dois lados.

E ele deu uma risada das que sabia.

CAPÍTULO 23

Entre as complicações da República, rebentara a nova, algumas semanas antes da festa: Ana de Jesus Ribeiro, a mulher do sapateiro, deixara o marido pelo italiano ruivo de olhar azul e fulminante. Em suas memórias Garibaldi escreveu que chegara um dia para ela e dissera em italiano:

– Tu deves ser minha!

E ela se entregara.

Mas Talco sabia que a coisa não fora bem assim. O marido de Ana, Manuel Duarte de Aguiar, estava ligado aos imperiais. Com a aproximação dos republicanos, fugira. Ana era impulsiva, dona de vontades próprias. Sua mãe, as irmãs, todo mundo sabia que ela não era feliz naquele casamento que fora arranjado, porque as mulheres tinham dificuldades de sobreviver sem um marido. Era um casamento sem filhos, e o povo maldoso dizia que era porque o sapateiro não era marido de verdade... Mas tão logo Ana se entregou ao italiano, a maledicência voltou-se contra ela e contra ele. Chegaram a acusar Garibaldi e os republicanos de terem assassinado o sapateiro. O fato é que ele partiu com as tropas em fuga para Garopaba e nunca mais foi visto ou se teve notícia dele.

O corso e Anita se viram pela primeira vez na missa festiva pela República. Depois tiveram um encontro rápido e furtivo à beira de uma fonte, numa das ruelas da vila. Semanas depois estavam juntos. O escândalo estampou-se quando Garibaldi levou-a numa de suas expedições de corsário, na pequena cabine da sumaca em que partiram, improvisada em alcova nupcial.

Tudo isso Talco lembrava, e tudo calava. Ficou preparando um outro palheiro, na frente de Charrua, sem dizer palavra. Afinal foi o índio que quebrou o silêncio:

– Problemas, problemas, problemas. Vamos ter problemas.

– Por quê? – perguntou Talco, emendando: – Algo além dos que já temos?

– Acho que o João Retalho vai querer matar o padre Vilela.

— Mas por quê, homem de Deus?

— Ele, mais a camarilha dele, o Cavaco, o Mandengue, o Zé Bigote, embestaram que o padre tem um tesouro escondido na igreja. Sabe, esse Retalho já esteve por aqui. Estava preso quando entramos na província. Foi solto nisso de se anistiar todo o mundo. Nunca confiei nele. Mas estamos faltos de gente... Os oficiais não vão tomar providências, a menos que se convença o general. O clima entre nós e o povo não vai bem. Estou aprendendo uma coisa, sabe, mano: os revolucionários querem sempre um povo só para eles. O povo, esse que aí está, é difícil que vá querer mudar o mundo. Pensam em comer, dormir, morar, foder e rezar. Os revolucionários dizem que gostam, mas não gostam muito do povo não. Gostam do povo que têm na cabeça. E não sei se vão fazer algo contra aquela canalha, o Retalho e seu bando.

— Não é bem assim – disse Talco. – Veja o Gavião. Mesmo o general Canabarro. Sei que ele não morre de amores por isso aqui. Mas assim mesmo...

— Desculpe, mano, mas não estou muito feliz hoje não. Acho que é a demora de minha pátria para vir. Uma pátria não pode ser só um galpão esburacado. E digo mais. Acho que podes avisar o general, o coronel, o capitão, mas acho mesmo é que o padre devia fugir. Avisar os oficiais não vai impedir que o padre morra. Prendem o Retalho. E daí? Não vão prender todo mundo que está com ele. A República está para ser atacada. Dizem que em Desterro o almirante Frederico Mariath está preparando uma esquadra para retomar Laguna. Vamos precisar de cada um, bandido ou não. E quanto ao padre, se os Imperiais chegarem, vai ser pior: ele hoje fala mal de nós. Mas no começo nos apoiou. Não vão esquecer disso. E le digo mais: não gosto desse padre. Tem língua de cavalo, grossa e comprida. É dos que ficam falando do italiano e da moça. Mas não acho certo o que vai acontecer com ele.

Talco calou-se. Sabia que na prática Charrua tinha razão. O negócio era avisar o padre.

Perguntou se Charrua não ia avisá-lo. Charrua disse que estava de serviço nas docas todo o dia seguinte. Que ele, Talco, fosse quando pudesse.

CAPÍTULO 24

No dia seguinte foi procurar o padre assim que pôde. Foi ao entardecer, em frente à igreja. Vilela era calvo, de rosto magro, tinha olhos salientes que pareciam sempre olhar através do outro. Tinha uma voz meio de flautim, fina e rachada.

– Por que quer que eu vá embora, senhor Talco? – perguntou ele, depois que este lhe explicou como pôde a história, dizendo que desconfiava de uma tentativa de matá-lo pela coisa do tesouro.

– Olhe, padre, eu não quero nem desquero. Estou me arriscando vindo aqui falar com o senhor. Corre que o senhor conspira, sabe, que se bandeou para os imperiais. O senhor se tornou difícil pra todo mundo, padre. E olhe, o senhor é de políticas, e vai entender o que estou dizendo. Se acha que agrada esses imperiais, se engana. Se eles chegarem, vai ser pior para o senhor. No mínimo vai preso para o Rio de Janeiro. Ou vai para a forca.

O padre olhou para o alto. E fulminou Talco com o olhar:

– Vosmecês rio-grandenses foram recebidos de braços abertos. Mas se desmandaram. Libertaram a canalha desta cidade. Pecaram contra Deus! Cobiçaram a mulher do próximo! No *Te Deum* que rezamos pela República, ali mesmo o pecado já germinava! Que ali mesmo o italiano e a pecadora trocavam olhares à sorrelfa! Emporcalharam a vila! Deviam era partir e nos deixar em paz! E que República é essa em que só os militares é que mandam?

– Olhe, padre – retrucou Talco com toda a calma –, o senhor me permita, mas vou lhe dar um conselho: guarde o discurso. Está falando para o homem errado. Guarde o discurso para o povo, se quer levantá-lo contra nós. Conheço bem essa vila para saber que se porcaria há não fomos nós que trouxemos. Ajudamos a destampar, quem sabe. E tem mais, padre: eu estou tentando resolver um problema, e o problema é o senhor.

Um pequeno brilho apareceu nos olhos do padre Vilela.

– Não estou querendo alevantar ninguém, ouviu? Só não quero que o Pecado fique impune, completou, sublinhando o "P" de pecado.

– Padre, o presidente da República Juliana é um padre.

– É, mas ele não manda nada. Quem manda é Canabarro, é Teixeira, é o italiano, é aquela mulher! República Juliana? Isto ainda vai ser conhecido como República de Anita, isto sim, pois o corso até rebatizou a mulher: de Ana fez Anita! República de Anita: vamos ser o escárnio do mundo!

À medida que falava, o padre fora-se pondo vermelho, roxo...

– Padre, já ouviu falar do Frei do Amor Divino, lá do norte?

– O Caneca? Sim, já ouvi. Era um homem bom. Mas pecou, era fraco, tinha a carne fraca. Por isso foi castigado.

– Conhece o padre Chagas, capelão dos republicanos, lá no Rio Grande?

– Conheço.

– Pois peça conselho a eles. Ao primeiro, em suas orações. Ao segundo, por carta, se quiser. Eu tenho quem a leve. Boa noite, padre.

– Meu filho...

– Boa noite, padre. E nunca mais me chame de meu filho. Senão, o senhor vai morrer antes que Retalho o pegue.

O padre Vilela ficou mudo, boquiaberto, de dedo parado no ar, olhando as costas do outro que se afastava.

CAPÍTULO 25

Na manhã do outro dia, Talco apresentou-se ao general Canabarro. Pedira uma audiência. O general estranhou, mas como o homem era da confiança do Gavião... Estavam no seu gabinete, no alto do prédio da Intendência, agora sede da República. Rossetti, que era secretário de governo, também estava presente. Talco contou tudo o que Charrua lhe falara. Mas não contou da conversa com o padre. O general ouviu, às vezes cofiando as suíças, às vezes com os olhos perdidos nas águas da lagoa, que brilhavam ao sol da primavera. Sentia-se como aquela lagoa: ilhado, e sem barra para sangrar. Certa vez dissera isso a Rossetti, o secretário. Este perguntara como podia uma lagoa ficar ilhada.

– Agora pode – dissera o general. – Eu decretei. E quem manda nesta merda de lagoa, sou eu!

Quando Talco terminou, disse:

– Prenda o homem.

– Que homem, general?

– Senhor general.

– Que homem, senhor general?

– O padre, ora. Quem mais? O italiano? A china dele?

Rossetti adiantou-se, em seu português perfeito:

– Senhor general, não acho prudente...

– Senhor secretário – berrou Canabarro, já apoplético –, o senhor entende é de atas, leis e dessas proclamas que o Gavião anda espalhando para esses infelizes que nem lutam por essa República infeliz, por essa liberdade de que a sua papelada fala. Nós é que temos de lutar por eles! Vou precisar de cada homem quando esses imperiais vierem.

Voltou-se para Talco:

— Prenda o padre! Lá na prisão do forte, no morro ao sul da barra. Lá ele estará em segurança. Além de tudo, parece que ele se voltou contra nós por causa das aventuras amorosas do nosso candidato a almirante...

Rossetti insistiu:

— Senhor general, não é prendendo um padre que se vai salvar a República... E depois, um governo sem oposição...

— Qual República, qual nada, senhor secretário! Estou querendo é salvar a pele do excomungado desse padre. Retalho e seus homens nada fizeram até agora. E já disse que vamos precisar deles. A República aqui durou três dias e um *Te Deum*. O senhor sabe que se não fosse pelas armas que temos a República se finava. Esses comerciantes de borra só querem saber quando os navios mercantes vão chegar. Elegeram um presidente igual a eles que acabou se acupinchando com os imperiais. Estava para os lados do Desterro e sequer se dignou a vir até aqui. Ficamos com o vice, um padre velho e banana que não manda nem sabe de nada! Enquanto isso nosso cabo de esquadra fica passeando com a namorada e fazendo escândalo, e o povo vai levantando barricadas de velhotas e fuxicos contra nós para defender a honra de um chifrudo que desapareceu! E eu no meio disso tudo, que merda!

Rossetti voltou à carga:

— Deporte o padre, senhor general.

— Que deporta nem porta, senhor Rossetti. Por que porta vou deportá-lo? Estamos cercados aqui. E deportar com quem? Já disse que vamos precisar de tudo e de todos aqui quando nos atacarem. E esses caramurus malditos vêm por terra e por mar, e já estão se preparando...

— Vamos lançar um novo proclama...

— Proclamas, proclamas, ora direis ouvir proclamas, senhor secretário! Veja bem: uma espada é uma espada é uma espada! Fui criado na Campanha, não na fina Roma ou na Bolonha do senhor Zambeccari, que acabou pedindo penico aos imperiais, foi anistiado e foi embora para a sua terra. Fui criado no meio da peonada, dos escravos e dos cavalos, na bruteza. A primeira coisa sensata que ouvi na minha vida foi um clarim. Isso arregimenta os homens, põe qualquer malta em ordem.

Ao som da palavra clarim, o general começou a se acalmar.

— Buenas, senhor secretário, desculpe os rompantes. Redija quantos proclamas quiser. Quem gosta disso mesmo é o Gavião, que anda a distribuí-los...

— Já redigi, senhor general. Veja: "Cidadãos livres da República Juliana! Desde que a torpe tirania opressora de um império que nem imperador tem, recuou ante a intrepidez do povo e das forças libertadoras..."

O general gemeu. Enxugando o rosto afogueado com um lenço vermelho, disse:

— Tatatá, senhor secretário, poupe-me disso. Só mande imprimir e distribuir, por favor.

Súbito, deu-se conta de que Talco ainda estava na sala.
– Que faz aí, sargento? – perguntou. – Já tem as suas ordens.
Talco titubeou.
– Quem, eu? Senhor general, se me permite, oficialmente eu não sou um sargento...
– Pois agora é. O Charrua está nas docas. Reúna vosmecê um destacamento e vá prender o padre. Depois o senhor secretário redige a nomeação, com todos os riquififes, e eu assino. Vá!
Talco deu meia-volta, depois da continência, desceu as escadas, e foi atrás do padre, reunindo uns três ou quatro soldados atrás de si.

CAPÍTULO 26

A vela oscilava, acesa, enterrada no umbigo do morto. O morto era o sargento Alemão e jazia deitado no porão estreito – ou seria uma cabine? – do naviozote que retornava, à vela mansa, da vila de Imaruí para Laguna, no meio da quietude da lagoa. Eram três barcos atopetados e o rumorejo d'água. Aquele era o capitânea. Na proa, Garibaldi, olhando longe. Na popa, Talco e o negro João Cavalo, ambos sem dizer nada. Talco fumava seu crioulo de palha. O negro olhava para a água, a cara suada, os brincos de ouro, que sempre trazia, luzindo um pouco cada vez que Talco chupava o cigarro, alumiando a brasa. Da cabine improvisada em porão saía um bodum de sebo de vela, fumo, cachaça e suor. E uma gritaria de carteado:

– É a sota maldita de asa preta e cara aflita!
– Dou valete e vale sete!
– Sete belo e primeira feita!
– Seis de paus e escovo a mesa!

Talco não via, mas sabia: as cartas vinham das mãos pegajentas e caíam em cima da enorme barriga do morto, improvisada em mesa e candelabro. Outras velas também alumiavam, plantadas nas escotilhas. Bigote, Mandengue, Cavaco e Retalho comandavam o jogo, aos gritos. Além de jogar, queriam dizer com aquilo que eram eles de fato que mandavam no jogo todo.

O Alemão fora a única baixa fatal das forças naquela expedição infeliz. Foram punir a vila de São João Batista de Imaruí, do outro lado da lagoa, onde se reuniram os descontentes com a República e lançaram um proclama pedindo aos súditos do Império que não obedecessem mais às ordens "dos bárbaros invasores rio-grandenses e sua comandita de bandidos, bugres, negros e mulheres da vida". Foi a conta. Canabarro ordenou uma expedição punitiva. Deu o comando a Garibaldi. Deu, não. Ordenou, porque diga-se a bem da verdade que o corso não queria aquela missão. Mas alguém tem de levar a expedição através da água, berrou o general, e o senhor é o nosso almirante! E mandou junto uma tropa de que faziam parte Retalho e seu bando, para os inimigos verem que ali ninguém estava para brincadeiras.

Partiram no meio da noite. Laguna agora pululava de espias pró-imperiais, todo mundo sabia. Por isso Garibaldi anunciou que ia direto ao embarcadouro da vila, mas desviou e foi aportar duas milhas a oeste, marchando daí por terra, entre os morros. Na vila havia alguns imperiais armados, mas eles, avisados, recuaram para os morros ao norte, deixando as casas e seus habitantes abandonados. Deles não partiu um ai de resistência. Só deixaram na vila um pequeno destacamento de uma dúzia de soldados improvisados, entre eles dois bugres e um negro, para avisarem, com um tiro, do desembarque. Depois, deviam correr para o mato e se salvarem como pudessem. Mas aconteceu que o destacamento esperava os republicanos pela água, e no embarcadouro. Tinham armado uma pequena barricada de carretas, carroças e caixotes de frente para o trapiche. Foram surpreendidos pelo estratagema de Garibaldi, e viram-se de repente atacados pelas costas, por uma chusma que se desatava das vielas, por trás do casario. O Alemão, um sargento simpático de que todos gostavam, vinha, enorme, na frente. Na surpresa dos atacados levou um, dois ou três tiros, ninguém contou ao certo, em pleno peito. Apesar do seu tamanho e do ímpeto da corrida, foi jogado para trás e caiu de costas, enquanto os demais atacantes fuzilavam os defensores que procuravam fugir de qualquer modo, alguns chegando à sombra das casas, pois nascia o sol a essa altura, outros se estendendo mortos pelo caminho.

O tiroteio fora à queima-roupa, enchendo o ar com cheiro de pólvora, suor e sangue grosso. A partir dali, aquilo deixou de ser uma expedição punitiva. Não foi sequer um saque organizado. Foi uma cachaçada. Retalho, Mandengue e os outros assumiram de fato o comando. Pularam primeiro sobre os caídos, cadáveres ou agonizantes, degolando a esmo e arrancando dos corpos o que podiam. Depois se foram pela vila, arrebentando as portas com as coronhas das armas. Descobriram os dois armazéns da vila que, se estavam pobres em comida, estavam ricos em barris de cachaça. E a bebedeira começou, com os Retalhos arrancando mulheres, crianças, meninas, e até homens barbados das camas, das casas, dos sótãos e porões, exigindo dinheiro, joias, atirando, cortando, carneando: até cachorro sem dono penou naquele dia.

Talco e alguns dos homens que foram com ele, por conta da proteção aos marinheiros e à frota, com Garibaldi, organizaram um quadrado no largo em frente à igreja. Para ali trouxeram tudo o que puderam: mulheres, crianças, o sacristão, pois o padre se fora, um ou outro ferido que puderam resgatar, e o cadáver do pobre do Alemão. Ali ninguém entrava: Retalho bem que tentou, pois uma das mulheres que lá ia se refugiando trazia uns brincos dourados. João Cavalo se interpôs e deu-lhe com a coronha do fuzil em pleno peito, fazendo ele recuar e cair de costas. Ele ainda se ergueu, ofegante, mas o negro, enorme, com a cabeça coberta por um pano vermelho, cresceu na sua direção: Retalho se foi em busca de outras presas.

À tarde uma espécie de modorra emborrachada caiu sobre a vila. Havia incêndios por toda a parte, e garrafões de cachaça jogados por todos os lados, ao lado de cadáveres, alguns seminus. Só o quadrado de Garibaldi permanecia de pé. Os outros atacantes todos ou dormiam pelas vielas ou cambaleavam pelos quartos arrombados, buscando presas e mulheres escondidas. Talco pensou: se os imperiais nos atacarem agora, estamos perdidos. Mas eles não iam atacar. Não eram muitos, e, dos morros ao redor, olhavam aquele estrupício sem mexer uma palha. Na maioria nem dali eram, eram fugitivos de Laguna, e um ou dois até sorriram por verem os concorrentes da vila vizinha tão desgraçados.

Quando ia escurecer, Garibaldi e os poucos sóbrios conseguiram arrastar os outros para os navios que tinham vindo até o embarcadouro recolhê-los. Por ordem dele mesmo levaram o sargento morto para a nau de comando, para enterrá-lo dignamente em Laguna, disse o comandante, que cedeu a cabine para o transporte do corpo. Acomodaram-no no pequeno espaço da peça improvisada, mas logo em seguida Retalho e os outros tomaram conta do lugar, empilhando o pouco que tinham de botim daquele estrupício cometido. Era, pensava Talco, para mostrar mesmo que dali para frente eles é que mandavam. E ali prosseguira a bebedeira, e se dera o carteado sobre o corpo meio desnudo e ainda sujo de sangue.

Quando chegaram a Laguna, no meio da noite, puseram o corpo do Alemão sobre uma tábua de mesa, e o desembarque se deu primeiro por uma algazarra de bêbados, depois por um cortejo fúnebre.

CAPÍTULO 27

Nos dias seguintes batedores trouxeram notícias de que os imperiais de fato vinham por terra e mar. Por terra, mais de dois mil homens já se reuniam para avançar sobre a vanguarda de Teixeira Nunes, que recuara de Garopaba, a meio caminho de Laguna. Por mar, o almirante Mariath vinha com vinte fragatas, canhoneiras, brigues, escunas e lanchões menores.

Em Laguna, a situação ia de ruim a pior. O governo republicano se desfizera. Mais da metade dele estava presa no forte da Barra, em companhia do padre Vilela, por se rebelar contra os rio-grandenses. A única coisa que se sustinha era o Comando Militar, e assim mesmo dividido: havia os que achavam que deviam abandonar tudo aquilo e ir logo para o Rio Grande, e havia outros que achavam que não, que deviam ficar, derrotar os imperiais e assegurar a posse do porto. De resto, a cidade estava entregue às iniciativas cada vez mais ousadas do bando de Retalho e à conspiração cada vez mais aberta dos partidários do Império, que já falavam em vinganças e acertos de contas.

Na noite de 12 de novembro realizou-se uma reunião secreta e de emergência entre os chefes militares, numa cabana abandonada ao norte de Laguna. Lá estavam Teixeira Nunes, que viera às pressas, adiantando-se à sua coluna em retirada, Garibaldi, Griggs, o capitão Luís Henrique, lagunense e oficial da Marinha, Canabarro, e alguns outros. Talco e Charrua comandavam dois pelotões de segurança. Foi um verdadeiro conselho de guerra.

O resultado dessa reunião trazia à tona as divisões. Canabarro reafirmou sua condição de comandante militar de todas as forças. Ele e Rossetti, que trouxera, embora fosse um civil, eram pela retirada incondicional de Laguna. Ali mesmo Rossetti começou a esboçar uma tese que mais tarde ele abraçaria claramente: estava na hora dos republicanos pensarem em fazer a paz com o Império. Não dava para eles derrotarem uma coisa do tamanho do Brasil. Tinham de deixar a luta pelas armas e lançarem-se numa luta de ideias pela República e contra a escravidão, que era a coluna mestra do Império.

— Devemos desde já lançar a ideia de substituir o governo da Regência, herdeiro de uma situação despótica, por uma Monarquia Constitucional que dê grande autonomia às províncias. Isso atrairá os liberais de São Paulo, de Minas e outros do norte, arrematou ele.

Canabarro olhou de esguelha para o secretário, cujas ideias achava sempre estrambóticas e destrambelhadas. Falou a seguir. Defendia o abandono da praça por outras razões. Mantê-la iria constrangê-lo a ordenar fuzilamentos e outras represálias, não só contra aqueles que traíam a República ou conspiravam contra ela, mas mesmo entre seus homens, para coibir os abusos que eram cada dia mais ousados. Acabou com um de seus desabafos:

— Estou farto dessa cidade de comedores de peixe e camarão! Vamos acabar devorados pelos caranguejos, merda!

— Com licença, general, aparteou Teixeira Nunes. Podemos vencer. Temos homens de confiança, inclusive os que salvaram a honra de nossa bandeira no desastre moral que foi a expedição contra Imaruí, pela qual já protestei...

Canabarro saiu-se aos berros:

— O que pensa, Gavião?! Que vamos dobrar esses imperiais com os papéis que esse aqui — apontou Rossetti — escreve e vosmecê distribui? Para resistir aqui preciso de esquadrões treinados, um, dois, muitos esquadrões, alimentados, pagos, não de um mero punhado de bravos hostilizados por uma parte de seus colegas de farda, defendendo uma República que ninguém mais quer defender, caraco! E tem mais uma coisa: vosmecês escrevem e distribuem papéis cheios de ideias. Mas quem vai ter de mandar fuzilar sou eu! Não quero fazer isso, mas se precisar, faço!

Teixeira Nunes, que estava tomando mate, largou a cuia, levantou-se, perfilou-se, e disse:

— Com todo o respeito, senhor general, sou o coronel Teixeira Nunes, comandante da vanguarda do exército republicano e da brigada de lanceiros libertos da cavalaria rio-grandense.

— Tatatá, senhor coronel, me excedi no rompante, mas isto não muda a situação.

Antes que as coisas piorassem, Garibaldi, com a concordância dos outros oficiais da Marinha, expôs um plano que parecia factível e que postergava a verdadeira decisão no aguardo do rumo dos acontecimentos. Caberia a Teixeira Nunes retardar ao máximo o avanço das forças de terra, de modo que a esquadra imperial chegasse primeiro. Ele, Garibaldi, organizaria a resistência, apoiado por forças de terra sediadas no forte e ao longo da barra da lagoa. Com sorte, poderiam até abordar e tomar alguns dos navios dos imperiais, dado que a estreiteza da barra iria forçá-los a entrar ali um por um, e assim reforçariam a defesa e a Marinha da República. Por isso mesmo deveriam renunciar às estratégias tradicionais, como colocar correntes na entrada da barra ou afundar batelões para fechar a passagem. Enquanto isso, o general Canabarro manteria suas forças em reserva. Se os da barra fossem derrotados, estaria pronto para a retirada. Caso a sorte fosse favorável, poderia apoiar por terra a defesa naval.

— Acho tudo isso uma loucura, capitão Garibaldi — disse Canabarro. — Mas quero saber o que os outros pensam.

Teixeira Nunes gostou da ideia. Atacados em duas frentes, poderiam lutar em momentos diferentes, e assim transformar a desvantagem em vantagem. E ele era dos que defendiam intransigentemente a posse de um porto e de uma Marinha poderosa.

A discussão se estendeu por uma hora ainda. Afinal, o plano exposto por Garibaldi foi aceito. Ele primeiro transportaria as forças de Canabarro para o outro lado da barra, ao sul. Teixeira Nunes viria recuando e resistindo em direção à Laguna, fincando pé um pouco ao norte da vila, impedindo a passagem das forças de terra. Garibaldi resistiria no canal. Se tivesse sucesso, Canabarro e Nunes convergiriam sobre a vila, reocupando-a, e dali se organizaria a nova fase da luta. Caso não desse certo, Canabarro começaria a retirada e as outras forças se reuniriam a ele num lugar conhecido como caminho da Carniça, bem mais ao sul.

Concertadas as estratégias, saíram. Uns para o norte, outros para Laguna. No caminho, Charrua comentou com Talco:

— O italiano é ousado. Mas não conhece estas praias, estes ventos. Ele está contando com a estreiteza e a pouca fundura do canal da barra. Isto vale se permanecer o vento sul, como agora. Se ele virar para o norte, aquilo enche com a corrente que vem do mar. Até um sobrado passa ali boiando...

— Estás ainda infeliz, amigo? — perguntou Talco.

— Sim e não. Sabe aquilo dos sonhos? Meu tata também me apareceu. Mas não me disse nada. Só apareceu. Vi seu vulto. Estava de costas, ocupado com os nhandus, é claro. De repente voltou seu rosto para mim. Mas ele não me disse nada. Quando o tata aparece e não diz nada, é que grandes coisas estão pela frente. Tão grandes, que nem ele pode dizer o que é.

— Não sei — disse Talco. — Tenho esperanças e não. Desconfio que as coisas já estão decididas. O general quer voltar. Acho que está com saudades das correrias a cavalo, das cargas em campo aberto, e, sobretudo, das chinas, em especial daquela a que chamam "a Papagaia", e é sua favorita. Não é homem para ficar num sobrado, comandando de trás de uma mesa.

Charrua não retrucou. Estava perdido em seus pensamentos. De repente arrancou um botão dourado do seu dólmã de sargento, um da manga, perto do punho. Deu-o a Talco, dizendo:

— Guarda contigo esta prenda, mano velho. Se a vida nos separar, ele vai te ajudar a me encontrar, nem que seja nos campos de caça acima do Ande.

— Que é isto? Estás de enigmas?

Charrua só voltou a dizer:

– Guarda.

Talco não retrucou. Pegou o botão e guardou-o no bornal, na caixa de couro, com o velho livro que fora de seu pai. O livro perdera algumas páginas, borradas durante o naufrágio na foz do Araranguá. Mas ele o salvara, mantendo-o na mão acima da água o quanto pôde. Charrua olhou aquele cerimonial. Conhecia o valor do livro para o outro. Emendou:

– Também, mano, não precisava tanto, é só um botãozinho...

Foram caminhando. A certa altura passaram por Garibaldi, que trazia, como era de seu costume, um pala leve e branco que luzia frouxamente na noite escura, mas com alguma lua. Ele retardara o seu cavalo, e conversava com Griggs e Luís Henrique. Ouviram-no dizer, no seu português engrolado com italiano:

– Vejam a ironia do destino... A República dos pampas vai ter sua batalha decisiva no mar, numa barra de lagoa...

CAPÍTULO 28

A fumaça ia se dissipando. Golfadas, rolos de fumaça passavam diante dos olhos esgazeados de Talco, secos pelo ardor do fumo e pela força do vento. Ele estava de novo no convés do Seival, ou do que sobrara da capitânia da pequena armada republicana. Olhava por sobre a murada toda em pedaços. Pouco adiante, num bote encalhado no canal da barra, um rosto sem rosto o encarava. Era só isto: pelos chumaços queimados de cabelo liso podia-se ver que aquilo fora um rosto. E pelo resto de manga azul grudado ao punho destroçado, onde faltava um botão dourado de uniforme, podia-se adivinhar que aquilo fora o sargento Charrua.

O vento empurrava os rolos de fumaça, alguns brancos, outros negros, em direção à terra, para o sul. Aquele vento traidor, pensava Talco, mordido no coração. Aquele vento que tudo ou quase tudo decidira. Ao seu redor havia um cheiro acre de pólvora, chamusco e sangue, que o vento não dissipava. Havia sangue, muito sangue espalhado pelo tombadilho, pelo cordame destroçado. As botas grudavam no chão e as mãos estavam vermelhas e pegajosas. Talco olhou para diante. No outro navio, em frente, Griggs, de olhos abertos, com o ruivo da barba enegrecido, olhava o horizonte. Seu braço alevantado parecia retê-lo num aceno. Estava preso ao cordame, sobre a mureta arrebentada. Quer dizer: metade estava ali, naquele último gesto. Uma carga de metralha cortara-o ao meio, jogando as pernas no meio do convés. Pelo chão havia pernas, braços, mãos, cabeças, tripas, dedos, pedaços e pedaços de corpos decepados e esparramados para todo lado. Talco ia pulando pelos barcos, enfileirados e amarrados uns aos outros, em busca de sobreviventes. Mais adiante viu o vulto do capitão Luís Henrique. De pé, junto ao mastro principal, tinha o braço apoiado numa corda apontando à frente, como em ordem de combate. Mas pelo buraco enorme em seu peito dava para ver uma nesga do céu, afinal azul, por entre os fiapos de fumaça que iam rareando. Pela primeira vez numa batalha, Talco deu de suar frio. Nada mais de vivo havia por ali. Talco arrancou a bandeira chamuscada, única coisa que restara meio inteira no navio de Griggs, e voltou correndo para a canoa que o trouxera. Em duas remadas estava na praia, onde ouviu ainda um Garibaldi aturdido, de barba enegrecida e rosto chamuscado, dizer a uma Anita atônita, de olhos vidrados, tremente, de roupa queimada e desfeita na altura do ombro:

– Vá, vá, vá!

A voz soava mecânica, e Talco pensou naquela hora que era a voz de um homem só, profundamente só. Anita montou a cavalo e partiu. Garibaldi agora se desfazia em descomposturas em todas as línguas que conhecia. Talco olhou ao redor: vinte, talvez trinta homens espalhados, arrebentados, tentavam se pôr de pé: era o que restava da Marinha republicana. Tinham sido trazidos por ele, por Anita, por Garibaldi e outros nos escaleres e canoas que restavam inteiros. Aquilo não fora uma batalha, pensou Talco, fora um matadouro.

Era o meio da tarde do dia 15 de novembro de 1839. Na madrugada daquele dia, o vento mudara. Vinha do sul, fraco, passou a soprar do norte e logo numa lufada contínua do nordeste. Era o pior vento. As águas do mar começaram a entrar aos rebojos pela barra, indo encher a lagoa com seu cheiro de sal. Garibaldi dispusera os seis navios da pequena armada em fila, amarrados uns aos outros, junto à costa sul da barra sinuosa. Do outro lado, ao norte, dispôs o que pôde reunir de botes, escaleres, canoas, jangadas feitas na hora, preparados para a abordagem. Charrua comandava esta parte da defesa. A ideia era mesmo incendiar, afundar ou encalhar um navio imperial no meio do canal, abordá-lo e aos demais que pudessem, pois as naves teriam de parar e não poderiam manobrar para recuo na barra estreita. Cumprindo o plano, as naus republicanas transportaram durante toda a noite o exército de Canabarro para a margem sul da barra. As águas estavam calmas, o céu tranquilo, o vento quieto. Foi só na última passagem, quando ia o próprio general, que as lufadas do norte começaram a se fazer sentir. Canabarro advertiu Garibaldi de que aquilo era um sinal. Mas o corso, como de seu costume, se obstinou. Sequer concedeu à ideia de que então o melhor seria mover os navios para dentro da lagoa, onde, pequenos, poderiam manobrar com vantagem contra as pesadas escunas, canhoneiras e fragatas do Império. Não, não e não. A batalha seria decidida nas curvas sinuosas daquela Barra que as ondas do mar, entrando intempestivas, varriam com suas espumas. Preparou as naves, as baterias no forte, logo na entrada do canal, e dispôs uma linha de infantaria ao longo da margem sul do canal. Talco comandava esta linha. Tinham boas notícias da frente norte: embora recuando, Teixeira Nunes conseguira retardar o avanço dos imperiais.

No fim da manhã, a frota do Império apresentou-se. Tal era a ventania, que não se detiveram para se reagruparem. Vieram direto, em linha, entrando pela barra adentro, junto com os vagalhões cada vez maiores que sacudiam os botes e invadiam as margens com o seu fragor. Na frente vinha uma canhoneira com vinte peças de tiro, e logo fragatas e escunas. A guarnição do forte abriu fogo, varrendo o convés da canhoneira. Talco deu ordem e a infantaria da margem começou a atirar, ritmada, em filas de três, nos navios que passavam.

A canhoneira, em grande velocidade, abriu fogo. Durante um tempo curto, mas que ninguém soube dizer depois quanto foi, as naves do Império e as naus da República se canhonearam, se metralharam e se fuzilaram a uma distância menor do que dez metros, aquelas passando varridas pelo fogo e estas resistindo e sendo destroçadas. Palhabotes e lanchões explodiam e encalhavam; forças dos lanchões do Império, que acompanhavam os navios maiores, abordavam os botes da República. Lutava-se a canhão, a metralha. a fuzil, a baioneta, a coronhada, a facão, a punho e a dentadas tudo ao mesmo tempo. Um detalhe gravou-se nas retinas de Talco: Anita, no navio à frente, o rio Pardo, réplica do que afundara no Araranguá, fora quem dera a ordem de fogo para a esquadra. No momento do ataque, Garibaldi estava em terra, ainda correndo para as naus. Viu depois a fumaça engolfá-la enquanto os estrondos dos canhonaços sacudiam a embarcação, e viu-a tropeçar e cair de borco junto ao madeirame da proa. Este tropeço salvou-a: as varreduras de balas não a perseguiram, dirigidas ao meio do convés onde se concentravam os canhões e os atiradores.

O plano fracassara. Embora com grandes perdas – setenta mortos e uma centena de feridos – a Marinha imperial passou, chegando à lagoa, onde os remanescentes começaram os preparativos para o desembarque.

Na Marinha republicana, os que ainda podiam mover-se começaram a desembarcar os feridos, a munição disponível e as armas ainda em condições. Foi quando Garibaldi ordenou a Anita que partisse, que fosse ao encontro de Canabarro e que dissesse para ele vir: os imperiais estavam abalados, e um ataque fulminante poderia surpreendê-los. Contava com isso afastá-la, mas não conseguiu. Ela voltou logo, o cavalo esbaforido, com a resposta do general. Não desmontou: quase caiu cavalo abaixo, arquejando, dizendo aos borbotões:

– O general não vem. Diz que aqui nem o Diabo vem. E se vier, que venha armado. Seus chasques viram tudo, e ele também tem más notícias do norte: Teixeira Nunes foi batido, e vem às carreiras para cá. Ordena a queima dos navios, o abandono da posição, o recuo. Água, por favor.

Bebeu. Beberam. Não havia muita água. Ela caiu de joelhos, ao lado do cavalo. Foi uma confusão. Estropiados ou não, muitos começaram a correr morro acima. Garibaldi teve de dar tiros para o ar, para deter uns poucos. Começaram a colocar feridos, munições e armas em três carretas. Talco pôs em ordem os remanescentes da infantaria, e mandou avisar os do forte para que deixassem a posição, libertando antes os prisioneiros, conforme as ordens prévias de Canabarro. Preparou-se com alguns homens para uma última vistoria nos navios arrebentados.

Da vila vinham tiros, gritos, viam-se incêndios. As tropas de Mariath desembarcavam, mas estavam ocupadas com seus feridos: a cidade ficara dividida entre os partidários do Império, que começaram as retaliações, as vinganças, arrancando pessoas das suas casas, queimando móveis, dando tiros para o ar, e os homens de Retalho que desde a manhã saqueavam o que podiam. Os tiros vieram se aproximando: os retalhos vinham vindo para os lados da barra, perseguidos por uns poucos homens de Mariath que tinham condição de luta. Apesar do vento e da corrente, conseguiram atravessar nos destroços das jangadas, com seus bornais cheios de presas. As duas tropas – a de Talco e a de Retalho – encontraram-se a bordo, numa disputa por corpos, uns tentando ver se ainda havia alguma vida, outros arrancando anéis, brincos de dedos e orelhas destroçados, vasculhando bolsos em pernas soltas, terceiros buscando munições e todos se jogando em cambulhada para a margem sul.

Talco viu alguns dos saqueadores, entre eles o próprio Retalho, correndo em direção ao forte, onde os soldados da guarda escapavam pelas brechas abertas pelo canhoneio nas muradas. Lembrou-se do padre Vilela, e correu naquela direção. Enquanto isso, Garibaldi e Anita começavam a pôr fogo nos navios.

Talco entrou no forte pela primeira brecha que encontrou. Correu em direção à casa dos oficiais, onde ficava também o presídio, ao lado. Caído na porta, deu com o corpo do padre Vilela: estava de costas, tinha os braços abertos e os olhos arrancados. Junto dele, o negro João Cavalo: tinha uma machadinha enterrada na nuca e estava sem as orelhas, em que levava os brincos de ouro. Talco deu meia-volta e enveredou pela brecha por onde entrara a tempo de deparar com o Retalho, que, atrapalhado com o peso de seu bornal, tendo que segurá-lo com as duas mãos, escorregava nas pedras desabadas, até que tropicou e rolou pela pedranceira. Talco alcançou-o: as coisas do bornal se espalharam, e entre elas viu os brincos de João Cavalo, ainda nas orelhas negras, e pensou reconhecer alguns botões do dólmã de Charrua. Ergueu o outro pela gola, que berrava:

– Não fui eu que matei o negro! Não fui eu!

Enquanto gritava, Retalho, de joelhos, com a testa aberta e jorrando sangue, olhou para cima. Sentiu o cheiro de carne queimada e viu a cor das labaredas que engolfavam os navios nos olhos de Talco. A garrucha de dois canos entrou-lhe pela boca adentro, quebrando os dentes que restavam, e o mundo explodiu em sua cabeça.

VI

O ABISMO

CAPÍTULO 29

Estavam: o urubu e o abismo. E um lançou-se e pairou sobre o outro, de asas abertas, nas pontas as penas esticadas como dedos negros e finos, contra a rocha cinzenta do paredão a pique e a bruma algodoada no fundo do desfiladeiro. Talco ficou olhando os círculos da ave, que descia em direção à bruma. Logo ao lado dele um riacho soltava-se da pedra e caía numa queda a prumo até desaparecer na névoa, que ali se revolteava. O urubu foi diminuindo em suas volutas garganta abaixo, até que se aquietou numa quebra da penha, minúsculo, próximo da bruma queda.

Os olhos de Talco voltaram às alturas do planalto. O céu estava de um azul enorme, envolvendo aqueles plainos cobertos pelos pinheirais, e que de repente despencam a prumo, como beira de maciça mesa. No verde dos capões de mato sobressaíam os pinhos em forma de candelabro, e ao pé deles a cavalhada descansava. Uma ou outra fumaça perto dos capões e o cheiro de carne assada denunciavam a presença das tropas. Talco viu uma fina fila de cores variadas destacar-se do pinheiral e vir coleando em direção do riacho, mais acima da beira do penhasco. Eram as mulheres que acompanhavam a tropa, preparando-se para lavar as roupas, as mantas, fardas em trapos, palas e ponchos ainda chamuscados da guerra à beira-mar.

Uma voz quebrou-lhe a cisma, perguntando-lhe por ela:

— Que cismas são estas, senhor Talco?

Surpreso, ele voltou-se. Era Anita, que, sem ele perceber, chegara até ali. Vinha coberta por um grosso xale preto, pois, embora verão, fazia frio naquelas alturas depois do amanhecer. Os cabelos estavam soltos, e caíam sobre o xale, emoldurando aquele olhar negro que o fitava de tão perto.

— Dona Ana... — começou ele.

— Não sou mais Ana de Jesus Ribeiro, senhor Talco. Sou Anita Garibaldi. Trate-me assim.

– Sim, dona Anita.

– Então, senhor Talco, cheio de cismas aqui à beira deste precipício onde volteiam os urubus? Não é um pouco perigoso, mesmo para alguém experimentado como o senhor?

– É que...

Então ele falou. Sem saber por quê, falou. Começou contando de Charrua e de seus sonhos de ter uma pátria. Quando se deu conta, estava mostrando a ela o botão e o livro. Ela interessou-se pelas duas coisas, pegou-as. Devolveu-lhe o botão e afagou o livro. Abriu-o, folheou-o, olhou as figuras.

– Não sei ler, senhor Talco. Minha mãe ensinou-me alguma coisa em criança, mas muito pouco.

Ela cravou os olhos nele:

– Gostaria que alguém me ensinasse.

– O capitão Garibaldi...

Ela riu.

– Oh, ele não tem tempo nem paciência para isso...

– E o que a leva a crer que eu teria, senhora?

– Já vi como gosta dos livros, já vi que escreve. O senhor parece gostar das letras. E este livro, o que é?

Talco contou-lhe, de modo resumido, a história do livro. Deu-se conta de que estava, na verdade, contando para ela a sua própria história. Falou-lhe da mãe, da cidade em que crescera ao norte, de sua vinda para as campanhas do Rio Grande, e de como se espantava de tanta mudança no seu destino, a tal ponto que não sabia mais o que era, ou quem.

– Sabe, senhor Talco, essa história que me contou é muito bonita. É engraçado. Os homens como o senhor, em geral são rudes, mal sabem falar, muitas vezes se dão melhor com seus cavalos do que com moças num salão. O senhor não. Confesso que fiquei impressionada como canta, como dança, que vi naquela festa. Não leve a mal eu lhe dizer essas coisas. Sou assim mesmo, muito impulsiva. Já tenho dezoito anos. Sou dona de mim, creia. Afinal, eu mesma quis mudar de destino, como o senhor está mudando o seu. Não quis mais ser Ana, a mulher do sapateiro bronco, que depois de algum tempo me dava asco. Quem sou agora, o que serei? Só Deus sabe...

As outras mulheres vinham se aproximando da beira do riacho. Ela colheu uma trouxa de roupa que tinha no chão, junto a si.

– Bons dias, senhor Talco, foi muito agradável falar com o senhor. E cuidado. Não vá tropeçar.

Ele, quando se deu conta, estava se curvando, como se fosse beijar-lhe a mão. Mas limitou-se a dizer:

– Bons dias, senhora dona Anita.

CAPÍTULO 30

Vendo Anita se afastar, enquanto a seguia com os olhos, Talco voltou a engolfar-se nos próprios pensamentos, e no que não dissera para ela. Estava num mau passo.

Nas guarnições do Desterro havia soldados do norte. Alguns estavam entre os rebelados que seguiram os republicanos. Um deles lhe dera notícias do Recife, que ele foi puxando em fio de conversa, mesmo sem contar direito quem era, ou quem fora.

Por ele soube que sua mãe morrera. E morrera pobre, às vezes esmolando na rua para ter o que comer. E as senhoras da sociedade mostravam-na como exemplo de que Deus afinal castiga quem afronta os Mandamentos. Uma certa Jamila chegara à cidade, com moças damas de Salvador. Entrou a fazer concorrência com a casa do Encantamento. Fez amizades com delegados, ouvidores, secretários, fiscais, juízes, padres, o diabo. Dasdor caiu em desgraça, e contra os grandes nem seu dinheiro, que ainda tinha em alguma abundância, adiantou. Foram-lhe quebrando a espinha, até quebrar-lhe a casa. Favoreciam a fuga de seus negros. O coronel Natalício morrera. Desde o fim do Cabugá muita gente guardara ódio e medo de Dasdor. A rival dera--lhes a oportunidade de dobrá-la. O curioso, contou o nortista, é que parecia que essa Jamila já trabalhara para a própria Dasdor, tempos atrás, mas por alguma razão fora obrigada por ela a deixar a cidade. Tinha algo a ver com um filho de Dasdor, que desaparecera. Era um caso de vingança, dizia-se. Jamila tinha uma criança, um filho, que Dasdor, parece, vivia querendo ver. Mas a outra não deixava. Dasdor finou-se de desgosto. Empobrecendo, foi morar nos areais do Beberibe, lavando roupa, costurando quando podia, porque das senhoras finas ninguém queria dar-lhe serviço. Costurava e lavava para negros velhos, a soldadesca, gente pobre como ela ficara. Um dia foi encontrada morta.

Talco pensava em tudo aquilo, um redemoinho em sua cabeça. Jamila, Djamena. O filho, seria dele? Havia algo dentro de si que subia e descia. Pegou uma pedra. Jogou-a penhasco abaixo. Ficou ouvindo suas batidas nas penhas até fazer-se o silêncio. E ainda havia outra coisa. Ao chegar naqueles campos de Cima-Serra, com o exército republicano vindo de Laguna, procurara por Benedita, cuja casa ficava naqueles altos.

Encontrara a casa abandonada, o galpãozinho queimado. Perto, uma cova; sobre a cruz, um terço de contas que a velha prezava. Dentro da casa, agora tapera, descobriu uns panos rasgados sobre uma enxerga, um deles manchado de sangue. A caixa em que a velha guardava seus dinheiros estava jogada no chão, já coberta de mofo e meio apodrecida. O que poderia ter acontecido?

A seu ver, aquilo era uma advertência. Ele também podia trazer má sorte para quem o cercasse. Pela segunda vez na vida Talco conheceu o que era suor frio. E ali, ao contrário de Laguna, nem batalha houvera. Se havia, era dentro dele. O que fazer? Não, dona Anita não tinha razão. Aquela não era uma história bonita.

Antes que outros pensamentos desses lhe anuviassem ainda mais a mente, ele se afastou do abismo.

CAPÍTULO 31

Os republicanos – aqueles – estavam no planalto por causa de uma reunião. A reunião fora curta, e num toldo armado de pau a pique com couro de rês por cima. Fora nas baixadas entre Laguna e o rio Mampituba, que era a divisa com o Rio Grande. Como de costume, a discordância se dera entre Gavião e Canabarro. O general queria voltar para a campanha do Rio Grande. Teixeira Nunes discordava, dizia que uma nova força de imperiais vinha dos campos de Sorocaba, ao norte, pelo planalto, e que era necessário detê-la. Ademais, dizia ele, se derrotassem a força do planalto, reanimariam os republicanos do litoral: poderiam até retomar Laguna.

Diante dos argumentos, Canabarro teve mais um dos seus rompantes. Levantou-se de ímpeto, deu um pontapé no tamborete de couro que lhe servia de mesa, fazendo voar cuias, chaleiras e mapas, e largou aos quatro ventos:

– Vão! Vão! Vão! Reúna sua vanguarda, coronel, e suba Cima-Serra. Leve mais a artilharia que nos resta e um corpo de brigada. E o que resta da Marinha e da infantaria. Faça o que possa. Tudo o que posso ver nesse caminho é sangue, suor e...

Não terminou a frase. Um estalo ao lado sacudiu o toldo e o grupo. Um sargento apresentou-se:

– Desculpe, senhor general. O tenente Tainha manda avisar que o eixo da carreta de carga das munições, aqui ao lado, se partiu. Não houve baixas. Só um dos homens, que estava carregando um barrilete de pólvora, perdeu o dedo mingo. Mas disse que não tinha importância: ele já estava seco desde o combate na barra, Senhor.

O general fulminou o sargento importuno com um olhar furibundo.

– Diga ao tenente Tainha que cuide tão bem das carretas como deve cuidar da vaca da mãe dele!

Continuou:

– E... E... ora, esqueci o que ia dizer. Não faz mal. Como dizia meu finado avô, neste mundo mais vale ter lágrimas pelo mal feito do que um buraco no peito, fosse lá o que ele quisesse dizer com isso. Vão, meus filhos, e que Deus os proteja. Vou para o meu Rio Grande, ao encontro de Netto. Adeus, coronel. São minhas ordens. Vá!

Teixeira Nunes requisitou o quanto pôde, inclusive Garibaldi e os soldados negros da infantaria. Um único voluntário não requisitado se apresentou: Rossetti. Não sem antes pedir permissão ao general. Este disse:

– Vá, meu filho. Vão precisar de muitos proclamas no planalto...

E assim eles subiram as encostas abruptas dos Aparados da Serra, na altura de uma passagem conhecida como a picada do Faxinal, entre chuvas, brumas, frios e névoas que caíam pelos pinheirais abaixo, até aquele descanso onde Talco conversou com Anita. Chegaram ao topo do planalto extenuados, e tiveram que parar uns dias para descansar. As notícias se confirmavam: novas tropas chegavam de Sorocaba para atacar a República.

CAPÍTULO 32

Como sempre, os republicanos chegaram de modo retumbante e cheio de vitórias. Dos itaimbés, ou desfiladeiros, onde se achavam, seguiram para o norte, e passaram pelo cerro dos Ausentes, onde de tão frio ninguém ficava. Cruzaram o rio das Pelotas, e depois o das Canoas. Caíram sobre os imperiais numa defesa dita a do Pinhal. A luta foi renhida, a vitória foi completa. Os republicanos ficaram com o terreno e os imperiais fugiram para o norte: seu comandante morreu, lanceado à beira de um rio.

Entraram os republicanos na vila de Lajes, recebidos pelos simpatizantes com festas, bandeiras e fanfarras, como de costume. Teixeira Nunes determinou que ali seria o quartel-general das operações no planalto. Escolhera a dedo quem levar consigo: tropas disciplinadas, os libertos que comandava, os voluntários foram selecionados com cuidado, para não haver problemas com a população, como houvera em Laguna. Assim mesmo, depois da vitória no Pinhal, os republicanos receberam muitas adesões: gente do lugar, viajantes, rio-grandenses vindos de Cima-Serra, ao sul. De modo que logo suas forças adquiriram o aspecto que ficaria característico das tropas e acampamentos republicanos: parte das tropas vestida com fardas cada vez mais desbotadas e maltrapilhas, por falta de substituição; outra parte com um verdadeiro circo de roupas diversas, palas, ponchos, calças e camisas de todas as cores, uns descalços, outros com couros de rês enrolados nos pés à guisa de botas. A dar unidade a tudo aquilo, só os lenços vermelhos da revolução, atados ao pescoço. Havia também mulheres entre as tropas, como Anita com o seu Giuseppe, ou Pepino, como ela já o chamava: algumas seguiam os seus homens, outras simplesmente seguiam os homens, e todas aumentavam o tom colorido do passar das tropas. E elas lutavam também; com frequência, ficavam encarregadas de proteger os mantimentos e mesmo as munições quando a maioria dos homens saía nas cargas pelos campos.

Talco registrou tudo isso em seus escritos; registrou também que a essa altura a guerra começou a tomar um passo rotineiro para ele. Fazia suas funções, ia, vinha, campeava, fazia reconhecimentos, relatava tudo ao comandante, lutava, esboçava mapas, mas, diria, sem o ardor de antes. Algo estava se alterando nele, e ele não sabia o que era. Mas cumpria suas ordens. Quando tinha tempo, escreveria, ficava observando Anita. Apreciava seus modos decididos, e algo que ele registrou numa imagem de paradoxo: a sua juventude madura. Uma ou outra vez ela pediu-lhe um serviço, na ausência de Garibaldi: buscar-lhe um cavalo, arreá-lo, limpar uma arma, trazer-lhe algum mantimento mais pesado, e tudo ele cumpria de pronto. Tão de pronto que um dia Teixeira Nunes chegou a chamar-lhe a atenção, se não havia zelo de mais ali e de menos com os deveres de tropa. Ele ouviu, nada disse, só perguntou pelas novas ordens.

O comando da expedição determinou que partiriam para o norte. Tinham notícias de que de fato força de imperiais vinha pelo Planalto para dar-lhes combate. De volta a campos vastos, embora cobertos de quando em quando pelos capões dos pinheirais, e bastante ondeados pelas cristas e morrotes da altitude, Teixeira Nunes optou por combater longe das cidades. Antes de partirem, Anita chamou Talco à parte e pediu-lhe um favor: queria que ele lhe escrevesse uma carta. Uma carta não: um bilhete, uma mensagem. Era para a mãe, em Laguna. Não sabia quando, nem se poderia mandá-lo. Mas queria tê-lo pronto caso a oportunidade se apresentasse. Ele se surpreendeu com o pedido, mas como sempre obedeceu imediatamente. Era uma mensagem simples: que a senhora não se preocupe, lembranças às irmãs. Não mais do que poucas linhas, Talco recordaria anos depois. Mas, escreveria ele também, dez linhas que ficaram, para além do papel, como que gravadas nele mesmo:

Mãe,
Espero que a senhora e as manas estejam bem. Não se preocupe. Deus é quem sabe de tudo, e Ele vela por nós. Reze por mim. Em mim, não sinto a sombra de pecado. Estou feliz e sigo meu destino. Com amor,
Anita

CAPÍTULO 33

Vinha no comando das tropas do Império o coronel chamado de Melo Manso. Ele era irmão do chamado Melo Bravo. Bravo era conhecido assim por estar do lado dos republicanos. E Manso por estar do lado dos imperiais. Manso vinha determinado a descontar por sua alcunha, senão mudá-la.

O recontro deu-se de surpresa. Foi de madrugada. A força republicana acampara a campo aberto, esperando encontrar o inimigo mais adiante. Mas Melo Manso vinha com força, e tendo sabido do número de seus adversários, acometeu a três por um, certo da vitória, rompendo os outros pelo meio.

Vinham numa carga de cavalaria, apoiada por soldados a pé dispostos em cunha, a cada lado do acampamento dos republicanos. Tiroteavam raso, esperando matar uma soldadesca dormente. Mas não contavam com a presteza da resposta. As tropas republicanas estavam exaustas. Queriam seus comandantes enfrentar os imperiais o mais ao norte possível. Forçaram as marchas. Mas dispuseram que os homens dormiriam com suas armas, e os cavalos ao pé dos cavalarianos.

Quando os imperiais irromperam atirando no meio da noite, houve um movimento concertado: os da infantaria, mal despertos, retiraram-se, atirando, para um capão de pinheiros à sua esquerda. A força de suprimentos e munições recuou, estabelecendo uma retaguarda, onde avultavam as mulheres, tiroteando também. Os cavalarianos, montados depois do despertar, retiraram-se à direita e abriram fogo antes de avançar. Deu-se então que a vanguarda dos cavalarianos do Império, acossados pelo fogo de três lados, desandou. Os republicanos, desejosos dos cavalos, atiravam nos homens. Mas estes, feridos, puxavam as rédeas dos animais e procuravam se esconder atrás deles, mesmo caídos. Nas sombras do amanhecer, ainda em lusco-fusco, os imperiais começaram a atirar a esmo, se atingindo. Quem podia escapar fugia, e logo armou-se uma fuga desabalada. Buscavam o vau de um rio, o das Marombas, na crista de uma coxilha elevada, por onde ele se despejava

107

no remanso abaixo: ali era uma barreira natural, que deteria as tropas atacadas, agora em perseguição.

O hurra! dos republicanos sacudiu aquela antemanhã. Afogueado, reunindo a cavalaria, o Gavião deu ordem de ataque. Debalde Rossetti quis antepor-se àquela ordem. Garibaldi deu ordem a seus homens – que eram os da infantaria – que ficassem cobertos no capão de pinheiros onde se acobertavam refugiados. Bandeiras à larga, os cavalarianos saíram à brida solta atrás dos inimigos, dizendo Talco em suas memórias que não sabia o que era mais reluzente, se os sabres, as pontas das lanças ou a face dos negros de olhar feroz.

Os imperiais eram numerosos, muito numerosos. Na fuga em direção ao vau, que ficava num alto encachoeirado, foram se reagrupando. Ao atingir as margens da água, Melo Manso viu-se no comando de uma balbúrdia, mas balbúrdia de homens agrupados, enquanto via no descampo abaixo os inimigos cavalgando em pequenos grupos de velocidades separadas. Disparou a garrucha para cima, e todos congelaram, dominando os animais. Ordenou que se voltassem para os atacantes, e que disparassem. Foi obedecido, tanto pelo pavor de suas ordens como pelo pavor que entre os imperiais despertavam os lanceiros libertos. O resultado foi devastador. No alto da crista da coxilha, os imperiais atiraram a cavaleiro sobre os republicanos que subiam a encosta: quase a metade caiu no ato, entre cavalos e gente que rodava.

À meia encosta, Teixeira Nunes tentou conter o desastre, mas o desbarato era enorme e os imperiais, agora animados, carregavam. De seus homens, metade estava a pé, fosse ferida, fosse por falta de cavalos, agora abatidos. Viu o movimento dos imperiais: uma parte vinha em sua direção, e outra seguia adiante, pela crista da coxilha, para atacar a infantaria no capão lá atrás e a força dos suprimentos, isolada. Em meio aos tiros e a gritaria, chamou seu sargento Talco e ordenou que reunisse uma dúzia de cavalarianos e fosse socorrer a retaguarda.

Pensando em Anita, lá se foi o Talco. Os imperiais atacavam em pinça: uma parte pela crista da encosta, outra parte pelo meio do vale, e eles batendo atrás, pelo meio do coxilhão, todos tiroteando. Dos doze, dez homens de Talco chegaram à vista das carretas de suprimentos e munição. Foi a tempo de ver a infantaria de Garibaldi ter de se adentrar pelo pinheiral, acossada pelos cavalarianos, enquanto um outro grupo de imperiais atacava direto o comboio de carretas. Por ali houve um tirotear e um brilhar de sabres: Talco viu uma das mulheres se dobrar no alto de uma carreta e desabar com o ventre em sangue por um balaço, enquanto o madeirame começava a pegar fogo. E viu mais: Anita pulando da carreta em fogo sobre um cavalo desgarrado, vindo em sua direção. Mas um soldado fez fogo, e outro, e mais outro: o chapéu de feltro voou-lhe da cabeça e a montaria desabou, ferida, com ela rodando junto, em meio à chusma de imperiais que ali acorreu, como bando de urubus. O tiroteio se adensou. Teixeira Nunes chegava em retirada com o que pudera reunir. Garibaldi dava cobertura do capão onde se refugiara com a infantaria. Para lá todos acorriam, em meio ao tiroteio. A defesa, e o espesso das árvores, afinal detiveram os imperiais. Mas era uma derrota: a tropa estava em frangalhos, com mortos, feridos e dispersos.

Talco ainda viu carregarem Anita, dobrada à força, para o lado dos imperiais.

CAPÍTULO 34

Muitos anos depois, quando morava com outro nome na sofisticada Paris, Talco deu de pintar regularmente. Talvez se possa ver aí uma influência, ou reminiscência, do livro do pai. Houve outras influências, em todo caso, como se verá a seu tempo.

Fazia pinturas e esboços. Num dos esboços gravou os traços principais de uma cena que confessou mais tarde ter-se gravado em sua imaginação. No centro, de lado, com candeias à mão, duas velhas senhoras, de olhar espantado e temeroso, olhos arregalados voltados para a frente. Diante delas, uma jovem de cabelos revoltos, boné jogado ao chão, abrindo a camisa de homem, expondo ao brilho das candeias os seios fartos e fortes. No debuxo mal se sugeria a forma dos seios, mas o bastante para perceber-se sua nudez. Evocava esse desenho, que ficou incompleto, passagem que em parte a própria Anita lhe contara algum tempo depois do combate do rio das Marombas, omitindo, é claro, o detalhe dos seios. Isto ele imaginara, presumira, tivera certeza pela ênfase dela em dizer que estava diante de duas parentes distantes, atemorizadas, em meio à noite, nas cercanias da vila de Lajes prestes a ser reocupada pelos imperiais, e que ela teve de se identificar claramente como mulher para que elas a deixassem entrar, já que vinha vestida de homem.

Conseguira fugir graças a estratagema seu e à desatenção dos imperiais, que não a supunham uma mulher tão resoluta. Prisioneira, com os trajes descompostos, deram-lhe uma camisa de homem e um poncho para vestir. Disse que foi bem-tratada; o comandante colocou-a sob sua proteção pessoal e direta, o que impediu abusos e ameaças. Melo Manso estava por demais eufórico para permitir qualquer lisim ou mancha em sua retumbante vitória, e queria ser reconhecido como um cavalheiro. Assim, quando pouco tempo depois soube que ela pedia para voltar ao campo de batalha para reconhecer o corpo do italiano Garibaldi, pois ouvira dizer que ele morrera, o feliz comandante apressou-se a permitir. Foi junto com ela uma pequena partida de soldados, comandandos por um sargento mal-humorado, pois voltar ao campo significava enfrentar cheiro de carniça, corpos arrebentados, coisa de urubu. E ainda mais: se ela reconhecesse o corpo, eles tinham ordens de dar-lhe imediatamente sepultura cristã e ainda de fazer a contagem total dos outros corpos para preparação das valas de enterro para os negros e índios, os soldados, e das sepulturas para os oficiais, mesmo os inimigos. Melo Manso queria também ser reconhecido como magnânimo.

Lá chegados, ela de fato botou-se a olhar corpos, tapando o rosto com um lenço. Segurava o cavalo pela rédea. De repente deu um grito sufocado e correu em direção a um corpanzil mais distante. O sargento ergueu a mão, detendo os soldados, imaginando a dor do luto e as lágrimas de mulher que iam se seguir, coisa que ele detestava, achando todas umas choramingonas. Distanciada, ao invés de romper em soluços, Anita, que estava de calças de soldado, de um salto ganhou o lombo do cavalo e disparou pela campina. Meio atônito, o sargento, logo furioso, demorou meio segundo para dar ordem de montar e persegui-la. Quando desabalaram atrás dela, Anita já ia longe, contornando o capão de pinheiros que servira de defesa aos republicanos. Logo adiante havia um riacho, não muito largo, mas fundo. Ela não teve dúvidas: deu com os pés nas ilhargas do cavalo e forçou-o a pular n'água, e lá se foram a nado para a outra margem, coberta por uma verdadeira muralha de pinheiros seculares, imbuias e folhagens espessas do verão. Quando a partida desapontada chegou à beira do riacho, ela já sumira na mata. Voltaram de mãos abanando. Ganharam uma semana de reclusão e suspensão do soldo. O lisim, ou mancha em sua vitória, que Melo Manso não queria, viera de modo inesperado, e por obra da mulher, que tão generosamente protegera.

Dali ela acorrera para os lados de Lajes, imaginando encontrar os republicanos em retirada. Passara uma noite entre os pinheirais, tremendo de frio, pois naqueles planaltos, mesmo no verão, as noites são frias, expostas à garoa ou a fortes neblinas, e a travessia do riacho molhara-lhe as roupas. Na noite seguinte, exausta, resolveu apresentar-se àquelas parentas distantes que sabia morarem por ali. Seus maridos favoreciam os imperiais. Mas não estavam: a proximidade dos republicanos afugentara-os para o norte, para os lados da vila de Curitibanos. Deu-se então a cena, futuro esboço, do reconhecimento.

Tempos depois, Talco pintava para si próprio. Quase nunca expôs seus quadros para ninguém. Um dos únicos que mostrou, no entanto, foi outro, não o do reconhecimento, mas sobre o mesmo assunto: a presença de Anita na casa das duas senhoras. No centro do quadro havia um fogão, com a portinhola do fogo entreaberta. Anita sentava-se numa banqueta, à esquerda, com um poncho e um boné jogados a seus pés, à beira de pelegos de carneiro estendidos como se fossem cama a pedir um corpo. Os cabelos soltos lhe caíam sobre os ombros protegidos pela camisa branca de homem. À direita as duas senhoras olhavam-na com o mesmo espanto do esboço anterior, com o rosto iluminado por uma candeia sobre a mesa junto a que se assentavam. Uma delas apontava a moça para a outra: vestiam sóbrios vestidos de chita e toucas de dormir. Sobre a mesa um pão, uma garrafa, um copo. Ao redor, escuridão. Ainda no centro, junto ao fogão, um cão adormecido, grande, de pelo branco malhado de castanho, devia dar àquele drama americano um não sei quê de cena doméstica europeia.

CAPÍTULO 35

— P utalequetelamierda!

O palavrão acastelhanado estalou, ao mesmo tempo que o Gavião batia de punho cerrado no tamborete de campanha que lhe servia de mesa improvisada, sob o toldo de couro de boi. O que ali havia foi para o chão: cuia de mate, bombilha, copo de guampa de boi. Até o mapa aberto sobre ele, da província do Rio Grande de São Pedro, provisoriamente República Rio-grandense, com aqueles arredores do planalto de Santa Catarina, deslizou para o chão, enquanto soava outro sonoro palavrão:

— Mierdacaracobosta!

O Gavião desabafava. Sabia que a derrota se devera a seu estouvamento. caminhou daqui para ali, dali para aqui, como animal contido em brete de matadouro. Sem querer pisou no mapa que estava no chão. Talco apressou-se a juntá-lo: a identificação das passagens entre a Província e a República eram suas. Era agora primeiro-tenente da cavalaria, promovido pelo Gavião em pessoa, por atos de bravura no desastre do Marombas. Ajudara a recolher feridos, organizara a retirada das tropas pelo capão, ajudando Garibaldi a disciplinar a infantaria, a conter os apavorados. E salvara a bandeira, tomando-a diretamente das mãos de um oficial do Império que a arrebatara na confusão, quando este se preparava para recuar com ela. Sob o toldo, junto com ele, estavam outros oficiais, Garibaldi, Rossetti.

O Gavião expôs que a posição ficara insustentável. Que ele admitia a responsabilidade pelo fracasso. Mas que havia mais. Havia os reforços que não vinham.

— Somos a vanguarda de um exército que não aparece, de uma República que não se comparece!

Continuou a lista de queixas: não eram só armas e soldados que faltavam. Sequer dinheiro havia para pagar os homens.

— Nem dinheiro próprio temos — continuou ele. — Continuamos a usar os patacões do Império, as onças do tempo do rei, ou moedas de ouro contrabandeadas do Prata, do Paraguai, da Bolívia. Até agora não saiu o decreto extinguindo de vez a escravidão. Querem esperar uma Constituinte, dizem que um decreto destes seria precipitado, que afastaria de vez os liberais de São Paulo e Minas, que desorganizaria as estâncias, patati pataquá. Mas caraco, não é isto que queremos, ou queríamos: desorganizar as estâncias escravistas, sublevar as cidades, formar um exército de homens libertos, libertos todos, os escravos e os outros, que não são escravos, mas são escravos da escravidão? É certo que sempre houve os que só pensavam no preço do charque ou nos impostos do Império. Mas nós, nós que desde sempre defendemos a proclamação de uma República de cidadãos livres, onde foi que nos perdemos? Onde?

Rossetti tentou colocar panos quentes. Explicou que para ele nem tudo estava perdido. Deviam recuar para o Rio Grande. E voltou a insistir nas suas ideias, que, a seu ver, a recente derrota confirmava. Havia boatos de que na Corte seria declarada a maioridade de D. Pedro, pondo fim aos desastres das Regências Provisórias.

— Devemos recuar, reforçar posições, e negociar com os imperiais. Uma Monarquia Constitucional é melhor do que nada. Propagação de ideias! Isso valerá. A futura República nos absolverá!

— Mas e os negros, senhor secretário? — o Gavião continuava a chamá-lo assim.

— Que será deles — continuou —, desses que nos seguiram com as nossas promessas e dos outros? E dos índios, como aquele infeliz Charrua, que vieram conosco, que vestimos, demos abrigo, roupas, fardas?

— Olhe, coronel, olhemos friamente, com política. Os que lutaram permanecerão libertos. Ninguém vai querê-los de volta. Ou serão incorporados ao exército. Os outros terão de lutar por sua própria liberdade, junto a um grande movimento abolicionista de todos os brasileiros. A liberdade não pode ser um presente, coronel. É uma conquista. De que adianta dá-la numa penada? Os negros serão expulsos das estâncias, das fazendas do Norte, iriam vagar por aí, pelas vilas inchadas. O senhor José Bonifácio, na Constitutinte da Corte de 23 já dizia que se devia dar a liberdade, o terço, a terra e a enxada, ou algo assim. Tirando o terço, que é coisa de papistas, concordo com tudo. Quanto aos índios, já são tão poucos por aqui que terminarão por se integrar.

— Que pensa, tenente? — perguntou o coronel a Talco, pela primeira vez chamando-o pela patente em público.

Talco hesitou. Não gostava de políticas. Mas achava que Rossetti tinha algum senso, embora não concordasse de todo com ele. Retrucou, meio que desviando o assunto:

— Sinceramente, senhor coronel, penso que daqui até as Vacarias de Cima-Serra, no Rio Grande, são pelo menos dois dias de marcha, e que os homens estão exaustos e há muitos estropiados e feridos. Penso que devemos sair logo daqui, deixando para trás uma partida de homens para recolher feridos e outros que ainda não puderam retornar. Talvez se pudesse até organizar uma expedição para libertar prisioneiros...

Ele não disse, mas pensava em Anita.

– Obrigado pelo conselho, tenente. É de bom-senso quanto à retirada. Quanto à expedição e aos que fiquem, não concordo. É arriscado demais, e precisamos de todos os homens para a retirada. Quanto ao desabafo, é de minha responsabilidade. Nunca escondi o que penso, de ninguém. Continuaremos a discussão depois, senhor secretário.

Garibaldi esboçou um gesto. O coronel atalhou:

– Sei o que sente, capitão. Sinto muito. Mas são minhas ordens. Partimos de madrugada. Ninguém deixe o acampamento sem ordem expressa minha.

Deixaram o toldo. Entardecia. Das bordas ao norte do acampamento veio um alvoroço. Alguém chegava. Trajes coloridos se agitavam. Anita veio, vinha, a cavalo, de cabelo solto, sorridente, chegava, a salvo. Pulou do animal em pelo, abraçou-se a Garibaldi, acariciou-lhe o cabelo ruivo, por detrás. Ele, emocionado, sem dizer palavra, abraçou-a, e foi levando-a para o seu bivaque. Havia gritos e festejos, alguém puxou uma viola que escapara do desastre e estendeu-a a Talco. Este suspirou. Sentia-se entre aliviado e, não sabia por quê, incomodado. Afastou-se, recusando a viola. Estava alegre por Anita estar a salvo. Mas não tinha vontade de tocar. Muito tempo depois ele diria que se lembrava de ter, naquele instante, desejado mesmo ser outra pessoa. Quem ou o quê, não sabia.

CAPÍTULO 36

Um pingo castanho de tinta, com duas manchas brancas e menores ainda, uma delas quase um ponto ao lado da outra um pouquinho maior, num oceano de verde, um tanto claro ao centro e mais escuro para as bordas: assim Talco começava a descrição de um dos vários quadros que pintou sobre as sortes de Anita nos tempos em que esteve no Rio Grande. Por trás do conjunto de pingos e manchas um albor leve denunciava o amanhecer e o céu, que ia escurecendo também na direção das bordas. À esquerda, mancha verde mais escura, mas alevantada contra o céu, devia ser um capão de mato. À direita, leve risco azul, na altura do albor, escurecendo ao se afastar, mostrava que ali havia um risco d'água: riacho, banhado, açude, o que fosse.

Desse modo Talco pintara episódio célebre: o momento em que, com o filho Menotti, de quinze dias, ela fora surpreendida pelas tropas de Chico Abreu, dito o Moringue, nome que herdara do pai, graças ao formato e ao tamanho da cabeça deste, formato e tamanho que aliás o genitor também legara ao filho. Este Moringue se atazanava na caça a Garibaldi, pois fora ele o comandante da expedição ao estaleiro republicano às margens do rio Camaquã. Os republicanos repeliram os imperiais daquela vez e ele, Moringue, saíra ferido por um negro de nome Rafael, ficando para sempre aleijado de um braço. Ficara feliz agora de ter consigo a mulher e o filho do gringo: assim ele teria de aparecer.

Anita se recuperava do parto numa granja – uma casinhola – na região de Mostardas, logo na entrada da restinga – imensidão de areia, céu, piar de aves, vento, mar e nada mais – que separa a lagoa dos Patos do oceano, de Porto Alegre até a barra do Rio Grande. De vez em quando quebrava a monotonia daquelas plagas um pinguim desgarrado, ou uma carcaça de navio ali jogado pela força das águas, ou ainda uma ou outra casinhola, onde, dizia-se, gentes aguardavam à noite os navios perdidos para atraí-los àquela costa traiçoeira com luzes e saqueá-los depois do naufrágio. Anita escolhera aquele ponto por ser deserto e tão inóspito. Pois mesmo assim o diabo do Moringue fora surpreendê-la.

Fugira uma vez, fugiria outra. Valendo-se de suas prerrogativas de mulher e mãe, conseguiu sair à noite pela janela da casinhola. A guarda, deixada pelo Moringue enquanto espiava os arredores com os demais de sua partida, dormia encachaçada com a bebida que ela mesmo providenciara. Montou no cavalo em pelo, sem tempo de arreá-lo, e com os filho nos braços mandou-se noite afora para a região do Capivari, ao norte, onde tempos antes os republicanos tinham feito a proeza de transportar os navios nos carretões. Por ali perto, para os lados de Viamão, campeava Garibaldi, e ela o acabou encontrando.

Outro dos quadros de Talco – quase todos pintados em Paris e destruídos em feroz incêndio – figurava Anita sobre uma pedra proeminente e chata, de pé, voltada para uma curva do rio das Antas, na serra Geral, entre as lhanuras do pampa e o planalto de Cima-Serra. No quadro, ressaltavam as águas do rio, de um azul dourado pela força do sol a pino. Anita era a mancha de um vestido azul repuxado pelo vento de encontro ao corpo, a cabeleira negra solta, também agitada pela ventania, em meio às rampas enormes do vale verdejante e a luminosidade esplêndida do verão. Alguns cavaleiros cortavam as águas do rio, destacando-se os chapéus de copa alta dos lanceiros, as longas lanças com as bandeirolas tricolores na ponta: verde, vermelho, amarelo.

Pela descrição, o quadro parecia se referir ao episódio em que os republicanos, acossados em Viamão pelo Moringue, impossibilitados de tomar Porto Alegre pela resistência dos imperiais, resolveram unir-se a outras tropas nas encostas mais amenas do planalto bem mais a oeste, já em direção à Província de Corrientes, do outro lado do rio Uruguai e da fronteira. Foram em direção ao norte e ao oeste, para contornar outras tropas do Império, e a única alternativa foi subir a serra Geral para chegar aos campos de Cima-Serra e daí descambar para o Planalto Médio onde estavam os outros. O quadro de Talco enfeitava um pouco a aventura. Na verdade os republicanos tiveram de empreender a retirada debaixo de chuva e frio, chafurdando na lama das encostas, esfomeados, maltrapilhos, perdendo carretas, cavalos e mantimentos pelo caminho. Faziam sopas e cozidos de raízes e arbustos; muitos morreram de febre e frio. Garibaldi carregava o filho junto ao corpo para aquecê-lo, e escreveu anos depois que teve certeza de perdê-lo. Houve até quem comesse casca crua de árvore. Quando afinal chegaram aos rebordos extremos do planalto e encontraram reses soltas e cavalhada selvagem, seguiu-se uma verdadeira festa da vitória, como se tivessem ganho uma batalha, com fogueiras, churrasqueadas e danças.

Havia um esboço também de Rossetti, de olhar ao mesmo tempo fogoso e atraente, cabeleira basta, nariz saliente e pontudo: parecia pronto a discursar. Rossetti morrera durante as perseguições em Viamão. Ele e outros foram surpresos pelo Moringue, e tentaram fugir. Numa volta do caminho, junto à encosta de um morro, seu cavalo rodou. Ele ergueu-se e enfrentou, sozinho, os inimigos. Caiu baleado, lacuna irreparável na palavra da República.

    Talco pintou poucos retratos de fato. Além deste, havia um de João Cavalo, o negro dos brincos dourados morto na barra de Laguna. De rostos, fazia mais esboços rápidos: Teixeira Nunes, Garibaldi, Canabarro. Ensaiou até um de Bento Gonçalves, o presidente, dando-lhe um ar severo e taciturno. Talco o considerava um grande líder, mas indeciso no campo de batalha. Momento houve até em que ele, junto com outros, foi responsável pela perda de uma grande oportunidade para decidir as sortes em favor da República. Foi num recontro às margens do rio Taquari, mais para perto de Porto Alegre. Os exércitos dos dois lados reuniram-se em grande número, praticamente frente à frente. Os republicanos estavam em posição vantajosa, tendo encurralado os imperiais de encontro ao rio. Se vencessem teriam Porto Alegre à sua mercê. Mas ficaram em negaceios e pequenos enfrentamentos durante um dia inteiro, sem um ataque frontal. O general deixou para o dia seguinte. Mas, escreveu Talco, às vezes em guerra não há dia seguinte. De manhã, para grande desapontamento, constataram que os imperiais tinham conseguido atravessar o rio durante a noite. Tinha a impressão, escreveu Talco, de que, embora general, Bento Gonçalves parecia não gostar de guerras. Era verdade que no fim da vida, escreveu Talco, nem ele mesmo gostava.

    Pintara Benedita, a negra de Cima-Serra: pintou-a despida, recostada num pelego de carneiro, o braço dobrado e a mão direita sob a cabeça. A curva do braço continuava por uma linha que subia pelas sinuosidades e sombras do corpo, elevando-se na coxa soerguida, indo morrer no alto, numa candeia posta sobre um cepo, de onde uma luz frouxa iluminava a cena. Detalhe curioso: da mãe, de Djamena, ou Jamila, ou quem fosse, só pintou objetos: o véu de uma, o brinco da outra, um pente, um sapato. Cenários, registrou, reservava-os para Anita, que aparecia sempre como um vulto entrevisto, ou distante, ou transfigurado pelas sombras ou pelo vento, como no quadro da travessia.

    De um rosto, escreveu Talco que não conseguira fazer nem mesmo um esboço: de seu amigo Charrua. Quando queria, algo se interpunha, e a mão não obedecia. Vinha-lhe à mente a face sem rosto do amigo, e ele procurava o botão, que conseguiu guardar consigo até o último momento. Ele o segurava e o contemplava como se fosse um misterioso fio que atasse toda aquela vida tão variegada que tivera.

CAPÍTULO 37

Aquela guerra parecia não ter fim. Os republicanos buscavam aliados por todo o lado; mas não tinham sequer um porto a oferecer como garantia de algum sucesso. Tentaram nas províncias de São Paulo, de Minas Gerais, no Prata, em Corrientes, por meio de enviados secretos, ou até mesmo abertamente. Tempo houve em que tiveram até um enviado em Montevidéu. Sem resultados: nada. Nas outras províncias do Brasil o descontentamento era grande, mas o golpe de fazer-se o imperador maior, com 15 anos, e dar-lhe de fato o trono, produzira novas expectativas. No Prata, a situação permanecia confusa. Em Montevidéu havia amigos potenciais, mas as disputas entre os caudilhos impediam alianças estáveis. Além disso, a diplomacia brasileira era bastante ativa, por saber que o ponto era estratégico, e ainda havia Rosas, o caudilho de Buenos Aires: vários dos orientais que podiam aliar-se aos republicanos do Rio Grande hesitavam, sabendo que podiam depender do Brasil contra Rosas e seus aliados.

A guerra prosseguia por escaramuças. As grandes batalhas, que poderiam ser decisivas, acabaram sendo evitadas de parte a parte. Algo da ideia de Rossetti vingara: começou-se a falar da ideia de uma paz.

Nesse arrastar de acontecimentos multiplicavam-se os momentos em que os batalhões dos dois exércitos nada faziam, só deslocando-se de lá para cá e vice-versa. Multiplicavam-se os carteados, carreiras com apostas, até um baile ou outro. As bodegas voltaram a florescer. As peleias regadas a bebidas também. Numa delas o destino de Talco retraçou-se.

Ele estava de folga, e lá fora por causa de uma morena bem escura de olhos muito vivos e uma fita vermelha na saia rodada. Já a encontrara; agora tomava sua canha no balcão de tábuas. Entrou um bando ruidoso; eram quatro, e bem-vestidos, com esporas de prata, guaiacas de couro novo à cintura, camisas sem remendos, sinal seguro de que naquela guerra pobre viviam de rapina. Eram do lado republicano.

Estavam meio altos. Talco adivinhou confusão. Mas não podia sair: eles bloqueavam a porta. Um deles, mais alto do que os outros, falou:

– Ora, esse não é o tal que acabou com nosso amigo Retalho lá na Laguna?

Talco estava com as divisas de tenente. Mas sabia que isso não contava muito para aquele bando, sendo ele oficial de pele escura e protegido de um oficial que andava sempre metido com os libertos. Um tenente branco, isso seria de respeitar. De qualquer modo, não ia se valer das divisas para sair daquela.

– É – disse outro –, é ele sim. E agora anda se valendo de apadrinhamentos para nada acontecer com ele...

Um terceiro falou:

– Diz que é chegado em mulher branca, mas hoje deve ter se sujado aqui nesta parda.

E apontou a morena, no canto da bodega.

O quarto começou a dizer:

– Negro fidaputa é como...

Não completou. No meio da frase Talco já estava em cima dele, abrindo-lhe o bucho com a faca de dois gumes. Na mão esquerda, por baixo do braço do que sangrava, a garrucha varou o peito do que estava mais perto. Os outros eram quatro, mas estavam enevoados pelo álcool. O terceiro puxou da garrucha mas a faca de Talco cortou-lhe o ombro na altura da clavícula para os dois lados, e o braço pendeu, enquanto o primeiro tropeçava nas próprias tripas e o segundo estrebuchava no chão. No resto da bodega ninguém se mexia, só uns dois que se puseram por trás de uma mesa virada. O último, e era o que falara primeiro, botou-se pela porta afora ao ver Talco vir para cima desembainhando o sabre.

Então se seguiu o malfeito. O ferido no ombro se encostara na peça de madeira que, no centro da bodega, ajudava a sustentar o toldo de couros. Era o que falara do sujar-se com a parda. Talco achegou-se e num gesto rápido cortou o pescoço do branco, do lado do braço inerme. Do outro lado do balcão a china morena gritou. Talco saiu sem se voltar, sem dizer palavra, montou e partiu. Sabia que tinha virado índio vago de novo.

CAPÍTULO 38

Aquele episódio foi motivo de uma reunião entre o coronel Teixeira Nunes e o general Souza Netto.

Talco não fora longe. Informado dos acontecimentos, Teixeira Nunes fora pessoalmente, com dez lanceiros, atrás dele. No galope, alcançou-o a caminho da Banda Oriental. Surpreendeu-o à sombra de uma figueira, o cavalo estafado. Ele mesmo Talco, escreveria depois, ficara como que aturdido pelo que fizera. Reagir à ofensa, defender-se, isso era correto. Degolar um homem ferido, isso podia ser coisa de Retalhos. Não de um oficial da República. Pelo menos da cavalaria de libertos. Teixeira Nunes deu-lhe voz de prisão. Por um momento, defrontaram-se. Talco nada disse. Ficou parado, de pé. Teixeira Nunes pediu-lhe as armas. Ele retrucou:

— Vai ter de me matar, coronel.

— Tenente, le respeito muito. Mas se precisar, faço. Brigas, entendo. Vosmecê foi provocado. Já a degola... foi coisa que nunca tolerei. Hay que julgar o caso... Vou ter que pensar.

— Coronel, entregar não me entrego. Mas aguardo que pense. Dou minha palavra. Daqui não arredo pé enquanto o senhor não terminar de pensar. Mas depois que pensar, que seja o que Deus quiser.

Teixeira Nunes deixou os dez libertos com ele, com ordens de não molestá-lo, mas de não deixá-lo partir. Foi ter com o general Netto. Precisava confabular. Encontrou-o no acampamento-chefe da divisão. Netto já sabia do caso. Foi logo dizendo:

— Cachorro que comeu ovelha só matando. Uma vez índio vago, sempre índio vago. O senhor sabe muito bem que o que ele fez não se faz. Pelo menos *ele* não podia fazer.

Sublinhou o *ele* com o tom de voz. Teixeira Nunes sabia o que aquilo queria dizer. Era a coisa da cor, embora o morto fosse um pé-rapado.

— Mas houve provocação — retrucou.

— É. Fosse a briga, dava-se um jeito. Mas houve a degola. E de um dos nossos. Fosse um inimigo... E na frente de testemunhas. Esta guerra está por um fio, coronel. Muitas das gentes que estavam conosco agora se voltam contra nós. A maioria só porque ainda não ganhamos. Mas este é o fato: tudo está muito mais complicado. Os imperiais estão na ofensiva, na política. Um negro, ou quase isso, que matou um branco, e por conta própria, pode ser o argumento que lhes faltava, entende, coronel? Mesmo que o negro valha muito e o branco este não valesse um naco de mierda. Olhe, está muito difícil manter estancieiros poderosos do nosso lado. Como a guerra não termina, eles temem cada vez mais uma revolta geral dos pretos. É difícil sustentar o apoio a seus cavalarianos, coronel. Imagine agora com este estraçalho de brancos numa bodega, e um degolado!

— General, me perdoe pelo que vou dizer, mas este é o tremedal em que a Revolução se atolou...

— O senhor parece que andou aprendendo umas falas com aquele Rossetti... Mas é isso mesmo, coronel. As coisas assim estão, e não vamos mudá-las de pronto.

Teixeira Nunes cofiou o cavanhaque, que crescera naqueles tempos.

— Que fazer, general? Um julgamento?

— Isso é complicado, coronel. Uma corte marcial... Vai ser o diabo... Discursos, falação, prós e contras... O resultado vai ser pior ainda do que está agora. Se ele fosse branco, ou pelo menos o apadrinhado de algum estancieiro... Não, não, melhor que não vá a Corte nenhuma! Entende, coronel?

— Onde quer chegar, general?

— Ora, coronel, o senhor me entende muito bem! Sabe o que está se passando por esses dias. O homem não pode ficar onde está, e também não pode ir a julgamento. Só le resta uma coisa a fazer, e o senhor sabe muito bem o que é! Sabe, não sabe?

O coronel encarou o general nos olhos e disse:

— Sei.

— Pois então faça! E logo, sem alarde. Acabe com isso. São minhas ordens.

Teixeira Nunes ainda encarou o general uma vez mais. Depois deu as costas e foi para seu cavalo.

CAPÍTULO 39

Uma vasta campina surgia à vista, por entre as névoas da manhã, ainda presas aos cursos e às bordas dos riachos. Garibaldi marchava para o sul, em direção à Banda Oriental. Não havia mais Marinha, não havia paga, e ele tinha um filho e uma mulher para cuidar. Encontrara um seu conterrâneo, ele que perdera quase todos, que o convencera a partir: em Montevidéu a colônia italiana exilada também se engajava em lutas republicanas, e lá havia frota, havia soldo, havia dinheiro. Garibaldi não sabia, mas por trás disso estava o dedo de Mazzini, da Jovem Itália, que o queria em Montevidéu para projetá-lo entre os italianos.

Garibaldi então negociou seu desligamento do exército republicano em troca de gado, como paga. Deram-lhe mil reses, e ele, em troca da promessa de uma parte nos lucros da venda, contratara alguns tropeiros para levá-las aos matadouros de Montevidéu. Já estavam perto das estâncias orientais; naquele dia deviam passar para o outro lado. Iam como podiam: ele, que já fora soldado, marinheiro, mercador, podia ser tudo, menos tropeiro. Reses fugiam, e um dos tropeiros já sumira, levando umas quantas cabeças de gado. O outono começava, as noites na campanha já eram muito frias: Anita e o menino dormiam numa carreta, mas mesmo assim o desconforto era enorme. Garibaldi ia com a cabeça cheia de preocupações.

Naquela manhã, tentavam passar o vau de um riacho mais alentado. Foi quando ouviram um tropel de cavalos, muitos cavalos. Em meio às névoas mal levantadas, apareceram primeiro as bandeiras tricolores no alto das lanças, se agitando. E os cavalos vieram vindo, a sobremonte do riacho, lançando gotas, jatos de água para o ar, espadanando as névoas que se abriam à passagem dos rostos dos cavalarianos negros. À frente, Garibaldi reconheceu Teixeira Nunes, e temeu pelo pior: sabia que o coronel, aferrado à ideia da Marinha, fora contra a sua partida. Os rostos negros foram se desenhando mais e mais. Teixeira Nunes adiantou-se, com elegância tirou o chapéu diante de Anita, que saíra do toldo da carreta, e disse a Garibaldi:

— Tenho um passageiro para o senhor!

Garibaldi então reconheceu, ao lado do Gavião, o tenente Talco da Costa. Teixeira Nunes continuou:

— É um bom campeador. E hay que levá-lo, se me entende, capitão.

— Va bene, colonelo – foi a resposta de Garibaldi. Ele precisava mesmo de um campeador, aliás de qualquer um que entendesse de chifres, bois, patas e vaus. E, sobretudo, que entendesse daqueles tropeiros que iam com eles.

Talco adiantou o cavalo, virou-o, e pôs-se ao lado da carreta. Anita seguia a cena, muda, mas atenta.

Teixeira Nunes continuou para Garibaldi:

— Do lado da Banda Oriental passe em Qüeguay. O general Netto tem amigos por lá. Arranjarão as coisas para este homem.

Chegou-se a Talco e disse:

— Tenente, só posso le dizer que vá com calma quando o assunto for sua cor. E gostaria de le dar mais como recompensa pelo que fez por esta República. Só posso le dar sua vida. Foram as ordens do general. Mas é minha vontade também.

Talco nada disse. Só tocou na aba do chapéu, como despedida. Já estava em civil, sem o dólmã dos cavalarianos.

Teixeira Nunes voltou-se, deu ordem de marcha.

— Adeus, capitão.

— Adio, colonelo!

— Dona Anita...

Anita fez como que uma mesura:

— Senhor coronel...

A cavalhada recuou por onde viera. Um pouco adiante, detiveram-se, prontos a entrar nas névoas que ainda restavam. Voltaram-se, e depois de erguerem as lanças baixaram-nas com as pontas ao chão, num adeus. Talco ergueu a mão. E eles sumiram na névoa.

Anita voltou-se para ele e disse:

— Bem-vindo, senhor Talco. Quem sabe agora poderá me ensinar a ler.

Ele nada disse, mas sorriu para ela.

CAPÍTULO 40

Aquilo não foi uma viagem: foi um desperdício. Noite após noite sumia algum gado. Ali, na verdade, quase ninguém entendia do riscado, e quem entendia usava em proveito próprio. Volta e meia com o gado sumia também um tropeiro. Tempo para ir atrás deles não havia; tinham de chegar a Montevidéu antes do fim do outono, quando o tempo ia piorar. Talco e Garibaldi se revezavam na vigilância noturna, mas a boiada era muito grande, e não havia como controlar tudo. A única coisa em que Talco pôde de fato ajudar foi na travessia dos vaus, que ele conhecia bem naquela região, que já percorrera como índio vago. Embora começasse o tempo mais seco de outono, os rios e riachos ainda estavam pojados pelas águas do fim do verão, e sem ele as perdas teriam sido maiores.

Passaram em Qüeguay, um vilarejo no meio do nada. Lá os recebeu um velho espanhol, D. Luna, que já sabia da história e do necessário. Foi logo declarando que o general "Nietto", como ele dizia, lhe mandara a mensagem de que um italiano ruivo e um desgarrado meio preto iam passar por ali e que o moreno precisava virar outro. D. Luna falava fluentemente, com orgulho do que fazia, num castelhano de além-mar. Deu a Talco um certificado de crisma e uma certidão de batismo, de igreja ali mesmo da região, tudo em nome de um tal de José da Costa, nascido por ali, filho de mãe preta brasileira e pai branco dali mesmo de Qüeguay, de nome desconhecido. E disse:

— Pus isto de mãe e pai por tua cor, pois acho que deve ter sido assim mesmo...

Os olhos de Talco fuzilaram, e a mão foi para segurar o lenço ao pescoço de D. Luna.

— Calma, viejo. No te pongas así!

D. Luna meio que levantou os braços, mostrando as mãos vazias e ainda sujas de tinta. Talco lembrou-se das palavras do Gavião. Conteve-se. O espanhol continuou:

— Isto que estou te dando é uma obra de arte... E essas fúrias eram coisa do índio vago Talco da Costa, não são do José da Costa, tropeiro por profissão... O índio vago, cuja fama conheci, percorreu esta região, mas ele não existe mais... Olhe aqui outra coisa que preparei, e con gusto, con mucho gusto!

Mostrou-lhe uma certidão de óbito. Talco leu:

Aos dezesseis dias do mês de abril do Ano da Graça de Nosso Senhor Jesus Cristo de mil oitocentos e quarenta e um, eu, o cura Isidoro Mateo, ouvi em confissão o tenente rio-grandense Tarquínio da Costa Santos, conhecido como Talco da Costa, e depois lhe dei o santíssimo sacramento da extrema-unção e o tenente veio a falecer logo depois por ferimentos cuja origem não declarou etc. etc.

– Este papel – disse o espanhol – vai para o general. Ele quer ter certeza de que esse índio morreu... – e piscou o olho. Ajuntou:

– Olhe, são cinco patacões – ele dizia "patacones" – por tudo. Três para mim, um para o padre, que vive amasiado com uma negra que mora por detrás da igreja e me cede os papéis quando peço, e outro para a Caridade... que é o nome da negra.

E deu uma risada solta.

Talco estava espantado. Tirou as moedas da bolsa e as estendeu ao espanhol. Ele tomou-as e guardou-as na bolsa de couro que pendia de sua guaiaca à cintura.

Bateu no ombro do espantado Talco:

– Buenas, chê! Estás morto! Vamos tomar um trago à saúde disso.

E saíram os dois em direção à bodega, o espanhol já meio cambaleando por conta do que ia beber.

VII

A GENEROSA E A SALOBRA

CAPÍTULO 41

Os primeiros tempos em Montevidéu foram duros para todos. Da boiada sobraram só uns quantos couros, pois tiveram que abater as reses restantes antes que se perdessem, antes mesmo de chegarem a Montevidéu. Garibaldi conseguiu o suficiente para pagar os tropeiros que tinham ido até o fim da jornada, dar algum dinheiro ao Costa – agora José – e ficar com algum para ele, Anita e o filho comerem nos primeiros dias. A paga foi em dobles de ouro, o que ajudou um pouco, pois naqueles tempos de guerras e disputas eram moedas muito procuradas.

De uma cena Talco nunca esqueceu, quando tiveram de dar cabo das reses em pleno campo, e ali mesmo tirar o couro. Aquilo não fora um abate, fora uma matança. As reses, degoladas ou perfuradas no pescoço, deixaram os homens cobertos de sangue e um cheiro agridoce e gorduroso no ar. Já se aprestavam a tratar das peles quando um bando de cavaleiros de torso nu apontara na coxilha próxima. Tinham as costas cobertas por couros de rês ou peles de animais selvagens – veados, jaguares, antas, capivaras –, cabelos compridos como as peles, longas lanças pendendo pelas ilhargas dos cavalos. Garibaldi tentou buscar seu rifle, mas foi contido por Costa e pelos demais tropeiros, que sabiam o que aquilo queria dizer. Só se assentaram, de armas à mostra, ao redor dos couros. Então tiveram de ver, e viram.

Por sobre a coxilha, de onde os cavaleiros vinham, apontou um bando de mulheres e crianças, em atropelo. Traziam toras e galhos secos, e fizeram uma fogueira de porte, enquanto uma parte delas, com facas de pedra e outras poucas de metal, carneavam grandes nacos, às vezes com os ossos e tudo, das reses mortas, e jogavam os pedaços diretamente no braseiro, mexendo neles com uns paus compridos. O cheiro de sangue e morte deu lugar ao odor de um assado universal, com o estralejar da gordura e dos ossos no fogo se misturando aos risos, aos gritos, aos gemidos das crianças que logo começaram a se lambuzar com a carne gorda. Quase todas tinham poucos dentes, e os dedos sujos mergulhavam na carne enegrecida por fora e semicrua por dentro.

Quando as crianças acabaram, foi a vez dos homens. Comeram em dois grupos. Enquanto uns comiam, outros mediam distância com os tropeiros. Finalmente as mulheres se saciaram. Depois se foram por onde vieram. Iam trôpegos; alguns dos homens dormitavam sobre os cavalos, bêbados de tanta carne. Os tropeiros sabiam o que ia acontecer: aqueles índios procurariam alguma quebrada, um capão de mato numa volta de rio, onde pudessem saciar a sede que aquilo dava, e aí dormiriam o dia inteiro e toda a noite, entregues à digestão do rude festim.

CAPÍTULO 42

Em suas notas, anos mais tarde, Costa escreveu que aquela cena fora uma iniciação à fome.

Fome ele já sentira. Mas nunca como naquelas primeiras semanas em Montevidéu, uma cidade grande de trinta mil almas, sem contar os arredores. Mas estava cercada por mar e reduzida à penúria. Aliás, ele corrigiu: penúria não era bem o termo. Riquezas havia. Havia legações estrangeiras, e a presença de estrangeiros era enorme e intensa, tanto no comércio como na política. O ponto ali era a disputa pelo controle do rio da Prata, que, por sua vez, abria as portas, ou as águas, para o interior do continente, inclusive o do Brasil, onde havia ainda comércio de pedras preciosas, peles, erva-mate e outros produtos atraentes. A presença do Império brasileiro era cada vez mais sensível e agressiva, com seus embaixadores, navios e homens de comércio. No mais, havia de tudo: ingleses, espanhóis, franceses, piemonteses, bolonheses, florentinos, romanos e outros da então dividida Itália, tudescos, austríacos, norte-americanos. Mas os partidários de Rosas, de Buenos Aires, procuravam manter um rígido bloqueio sobre a cidade, nas águas do rio, enquanto seus partidários entre os orientais se preparavam para cercá-la por terra. O objetivo era fechar a boca do rio da Prata com duas cidades aliadas, uma de cada lado das águas, o que daria também a Rosas o controle da Banda Oriental. E o cerco, embora nem sempre impedisse a passagem de navios, sobretudo as naves inglesas escoltadas por suas poderosas fragatas, tornava tudo caríssimo. Pela primeira vez Costa viu-se numa cidade onde tudo, absolutamente tudo, só era tratável a dinheiro, dinheiro e mais dinheiro. Havia que conseguir dinheiro, de qualquer tipo e de qualquer jeito, pois sem ele não se comia, não se dormia, nem mesmo se pecava, pois fornicação só a dinheiro. Era o diabo.

No começo da estada deles em Montevidéu – que durou pouco mais do que seis anos — a guerra teve importância enquanto condição, anotou Costa. Impunha essa busca desenfreada por "plata", como se dizia "dinheiro" por ali. De resto, anotou ainda, era uma guerra que parecia não ter fim. Isso porque havia várias guerras dentro da guerra. A mais óbvia era a de Rosas. Depois havia a de ingleses, espanhóis, franceses, sobretudo pelo livre comércio na embocadura do Prata e rio acima. Temiam a política expansionista de Rosas e não lhes agradava seu nacionalismo exacerbado. Mas por momentos chegaram a cortejá-lo, pois viram na sua autoridade um meio de pôr fim à guerra. Acabaram por destruir a sua frota. Mais discretamente, havia a guerra política da diplomacia do Império brasileiro, pois este sabia que além do comércio na embocadura estavam em jogo a navegação nos rios Paraná e Paraguai e a entrada para as jazidas de diamante ainda remanescentes no Alto Paraguai. E havia ainda a guerra dos caudilhos locais pela proteção dos beligerantes. Dos vários caudilhos, os mais importantes eram Frutuoso Rivera, conhecido como don Frutos, favorável à independência do Uruguai, presidente da República, que no momento procurava atrair a proteção das potências e do Brasil, embora antes tivesse se inclinado pelos rio-grandenses; e Oribe, ex-presidente, deposto por don Frutos, agora partidário de Rosas, que queria depor D. Frutos. Este preferia levar a guerra para a campanha. Acreditava em cavalhadas, golpes de sabre, e em fazer uma aliança com os governantes das províncias de Corrientes e de Entre-Rios, hostis a Rosas. E havia ainda a guerra da população de Montevidéu, que temia Rosas, sua fama de déspota e de degolador. Sentiam-se por vezes abandonados por D. Frutos por sua preferência pelas guerras no interior. Mas não queriam se entregar, temendo as vinganças de Rosas e de Oribe. No meio disso, escreveu Costa, um país se desenhava.

Garibaldi se estabeleceu com a família numa casa velha e abandonada na rua, ou calle, del Portón Nuevo de San Pedro. Tinha duas janelas na frente, porta maciça, pátio interno com poço d'água e terraço sobre o teto. Cabia muita gente nela, e logo os italianos, em boa parte exilados pela perseguição dos papistas contra eles em sua terra, começaram a acorrer ali. Vinham muitas vezes primeiro pela curiosidade de ver aquele guerreiro que já conheciam de fama. Pouco a pouco foram se estabelecendo ali encontros para discutir a situação local e a da sonhada Itália una. A casa era ampla; só não havia móveis, no começo, e em certas noites nem velas, pela falta de dinheiro. Mas ali Garibaldi e Anita tiveram mais filhos e dali ele começou sua trajetória entre os italianos que o levaria a tornar-se o legendário líder da Legião Italiana, descrito por Alexandre Dumas num livro sobre a defesa de Montevidéu: *A Nova Troia*.

Costa acabou conseguindo estabelecer-se numa pensão próxima ao Mercado Público, nas cercanias do porto da cidade, em meio a uma coorte de todas as marinhagens e de todo o mundo. Durante algum tempo fez trabalhos no mercado, carregando caixas de um lado para o outro. Certo dia estourou uma briga em frente à pensão. O filho do dono metera-se numa encrenca por causa de mulher. Eram dois contra um. Costa foi lá, e em pouco tempo os dois, meio estropiados, se puseram a mancar e a correr ao mesmo tempo. Isso chamou a atenção de um dos donos de bordel do porto que passava por ali. Chamava-se Ignacio Bueno, era meio índio, com cara de charrua, olhinhos apertados piscantes, cara larga. Era filho do pampa – uns diziam que tinha nascido no Rio Grande, outros, na Banda Oriental, outros ainda, além do Prata. Ele encurtava a história e dizia que sua pátria era a carreta em que nascera. Conhecia Garibaldi, porque este ia seguido ao porto conversar com marinheiros italianos, em busca de notícias de sua terra. Impressionado pelo Costa, foi direto ao ponto: sabia quem ele era, o que fazia no Rio Grande, e que o queria para guarda de seu bordel e café, seu negócio, como ele dizia – na verdade, uma espelunca estreita e braba onde às vezes rolava pancadaria grossa entre as diferentes marinhagens. Costa aceitou na hora. Havia a paga, que era o que mais o atraía. Anos mais tarde ele escreveria que essa foi a primeira vez em que ele realmente trabalhou por dinheiro, só pelo dinheiro, nada mais que pelo dinheiro. E que foi a primeira vez que teve a vaga sensação de que algo de muito profundo começava a mudar dentro dele.

CAPÍTULO 43

Três mulheres marcaram a vida de Costa em Montevidéu, segundo ele próprio: a Salobra, a Generosa e Anita. A primeira foi dele, ou ele dela, quem sabe. A segunda, não se sabe se foi dele, no sentido em que a Salobra foi; mas algo ela foi para ele, e ele para ela. A terceira foi sua aluna.

A Salobra tinha olhos rasgados, era meio índia, vinha não se sabia de onde exatamente. Só se sabia que vinha do extremo sul, onde o pampa vira Patagônia. Tinha uma cor entre o bronze e o pardo, que a tornava muito atraente. Convivera com putas do mundo inteiro nos bordéis de Buenos Aires. Consta que era de grande traquejo e, coisa curiosa para pessoa de sua origem, dada a refinamentos de trato. Aprendera-os provavelmente com seu convívio em Buenos Aires. Mas esses refinamentos apareciam quando não estava furiosa, coisa que sabia ficar como ninguém. Daí seu nome: Salobra, pois podia ser amarga e feroz. Voluntariosa, dona de si, parecia ser prostituta mesmo por gosto, não por qualquer sombra de necessidade. Trabalhava na casa de Ignácio. Escolheu Costa para seu homem quase por capricho, e com seus caprichos. O domingo e a segunda eram só dele; mas em compensação nesses dias ele tinha também de ser só dela.

Generosa vinha do norte. Vivera na Corte, no Rio de Janeiro, em Santos e no Desterro, em Santa Catarina. Era mulher de trato. Fora atriz. Uma de suas glórias era ter trabalhado com o grande ator João Caetano, como substituta, por duas vezes, no Rio de Janeiro. Estava pelos trinta e poucos anos. Era altiva, falava pausadamente, tinha olhos azuis muito brilhantes e um nariz afilado que lhe aumentava a altivez. Generosa não era mulher de prostíbulo. Era um novo tipo de mulher dama que começava a se fazer presente naquelas terras bem ao sul do Equador. Ela se dava por inteiro, por atacado, por assim dizer: os homens a quem se entregava a mantinham pelo tempo que passassem juntos. Procurava e tinha uma clientela endinheirada: embaixadores, cônsules, políticos e gente do governo, proprietários de terra que vinham a Montevidéu, gente assim bem-posta na vida. Sabia línguas, falava francês, inglês, alemão, era culta e gostava de ler. Discretíssima, jamais era vista em público com suas ligações. Era o embrião do que mais tarde viria a se chamar a cortesã, embora estas levassem uma vida pública, muitas vezes pondo o escândalo como mais um atrativo para seus homens. Costa conheceu Generosa por meio da Salobra, e a rogo de Anita.

Anita um dia mandou-o chamar, por meio de um rapazote de recados. Que viesse à sua casa, a tantas horas da tarde. Ele estranhou aquele pedido, sendo ele um homem da vida que levava, no meio em que vivia: putas, rufiões, gente bordeleira. Mas foi, pressuroso, à hora pedida.

Reparou na pobreza da casa. Até ele, embora vivesse num quarto de pensão, morava melhor, tinha mais luz, mais velas, mais ar. Apenas uma parte da casa estava ocupada, e com móveis toscos e velhos. Anita trajava um vestido azul-claro que lhe ia muito bem, com o negro dos cabelos; mas estava puído e remendado. Tinha o filho nos braços. Foi direto ao assunto:

– Senhor Talco, ou melhor, senhor José, pois é melhor me acostumar com seu novo nome, mandei chamá-lo para que cumpra sua promessa e também para que me preste um favor.

– Promessa, dona Anita? A senhora me perdoe, mas não me lembro de ter-lhe prometido algo...

– Mas é como se fosse, senhor. Quero que complete meus ensinamentos de leitura, e com aquele livro bonito que o senhor tem.

– Para mim será um prazer, dona Anita. Tenho muitas tardes livres, e posso vir ensiná-la. E o favor? O que será que uma pessoa como eu pode fazer pela senhora?

– Ajudar a ganhar a vida, senhor José. Nunca fui de rodeios, senhor, e não será agora que vou ficar. Vou dizendo logo do que se trata. Fora de guerras o meu Giuseppe é uma nulidade. Começou dando aulas de matemática para sobreviver, e está fazendo fretes no porto. Mas só vai aos navios genoveses, para saber notícias de sua terra. Os outros, passa de banda. O que ganha não dá para nós. Às vezes ficamos no escuro por falta de velas. Posso costurar, remendar, consertar roupas, e o senhor é a pessoa adequada para me ajudar nisto, porque o Giuseppe não pode saber de nada. As aulas também serão de proveito para que ele não saiba das costuras. O senhor pode levar e trazer encomendas, sem que nem ele nem mais ninguém desconfie.

Costa aceitou o trato. Mais por ver Anita do que por pensar que de fato lhe pudesse ser útil. Mas foi. Perguntando a Salobra sobre costuras, chegou à Generosa, que ela lhe indicou como uma das pessoas que talvez precisasse de tais serviços. Era verdade. Além disso, ela conhecia mais gente que também precisava. Logo na primeira ida à casa de Generosa deu-se que ela ficasse curiosa por aquele jovem homem moreno, bonito, desempenado e que falava com uma estranha elegância tanto o castelhano como o português. Descobriu ela em seguida o gosto comum por livros que ambos tinham. E parece que quando Costa mostrou-lhe o livro que fora de seu pai e de sua mãe, ela apaixonou-se imediatamente – não se sabe muito bem se por ele ou se pelo livro.

Algum tempo depois ela lhe disse que com ele não era questão de ganho, era diferente. Com ele, se sentia enlevada. Ele tinha sido tenente da cavalaria republicana (para ela, ele se dera a conhecer), a seus olhos um verdadeiro herói. Não precisava dar nada. Bastava contar suas aventuras, e ler, ler muito para ela, daquele seu maravilhoso livro e de outros que ela guardava: *Oscar e Amanda*, *Sinclér das Ilhas*, *Manon Lescaut*, *The Last of the Mohicans*, *Les Poèmes d'Ossian*, o *Werther*, em francês. Ele obedeceu religiosamente à demanda: lia, e eles se amavam. Amavam-se de acordo com os trechos lidos: melancólica, ardente, louca, fervorosa, aventuresca, passionalmente. E no momento supremo ela, ao invés de gritar ou gemer, suspirava. Depois dizia: "O senhor é como ninguém". Ele sorria, pensando naquele "ninguém" que ela exclamava com certa ênfase teatral.

Com ela, ele introduziu-se num mundo até então desconhecido. Descobrindo que Costa tocava viola, Generosa ouviu as rudes canções de campanha que ele sabia; os sapateados, os cielitos, as trovas. Mas ensinou-lhe rondós, barcarolas, madrigais, modinhas, inclusive as de Caldas Barbosa, que dizem:

Pastora, não me chameis
Para vossa companhia
Que onde eu vou comigo levo
A mortal melancolia

No meu inocente rosto
Quem o notava bem via
Que em triste cor se marcava
A mortal melancolia

Sonhei que uma Augusta mão
Venturoso me fazia
Foi sonho, e fica em verdade
A mortal melancolia

Se ele se amuava, ela pedia esta outra:

Cuidei que o gosto de Amor
Sempre o mesmo gosto fosse,
Mas um Amor Brasileiro
Eu não sei por que é mais doce.

Gentes, como isto
Cá é temperado,
Que sempre o favor
Me sabe a salgado;
Nós lá no Brasil
A nossa ternura
A açúcar nos sabe,
Tem muita doçura,
Oh, se tem! Tem!
Oh, se tem! Tem!

Se tu queres qu'eu te adore
À Brasileira hei de amar-te,
Eu sou teu, e tu és minha
Não há mais tir-te nem guar-te!
Nem tir-te, nem guar-te!
Nem tir-te, nem guar-te!

E ele ria que só.

Aquele amor teve momentos lúbricos. Mas às vezes eles ficavam em êxtase, não sabendo o que de mais forte lhes ficava n'alma: se a satisfação dos desejos, se a canção ou leitura que o tinha despertado ou embalado. Nesses momentos ela sussurrava-lhe ao ouvido algum soneto apaixonado. E eles ficavam na penumbra, enleados.

CAPÍTULO 44

Este quadro complexo de relações entre leituras, costuras, Costa e as três mulheres prosperou por algum tempo. Armado pelo seu admirado livro, Costa foi instruindo sua nova aluna, que começou a se alfabetizar e a aprender ao mesmo tempo o francês. Havia outros livros de apoio. Costa conseguiu uma *Vida de los Hombres Sanctos y de las Mujeres Sanctas* publicada em castelhano e ele mesmo fez algumas versões para o português. Divertia-se com aquilo; era uma distração de seu trabalho noturno, sobretudo onde tinha de exibir dureza e cega determinação.

A aluna fazia progressos rápidos. Tinha preferência pelas histórias de santas que mudavam bruscamente de vida, revirando o próprio destino. Gostava das histórias de disfarce, como a de Santa Pelágia, a Pecadora, que antes de virar santa se dizia discípula do Diabo. Depois disfarçou-se de monge com o nome de Pelágio, e seu segredo só foi revelado após sua morte. Adorava Santa Maria do Egito, pecadora ao extremo, que depois de conversa vivia no deserto só coberta pelos próprios cabelos, para melhor sofrer com as agruras do sol e o gelo das noites. Pediu várias vezes que Costa lesse a história de Santa Marina, admitida em monastério como homem e que nessa condição foi acusada de fazer mal a uma moça, engravidando-a. Criou o suposto filho até morrer, quando todo o engano se desfez. Ou a de Santa Teodósia, que passava pela mesma pena para penitenciar-se por ter-se entregue a um amante apaixonado. Outra história que ouvia e depois lia sem parar era a de Maria Madalena, que, depois de ser a preferida do próprio Cristo foi parar na França e operou maravilhas em Aix-en-Provence e em Marselha.

Mas sua preferida mesmo era a história de Santa Taís, que ela adivinhava também ser a preferida do mestre. Descobriu que a versão em castelhano não era igual à do livro de Costa. Lá não havia o escravo núbio, mestre de Taís quando menina. Perguntava:

— Afinal, havia ou não havia?

Costa explicava que eram versões. Que as histórias podiam mudar de acordo com quem as contava. Ela não se conformava.

— É. Pode, mas não devia. Não está certo. Ou é de um jeito ou é do outro.

Fazia outras perguntas:

— E isso das santas se vestirem de homem e ninguém notar? Ou Maria do Egito andar coberta só com os cabelos no deserto? E isso então de Maria Madalena sair do tempo de Cristo e ir parar na França, que naquele tempo nem existia?

Costa, paciente e divertido, explicava:

— São histórias, dona Anita. As histórias são assim, acontecem coisas que aqui na nossa vida não podem mais acontecer. Mas assim mesmo, veja a senhora o quanto acontece: a senhora ontem não estava em Laguna, mulher do sapateiro, e hoje não está aqui na Banda Oriental? Onde estará amanhã?

— É. Vai ver que a gente pode mesmo mudar o destino.

Ela punha-se excitada, arregalava os olhos. Um dia ela, no correr da excitação dessas perguntas, olhou-o nos olhos, com aquele olhar imensamente negro emoldurado pela cabeleira solta. Costa reparou que ela estava ficando mais bonita ainda. Amadurecia. O porte tornava-se mais esbelto. Os olhos ovalados faiscavam. Mas ele, é claro, nada disse. Tão versado que era nessas coisas, limitou-se a abaixar os olhos.

Garibaldi descobriu tudo. Das leituras sabia por alto. Mas um dia descobriu sobre as costuras. Armou um escândalo. Mulher sua não podia fazer aquilo: trabalhar. Proibiu, ameaçou. Disse que o Costa tinha "una mala vida". Depois se acalmou, como era do seu gênio. Reconheceu que ensinar a mulher a ler era coisa de valor. E ela ainda argumentava:

— E ele nem quer receber nada! Eu bem que quis pagar, mas ele disse que não queria e pronto! Que comprasse velas para ler, e para o menino! Como se tivéssemos dinheiro para comprar velas nesta casa!

Afinal, comovido, Giuseppe permitiu as leituras. Mas proibiu as costuras. Disse que tinha notícias que as coisas iam começar a mudar. Que ele em breve voltaria à marinhagem de guerra, que o cerco iria se apertar e haveria necessidade de legiões de combatentes.

Entretanto, Costa não voltou. Anita enviou-lhe mensagens pedindo que voltasse, mas ele não cedeu. Ao reencontrá-la, tempos depois, disse-lhe:

— A senhora sabe que não volto. Agora leia, pois devo dizer que já sabe. E o livro — *La Vida de los Hombres Sanctos y de las Mujeres Sanctas* — eu dou de presente à senhora, pela ocasião. Eu gostaria de dar mais, mas não posso.

Dessa vez foi ela quem baixou os olhos.

CAPÍTULO 45

A ocasião a que Costa se referia era a do casamento de Anita, em março de 1842. Anita quis porque quis casar-se: falava do filho, Menotti, e de outros que certamente viriam, como, aliás, vieram. Tinha também razões de ciúme: Giuseppe, com seu olhar penetrante, seu porte alto, a face de coragem e desempeno e sua fama de guerreiro destemido era o alvo preferido de um sem-número de olhares e suspiros femininos em Montevidéu, e aquilo exasperava Anita, que se ressentia do fato de não ter dinheiro para comprar um vestido, um sapato novo, um chapéu dos franceses, que as lojas, apesar da guerra, ostentavam nas vitrines. Queria assim publicar o seu estado e que aquele italiano carismático e apaixonante tinha quem o esperasse todas as noites em casa.

Aí entrou em cena novamente o Costa – o de "mala vida" e dessa vez a pedido do próprio Giuseppe. Anita era casada no Brasil. Cogitou-se então de montar uma piedosa farsa, onde se testemunhasse de modo irrefutável que o primeiro marido morrera na guerra, que estrugia ainda pelo Rio Grande, embora arrefecida. Mas o problema é que não havia prova nem testemunho cabal dessa morte esperada: o homem simplesmente sumira, sem traço que ficasse. Inventou-se então uma senhora mãe de Anita, que compareceu ao casório e deu todas as juras necessárias. Por intervenção de Costa, essa providencial mãe foi desempenhada pela Generosa, que, assim, voltou momentaneamente às glórias de sua carreira artística. Chegou até a derramar lágrimas furtivas na Igreja de São Bernardino, quando a noiva, às 11 da manhã de 26 de março de 1842, adentrou pela porta principal.

Anita devorou a Generosa com os olhos ávidos. Ficara fascinada por aquela mulher, em quem via uma diversidade de caracteres: atriz, cortesã, uma das paixões de Costa (ela adivinhara), e agora mãe providencial que inclusive a beijou com estremecimentos após a cerimônia, erguendo o véu negro que cautelosamente mantivera sempre sobre o rosto.

No rápido diálogo que teve com Costa, depois do assunto das leituras e do livro, ela agradeceu vivamente pelo que ele proporcionara. E ainda lhe disse:

— Será que depois de virar o destino a gente fica prisioneira da nova escolha?

— O que quer dizer, dona Anita?

— Veja esta dona Generosa. Eu sei quem é, e o tipo de vida que leva.

— Dona Anita...

— Não me interprete mal, senhor Costa. Eu estou agradecida pelo que ela fez. Não me cabe aprovar a sua vida, mas também não me cabe condená-la. Quem sou eu para fazer isso? Deus nos julgará a todos, e os nossos motivos. Mas veja, ela era atriz e virou... quem é hoje. Mas agora é atriz de novo, e como! Duvido que tenha tido um papel igual a este em qualquer teatro que tenha subido ao palco. Quero dizer: dei-me conta que ela foi, é e sempre será atriz. Seu novo papel é só uma casca que recobre sua alma verdadeira. Mas essa casca agora a prende. Jamais a aceitarão novamente como a atriz que de verdade ela é.

— Dona Anita, a conversa está ficando difícil, e promete ser longa para um dia de casamento. Eu mesmo me pergunto sobre as vidas que vou levando, às vezes. Não sei o que dizer à senhora. A senhora ama Giuseppe, e quer ser feliz com ele. Hoje isto é o que importa, dona Anita. Seja feliz.

— Obrigada, senhor Costa. O senhor me deu o melhor presente de casamento que recebi hoje. Não esquecerei.

Despediram-se. Costa foi para sua pensão. Ao chegar, a Salobra armou um caso. Ciumenta, ela fazia cenas com frequência quando contrariada. Costa tivera vontade uma vez de lhe dar uns tapas, mas recuara. Tratava-a com desdém nessas ocasiões, em parte para exasperá-la mais, em parte porque ele achava que ela não merecia mais do que isso. Salobra já quebrara algumas coisas pelo quarto. Não tendo mais o que quebrar, ficou gritando contra aquela *hija de una gran puta* da Generosa, e deu de falar também mal daquela vaca da mulher do gringo, que pensava ele que ela não via, que era cega, e que não sabia daquelas malditas leituras de antes. E ao dizer isso ela passou a mão no sagrado livro de Costa e destruiu-o por inteiro, jogando os pedaços no chão e pisoteando-os.

A primeira reação de Costa foi erguer a mão para bater. Ela, de súbito cônscia do que fizera, encolheu-se esperando os golpes. Mas uma frieza veio à cabeça dele. Estranhamente, sentiu uma espécie de alívio. Aquele livro, que fora tão querido, também portava nele uma espécie de dor que não sabia muito bem definir o que era, nem por que a sentia.

Teve um sobressalto de estranho orgulho. Sempre fui tão preso a objetos, ele pensou. Tão dedicado a outros, sempre pronto para acorrer a pedidos. Nunca me dei o valor que mereço. Isso aí são só pedaços de um livro velho.

Ao invés de bater-lhe, deixou a Salobra no meio do quarto, estatelada com os pedaços de papel espalhados pelo chão. Saiu porta fora, dizendo entre os dentes uma frase que ela não compreendeu:
— Vai ver que estou mesmo virando outra pessoa.

CAPÍTULO 46

A guerra voltou célere às vidas dos nossos personagens, e com um ímpeto ainda maior do que no Rio Grande. Afinal, tratava-se de um cerco à cidade de Montevidéu, empreendido por Rosas e seu simpatizante Oribe, além de outros, para depor don Frutos e apossar-se da cidade e da embocadura do rio da Prata. O impacto inicial da guerra na cidade foi devastador. Negócios e mais negócios periclitaram, sobretudo no porto, pois o cerco vinha por terra e também por mar. Entre os negócios que se abalaram estavam o de Garibaldi e também o de Ignácio Bueno e, portanto, o de Costa, que dele dependia. Garibaldi já era um tanto inepto quanto a fretes e carregamentos; a guerra tornou-lhe esse tipo de trabalho inviável. No bordel de Ignácio os apertos começaram pelo lado da polícia: com a guerra e o encarecimento maior ainda de tudo, o preço das necessárias propinas tornou-se insuportável. A tendência dos pequenos comércios foi fechar, havendo espaço apenas para os grandes, capazes de amealhar mais mulheres e muitos fregueses, mais finas elas, mais poderosos eles.

Para escapar da derrocada completa, Ignácio vendeu seu estabelecimento a um francês, que tinha um melhor e mais caro quase ao lado, e desejava, apesar dos tempos, fazer ampliações e investimentos, julgando que a guerra acabaria por aumentar o número de oficiais em serviço e, portanto, o seu mercado. Além do mais, era poderoso, tinha negócios com a legação francesa e desfrutava de costas quentes para enfrentar a polícia e suas cobranças, ajeitando-as às suas possibilidades. E com isso se foi o emprego do nosso Costa, pois o francês não queria saber de pele morena carregada na porta de seu estabelecimento. Na cozinha, vá; na porta, não. De modo que, com essas complicações todas, quando Garibaldi foi convidado pelo governo de Montevidéu a tomar parte na defesa da cidade, foi natural que Costa fosse chamado a posto de combate, e que Ignácio acabasse indo com ele. Costa ficou soldado: embora lhe depositasse muita confiança, Garibaldi não queria se arriscar a fazer oficial um ex-republicano rio-grandense que vivia incógnito na cidade, dado que a diplomacia brasileira era por demais presente. Com ele, Garibaldi, era diferente; era europeu, e já havia tratativas para que ele pedisse oficialmente uma anistia ao imperador brasileiro, prometendo não mais pegar em armas contra o governo do Rio de Janeiro. O governo de Montevidéu precisava dessa iniciativa, e a via com bons olhos. Mas daí a começar a contar em sua oficialidade com republicanos exilados ia uma distância intransponível. Quem acabou subindo na escala das tropas comandadas pelo italiano foi Ignácio Bueno; conhecia muito bem aquelas paragens; sabia tratar com os soldados locais; tinha uma ascendência sobre uma parte das tropas pelos negócios que, na guerra, empreendeu, como se verá mais adiante. Ao fim e ao cabo tornou-se capitão.

Apesar de sua determinação, Costa voltou uma vez ou outra à casa de Garibaldi, com a permissão deste. Não para leituras, muito menos para transportar costuras. Mas para trazer informações sobre o que se passava e o que se comentava no porto da cidade. A casa fervilhava de italianos. Debatiam, acalorados, os destinos da distante pátria que projetavam, libertando-a do jugo dos papistas, dos monarquistas e dos estrangeiros: os Bourbon, que reinavam ao Sul, na Sicília, e os austro-húngaros, que imperavam ao Norte, perto da Suíça. E debatiam também os destinos da pátria em que estavam, se deviam ou não tomar parte no conflito. Um grande número achava que sim, e via-se aí a proximidade do dedo do distante Mazzini, da Jovem Itália, que de longe, do seu exílio em Londres, tramava políticas de longo alcance. Sabia que os ingleses e os franceses se oporiam à política nacionalista e de anexação de Rosas em relação ao rio da Prata. Calculava, portanto, que uma intervenção dos italianos em Montevidéu, num conflito que envolvia os dois continentes em favor de interesses britânicos e franceses, embora por outros motivos, atrairia simpatias para a causa da unificação da Itália na Europa. Mas para Mazzini era necessário um líder carismático, um chefe que galvanizasse e unisse aquelas causas. E lá estava ele: Garibaldi.

Costa anotou mais tarde que entre os que frequentavam a casa de Garibaldi dois chamaram sobretudo sua atenção. Um era Francesco Anzani, jovem, de cabelos e barba escuros e enovelados, chapéu de banda, olhos claros e sempre altivos, como se olhassem um pouco acima do interlocutor. O outro era chamado de Cuneo. Giovanni Battista era seu nome. Era também jovem, de testa larga, barba basta, cabelo escuro repartido ao meio. Ambos faziam Costa lembrar de Rossetti; falavam com palavras ardentes. Cuneo e Anzani foram fundamentais no projeto de trazer Garibaldi para Montevidéu e fazê-lo envolver-se na defesa da cidade. O primeiro chegou a ir ao Rio Grande para procurar o capitão da Marinha republicana e convencê-lo a partir para aquela outra guerra que eles estimavam inevitável.

Aceitando o convite das autoridades de Montevidéu, Garibaldi inicialmente foi buscar soldados onde os podia encontrar: no porto e seus arredores, bebendo, desesperançados, com contas cada vez maiores e posses cada vez menores. Costa o auxiliou nessa tarefa; já conhecia as ruelas e os segredos daquelas casas. Ignácio também; afinal, depois de nascer na carreta e crescer um tempo nos campos, vivera por ali. Foi entre essa gente que se formou a primeira brigada garibaldina na Campanha do Prata.

CAPÍTULO 47

Houve lutas insanas naquele rio e nas suas bordas. Garibaldi começou formando uma pequena frota para enfrentar a esquadra de Rosas, comandada por um súdito britânico, o almirante Brown, irlandês de origem, e, como muitos, soldado da fortuna. A esquadra era poderosa, capaz mesmo de infundir respeito às marinhas britânica e francesa, que por ali não se aventuravam diretamente, apesar dos seus pátrios interesses a defender. Os poucos navios, goletas e botes que Garibaldi reuniu não podiam enfrentar abertamente o inimigo. Armou-se assim uma verdadeira guerrilha marítima, com ataques de surpresa, apresamentos de mercadoria e fugas para a proteção do porto ou da noite, ou das pesadas cerrações que caem sobre a região durante os meses de inverno, quando os enfrentamentos mais acirrados começaram. Para os lutadores era terrível: quando não estavam cobertos pela bruma, ou congelados pela chuva, tinham de enfrentar o vento desabrido que corta aquela imensa embocadura onde rio e mar se medem e se invadem.

Em seus negaceios, não poucas vezes Garibaldi e seus navios se viram compelidos a fugir da região de Montevidéu e buscar abrigo rio acima, já onde o rio da Prata vai perdendo o nome e divide-se no rio Uruguai, que passa entre Corrientes e o Rio Grande, e no rio Paraná, que sobe pela Argentina em direção ao Paraguai e o Mato Grosso. Numa dessas vezes Brown conseguiu encurralá-lo nas proximidades de uma vila chamada de Costa Brava. Era desigual: a Garibaldi só restavam três navios de combate e uns poucos navios mercantes adaptados para a guerra. Brown, apesar do calado ir diminuindo rio acima, contava com sete fragatas e escunas bem armadas. Era um oficial grisalho, vetusto, de suíças branquicentas e de espírito profissional; tendo uma missão, ia até o fim. E ele decidiu que o fim seria ali. Ademais, como marinheiro experimentado e cônscio de seu valor, estava cansado daquela luta que via como a de um amontoado de madeira flutuante contra uma esquadra em regra.

A Garibaldi, Costa sempre insistiu nisto, não faltavam coragem nem obstinação. Entregar não se entregava. Além disso, se aqueles homens recrutados mostravam indisciplina nas horas vagas, quando os combates começavam entregavam-se à luta com a ferocidade de foras da lei contra partidas de milicianos. Não tinham muito sentido de conjunto, mas dispunham de forte valor individual, resistência e tenacidade. Eram aventureiros, e tinham por líder um misto de *condottieri* italiano e caudilho do pampa.

Brown ordenou um bombardeio inicial para acuar a flotilha de Garibaldi. Esta, valendo-se de seu menor calado, dispusera-se rio acima, próxima das margens, onde os grandes navios do comandante britânico não podiam chegar. Estes permaneciam rio abaixo, impedindo a passagem dos inimigos, mas avançando e manobrando com dificuldade, pois, como era inverno, as águas barrentas do rio Paraná corriam gordas e céleres em direção ao estuário do Prata. Para complicar a situação, o vento estava contrário, do sul para o norte. Isto, ao invés de favorecer os navios de Brown, complicava tudo, pois deixava as águas do rio encapeladas e revoltas. O bombardeio não deu o resultado que ele esperava. E os navios de Garibaldi, menores, mesmo prensados contra as margens, manobravam com facilidade e atiravam de qualquer jeito: de lado, na posição clássica, de proa, de popa, pois os pequenos canhões de que dispunham podiam ser arrastados de uma posição para outra com facilidade, ao contrário dos poderosos, mas pesados canhões das fragatas e escunas, sempre em posição fixa nos costados dos navios. Além disso, com a sua loucura particular, os homens de Garibaldi respondiam aos canhonaços com o que dispunham: rifles, metralhas, garruchas, espingardas, munição improvisada nos canhonetes com ferros e correntes da própria armação dos navios. A luta, que deveria durar algumas poucas horas, na previsão de Brown, se arrastou furiosa pelo dia inteiro, varou a noite, passou o outro dia, a outra noite, e entrou pelo terceiro dia.

Mas ao fim e ao cabo a esquadra do almirante impôs a sua força e transformou os navios de Garibaldi num amontoado de madeira flutuante. Agravou ainda a posição dos defensores a fuga dos navios mercantes adaptados, em direção ao norte, levados por um tal de Villegas, que considerou a posição perdida e Garibaldi um louco. Mas ele contava com aquele louco, pois sabia que sua fuga só teria sucesso se Garibaldi resistisse, e achava que ele ia resistir. Garibaldi ficou então só com os três navios de guerra, já bastante avariados. Apenas um deles, uma goleta chamada Prócida, podia ainda de fato navegar. Os outros dois, o Constitución e o Pereyra, estavam destroçados e prestes ao naufrágio. Garibaldi decidiu então pôr a tripulação em terra e queimar os navios, como em Laguna. O Uruguai não estava longe, e ele contava poder logo alcançá-lo.

Deu-se a ordem de que se usasse todo o combustível necessário para preparar a queima dos navios. Mas não havia mais combustível regular: os estoques de óleo de baleia, de graxa, de velas de sebo estavam acabados, pois eles tinham combatido durante dois dias e duas noites sem parar. Alguém deu a ideia então de abrir os barris de aguardente que ainda havia e espalhar o conteúdo pelo convés das naves, que assim pegariam fogo mais facilmente. Antes que Garibaldi, Costa ou outro mais sensato conseguissem impedir, os barris foram abertos a machadadas. A cena seguiu-se espantosa: os marinheiros estavam exaustos, tresnoitados, esgazeados, famintos, abalados pela fuga dos outros, e enquanto cumpriam a ordem começaram também a beber, beber e mais beber. Logo estavam cai-não-cai, tropicando, alguns tropeçando mesmo e caindo pelas bordas, arrastados pela correnteza até a margem ou até desaparecerem. O momento desandou em farra e bebedeira – coisa que chegou a provocar enorme espanto e recuo na própria esquadra de Brown, pois não entendiam como aqueles homens exaustos, depois de mais de setenta horas de um bombardeio ininterrupto, conseguiam reunir coragem para cantar e gritar ruidosamente.

Costa, Garibaldi e mais alguns que permaneciam sóbrios foram tirando o que e quem puderam dos navios já meio em fogo. Entre esses destacou-se um personagem notável – o negro Andrés Aguiar – que acabara de se juntar às tropas de Garibaldi, corpulento, musculoso, carregando nos ombros muitos dos feridos e mutilados. Alguns conseguiam se arrastar para os lados da margem, cair n'água pela borda e chegar até ela. Mas uma grande parte ia caindo de borco, de bruços, de costas, dormindo ou desmaiando, entrando em coma, sonhando talvez com outras coisas que não aquela insanidade. Outros ainda se aferravam aos barris restantes, não querendo se afastar da preciosa canha.

Não houve jeito. A ordem de queimar os navios era imperiosa e já começara a se cumprir. Dentro de algum tempo, um cheiro de carne, madeira e aguardente queimadas e ferros retorcidos cobriu pesado aquelas margens, enchendo as narinas dos sobreviventes, mesmo dos meio emborrachados: Costa lembrou de Laguna, mas dessa vez havia carne viva, embora dormente, na queimança.

Brown fizera também seus homens desembarcar. Em formação cerrada, eles investiram contra aquele bando de sobreviventes desmazelados, sem possibilidade de uma resistência efetiva. Apenas uns poucos podiam se pôr de pé, mas mesmo assim esses poucos se dispuseram à luta – com aquele espírito de tudo ou nada, de *plata o mierda* dos foras da lei.

Nesse momento os navios explodiram: Aguiar e Costa haviam disposto o que havia de pólvora nos pequenos porões de cada um. Uma enorme vaga se formou e se espalhou em todas as direções, invadindo a margem onde o combate desigual ia se dar. Ao mesmo tempo pedaços em fogo de madeira, gente e ferro em brasa caíam sobre a ribeira. Era demais: um espanto incoercível tomou conta de todos, perseguidos e perseguidores. O próprio Brown ficou basbaque, olhando da ponte de comando aquele quadro infernal de onde subiam rolos de fumaça negra e labaredas enormes que cobriam o poente.

Caía a noite. Aturdidos todos, os rosistas recuaram, e os garibaldinos se retiraram.

CAPÍTULO 48

Em 1843, por instigação sobretudo de Anzani, Garibaldi começou a organizar a Legião Italiana para a defesa da cidade de Montevidéu. Já havia uma Legião Francesa e uma Legião Espanhola. Eram exilados, aventureiros, mercenários, idealistas, soldados da fortuna, nem todos da nacionalidade que o nome da Legião apontava. Das trinta mil almas que Montevidéu tinha nessa época, dois terços eram de estrangeiros; entre eles, mais de seis mil franceses, quatro mil italianos, três mil e quinhentos espanhóis e mais de dois mil argentinos fugitivos de Rosas. As legiões nunca contaram com a simpatia por parte dos governos dos países europeus cujos nomes usavam. O rei Luís Felipe, de Paris, tentou diversas vezes, por seus ministros em Montevidéu, dissolver a Legião Francesa. Houve até um episódio cômico. Um desses ministros simplesmente ordenou que o governo de Montevidéu reunisse os legionários numa praça e os fizessem entregar as armas, uma vez que o seu soberano proibia que súditos franceses se envolvessem diretamente nas lutas platinas. A Legião obedeceu. Reuniu-se na praça, e os legionários depuseram as armas no chão. Mensageiros levaram a notícia ao ministro francês, que se declarou plenamente satisfeito. Retornando os mensageiros com a resposta, imediatamente os legionários pediram a cidadania uruguaia, que lhes foi concedida de pronto, e eles logo retomaram as armas e voltaram para suas casernas.

Os combatentes que já estavam com Garibaldi e quiseram permanecer na Legião puderam fazê-lo. Assim ficaram Costa, Bueno e o Negro Aguiar, entre outros que não eram italianos. Havia norte-americanos, ingleses, irlandeses e, é claro, umas duas centenas e meia de italianos. Havia nomes curiosos, como Truco, Sinforoso e Telósforo. Anzani não via essa diversidade com bons olhos. Não por preconceito, pois não os tinha quanto a raças ou nacionalidades; era um livre pensador, livre mesmo. Mas temia o entusiasmo de Garibaldi, e sabia que este tinha braços abertos para acolher todo mundo e pouco critério para escolher.

Poucas figuras, entretanto, eram tão unânimes na Legião quanto o negro Andrés Aguiar, logo rebatizado, por influência distante do Otelo de Shakespeare, de "O Mouro de Garibaldi". Andrés nascera escravo, filho de escravos, propriedade da família de um capitão de nome Aguiar, partidário do general Artigas, que lutara contra o governo espanhol nos tempos da guerra de independência. Tão logo o capitão herdou os escravos devido à morte de seu pai, ele os libertou, guardando em seu serviço, na estância que tinha, os que quiseram ficar. Andrés ficara, e se tornara exímio domador de cavalos. De rapazote que era tornou-se um negro alto, forte, de uma simpatia invencível, alegre, risonho, bonachão, mas peleador como ninguém. Quando estourou a guerra com Rosas e Oribe, o capitão dispôs-se a ajudar na defesa de Montevidéu, partidário de don Frutos que era e que via como o melhor herdeiro da tradição libertária de Artigas, ainda que ladino demais para o seu gosto. Algum tempo depois de começado o cerco da cidade, Aguiar teve de voltar a suas terras para seus encargos e deveres. Mas Aguiar quis ficar, e ele permitiu, dado a bravuras, bravices e até bravatas que era. Recomendou-o a Garibaldi, a quem admirava. E foi assim que o Negro Aguiar entrou para o serviço do corso, depois para a Legião Italiana e acabou na Europa lutando pela defesa de Roma com Costa e Ignácio Bueno.

Costa fez um desenho a carvão de Aguiar: um negro, ainda jovem, de cabelo bem cerrado, botas de domador, meio recostado num frade de rua (aquelas pedras ou colunas de madeira, diante das casas, que serviam para amarrar cavalos), com os joelhos para cima e as pernas entreabertas numa atitude de descanso e paz com o próprio corpo. O olhar era direto para quem visse o desenho, e nos lábios, escreveu ele, havia um sorriso enigmático de quem esperava algo bom da vida, ou melhor, que a vida fosse algo de bom. Assim Costa viu Aguiar, e ao fim e ao cabo disse que o invejava.

CAPÍTULO 49

Quem hoje tiver a paciência de consultar os documentos da Legião Italiana encontrará uma relação dos Legionários feita em 1847. Na I Companhia da Legião encontrará o nome de José da Costa por duas vezes. Por muito tempo pensou-se ser esta duplicação apenas um erro do secretário da Legião, o tenente Parodi. Mas a verdade é que havia, de fato, dois José da Costa. Um era o nosso Costa. O outro era um estranho personagem, desde sempre mistura de facínora e esnobe. Vinha de uma história de sangue e rancor, e por onde passava deixava um odor de ódio, afetação, desconfiança, e parecia matar mais por desprezo até do que por prazer ou qualquer outro motivo. Tinha o olhar azul e frio, um sorriso petulante, nariz fino pontudo, cabelo castanho encaracolado e uma cor de pele difícil de definir. Não era moreno nem meio moreno; talvez se devesse dizer que era meio branco. Sua mãe fora mulher de um estancieiro muito poderoso nas lindes de Uruguaiana, que tinha terras nos três lados das fronteiras: oriental, correntino e rio-grandense.

Ele descobrira que ela estava grávida de outro. Esperou nascer a criança, que queria como servo: aquele era homem de beber sangue devagar. Dizia-se que em sua estância pedra vertia lágrima, e negro de quem não gostasse acabava preso em panela de formigueiro para ser devorado pelas formigas. Quanto à mulher, jogou-a viva num poço e mandou fechar a tampa, deixando só uma nesga aberta para que ele pudesse ouvir seus gritos enquanto ela durasse. O pai, ou quem se supunha ser o pai, fugira. Debalde o estancieiro o procurou e prometeu recompensas para quem o denunciasse: ninguém gostava dele, ninguém o procurou. Nasceu um menino – este outro Costa. Foi criado na condição que o estancieiro queria: servo da casa. Parecia que o ofendido o cevava, para ruindades maiores. Mas não chegou a cometê-las: não teve tempo. Quando o menino virou rapazote, foi procurado por um caixeiro-viajante que há muito tempo não vinha por ali. Era de noite, e o caixeiro fê-lo vir a um lugar distante. Lá contou-lhe a história de sua mãe, dizendo que o estancieiro iria matá-lo por certo e oferecendo-se para levá-lo embora, dali mesmo. Tinham de partir já, e ele iria para Porto Alegre, depois para o Desterro, depois para a Corte. O rapazote desconfiou ser ele seu pai, e ali mesmo começou o que entendeu ser a sua vingança: pegando-o de surpresa, degolou-o. Enterrou o corpo e voltou à estância sem dizer nada. No dia seguinte, enquanto servia a mesa, enterrou uma faca de ponta na nuca do estancieiro e antes que qualquer um percebesse o que acontecia, caiu no mundo e nunca mais voltou por ali. O estancieiro não tinha filhos, nem irmãos: amigos não tinha. Não teve quem o vingasse, e o rapazote pôde terminar de crescer em paz. Cresceu assim: gostando de degolas, parece que até de crianças, coisa que fizera nas lutas contra os charruas. No entanto, tinha algumas afetações, como se fosse um senhor rico: gostava de se vestir bem, quando podia. Mas só podia quando roubava, pois dinheiro não tinha, e essa era uma de suas grandes mágoas na vida. Gostava de guerras: eram oportunidades de bons saques e de exercer aquele fascinante desprezo que tinha por suas vítimas. Ao invés de José da Costa, às vezes chamavam-no de José Cobra, lembrando a história de que a cobra hipnotiza o passarinho a ponto deste não poder escapar, vindo-lhe direto à boca. Terminou entrando para as tropas de Garibaldi por influência de Ignácio Bueno, que tinha projetos.

    As ideias de Bueno eram ousadas e eficazes. Queria multiplicar os ganhos que as guerras traziam. Foi montando uma teia de tráfico com as sobras e saques de batalhas. Montevidéu era uma cidade populosa, carente pelo cerco, com uma população variegada em matéria de gosto. Bueno, inicialmente ajudado por Costa – o outro –, começou um sistema de coleta dos saques individuais conseguidos pelos interessados, repassando-os e revendendo-os a comerciantes do seu conhecimento. Devolvia parte do conseguido ao saqueador original, que ficava satisfeito, pois via logo algum dinheiro naquela guerra de pagas atrasadas e parcas. E repartia o excedente com aquele Costa que o ajudava, na coleta e na revenda. Como a guerra estendeu-se por cinco anos, foi fazendo um pecúlio não desprezível. Bueno, que era oficial, nada coletava em campo. Dessa parte o Cobra cuidava, com outros. Bueno limitava-se à distribuição, e depois às cobranças, e aos cálculos. O Cobra, no retorno, era quem distribuía o dinheiro.

    As presas não eram ricas, mas eram sempre numerosas. Se venciam uma batalha, percorriam depois o campo, despojando os mortos de armas e munição, que tinham de entregar ao Comando. Se perdiam em campo aberto, tinham de pelo menos enterrar os próprios feridos que viessem a morrer. Em ambos os casos, sempre se conseguia algo: quando não armas e munições desviadas, vinham anéis, brincos, cartucheiras, guaiacas, cintos, botas, esporas, chapéus, peças de roupa, fumo, facas, arreios, selas, estribos cortados, rebenques, lenços, até relógios. Pelos inimigos ninguém ligava; pelos amigos, se ninguém apadrinhava o morto, ele ficava entregue à sanha dos saqueadores. Era normal. Anzani não gostava da influência desse comércio, que chamava de nefasto e nefando, mas Garibaldi, o comandante supremo, em nome da eficácia dos exércitos, tudo tolerava e fazia vista grossa.

Deu-se o inesperado que Costa – o nosso – interessou-se pelo negócio. Não entrou para a confraria, mas pôs-se também a saquear mortos e feridos e a apropriar-se de mercadorias e dinheiro em navios tomados de assalto, quando havia. Nessas ocasiões tinha um esgar frio no rosto, um ríctus de boca, um apertar de lábios que lembrava o gosto de provar do próprio mal. Como tinha fama de conhecedor de letras e números, não raro Bueno ou Cobra pediam-lhe para ajudar nas contas e registros. E ele assim ganhava uns dobrões a mais. Voltava contente, entregava o produto de seus ganhos à Salobra, quando estava com ela em Montevidéu, para que ela os guardasse, comprasse coisas para eles. Ela recebia as moedas com os próprios olhos amoedados de tão abertos e ávidos. E nessas horas eles se amavam com fúria e cometiam todos os pecados que adoravam. Salobra era das que gostavam de amar aos gritos, aos safanões. Às vezes mordia-o, deixando marcas. Eles se atiravam um sobre o outro, numa estripulia de estertores, e não se davam: arrancavam prazeres de seus corpos. Depois quedavam-se, arfantes, cada um entregue aos próprios devaneios, ou ao próprio sono.

Mas houve um senão nessa felicidade maleva do nosso Costa: tão logo soube, pelos fuxicos que sempre corriam, que ele se entregava à rapina, a Generosa rompeu com ele. Altiva, disse que não queria saber daquilo, ou daquele que vivia como um urubu: disse assim, com essa imagem. Costa tremeu e desejou matá-la: ela não sabia com que urubu estava mexendo. Mas não se atreveu, nem quis, no fundo. Ela parecia uma rainha, os cabelos cobertos por um véu negro rendado e no corpo um vestido lilás que lembrava os lutos das igrejas nos tempos da Quaresma. Apontou-lhe, num gesto dramático, a saída de sua casa. Ele, que lhe trouxera um anel de presente, saiu cabisbaixo. Mas não desistiu de suas coletas. Todos, nesta cidade, nestas guerras, neste mundo, vivem de suas coletas, pensou, com raiva. Até ela, que fica com seus refinados franceses e ingleses. O que eles são que eu não sou? Não vivem desta guerra também? Bruaca, pensou. Pela primeira vez sentia raiva concreta, presente, de uma mulher. Naquela noite, ao fornicar com a Salobra, bateu-lhe para valer, com fúria e força, nas nádegas, nas costas, nas pernas, nas ilhargas, fazendo a mão estalar nas pancadas e deliciando-se com as marcas rubras que deixava. Ela não reclamou. E ele sentiu com prazer uma estranha selvageria crescer dentro dele.

CAPÍTULO 50

O papel da Legião Italiana na resistência de Montevidéu contra o cerco de Rosas ganhou fama mundial. E construiu o carisma de Garibaldi na Europa. Cada feito na América repercutia nos jornais franceses, ingleses, alemães, espanhóis. Na Itália, onde imperava inclusive a censura papista, as notícias corriam de boca em boca ou em panfletos impressos clandestinamente. Para coroar, as lutas em Montevidéu foram descritas nada mais nada menos por Alexandre Dumas.

De todas as façanhas, nenhuma teve a repercussão da batalha de San Anto-nio. Acresceu-a o fato de que nessa altura – no começo de 1846 – a Legião já vestia um símbolo que ficaria famoso com ela e com as lutas posteriores de Garibaldi na Europa: a camisa vermelha, *camisa rossa*. A bem dizer não era uma camisa: era uma túnica sem mangas, solta, um tanto comprida, que se amarrava com uma tira de pano ou couro na cintura. Tinha uma origem nada heroica, embora ligada às vicissitudes da guerra. Um navio mercante britânico levava uma partida dessas túnicas vermelhas, de lã, para matadouros em Buenos Aires. Mas as beligerâncias e hostilidades fecharam momentaneamente aquele porto aos navios ingleses. O navio, impedido de chegar a seu destino, aportou em Montevidéu. Organizada a Legião, havia que caracterizá-la, que vesti-la, sobretudo. O governo de Montevidéu comprou então sortimento de túnicas baratas e deu-as aos legionários, criando símbolo legendário.

A Legião atuou tanto na defesa do rio quanto na defesa por terra. Na passagem de 1845 para 1846, recebeu ordens de ir para a cidade de Salto, a noroeste de Montevidéu, perto das fronteiras com o Brasil e com a província de Corrientes, cujo governo continuava hostil a Rosas. O objetivo era justamente o de manter abertas as linhas de comunicação com aquela província, ameaçadas pela presença de tropas de Oribe. Chegados os legionários à cidade, Garibaldi determinou que se realizassem batidas de reconhecimento. Numa delas saíram duzentos legionários a pé, comandados por ele, acompanhados por cem cavalarianos, sob o comando de um coronel Baez.

Na altura de Salto, os campos ainda eram bastante acoxilhados, não tendo aquela planura infinda dos campos ao sul do Prata. As coxilhas por vezes tinham encostas abruptas, embora baixas, com quebradas estreitas e de voltas surpreendentes. Ao galgarem a lombada de uma dessas coxilhas, os legionários, estupefatos, depararam com uma verdadeira mata de lanças em riste, prontas para o combate. Vinham às centenas e centenas, sem parar, a pé e a cavalo, com as bandeiras azuis e brancas dos rosistas. Eram mais de um milhar, e marchavam em linha, já prontos para o ataque. Baez considerou que deviam retirar-se. Garibaldi chamou Costa – o ex-Talco –, a quem sempre ouvia nessas ocasiões.

– Não adianta – foi a opinião dele. – Os cavalos que têm são muito bons e estão descansados.

– Vamos combater então – foi o alvitre de Garibaldi.

Foram recuando em formação para um conjunto de taperas desabadas que pertenciam a um extinto matadouro e saladeiro por onde tinham passado. Baez, com seus cavalarianos, foi recuando mais depressa do que os legionários a pé. Os rosistas vieram apertando o passo, se aproximando, com os cavalarianos já se alongando para as manobras de envolvimento.

Quando chegaram ao saladeiro, Baez não parou. Continuou em fuga, até pôr-se em desabalado galope, deixando Garibaldi e os outros entregues a seu destino. Este ainda injuriou em italiano:

– *Porco cane*!

Mas esqueceu as outras injúrias, porque o tiroteio já começara.

Acreditando na vitória fácil e no vigor do massacre, os rosistas atacaram em massa. O ataque logo se transformou em correria sem ordem: os da infantaria, largando as lanças e armando os fuzis que traziam à bandoleira, se puseram à frente, às carreiras, impedindo uma ação da cavalaria. Garibaldi dispôs os seus atiradores em três linhas, sob cada tapera, em cada uma um grupo pronto para uma carga de baioneta, e com ordem de só atirar à queima-roupa.

Quando os rosistas se aproximaram dos legionários, estavam com as cargas de seus fuzis esgotadas: as armas nessa época ainda não eram de repetição. Tinham causado danos, é verdade, mas estavam diante de linhas triplas de atiradores que se sucediam umas às outras, disparando sem parar. Foi um massacre, mas ao contrário. Lá atrás, a cavalaria hesitava: se atacasse, passava por cima dos seus, que começavam a debandar em retirada. Os legionários, em reserva para esse fim, carregaram com as baionetas sobre os rosistas em fuga. Ao mesmo tempo o Negro Aguiar, Bueno, os Costa e outros adestrados para isso avançaram com os das baionetas e foram despejando sobre os cavaleiros aturdidos uma chuva de boleadeiras. Muitos deles, batidos pelas pedras rodantes ou enleados pelas cordas, desabavam das montarias que se estorciam, peadas também, e caíam. Em menos de meia hora a massa de rosistas estava em fuga, e os legionários donos do campo.

Isto não acabou a luta. A posição era insustentável. Tiveram de marchar à noite, sobre seus próprios pés os que podiam, carregados os outros, e estes eram tantos que praticamente para cada homem que caminhava havia um sendo carregado. Tinham tido dezenas de mortos. E os rosistas, reagrupados, voltavam à carga, na curta e enluarada noite de verão. Mas os camisas vermelhas os mantinham a distância, com a ordem de só dispararem à queima-roupa.

Em Salto entrou, pela manhã, um cortejo de feridos e estropiados. Mas a fama da Legião estava feita.

CAPÍTULO 51

A Legião tivera 36 mortos. Dos que chegaram de volta a Salto, metade precisava de enfermaria. O porta-bandeira da Legião, o tenente Sacchi, vinha carregado pelo próprio Garibaldi. Costa trazia a bandeira – um pano preto, franjado, com o desenho de um vulcão em atividade no centro. Para sua surpresa, viu que Anita estava lá. Desdobrava-se: água aqui, atender um ferido ali, em meio a outras mulheres. Garibaldi a chamara, e ela chegara na véspera. Sua vida não fora fácil naquele tempo. Tivera mais três filhos, além de Menotti, que viera dos tempos no Rio Grande: duas meninas, Teresa e Rosa, nome da mãe de Garibaldi, e um menino, Riccioti. Nas dificuldades por que passava, apesar do socorro dos governantes de Montevidéu, inclusive da própria esposa de don Frutos, dona Bernardina, a menina Rosa morrera, de difteria. Garibaldi recebeu a notícia num informe seco, jamais por ele perdoado, do ministro da Guerra: "Sua filha Rosita morreu. Como de qualquer maneira teria de sabê-lo, prefiro dizer-lhe sem rodeios. Queira aceitar meus sentimentos". Junto recebera o comentário de que Anita quase enlouquecera. Chamou-a então para Salto, e ela lá foi ter, deixando os filhos com amigos em Montevidéu.

Na chegada da Legião, depois de abraçá-la, Garibaldi foi logo envolvido por Anzani e outros, que o aguardavam ansiosamente e queriam detalhes do combate e da atitude de Baez, de que já sabiam. Foi para dentro da caserna com eles. Prestando socorro aos feridos, Anita aproximou-se de Costa.

– Quer água, senhor?

– Sim, sim – foi a resposta apressada. Além do combate, o pior sofrimento que tinham enfrentado, na retirada, fora a falta de água. Ele bebeu na cabaça que ela lhe estendia. Enquanto bebia, ela lhe disse:

– Gostaria de falar com o senhor, senhor... senhor...

– José, dona Anita, José. Aqui todos me conhecem por José, e assim me chamam, mesmo quem sabe do meu passado. Talco da Costa não existe mais, senhora, e é bom que assim seja.

– Tinha pensado em lhe falar depois, com mais calma, senhor. Mas a resposta que deu me fez pensar. Talvez seja melhor dizer tudo agora, assim sem rodeios, como sempre fui. Sei que o senhor está exausto, mas tenho pressa em lhe falar.

– Aqui estou, dona Anita. O cansaço não tem importância. Estou feliz por estar aqui, a seu lado, de retorno de um combate tão duro. O que pode ser tão urgente assim? E o que disse eu que possa lhe ter causado tanta espécie?

– Achei curioso o seu comentário, de que o senhor Talco não mais existe. Entendo. Mas de certo modo me dá pena, pois confesso que tenho saudades dele, se posso falar assim. Para ser franca, é que nem sempre o que tenho ouvido falar a seu respeito me tem agradado.

– O que posso ter-lhe feito para causar algum desagrado? Diga-me, e eu terei pressa em desfazê-lo.

– Para mim nada, senhor. Só tenho boas recordações, e tenho aproveitado muito os ensinamentos que me deu. Já estou bastante adiantada, leio jornais, qualquer dia vou até escrever uma carta inteira de minha própria mão. Consigo entender até os jornais italianos que chegam a Montevidéu, e outro dia li sozinha um comunicado da legação francesa. Mas o que me preocupa são as companhias com que o senhor anda, e tenho ouvido que o senhor se dedica à venda de trastes que consegue nas batalhas. Tivesse a vida que tivesse, o tenente Talco jamais faria isso.

– Dona Anita, a vida me impôs seus fados.

A voz de Costa se pusera metálica, embora continuasse falando de modo respeitoso. Continuou:

– Busco me valer do que encontro. É duro viver como eu vivo, senhora. Parece até que carrego algo de peso em mim mesmo, se me entende, dona Anita. A senhora mesma disse: o finado senhor Talco foi tenente da Cavalaria de Libertos. Aqui sou soldado, embora me exijam tarefas e responsabilidades de oficial. Que tenho de mais que outros não têm? Ou de menos?

– Senhor José, o senhor sabe que são coisas de política...

– Com todo o respeito, senhora, entendo que o senhor seu marido esteja se aproximando da legação do Império brasileiro, que o governo de Montevidéu queira evitar dificuldades, entendo isso, entendo aquilo, entendo tudo. Entendo até que pelo que aconteceu no Rio Grande fosse ruim eu dar a conhecer quem de fato fui. Teria de prestar contas ao governo da República Rio-grandense. Mas acontece que o governo da República de lá não existe mais. No ano passado fizeram a paz com os imperiais. Acontece, dona Anita, que outros foram promovidos, e eu não. E, por favor, não digo isso para que fale qualquer coisa com seu marido. Não quero, não autorizo. Quem sabe, dona Anita, é porque não levo na pele o matiz certo...

— Está sendo injusto, senhor. Meu marido nunca lhe desdenhou, sabe disso. O general Netto não o desdenhava, o coronel Teixeira Nunes não o desdenhava, muito pelo contrário.

— O Gavião, quer dizer, o coronel Teixeira Nunes está morto, senhora. Foi lanceado pelos imperiais no fim da guerra. Perseguiram o coronel até mesmo quando todos sabiam que a guerra estava no fim, até acabar com ele. Por quê, senhora? Não terá sido por ter armado, comandando, liderado os pretos do Rio Grande e os índios que restavam? O general Netto está no exílio, em Corrientes, dizem até que vem para cá, nas suas terras em Piedra Sola. Dos outros oficiais, a maioria se reintegrou ao exército imperial, tiveram uma anistia. Que anistia terei eu, dona Anita? Sei que muitos dos ex-escravos que lutaram na República também acabaram se integrando ao exército de Sua Majestade. Por que se libertaram? Não, é porque ninguém os quer mais, senão talvez até estivessem de volta na senzala...

— Mas o senhor não é nem foi escravo, senhor José, e depois...

— Ah, dona Anita, tenho comigo segredos que a senhora não adivinha.

— Insisto: entendo o que o senhor está falando. Mas acho que o senhor de algum modo está sendo injusto com todos, pretos, brancos e pardos. O senhor diz que carrega o fado que a vida lhe deu, mas não quer que os outros carreguem os seus! Que dor o faz ser tão amargo, senhor?

— Uma dor muito diferente da sua, dona Anita. Aceite os meus sentimentos.

Costa percebeu que aquela frase a ferira. Não por ser dita de modo desagradável, mas porque trazia à baila algo que ela queria esquecer. Os olhos dela ficaram esgazeados por um segundo, ele pôde então reparar que aquele rosto enérgico estava marcado por olheiras, que a sua boca estava ladeada por vincos de dor, que lágrimas contidas chegaram a cobrir-lhe os cílios. Ele quis consolá-la, arrepender-se, desdizer, chegou a começar uma frase:

— Senhora...

— Está de fato muito cansado, senhor José. Deve ir dormir. Perdoe-me, não quis ofendê-lo com qualquer coisa que eu tenha dito. Talvez o senhor tenha razão. Carregue o seu fado. Mas pense no que eu lhe disse, e no que é, de verdade, o seu fado. Quanto a mim, obrigada por seus sentimentos. Mas esqueça-me. Devo lhe dizer que me distraio aqui, entre os sofrimentos alheios. Não por desprezar ninguém, mas porque compartilhar da dor faz bem a uma mãe desesperançada. Adeus, senhor.

Foi a vez dele pedir perdão.

— Senhora, perdoe-me, por favor. Não quis magoá-la, nem despertar-lhe mágoas. Só quis dizer que a vida é desigual, mais dura com uns, menos com outros... Sei que a senhora tem tido momentos difíceis e gostaria...

— Já dei a entender que não preciso que me lembre de minha vida, senhor... José. Peço-lhe apenas que em suas orações, se faz orações, lembre-se do senhor Talco. Ele merece o seu, o meu, o respeito de qualquer pessoa de bem. E quem não o respeita, seja por que for, é que não merece respeito!

Ele desarmou-se. De cabeça baixa, pediu-lhe, quando ela já ia se afastando:
– Hã, senhora...
Ela, já uns passos adiante, voltou-se:
– O que é?
– Por favor, entregue isto ao senhor seu marido. Ele tem orgulho dela.
Estendeu-lhe a bandeira da Legião, dobrada e tão limpa quanto possível. Ela retrocedeu e tomou-a nas mãos.
– Obrigada. Não me leve a mal. Também estou cansada. Continuo grata por tudo o que o senhor fez por mim.
– Só lhe peço uma coisa dona Anita. Não sou homem de orações, confesso. Mas se puder, quando puder, reze alguma coisa por mim.
– Pode contar com isso, senhor...
E sem completar o nome, ela afastou-se.
No torpor em que ia ficando, Costa ouviu uma voz perto de si. Era o outro Costa:
– Eh, vamos contabilizar os ganhos, chê, que ganho sempre há. Não fique aí a cismar.
E o Cobra completou, num esgar meio estranho:
– Senhor... José!

CAPÍTULO 52

Quem muitos anos mais tarde destruiu e depois tentou recompor os escritos de José da Costa fez uma observação própria de que ele sempre era muito lacônico ao se referir a este seu homônimo, o Cobra. Nunca era muito claro, falava sempre por indiretas, deixava mais impressões vagas do que palavras claras, e dizia que "parecia falar de uma sombra". Isso contradizia as ações do próprio personagem, homem de arrebentar e matar, ora frio e calculista, ora de impulsos incontroláveis. Dessa passagem da conversa de Anita e da observação do outro, a pessoa que recompunha os manuscritos anotou que nas frases de Costa ficava a impressão de uma forte animosidade daquele contra Anita, e de uma curiosidade desconfiada em relação ao passado dele, Costa. E ela anotou ainda que Costa, por sua vez, fizera uma observação lateral, à guisa de conclusão do episódio, de que as guerras dependiam da junção do ardor pelas bandeiras com o gosto da rapina.

Teria observado ainda que aquela vida que ele levava, entre os seus negócios, era uma espécie de passo provisório. Dali sairia uma outra vida, que não sabia ainda qual era, que ainda não se delineara, mas que estava por se delinear. Essa nova vida, achava ele, não seria com Ignácios nem com Josés, talvez nem com Salobras ou Generosas. Seria uma outra coisa, que surpreenderia Anita, se ela viesse a saber. Mas decidiu-se a nada comentar com ninguém. Primeiro, porque não cabia a um soldado da Legião fazer divagações poéticas; segundo, porque muito menos lhe cabia querer impressionar a mulher do comandante. Terceiro, sabia ele, se suas divagações chegassem aos ouvidos ou mesmo só às suspeitas da Salobra, ela lhe rasgaria mais algum livro, e aí sim, ele teria de tomar providências, isto é, surrar-lhe para valer.

A guerra, como antes a do Rio Grande, começou a se arrastar, e a declinar. As potências que a assistiam começaram a condenar a sua duração. Suas políticas, na verdade, acabaram por ser evasivas e ambíguas. Seu objetivo era garantir o comércio e a navegação no rio da Prata, e a própria guerra impedia a realização desse comércio e o acesso aos rios Paraná, Uruguai, e mais acima o Paraguai. Era verdade que se opunham a uma hegemonia de Rosas na região. Mas houve momentos até em que pareceram apoiar sua autoridade, como meio de pôr fim à guerra, abandonando o governo de Montevidéu. Nessa altura começaram a ver com preocupação a crescente ingerência do Império brasileiro e da sua legação na proteção do governo de Montevidéu. Essa ingerência chegara ao ápice no dia em que Rosas, disposto também a abreviar a guerra, ordenou que uma esquadra de dez navios tomasse o porto, e eles foram detidos ante a disposição da flotilha brasileira ali estacionada de resistir, com seus navios comandados pelo mesmo Mariath que antes derrotara os republicanos do Rio Grande em Laguna. A esquadra de Rosas desistira do ataque, e recuara.

Esse movimento aumentou o prestígio dos brasileiros em Montevidéu, sobretudo porque o governo da cidade estava por demais enfraquecido. D. Frutos fizera desastrosa campanha militar no interior, isolando-se com seu exército, sofrendo derrotas acachapantes no passo de Índia Muerta e em Paissandu, quase pondo a perder por inteiro o que fora conquistado anteriormente. Disso se aproveitaram seus rivais, entre seus aliados, para se organizarem contra ele na disputa pelo poder na cobiçada cidade, já que, sabia-se, ela teria o favor das potências. D. Frutos, conseguindo retornar, esmagou os adversários com mão de ferro. Mas ao mesmo tempo, na província de Corrientes, onde parte da elite tinha resistência a Rosas, as disputas locais levaram também a sublevações, contrassublevações, traições, alianças, de tal modo que os rosistas conseguiram apossar-se do governo, reforçando a posição do caudilho de Buenos Aires, consolidando, mais ou menos, as fronteiras da Argentina na região.

Diante desse complexo quadro, cuja indefinição exasperava os legatários das potências, estas decidiram se fazer mais e mais presentes. Escunas e fragatas britânicas e francesas começaram a acompanhar sistematicamente seus navios mercantes. Num desses acompanhamentos, deu-se o inevitável: em Obligado, no rio Paraná, os navios ingleses e os franceses, de um lado, e os rosistas, do outro, se enfrentaram e a esquadra de Rosas foi destroçada. Ao mesmo tempo, feita a paz com os rio-grandenses, a nova unidade do Império abria a possibilidade de uma invasão brasileira caso o governo de Montevidéu arriasse ou caísse. A guerra, enfim, foi minguando, os negócios da guerra também, o papel da Legião tornou-se secundário. A mesa de negociações ganhou relevo e nela as partes beligerantes foram desenhando um acordo que, se não agradava de todo a ninguém, passou a ser visto como a única alternativa possível no momento. Vozes em Montevidéu diziam que aquilo no fundo era uma vergonha, já que condenava o Uruguai à pequenez de seu território e à sua condição de anteparo entre D. Pedro II e Rosas. Este renunciava momentaneamente à hegemonia sobre a embocadura do Prata, mas permanecia a cavaleiro dele, com sua capital em ponto

163

estratégico, próxima às embocaduras do Uruguai e do Paraná. A legação brasileira comemorou como vitória o estabelecimento do Prata como zona de livre navegação. Ingleses, franceses e também espanhóis e norte-americanos tinham o que queriam no momento: comércio. Era tudo muito instável e provisório, o que levaria a novas guerras e intervenções. Mas o momento era de caminho para a paz, ainda que a paz depois se revelasse apenas uma trégua.

Foi em meio a esses movimentos em direção a uma paz negociada que muitos, na Legião, começaram a pensar que era o momento de ir para a Europa, uns de volta, outros de ida. Entre eles o nosso Costa.

CAPÍTULO 53

O movimento começou com Anzani. E diga-se logo, com Anzani no ouvido de Garibaldi, por instigação de Mazzini, de Londres. Nas pausas agora cada vez mais prolongadas, primeiro entre combates e marchas, depois só entre marchas para lá e para cá, Anzani agitava-se, e agitava: uma nova Europa, dizia ele, estava nascendo, para além dos impérios, para além da política já morta da Santa Aliança e de tantas restaurações que se sucederam à derrota de Napoleão, política que os tinha trazido ao exílio. Os outros ouviam, embevecidos, aquela palavra que lhes falava da possibilidade do almejado retorno. Novas ideias, novas indústrias, novos comércios mudavam a paisagem de toda a Europa, inclusive da querida Itália. Os camponeses queriam terra, os trabalhadores, nas cidades, queriam pão, os artesãos, os padeiros, os carpinteiros, os comerciantes, até mesmo os banqueiros – Banqueiros!, gritava o Anzani – queriam impostos menos dolorosos que os cobrados pelos reis, o austro-húngaro no norte, o Bourbon no sul, com a proteção e a bênção do papado em Roma, que também tinha seus impostos e dízimos pesando como crucifixos sobre os ombros da população. COMO CRUCIFIXOS!, gritava, inflamando-se. À luz de velas, ou à luz do sol, o rosto de Anzani tornava-se afogueado. Mas esta, continuava, esta revolta não era só na Itália que se fazia sentir! Era na Europa inteira! Em Madri, em Paris, em Berlim, em Londres, até mesmo em Viena, capital da Áustria-Hungria, mãos calejadas erguiam-se no ar, punhos cerrados, pedindo pão, pedindo liberdade. LIBERDADE! A Itália não ficaria só, contra o Bourbon, contra o austríaco. Em Roma mesmo, havia um novo papa, Pio IX, que fazia promessas de liberdade e reformas. No reino da Sardenha e Piemonte, de onde Garibaldi fora exilado por atentar contra a vida do rei Carlos Alberto, este se mostrava disposto a considerar uma anistia. Tinham cumprido seu generoso papel em Montevidéu, no Rio Grande, nas Américas. Tinham de voltar. Pela Itália! Pela pátria! Pela liberdade!

Assim ele terminou discurso seu, feito na Fortaleza do Cerro, em Montevidéu, aos remanescentes da Legião, nos fins de 1847. Estes estavam em formação, já para se definirem se iriam partir ou não. Ficou olhando os duzentos e poucos, saboreando o efeito de suas palavras. Não gostou de tudo o que viu. Viu o Negro Aguiar aprovando, e gostou. Estranho personagem aquele. De uma fidelidade sem par a Garibaldi; no entanto, a ninguém ocorreria dizer que era um servo, serviçal ou coisa assim. Era altaneiro, altivo, inteiro, desempenado. Tinha uma coisa, pensou Anzani, que talvez só se aprenda nos desertos, nas florestas, nas savanas, nestes pampas, quem sabe, entre vento e campo, naquelas guerras loucas de boleadeiras e correrias. Viu Ignácio e os dois Costa aprovando, e ficou em dúvida. Simpatizava com o Costa que, ele era dos que sabia, viera do Rio Grande. Estranho personagem também. Homem de cismas, de silêncios, sabia que as mulheres o adoravam, e isso, ele pensou, sempre era bom sinal sobre o caráter de uma pessoa. Mas agora ele andava metido com aqueles Bueno e o outro Costa. Desses não gostava. Nem de sua adesão à partida para a Itália. Mas, enfim, ele suspirou, não é com ramo verde que se faz uma fogueira, mas com lenho duro.

Para Costa – o nosso – era claro o império de partir. Os negócios tinham acabado. A guerra também, embora os tratados não estivessem assinados. A legação brasileira se fazia cada vez mais presente e proeminente. Garibaldi tinha conseguido uma anistia. Aliás, uma dupla anistia, que ele considerava coisa meio vergonhosa. Primeiro, logo depois de assumir que ia tomar parte na luta por Montevidéu, Garibaldi fora à legação brasileira, assinara papéis, comprometera-se a não mais lutar contra S.M. o imperador, etc. etc., e fora anistiado. Tempos depois, no entanto, um dos enviados brasileiros, com certeza por descuido, ou exagero, chamou-o em público de "reles aventureiro". Garibaldi soube do dito, invadiu a legação e deu uns safanões no dito legatário, desafiando-o para um duelo. Daquilo Costa gostou. Mas foi um escândalo: a legação brasileira ameaçou deixar a cidade, levantar a proteção, o comércio, etc. etc. Resultado: novamente lá foi Garibaldi fazer novas juras de que não levantaria armas, que aquilo fora um exagero, e o legatário por sua vez retirou as ofensas, e assinaram-se papéis, etc. etc., e Garibaldi foi perdoado de novo, etc. etc.

Costa não queria saber de pedir perdões. Além do mais, ele sabia que se tivera contas a prestar até mesmo ao extinto governo rio-grandense, também as tinha, e muito mais, com as autoridades do Império. Não só pelas lutas pela República, mas por seu passado de índio vago. Sem falar nos desafetos e milicianos. Atrás de cada canhada, de cada capão de mato, de cada curva do caminho, de cada porta de galpão ou de bodega, se esconderia uma cilada, e com a bênção da autoridade. Ou então sua anistia vinha na ponta de uma corda: essa era a anistia, pensou, a que os de sua cor tinham direito. Seus amigos e protetores estavam mortos, ou afastados: Teixeira Nunes, lanceado por um tal de Manduca Rodrigues. Netto se fora do Rio Grande, para Corrientes, dizia-se. Dizia-se também que vinha para suas terras no novo Uruguai, em Queguay, em Piedra Sola. Vinha com duzentos negros que preferiam ficar com ele do que no Brasil, remanescentes da Cavalaria de Libertos e familiares. Mas politicamente estava só, batido, isolado, dizia-se também. E não se sabia quando chegava. Canabarro voltara para sua estância. Mas neste não sabia se dava para ele confiar. O general era de lua, podia fazer isto como aquilo, dizer isto ou aquilo. É certo que, uma vez dito ou feito, não mudava de ideia. Mas ninguém sabia o que vinha de dentro daquele homem atarracado e taciturno. Sim, sim, dizia ele, Costa, o melhor era arriscar-se e partir. Quem sabe este seria o seu novo destino?

Já tinha conversado com Bueno. Este também queria partir. Andava aperreado; os negócios estavam quebrados, não tinha mais casa de damas e breve ia dissipar suas economias. Além disso, temia os desafetos pelas mortes, pelos saques. E depois, dizia ele, essa nova Europa de Anzani era uma terra de novas oportunidades. Não mais como aqui, emendava, isso de sair catando trastes e cavalos depois das batalhas. Lá isto não se faz, lá as coisas são mais próprias, veja bem, amigo Costa. Lá as coisas se fazem por influências. Veja só, nessas lutas que o italiano prevê, austríacos de um lado, o papa de outro, nós no meio, haverá que alimentar, vestir, alojar muita gente. Pelo que sei, vai ser preciso montar novos governos nas cidades que tomarmos. Lá os negócios se fazem antes das batalhas: suprimentos, influências, bancos a tomar e a administrar, muito dinheiro, MUITO! Os olhos apertados de Bueno quase se arregalavam. Costa gostava de ouvir aquilo. E pensava que tinha razão: numa guerra era preciso unir o ardor pelas bandeiras com o gosto da rapina.

CAPÍTULO 54

Precisava conversar com a Salobra. Despedir-se da Generosa. Com aquela encontrou o que previra: resistência. E o que não previra. Ela usara parte das economias que ele, Costa, tinha conseguido para comprar uma pequenina casa longe do porto, onde sempre tinham vivido. Era quase uma tapera, a bem dizer, mas a maior novidade é que ela estava montando uma lojinha de costuras. Empregara umas moças pobres, e estava ganhando dinheiro com aquilo. Ele ficou meio pasmo, e ela lhe disse que não ia coisa nenhuma para Europa nenhuma. Que queria ficar ali e ganhar a vida. Honestamente. E mais. Que a tratasse agora com respeito. Não era só ele que mudava de nome não. Ela era agora Salustiana de Almeyda. Batizara-se. Convencera o padre lá da paróquia da casinha que ela finalmente vira a luz, que viera da campanha bruta, que era filha de mãe bugra, mas que agora queria emendar-se na fé de Nosso Senhor Jesus Cristo, etc. etc., e ele a batizara. Para dizer a verdade ela nem lembrava se tinha passado pelo batismo quando criança, mas um novo batismo não ia lhe fazer mal. Que era isso, e que ela ficava fazendo coisas úteis enquanto ele ficava andando pelas casernas, passeando pelos campos, pois nem lutar lutavam mais, e bebendo em trinca.

– Que trinca?

– A de Bueno, o Cobra e tu, meu inocente. Ou não sabes que são uma trinca?

Ele ficou pensativo. Depois ficou fulo de raiva. Estava na soleira da tal de casinha, onde fora encontrá-la depois de perguntar por ela na pensão em que moravam e saber que ela pegara as coisas dela e fora embora, para o tal do bairro afastado. Pegou-a pelos ombros e empurrou-a para dentro. Estava com raiva e desejo ao mesmo tempo.

Ela libertou-se com um safanão, recuou, e disse-lhe, nariz para cima:

– Calma lá, meu senhor. Isto era no tempo da Salobra. Agora o senhor está falando aqui com a senhora Salustiana de Almeyda!

Ele deteve-se. Menos pelo que ela falara, mais por ter ouvido risotas na salinha atrás. Pelo cortinado percebeu duas mocinhas, uma branca, outra parda, que trocavam risotas, costuras à mão, e lançavam olhares furtivos para onde ele estava. Ele recuou, com medo de fazer papel ridículo. Deu meia-volta para sair. A Salobra deteve-o:

– Ei, meu negro...

A lua daquela mulher mudava sem mais aquela, ele pensou,.

– Olhe, meu negro... não quero ser injusta. – Jogou-lhe uma burra cheia de moedas.

– Digamos que é tua parte. Ou o que sobrou, e ela deu uma risada acompanhada de risotas atrás do cortinado.

Ele foi saindo. Ela ainda disse:

– Podes voltar, se quiseres, mais tarde. Mas com jeito, que agora sou assim... E pode me chamar de Salu...

Ele ainda a viu, olhando-o com zomba, com o nariz envolto – ou enfiado –, ele não saberia dizer, numa flor, um jasmim-do-cabo. Foi-se com raiva. Mas voltou naquela noite, e mais noutra, e mais noutra, e eles se amaram como nos velhos tempos, mas sem os gritos de antanho. Ela agora ficava silente, e pensativa. E suspirava, como a Generosa.

Com esta foi mais doloroso. Costa conseguiu vê-la depois de muito insistir. Estava adoentada. Recebeu-o em sua casa, onde as coisas estavam empobrecidas. Ela tinha lhe preparado um chá. Arfava. Pediu que ele fosse rápido. Ele se ofereceu para ler de novo alguma coisa. Ela lhe disse que tivera de vender seus livros, que os amigos a estavam abandonando, que ela esperava se recuperar em breve, senão ia ter de deixar aquela casa, não sabia para onde mais ir. Ele então lhe disse que tinha trazido o anel que antes não pudera entregar-lhe, porque ela o expulsara. Ela agradeceu, mas disse-lhe que não lho desse, pois se as coisas corressem mal, ela acabaria por vendê-lo, sabia. Ao dizer isso, os olhos dela se encheram de lágrimas e suas faces de vergonha. Que não a quisesse mal pelo modo como ela o tratara. Que ele tinha o fado dele, ela o dela... Ele aproximou-se dela, deu-lhe um beijo na testa, e disse que estava na hora: partiria de Montevidéu dentro de algumas poucas horas. Retirou-se, deixando-a banhada em lágrimas. Antes de ir-se, depôs a um canto, visível, mas sem que ela percebesse, a burra com as moedas da Salobra e, dentro, o falado anel.

Aquele seu gesto fora mais de adeus e abandono do que de amor ou caridade. Dali, dizia de si para si, não queria levar nada. Queimara todos os seus pertences e lembranças, até os papéis que don Luna lhe dera, em Qüeguay. Queria mesmo ser outro dali por diante. Queimara os papéis rasgados em que o seu livro tinha-se transformado, depois do destempero da Salobra, e que ele guardara numa gaveta. Queimara outros trastes, até roupas. Levava consigo sua faca de dois gumes, a *camisa rossa*. Um poncho, como Garibaldi. E na última hora salvara do fogo o botão dourado que Charrua lhe dera. Talvez por medo: ele não era homem de muita religião nem de rezas, mas com aquilo de outro mundo, nunca sabia. E se tivesse de prestar contas do botão queimado ao amigo?

Partiram, num dia de outono de abril de 1848. Anita e os filhos tinham partido antes, em fins de 1847. Da Europa vinham notícias cada vez mais animadoras. As multidões se sublevavam em Paris, Berlim, Munique, Viena. As coroas e os tronos tremiam. O papado vacilava e prometia reformas cada vez mais ousadas. No norte da Itália, em Milão, Veneza e outras cidades, trabalhadores e estudantes, gente do povo, mulheres saíam às ruas e apedrejavam os austríacos. Por toda a Europa havia barricadas nas ruas das cidades importantes. Manifestos pedindo liberdade, conclamando os trabalhadores à revolta, à revolução, surgiam de todos os cantos, de todos os bairros. Houvera um que conclamava os trabalhadores de todos os países a se unirem contra seus patrões... ou algo parecido. De fato, uma nova Europa os esperava, cheia de promessas e oportunidades, um Novo Mundo: era nisto que Costa pensava, debruçado sobre a amurada do navio, enquanto este se afastava do cais, pronto para dirigir-se à embocadura que tanto ele e outros tinham defendido. Pensava em várias coisas, desde os tempos do Recife, do Rio Grande até ali. Deteve-se a lembrar as lágrimas da Generosa. E as últimas noites com a Salobra, a Salu. E ressoou-lhe no íntimo a última das últimas coisas que ela lhe dissera: que se ele ia mesmo para a Europa, era por causa da mulher do gringo.

VIII

GENEVIÈVE

CAPÍTULO 55

Nada deu certo: nem a revolução nacionalista de Anzani, Garibaldi e os outros, nem os negócios da trinca, como diria a Salu.

A partida fora objeto de intensa negociação. Tiveram de fretar um navio. Para isso, correram uma subscrição. De longe Mazzini, através de cartas e mais cartas, exortava os compatriotas a contribuir. Para animar a todos, inclusive Garibaldi, a partir, iniciou na Itália, em Florença e em outras cidades, uma subscrição para oferecer ao "herói de Montevidéu" uma "espada de honra", lavrada a ouro, e uma medalha de prata a cada legionário. Em Montevidéu, afinal, conseguiu-se a soma pedida pelo capitão de um navio sardo, mas que navegava sob a bandeira do Uruguai. Na última hora, o capitão pediu mais. Bueno cedeu uma parte de suas economias para aquele mais, filosofando que, no fim de contas, era um investimento.

No mês de abril, partiram. O navio, que se chamava Speranza, foi se arrastando pelo Atlântico, com o objetivo de chegar a Gênova, na costa italiana. Mas ia parando em todos os portos para cargas, descargas e reabastecimentos. Levaram dois meses para chegar a seu destino, ou melhor, a outro, pois o navio acabou deixando-os em Nice, terra natal de Garibaldi, no dia 24 de junho. Dos legionários, cerca de oitenta partiram na viagem de volta. Destes, sessenta e três chegaram a Nice. Os outros abandonaram a viagem no caminho, já na Europa. Queriam mesmo era ter uma oportunidade de volta ao Velho Continente.

Um único incidente grave marcou a viagem, na altura de cruzar o Equador. Alguém foi ao porão servir-se de aguardente e abriu um dos barris, com uma tocha na outra mão. O gesto era furtivo, e no apressado da hora o infeliz deixou cair fagulhas dentro do barril, e a aguardente era de tal qualidade que logo começou a pegar fogo. As chamas se avivaram. Ao lado, estava o paiol de pólvora. O bebedor clandestino, temeroso do fogo e de ser descoberto, voltou-se para fugir, mas tropicou e bateu no barril, que entornou o líquido e as chamas – e elas começaram a se alastrar de verdade. Quando se espalhou a nova da ameaça, houve pânico e depois terror. Houve até quem pulasse pela borda. Os mais calmos, e não eram muitos, tiveram de usar de toda a energia para conter os demais e dispô-los a apagar o fogo, pois, em verdade, não havia outra saída. O próprio Anzani, que estava adoentado, de cama, com febre e tosse, teve de levantar-se e ajudar na luta contra as chamas e contra o pânico, disparando para o ar e depois manejando as bombas e alcançando baldes. O fogo pôde ser apagado antes que o navio explodisse. O que pulara ao mar foi recolhido, e o bebedor estouvado posto a ferros.

Apesar de muito doente desde os preparativos finais em Montevidéu, Anzani se desdobrava dando verdadeiras aulas sobre Europa e a situação europeia. Todas as manhãs e todas as tardes, depois de fazerem exercícios no convés, os legionários iam até a proa do navio e ali, Anzani, meio recostado em sacas de serragem, falava sobre o que os esperava. Costa anotaria que para ele aquelas aulas eram uma libertação. Nunca as esquecera. Viajando entre dois mundos – um onde nascera, o outro onde crescera e se fizera homem; um da infância, definitivamente perdido, e o outro tão construído quanto destruído – em busca de um terceiro, as exposições de Anzani pareciam-lhe deitar raízes de novas esperanças. As suas palavras o levavam para um mundo em transformação, onde vidas antigas se fechavam e novos caminhos se abriam.

Anzani falava aos italianos que a Europa para onde voltavam era muito diversa daquela de onde tinham partido, a maioria em exílio forçado. As cidades agora tinham indústrias, mesmo algumas pequenas cidades, mesmo cidades italianas. Cinturões de trabalhadores, em bairros pobres, cercavam os centros abastados e ricos, onde os burgueses e os aristocratas passeavam suas carruagens e roupas vistosas. As cidades tinham luzes novas: a iluminação a gás suplantava a iluminação a óleo de baleia nos centros agora por vezes feéricos; e nas beiradas dessas cidades subitamente inchadas, o fogo das forjas não se apagava dia e noite. Mulheres e mulheres se agrupavam em galpões de costura, em fábricas de fumo e charutos; crianças trabalhavam dia e noite ao lado dos pais. A opressão obrigava todos a trabalhar de modo estafante, mas em toda a parte trabalhadores de rostos enegrecidos, mãos calejadas, por vezes disformes por cortes ou perdas de dedos, agora se erguiam em rebelião. Em fevereiro daquele ano as massas se haviam rebelado na Europa inteira, em Paris o rei estava para cair ou já caíra e no seu lugar uma República ia ser proclamada, com a eleição de um presidente e a convocação de uma Assembleia Nacional. Era a antiga França libertária que ressurgia das cinzas da restauração monárquica e aristocrática. Barricadas erguiam-se da noite para o dia nos bairros operários. Manifestos novos conclamavam os trabalhadores à revolta, não, à revolução, dizendo que se eles se unissem nada teriam a perder senão as suas cadeias. A Itália não estava só: eles mesmos tinham tomado providências. Haviam anunciado sua partida para Gênova, mas na verdade iam para Livorno.

Tinham enviado um mensageiro no navio, também sardo, que trouxera Anita antes, em dezembro: era Giacomo Medici, com a função de recrutar o exército que pudesse, na Europa inteira. E nos portos onde pararam, tinham ouvido notícias dele, através da Maçonaria, a que agora Garibaldi pertencia e de que Mazzini era grão-mestre. Giacomo estivera nas barricadas de Paris, nos levantes de Berlim, conseguira chegar até as revoltas em Viena, e convergia com homens e armas para Livorno. A Europa, a Europa das lutas seculares pela liberdade, se uniria pela liberdade da Itália. Viva a Jovem Itália! Com isso ele concluiu um de seus discursos, ouvindo vivas em retorno, de entusiasmo desmedido. Mas no porto em que fundearam naquela noite, ainda na Espanha, mais três dos legionários desertaram.

Nessa altura começaram alguns problemas. De repente, sem mais aquela, Garibaldi decidiu mudar o rumo. Não, não mais desceriam em Livorno. Um exército próprio, fosse de idealistas ou de aventureiros europeus? Não, não, isso poderia soar como provocação ao rei Carlos Alberto, que se dispunha a anistiá-los e a recebê-los. Depois, ouvira falar que Carlos Alberto estava disposto a aventurar-se contra os austríacos. Talvez não fosse má ideia apoiá-lo por ora... Ao invés de se lançarem desde logo numa campanha republicana. Uma Monarquia Constitucional poderia não ser má ideia. Não era o que Rossetti, o imortal Rossetti, tinha defendido no Rio Grande? Anzani começou a se inquietar, depois a se desesperançar, e finalmente a se desesperar. Mensageiros seguiram para Medici, mandando ter cautela e vagar na reunião de voluntários. E que eles, ao invés de seguirem para Livorno, seguiriam para Nice, a Nizza, que então pertencia ao reino de Carlos Alberto, o da Sardenha e Piemonte. Ademais, era lá que Anita se achava, com os filhos do comandante, *i bambini de Giuseppe*. Confirmando as desesperanças de Anzani, e para fúria de Mazzini, que já contava seguir para Livorno, o navio abriu vela para Nice.

Costa escreveu que o dia da chegada foi inesquecível, como sempre. A cidade estava em festa, com seus telhados vermelhos e casas brancas de encontro à encosta pedrenta, cobertas por bandeiras tricolores, as da Itália, verde, branco, vermelho. A multidão no porto gritava vivas à pátria e a Garibaldi. Depois o pequeno esquife a remo veio se aproximando com Anita dentro, até a abordagem do Speranza. Tinha os olhos negros vivíssimos, cabelos soltos à brisa e usava um vestido cinza-claro que contrastava com o azul profundo do mar. Este, depois da linha do horizonte, se ia pelo céu afora. Garibaldi estava de poncho branco, de seda, esvoaçante, e o abraço foi longo, prolongado, antes que ele mesmo a conduzisse de volta ao esquife e fossem para a terra. Normalmente haveria uma quarentena a observar, mas ali não havia formalidades que resistissem. Os botes vieram ao encontro do navio e os legionários foram desembarcando em grupos de dez. Anzani teve de ser carregado para terra, nos braços do Negro Aguiar: já mal e mal se aguentava de pé, o bardo da nova Europa, como Costa o chamaria mais tarde. Bueno amparava o capitão Sacchi, que pouco antes do fim dos combates em Montevidéu tivera quase meio joelho arrancado por um estilhaço de granada.

De repente, do cais do porto levantou-se um marulho de vozes, um vozerio de línguas. Ainda no bote, Costa viu uma mulher envelhecida, de cabelos brancos em coque, destacar-se dos demais, carregando crianças pela mão, e dirigir-se ao vulto de poncho branco, que a abraçou também longamente e a trouxe para junto de Anita, que voltou a apoiar-se no ombro do corso enquanto as crianças abraçavam a sua cintura, a sua saia, e ela e a senhora se apoiavam cada uma de um lado do viajante esperado – quase quinze anos esperado por aquela senhora mãe e agora viúva. Enquanto Costa via os cabelos de Anita jogados sobre o ombro coberto pelo poncho branco, num canto do cais um grupo de marinheiros franceses começou a cantar:

Allons enfants de la patrie!
Le jour de gloire est arrivé!...

Logo a multidão cantava junto, enquanto os legionários, agora pondo o pé em terra, eram aclamados também. Tão inesquecível foi tudo aquilo que, como outras cenas, Costa a pintaria mais tarde: um porto de águas azuis e pedras a pique, manchas brancas nas encostas e tomado ao rés do chão, no cais, por um mar de bandeiras vermelhas, verdes e brancas, formando um círculo. No centro desse círculo, destacadas, as manchas de um poncho branco, encimado por um chapéu de pluma, e a de um vestido cinza, de cabelos negros revoltos por um vento que não se sabia vir de onde, porque o resto da natureza, as águas, o céu, estava tudo calmo. A cena era vista de cima, como do alto do mastro de um navio, cuja quilha se via, apontando a terra.

Os legionários foram alojados numa caserna da cidade. Os dias que se seguiram à chegada foram agitadíssimos, inclusive entre eles. Garibaldi abriu sua campanha política com um pronunciamento que foi uma bomba na Legião, na cidade, na Itália toda. Fê-lo em francês, diante das autoridades e dos maiorais de Nice, num jantar, e nele praticamente oferecia os seus serviços ao rei Carlos Alberto. Declarava que para ele era necessário construir a Itália antes de tudo; e que se para isso se devesse reconhecer a liderança e o exército de um rei, ele o faria, abrindo mão de seus princípios republicanos, em nome da pátria maior. E por isso ele reconhecia os três como as três cores da bandeira da Itália: liderança, exército e rei.

Foi uma comoção. De longe, ainda exilado, Mazzini criticou acerbamente o correligionário: não lutara tanto por sua vinda para que ele viesse fazer reverências a rei. Anzani pediu calma a todos. Na Legião os debates se acenderam. Tinham uma estrutura de funcionamento: oficiais, suboficiais, soldados. Mas os anos em Montevidéu e a viagem por mar, com as aulas de Anzani, tinham criado entre eles um espírito de grupo, que os fazia reunir-se para discutir de certo modo nivelados. Formaram-se partidos. Havia alguma estratégia naquilo? Algum golpe de mestre?

Um trunfo escondido na manga? Era para enfraquecer Mazzini? Mas os partidos não se fortaleceram, porque as perguntas eram muitas e as respostas poucas. Ninguém sabia ao certo o que passava pela cabeça do comandante.

Bueno soltou uma opinião de modo lapidar para Costa:

– Garibaldi está certo. É sempre bom contar com a amizade de um rei.

O comportamento de Bueno chamava a atenção de Costa. Por instigação de Anzani, Garibaldi o chamara para constituir uma espécie de Estado-Maior da Legião, com Sacchi, Medici, o capitão Miranda, que era uruguaio, e mais alguns oficiais. Para Anzani, aquele era um modo de manter Bueno sob controle, mais de perto. E ele inchou-se de seu papel, encarnou-o, dava-se ares de importância e, pois, afinal, a Legião não tinha até dívidas com ele? O resultado disso é que a trinca começou a se dissolver, e o outro Costa, se não rompeu com Bueno, distanciou-se dele. Costa via Bueno com frequência, pois ele e Aguiar transformaram-se numa espécie de guarda-costas do comandante e do comando da Legião; Aguiar, inclusive, de Anita, quando não estava de serviço.

Quando o nosso transmitiu ao outro Costa o comentário de Bueno sobre os passos de Garibaldi, o Cobra retrucou, taciturno:

– Tenho um pressentimento: o de que viemos ao lugar certo, mas do lado errado.

CAPÍTULO 56

Um Costa explicava ao outro:
— O general Radetsky, comandante do exército austríaco, está mais do que certo. Concentrou suas tropas fora das cidades, que estão revoltadas. Levou-as para as aldeias. Fugiu do enfrentamento, mas preservou as tropas. Por quê? Porque quem ele deve temer mesmo é o rei Carlos Alberto, que quer aproveitar a oportunidade para expulsar os austríacos do norte da Itália. Vai conseguir? Duvido. Tem medo de perder o controle de tudo, tem medo da rebelião do povo expulsar os austríacos, mas também acabar com a Monarquia. Não vai atacar de frente. E nós? Nós, no meio disto, estamos sozinhos, isolados.
— Mas o povo e os patriotas... — retrucou o outro.
— Ora, o povo, os patriotas, os estudantes! Que podem contra os austríacos? Não vão conseguir expulsar o exército de Radetsky.

Costa — o nosso Costa — conseguia ver as razões por trás dos argumentos do outro. Mas não conseguia sentir o desprezo que o Cobra destilava. Tudo estremecera de novo em seu íntimo. Qual fora a razão? As palavras duras de Anita? A traição, se é que fora traição, da Salobra? A doença da Generosa? As aulas de Anzani? A acolhida no porto de Nice, onde Anita estava mais bela do que nunca? Ele agora reconhecia sem pejo: a amava sim, à distância. Assim era, assim tinha que ser. Amava até a própria distância. Se a percorresse, tudo, inevitavelmente, chegaria ao fim.
— E esse embeiço pela mulher do gringo ainda vai te fazer mal.

Deu-se conta de que deixara de escutar o outro por algum tempo. Disse qualquer coisa e procurou afastar-se. O outro seguiu-o gritando:
— E assim não vamos ganhar nada, nenhuma moeda. O Bueno agora está encantado por ser do Estado-Maior de um exército que nem existe! Arrota poderes que não tem. Quem tem poder aqui é o rei, é o Radetsky, merda! Caí numa armadilha! E tu agora embeiçado por uma...

O nosso Costa voltou-se com a faca na mão, aquela ainda, a de dois gumes. Tinha a lâmina nos olhos. O outro entendeu.

— Escuta — falou —, eu ainda não disse nada. Agora não vamos nos matar por causa disso. Não é hora...

Costa pensou que ele tinha razão. Não era hora. Mas ele sentiu que a hora poderia vir, um dia.

— Vou andar — disse. — E não toque mais neste assunto. Nunca mais.

O outro ficou de cisma, olhando Costa afastar-se, descendo a ruela. Estavam em Milão, perto do quartel de San Francesco, na praça de Santo Ambrogio, onde a Legião se alojava. Costa saiu a caminhar. Queria esquecer-se do outro e de sua conversa atravessada. Ia meio sem direção. Na verdade, não queria direção. A cidade estrugia de gente por todos os lados, desde que os austríacos tinham sido expulsos pela revolta popular — ou batido em retirada, na expressão do outro. As pernas o levaram defronte o Palácio Gruppi, de cujo balcão autoridades e lideranças falavam ao povo quando lá estavam. As janelas do palácio, no segundo piso, e as casas de um e outro lado da rua exibiam bandeiras tricolores penduradas. Lembrava-se de sua revolta pessoal. Estava confuso. Lembrou-se do sargento Charrua e de sua vontade de ter uma pátria. Seria aquilo? Não desdenhava a sua revolta. Sua vontade de ser, de ter mais do era ou tinha. Mas confessava de si para si que mais uma vez o agitar das bandeiras o arrastava. E agora tinha ainda aquela pungente sensação de querer alguém que nunca teria.

Pela rua em frente aproximava-se um pequeno tumulto. Olhou bem: era o Negro Aguiar, cercado de crianças, distribuindo doces e confeitos, sorridente. Vestia um chapéu de copa baixa, abas reviradas e pluma cinzenta. Estava com a túnica vermelha e caminhava com uma certa solenidade, os tacos das botas de cano alto ressoando nas pedras irregulares da rua. A algazarra da gurizada era enorme, e ele aumentava o sorriso.

Veio vindo. Abriu o alforje que sempre levava junto de si e tirou de lá um volume, um pacote. Lançou-o a Costa, e disse no seu castelhano impecável:

— A senhora o manda.

Fez uma reverência irônica e saiu a cantarolar com a gritaria atrás dele.

Costa deixou-se ficar, meio estatelado, com o pacote na mão. Estava embrulhado num papel castanho, grosseiro, atado com um barbante. De repente, sôfrego, ele sacou da faca — a mesma com que ameaçara o Cobra — e cortou o fio, rasgando com pressa o papel. E lhe ficou nas mãos um exemplar da *Legende Dorée*, a *Legenda Áurea*, a mais famosa história da vida de santos e santas, publicada em Paris em 1801. Emocionado, ele apalpou e folheou. Pensou nela, indo a livrarias em Nice, procurando, achando, pagando, levando, embrulhando, falando ao Negro Aguiar, pensou em tudo aquilo. Afogueado, sentou-se na pedra de uma mureta. Estava um dia úmido de verão. Ele suava um pouco. De fato, pensou, sua vida mudara. Imaginou um fio que desse voltas. Quantas voltas! Ele via-se assim, quase como se fosse outra pessoa, ele *se* via, sentado sobre uma mureta, quase defronte o Palácio Gruppi, em Milão, numa Itália por construir. Continuava querendo mudar de vida, ganhar dinheiro, mas que maravilha era tudo aquilo! Pensava, repensava, apalpava o livro como se fosse um corpo: sentia a suavidade do contorno das letras no couro da capa grossa. Tinha muito que aprender sobre essa nova terra que as aulas de Anzani mal e mal tinham começado a descerrar. E agora o livro lhe trazia à frente todo um mundo, e ele não pode deixar de pensar, um mundo de mulheres que viviam todos os momentos, dos mais santos aos mais infernais.

– Eh, tchê, que te passa?

A frase do Negro Aguiar tirou-o do devaneio. Aguiar voltara, agora sem as crianças, e sentara-se a seu lado. Picava com a faca um naco de fumo, ia preparar um palheiro. Ele, Costa, não pôde deixar de maravilhar-se de novo, viu-se a si mesmo, novamente, como se fosse um estranho, um outro, ele e o Negro Aguiar, vindo do fundo de uma estância daquele pampa sem fronteira, sentados ambos ali, na tarde de Milão, pitando, como se tudo aquilo fosse normal. Que coisa!

– A espera acabou – disse o negro, entre as fumaças do palheiro. – Acho que logo vamos partir. Nada deu certo. Garibaldi foi ver o rei, que o tratou com polidez. Polidez demais, como fazem, parece, nessas cortes daqui. Mas não o quer entre seus oficiais, não nos quer entre seus exércitos. Não pode admitir em suas fileiras um bando de descamisados cobertos por uma túnica vermelha, de matadouro, e de um matadouro do confim do mundo, isto é, nós. Que se quisermos lutar, vamos ter de lutar por conta própria, e fora dos limites do seu reino. Ele, rei, vai enfrentar os austríacos por sua conta. E tem mais: mesmo aqui em Milão, o povo nos quer, os estudantes nos seguem, mas os bons burgueses nos olham com o rabo dos olhos. Não nos querem. Ainda mais tu e eu, meu velho, dois *neros*, como eles dizem, eu, *il Moro di Garibaldi*!

O Negro Aguiar deu uma gargalhada. As crianças voltavam, correndo atrás do seu benfeitor. Ele levantou-se:

– Assim é, disse que vamos partir, e logo. Estava em Nice, protegendo a senhora, e Garibaldi mandou-me chamar. Isto é sinal de guerra. Em todo caso, foi assim que pude te trazer... o regalito da senhora.

E ele afastou-se rindo, rindo, rindo.

"Que diabo este negro pensa que é para fazer tais comentários?", pensou Costa. E logo depois: "Caramba, por Deus, que estou a pensar?!"

CAPÍTULO 57

O oficial austríaco não entendeu. Simplesmente não entendeu: algo vinha voando em sua direção. E continuou sem entender quando as cordas da boleadeira se enroscaram em seu pescoço e uma das pedras arrebentou-lhe a têmpora, arrancando-o e jogando-o longe do cavalo. Um dos oficiais do batalhão austríaco já tinha visto aquilo. Outros já tinham ouvido falar, assim como já tinham ouvido falar das zarabatanas dos pigmeus africanos ou dos bumerangues de gente mais distante ainda. O que vira chamava-se Ulrich Gruber, era tenente e lutara na guerra da República Rio-grandense, junto a um esquadrão de austríacos recrutado para reforçar o lado do Império. Estivera no ataque ao estaleiro de Garibaldi, à beira do rio Camaquã. E ali se combatera de todo o jeito, a tiro, a *bolas*, como os europeus diziam, a cargas de sabre e baionetas, até a derrota e a fuga dos imperiais. De tudo Ulrich Gruber lembrou, vendo seu capitão desabar do cavalo arrebentado pela boleadeira, já meio morto pela pancada. Seguiu-se um tiroteio cerrado, levantando golfadas de fumaça cinzenta. Aquele golpe de surpresa e silencioso, exceto pelo silvo das cordas no ar, derribando o comandante, inutilizara o ânimo dos soldados: sobreveio a correria, a debandada. Gruber e outros oficiais tentaram, sem êxito, conter o pânico da soldadesca.

A posição dos austríacos, que era vantajosa, de repente se inverteu. Atacavam uma aldeia nas montanhas, perto da fronteira com a Suíça, onde os garibaldinos estavam acuados, lutando sós contra nada mais nada menos que o exército austro-húngaro. Este se recompusera, impondo um armistício ao rei Carlos Alberto, voltando com vingança e violência às cidades de onde antes fora escorraçado pelo populacho. A mesma violência que tinham empregado na sua capital, Viena, para recompor a ordem diante dos trabalhadores e estudantes revoltados.

Radetsky, o comandante do norte da Itália, esperava resolver tudo em pouco tempo. Quem eram, afinal, esses garibaldinos que insistiam em lutar? A seus olhos de águia, sob a cabeleira já esbranquicenta de sua longa experiência, nada mais que um bando de parvos – estudantes rebeldes das universidades, jovens aristocratas românticos que queriam impressionar mocinhas, comandados por um tal Manara, lombardo de que nunca ouvira falar, ou vagabundos que não queriam saber de trabalho nas fábricas ou nos campos, bandidos que se aproveitavam da ocasião para suas pilhagens. E ainda, e sobretudo, aquele bando de bárbaros apátridas que o reles aventureiro, o corsário, trouxera de além-mar. Ainda por cima com negros e meio negros!

Foi, portanto, com o coração despejado que ele deu ordem enfática para que mil e duzentos de seus homens marchassem contra Garibaldi naquela aldeia de Luíno. Seu comandante, o capitão Ludendorf, estava tomado pelo espírito de Radetsky: queria acabar logo com aquilo, que devia ser mais uma caçada do que uma batalha. Ordenou que acometessem de imediato, sem qualquer repouso da marcha empreendida naqueles caminhos sinuosos das montanhas escarpadas. Foram pela estrada principal. Quase tiveram sucesso. À direita, havia uma velha estalagem, onde Garibaldi dormia, acometido por um dos acessos de uma febre reumática que o acompanharia pelo resto da vida. Os austríacos tomaram de assalto o albergue; Garibaldi conseguiu escapar por um triz, pulando pela janela, de pés descalços e depois por muros, passando pelas vinhas das chácaras próximas.

Entre o albergue e a aldeia havia uma ponte, e ali as poucas centenas de garibaldinos dispuseram a defesa: trezentos homens barrando a passagem, dispostos em linhas sucessivas para poderem atirar continuamente, e mais duzentos em cada flanco. Era tudo o que tinham. Os austríacos avançaram confiantes. Nem esperaram os reforços que deveriam alcançá-los em algumas horas. Aproveitando-se de que ali o campo se alargava um pouco, beirando a estrada, de um lado e outro, avançaram em quadrado, com os oficiais a cavalo e as bandeiras ao centro. Do albergue alguns austríacos começaram a atirar, e os do flanco esquerdo dos garibaldinos responderam. Mas o grosso das tropas austríacas vinha a passo, rufando tambores, solene, com ordens de atirar só quando estivessem muito perto dos inimigos, de modo a derrubar muitos de uma vez e permitir a investida a baioneta.

Garibaldi pusera-se a cavalo, de poncho branco, ao lado da ponte. Também deu ordens para que os seus não atirassem até o último momento, a fim de que então começassem o revezamento sucessivo das filas de tiro, mantendo fogo constante sobre os atacantes.

Seguiram-se momentos sem fôlego. O tiroteio campeava em um dos lados, mas no grosso das tropas só havia espera arfante e rufar de tambores. Foi o comandante austríaco levar a mão ao copo da espada para sacá-la, a fim de dar a ordem de fogo, e o Negro Aguiar, da cabeceira da ponte, adiantou-se e despachou a boleadeira, abatendo-o ainda com a arma na bainha. Seguiu-se a debandada: austríacos tiroteados correndo pelos vinhedos, escondendo-se atrás das muretas, desabalando até as encostas mais distantes, que tentavam subir para esconder-se entre as pedras. Assim foi a Batalha de Luíno, primeiro recontro entre o exército austríaco e as tropas de Giuseppe Garibaldi.

Muitos dos austríacos não conseguiram fugir, espingardeados e mortos. Cerca de oitenta soldados e cinco oficiais foram feitos prisioneiros. Esperavam torturas e interrogatórios atrozes, vinganças. Mas Garibaldi fazia política. Como castigo impôs-lhe apenas que marchassem, manietados e descalços, perante a população de Luíno, extasiada. Pelas mais horas que lá estiveram os garibaldinos, ficaram os austríacos presos na praça central, à vista d'armas, sob vigilância, e assim mesmo não muito estrita. Tanto que o outro Costa conseguiu, sem chamar muito a atenção, entreter uma longa conversa com Ulrich Gruber, que, um tanto gordo, não tivera a agilidade necessária para pular muretas e correr entre vinhas baixas e pejadas de uvas.

CAPÍTULO 58

O combate de Luíno inaugurou um tempo de escaramuças, guerrilhas, fugas para a Suíça e novas entradas na Itália. Isso durou até que os embates políticos levassem a Legião para Roma, onde o destino de todos mudou radicalmente.

O exército de Radetsky era eficiente, disciplinado, mas convencional. Estava acostumado a operações de repressão nas cidades, ou a manobras de campo com infantaria, cavalaria, artilharia, marchas, contramarchas, rufar de tambores e bandeiras desfraldadas. Não às táticas e ataques de surpresa, de negaceios, de fugas e contrafugas que Garibaldi trouxera das Américas, nem mesmo a maluquices como aquela de se abater um capitão a cavalo com uma arma desconhecida.

Por vezes os garibaldinos atacavam diretamente o coração das tropas austríacas, escolhendo o ponto mais fortificado. Outras vezes negaceavam em tiroteios esparsos pelas montanhas do norte. Tinham o apoio da população, inclusive o da população da Suíça, embora as autoridades desse país procurassem vigiá-los com rigor, apreendendo armas, fechando fronteiras, proibindo passagens. Mas o outono de 1848 foi pródigo, naquelas montanhas, em neblinas, névoas, cerrações, chuvas, frios e neve. Os garibaldinos estavam sempre mal equipados e vestidos precariamente para o frio; em compensação, o tempo adverso prejudicava a vigilância das autoridades suíças e as marchas das tropas austríacas, com seus equipamentos pesados e numerosos. Os garibaldinos conseguiram criar vários esconderijos de armas, onde se municiavam, mesmo se tivessem algumas apreendidas.

Havia outros problemas para os austríacos. Os burgueses e aristocratas das cidades e aldeias italianas não viam com bons olhos os seguidores de Garibaldi, temendo que se alastrasse de uma revolução impulsionada pelos *camisas vermelhas*. Mas também não apreciavam os arrogantes oficiais do Império Austro-Húngaro nem os pesados impostos que vinham com eles e cujo benefício ia alhures. Portanto, não agiam com convicção contra os rebelados. Além disso, muitos dos seguidores de Garibaldi eram estudantes, filhos de famílias de representação. Pais conservadores podiam condenar a atitude e as ideias de filhos rebeldes, mas não ajudariam em sua perseguição e, talvez, morte. O rei Carlos Alberto, da Sardenha e Piemonte, vira-se obrigado a assinar um armistício com os austríacos, e a declarar o seu território neutro e avesso às beligerâncias. Mas os garibaldinos acabavam por encontrar também aí um refúgio, e os austríacos, presos pelo acordo, não podiam persegui-los.

Entre esses vaivéns militares e políticos, entre essas táticas de ataques e recuos, o inexperiente exército garibaldino tornou-se um adversário difícil; se não tinha forças para bater os austríacos, estes não tinham meios de abater-lhe o ânimo ou a resistência.

Os garibaldinos tiveram engrossadas suas fileiras por mais e mais estudantes rebeldes, jovens aristocratas desiludidos com a política contemporizadora de seus maiores; mas o que mais chamava a atenção, e ainda definia o perfil do bando como um todo, eram aqueles cavaleiros, ou infantes emponchados que acompanhavam o caudilho desde a longínqua América dos pampas e de Montevidéu. Ao passarem pelas aldeias nevoentas ou nevadas, com as golas de seus ponchos alevantadas, e estes às vezes revoluteando ao vento, com botas de couro cru ou grosso, chapéus de aba revirada, criavam um lufa-lufa, despertavam olhares nas janelas, iam deixando um rastro de legenda e comentário. Se requisitavam rês ou carneiro, pagavam, por ordem de Garibaldi. Ou pelo menos deixavam algo, uma promissória, uma promessa de pagamento futuro, mesmo que isso fosse recebido com desconfiança, senão descrença. Acendiam enormes braseiros diante dos estábulos e galpões onde se acantonavam para dormir, carneavam os animais e punham grandes nacos gordurentos em espetos sobre as brasas, regados a salmoura esparzida com ramos verdes de asbestos ou ciprestes, ou mesmo a ramalhada seca e desfolhada pelo inverno. O odor do assado enchia ruas, becos, vielas, de expectativas ansiosas e curiosas, enquanto eles jogavam ossos aos cães enregelados pelo frio e aconchegados ao calor das brasas.

Ao contrário dos poucos soldados profissionais entre os garibaldinos, como os lombardos comandados por Manara, ou os recrutados por Medici, não eram disciplinados. Vagavam em meio às tropas aparentemente por conta própria; pareciam ser cada um seu próprio comandante, fossem oficiais ou soldados rasos. Reviviam aquele espírito dos *monarcas* pampianos. O Negro Aguiar, que era soldado, por vezes comandava mais que um oficial; Costa tinha a ascendência de um líder sobre os outros, em pouco tempo determinando direções e caminhos, embora não fosse dali. Mas também não eram como os estudantes milaneses, genoveses, nizardos, bolonheses e de outras cidades, até de Paris, Berlim e da própria Viena, que combatiam a política de seu próprio Império. Não eram ruidosos, não promoviam algazarras; se bebiam, eram quietos, taciturnos, calados.

Falavam muito entre si e pouco com os outros. Dizia-se que até os italianos que voltavam tinham trazido o espírito de outras terras. Pareciam todos sombras errantes; perambulavam, não se confinavam em quartéis, e não raro faziam seus próprios caminhos. Não eram um corpo de elite, não eram uma tropa comum: eram um povo à parte. Usavam guaiacas, estranhos cintos guarnecidos de bolsas, e facas prateadas na cintura. Onde chegassem, as mulheres que pudessem e que quisessem abriam-lhes todas as portas e todos os suspiros e desejos.

CAPÍTULO 59

Costa voltou a cantar. Não poucas casas, em que as agruras das guerras tinham deixado só mulheres ou alguma mulher, encheram-se de seus cantos de terras bárbaras e distantes, ou dos madrigais e rondós que aprendera com a Generosa. Entregou-se de todo a esses amores de ocasião. Descobriu com surpresa e deleite que, se a sua cor mais escura de pele podia fazê-lo desprezado ou olhado com desconfiança nas cidades e mercados, entre muitos lençóis pobres ou finos e brocados, ou entre as rudezas das palhas de curral, ela podia atiçar desejos ao paroxismo.

Não esquecera de quem lhe dera o livro de presente. Escreveu que levava sempre dentro de si algo como se fora um tremor, e seu pensamento não raro se voltava para Nice. Sobretudo nos momentos em que, dizia o Negro Aguiar, ficava "enevoado". Mas a conselho deste procurava não pensar nisso, e então se entregava àqueles amores sôfregos e sem direção.

Quanto a planos de amealhar fortuna, estava confuso e desnorteado. A guerra se alongava e a prometida Itália não se formava, nem mesmo a Itália monarquista a que Garibaldi espetacularmente aderira ao chegar e que afinal o rejeitara. Naquelas montanhas gélidas onde às vezes se perdiam dias e noites em meio a nevascas ou brumas espessas, não havia negócios a realizar, nem bancos a espreitar, muito menos influências poderosas a disputar. Estavam todos confinados às andanças, marchas, aos ataques e fugas.

Bueno entregara-se com ardor a seu novo papel, buscando granjear a confiança do comandante. Conseguiu, através do elogio constante a que Garibaldi era sensível, cada vez mais, sobretudo depois de abalado pela morte de Anzani. Este perecera, acamado. Constava que, ao morrer, pedira aos companheiros que não se voltassem contra Garibaldi, mesmo se este tivesse traído a República e aderido à Monarquia, pois ele era o líder de que todos precisavam, além de um coração de valor. O comentário, se de um lado era condescendente, tinha atingido Garibaldi no próprio coração. Mas Bueno batia nesta tecla pelo outro lado, não se cansando de louvar o tirocínio político de Garibaldi e a eficiência de suas táticas. A tal ponto chegou a confiança de Garibaldi que, quando tinha suas crises de febre reumática, pedia a Bueno para ampará-lo ou mesmo carregá-lo.

Em seu desnorteamento, Costa foi pouco a pouco se aproximando dos estudantes. Era curioso, escreveria depois: parecia que suas ambições, arrefecidas, renasciam, deslocadas. As aulas que tivera com Anzani tinham-lhe despertado uma curiosidade insaciável. Passou a conversar e a ler com frequência entre os jovens. Aprendeu os dialetos italianos. Depois o alemão, aprimorou o francês e o pouco inglês que tinha. As conversas se entendiam pelos mundos das letras, da história, da música, das ciências matemáticas, das leis, das artes. Apreciava ver os estudantes de artes esboçar desenhos a carvão, nas rudes condições que tinham: estavam em ascensão o paisagismo, e o retrato também mudava, pois a gente do povo agora chegava até ele pelas mãos dos jovens. Sentia confusamente que seus projetos eram filtrados por aquele convívio.

Ao mesmo tempo, tinha um olho desconfiado sobre o outro Costa. Este se aproveitava das liberdades dos legionários, saía a sós, andava mais arredio do que todos, e não escondia o desdém que tinha pelas novas amizades do nosso Costa, embora desde o episódio em Milão nenhum comentário fizesse. Mas trazia sempre sorrisos sardônicos quando via Costa com os estudantes, ou, sobretudo, com o Negro Aguiar, de quem nunca se aproximava. Costa tinha uma sensação dupla a respeito do outro: parecia, era óbvio, que algo ali se tramava; e ao mesmo tempo em que o observava discretamente, sentia-se também observado por ele. Um dia abordou-o, pretextando perguntar se numa de suas voltas tinha encontrado esta ou aquela estalagem, onde havia uma dona que o interessava. O outro desconversou, afastou-se. Ficaram por um momento os dois entreolhando-se, um pensando do outro: que quer este tipo? O que faz? Que tramas passam por sua cabeça?

Afastaram-se, sem trocar palavra.

CAPÍTULO 60

Estavam todos nessas buscas sem rumo quando acontecimentos espetaculares em Roma precipitaram ou mudaram seus destinos.

O clima de incerteza tinha se arrastado pelo outono adentro e afora. Depois de darem combate aos austríacos por diversas vezes, Garibaldi recolheu sua Legião a Nice, dispersando-se um grande número dos demais. O rei, se não queria proximidades com ele, não lhe barrou a passagem. Garibaldi já era uma legenda viva. Pela Itália e pela Europa as quedas de braço entre a pletora de forças envolvidas continuava. Veneza, proclamada cidade liberta, resistia aos austríacos, e não se entregava. Em Berlim e na própria Viena dos Habsburgos, as revoltas populares continuavam a irromper. Em Paris as revoltas tinham levado o rei Luís Felipe à renúncia; proclamara-se a República e se elegera presidente Luís Napoleão Bonaparte, sobrinho do grande Napoleão.

No sul da Itália havia rebeliões em Palermo, na Sicília, e o novo governo da ilha chamou Garibaldi para que, de lá, liderasse nova luta contra a dominação estrangeira.

Garibaldi decidiu-se a partir e embarcou num navio francês, o *Pharamond*. Muitos de seus antigos companheiros, como Manara, não o seguiram, argumentando que uma luta contra os austríacos seria decidida na Lombardia, ao norte, não na Sicília, ao sul. Garibaldi, como sempre, agiu sozinho, e de surpresa. Reuniu os companheiros que pôde, e partiu.

No entanto, ao fazer uma escala em Livorno, no Principado da Toscana, onde devia ter chegado quando vindo da América para a Europa, recebeu tal aclamação da multidão que se decidiu, primeiro a ficar, depois a mudar de rumo. Organizou o Batalhão Italiano para a Morte, lançou proclamas aos quatro ventos, ofereceu-se para liderar uma cruzada contra os Habsburgos a partir de Florença, cuja população clamava por mudança. Os grandes da cidade recusaram a oferta, mas de modo tão evasivo, que Garibaldi decidiu arriscar-se e partir para o leste da Itália. Buscou primeiro Bolonha e Florença, sempre recebido festivamente por onde passasse; depois fez o projeto de ir para Veneza.

Nessa altura toda a Itália era cruzada por legiões e voluntários em armas, conforme as revoltas regionais eclodissem, crescessem ou murchassem. De modo que a expedição de Garibaldi, atravessando a Itália de oeste para leste, engrossava ou encolhia às centenas, ao sabor de encontros e desistências pelo caminho. De Bolonha ele enveredou decididamente para leste, rumo à costa do Adriático, pensando em equipar-se com navios para atingir Veneza, que as tropas de Radetsky bloqueavam por terra. Chegou assim a Ravenna, de cuja marina, um pouco distante do centro da cidade, pensava pôr-se ao mar para Veneza. Mas ali os destinos se embrulharam e ganharam nova direção: Roma.

CAPÍTULO 61

Na futura capital da futura Itália, diante das crescentes revoltas populares, o papa Pio IX, que se apresentara inicialmente como um reformador, abandonou qualquer escrúpulo e dispusera-se à repressão direta. Enviou um pedido de socorro à França: queria quatro mil soldados franceses "para enfrentar a anarquia". Mas as revoltas em Paris impediram o envio das tropas. O papa então voltou-se para os jesuítas e, cedendo às pressões destes, indicou para primeiro-ministro do Estado Pontifício um político abertamente conservador: Pellegrino Rossi.

Rossi era homem de vasta cultura e espírito rigidamente aristocrático. Desprezava as turbas e a democracia e, de certo modo, foi vítima de seu próprio desprezo. No dia 15 de novembro, ao se dirigir ao Palácio do Governo para atender uma reunião do Parlamento, sua caleça, já defronte o edifício, viu-se cercada pelo que ele chamava de "populaça". "Morte ao tirano", gritavam os mais exaltados. Com um sorriso nos lábios, Pellegrino recusou-se a mandar chamar a guarda: abriu a porta, desceu da caleça e caminhou para o palácio. Antes que alcançasse os degraus da frente, levou um safanão que o fez voltar-se, pronto a responder ao insulto. Um jovem – nunca se soube exatamente quem, embora depois houvesse execuções – enterrou-lhe por duas vezes uma adaga no pescoço. Pellegrino ainda deu uns poucos passos, hesitou, e entre gorgolejos de sangue caiu morto, e com ele caiu o poder papal.

A rebelião e o júbilo tomaram Roma de assalto. Postos do governo pontifício foram tomados e saqueados. Tiroteios se esparramaram pela cidade. Para acalmar os ânimos, o papa anunciou a formação de um novo governo, encabeçado por políticos liberais. Mas enquanto delongavam-se as tratativas para a formação do novo governo, o papa fugiu de Roma, disfarçado como um simples cura. Foi para a cidade de Gaeta, no sul, colocando-se sob a proteção do rei de Nápoles, um Bourbon com ligações com todas as monarquias da Europa. Em Roma, sem o papa, formou-se um governo provisório que chamou todos os exilados e perseguidos da Itália e convocou eleições gerais para a formação de uma Assembleia Nacional – não só romana, mas italiana.

A notícia desses acontecimentos deteve Garibaldi e suas tropas em Ravenna. Lá ficaram por mais de um mês, por dezembro afora. Garibaldi, desejoso de pôr-se à testa dos sucessos, foi a Roma negociar sua posição, deixando a Legião e os aderentes estacionados na costa do Adriático. Foi nesse momento que o nosso Costa encontrou e conheceu Geneviève.

CAPÍTULO 62

Geneviève não se chamava Geneviève. Pelo menos de nascença. Era filha de um tanto de azar e de um tanto de sorte, talvez mais desta do que daquele, embora de início fosse ao contrário e depois, quem sabe? Em criança chamava-se Aluara Ad'Ian, e Ian, ou Jahn, era seu pai. Era um oficial austríaco que servira um tempo como mercenário no exército otomano, do Império da Turquia. Andara pela Valáquia, Romenia, depois a Trácia. Além do Estreito de Dardanelos engravidara a filha de um comerciante e depois fora embora para nunca mais voltar. Como conseguira isso, dada a rigidez das famílias otomanas, é coisa que nunca se soube; quem sabe porque os tempos eram de mudança em toda a parte. Aluara tornou-se órfã quando jovem, e a família rejeitou-a com vigor. Desprovida da mãe, entregaram-na a um comerciante macedônio precisado de uma serva. Este cedeu-a a um viajante montenegrino em troca de uma arca ajaezada de prata. O montenegrino vendeu-a por quarenta moedas de ouro a um cáften veneziano, que a trouxe ao seu bordel.

Debaixo de surras, ela aprendeu o ofício que a aguardava. Depois se acostumou, e desenvolveu suas graças e atrativos. Até o dia em que teve de atender um oficial austríaco entrado em anos. Depois de servir-se, o oficial lhe disse que se chamava Jahn. Ela deu-lhe tal empurrão que o homem caiu pela janela do terceiro andar onde estavam. Ao cair, bateu com a cabeça na borda do passeio estreito e mergulhou nas águas do canal. Nunca mais apareceu. Era de noite, a rua estava escura, ninguém mais viu o que acontecera. Era inverno, as águas estavam cheias, agitadas, os canais regurgitavam, havia praças inundadas; é possível que alguma corrente tenha se encarregado de levar o corpo.

Antes que amanhecesse, Aluara foi homiziar-se na casa de um negociante norte-americano de quem era a favorita. Penalizado, ele consentiu que ela com ele partisse, clandestina – não para a América, apesar dos rogos da moça, pois era casado – mas pelo menos até o próximo porto. E foi assim que Aluara deu em Ravenna, aos cuidados de uma senhora cujos favores o norte-americano também apreciava.

CAPÍTULO 63

Nessa altura as guerras e revoltas contra os austríacos eclodiram, desfazendo caminhos e apagando rastros. Aluara tomou o nome de Geneviève, dizendo-se filha de oficial francês e mãe do Cairo. Pôde ela então retomar sua vida em Ravenna; o dono do bordel em Veneza não se animou a buscá-la naqueles tempos agora difíceis, ainda mais que, se chamasse a atenção, podia despertar contra si a ira dos novos senhores republicanos de Veneza, diante dos inúmeros favores que prestara aos austríacos no passado.

Quando Costa a conheceu, Geneviève trabalhava numa taverna na cidade a caminho do porto. Morava numa casa de mulheres administrada pela senhora que a recebera. As damas recebiam fregueses e pagavam à dona um tanto por freguês recebido, além de uma parte pelo aluguel do quarto. O irmão da senhora, um alentado carvoeiro, e dois beleguins amigos dele, davam segurança ao lugar, em troca de favores. O empreendimento era modesto, mas sólido: quantias módicas e constantes garantiam a proteção da polícia, cujos membros também tinham favores a preço de ocasião.

Geneviève tinha o cabelo escuro e corrido da mãe, dela também a pele trigueira, e os olhos azuis de água-marinha do pai. Era jovem, bonita, atraente, vestia-se de modo simples, mas com esmero, tinha um sorriso de dentes perfeitos e era ávida pela vida. Naquele momento, Costa talvez não se tenha propriamente apaixonado por ela, uma vez que estava ainda às voltas com seus novos e proibidos sentimentos. Mas é certo, parece, que, seguindo os modelos do que lia, sua alma se achava dividida entre idealizações sufocantes e apetites inconfessáveis. Geneviève deve ter sido um ponto de equilíbrio entre as duas coisas. Disse ele em seus escritos que, se estava acostumado à admiração longínqua de alguém inacessível, ou aos abrasadores apetites momentâneos, Geneviève despertou-lhe pela primeira vez a vontade de ligar-se de fato a alguém, de ter uma vida em comum, algo muito diferente de seus afogos com a Salobra ou de seus enlevos com a Generosa. Talvez, escreveu também, isso acontecesse porque ele, embora ainda na força da idade, tivesse sentido de repente que de fato fazia algum tempo que não era mais jovem.

Se Geneviève, com sua beleza e apetite pela vida, encantou-o, ele encantou-a com suas canções, seus jeitos bárbaros e masculinos de assar uma carne: sobretudo, com o jeito ávido de tomá-la nas mãos, nos braços, ao colo, de um modo que ela se sentia tomada, bebida, sorvida, mordida toda, não apenas em partes, como se acostumara.

Conheceram-se na taverna onde ela servia, e ele começou logo a frequentar o seu quarto, numa das águas furtadas da casa, de onde viram nasceres e mais nasceres de sol, sempre pálidos naqueles tempos de fim de outono e começo de inverno. Viram-se com tanta predileção que logo ela, para descontentamento de muitos, começou a recusar outros fregueses; ele mesmo deu de desdenhar novas aventuras.

O caso chamou tanta atenção que os demais legionários começaram a enticar com o Costa. Alguns, açulados, brincaram; outros, despeitados, provocaram. Um dia, na mesa da mesma taverna, ainda diante da própria moça, alguém lhe perguntou diretamente se não ia repartir com a companhia a sua descoberta, pois que parecia tão boa, e tão livre que até *neros* aceitava. Sem sorrir nem piscar Costa ergueu-se de poncho alevantado e faca na mão. O outro, um tenente italiano recém-chegado, levantou-se, empalidecido, mas disposto a não recuar. Braços se ergueram para deter o novo oficial. E quem deteve Costa foi o outro Costa, saído não se sabe donde, segurando seu punho e dizendo entre os dentes:

— Ninguém aqui vale uma coisa dessas.

Costa livrou-se da mão do outro com um repelão, mas vendo o provocador seguro pelos outros, arrefeceu o ataque, o bastante para reconhecer que se o matasse teria contra si a todos na taverna mais o comando da Legião. Vagamente, escreveu, uma frase do Gavião agitou-se em seu espírito. Alguém num canto entrou com música, desceram ou subiram novos copos de vinho e cerveja, o tenente disse em voz alta que era sem ofensa, Costa acenou levando a mão desarmada à aba do chapéu, e a noite continuou.

Depois, deitado na cama, Geneviève nos braços, aninhada na noite fria, não pôde evitar que um pensamento lhe rodasse pela mente, por algum tempo:

— Por que diabos aquele Cobra tinha lhe segurado a mão? E por que diante da frase desdenhosa ele, ao invés de estropiar o tenente, não tinha partido para cima do outro? O que os unia?

Deu-se por si a falar esta última frase em voz alta. Geneviève se mexeu, gemente, a seu lado. Ele aquietou-se e afagou seus cabelos, tentando conciliar o sono.

CAPÍTULO 64

Em Ravenna Costa conheceu outra pessoa marcante em sua vida: o padre Ugo Bassi. Era ele um padre revolucionário de aspecto conservador: barba negra, longa, rosto longo e magro, olhar sempre firme e decidido. Usava um chapéu de copa redonda, aba curta um pouco caída. O cabelo era duro e espetado. De porte alto, andava de batina negra e com um crucifixo de prata ao peito. Tinha voz grave que impressionava, e falava sempre em tom apaixonado. Era de muita cultura, amante das artes, e tinha ideias novas sobre tudo. Terminou por ser capelão das forças de Garibaldi e foi fuzilado pelos austríacos depois da queda da República Romana.

Bassi foi a Ravenna em missão secreta, segundo os escritos de Costa. Ia perguntar a Garibaldi, em nome dos republicanos de Roma, se ele assumiria a defesa da cidade. Garibaldi pediu tempo para pensar, e confiou a segurança de Bassi a Costa. Na verdade Garibaldi já estava com a decisão pronta, mas queria descortinar melhor o que estava acontecendo na Cidade Eterna convulsionada. E graças a esse tempo o padre e o guerrilheiro se encontraram, conviveram e ficaram amigos.

Bassi logo se interessou por aquele homem que via como estranhamente rude e culto ao mesmo tempo. Como não fosse bom que o padre fosse visto em público, ele ficava muito tempo na casa de um amigo republicano, em Ravenna, onde se hospedara. E Costa ficava com ele. Ou então saíam os dois para caminhadas ou cavalgadas pelos arredores.

Ficaram tão próximos que, sem saber por quê, Costa contou-lhe de Geneviève. Entendendo a situação, o padre foi logo dizendo:

— Meu filho, o mundo de Deus é vasto, e tem mais moradas do que os atuais senhores da Igreja podem conceber, ou aceitar.

E completou:

— Quem jogar alguma pedra sobre essa união peca por orgulho.

Costa apresentou Geneviève ao padre. Este a recebeu gentil e cerimonioso. Disse, depois de cumprimentá-la:

— Vivemos tempos de grandes transformações. Tua vida, minha filha, também vai mudar. Aguardemos os desígnios de Deus. Ore, minha filha. Ore. O pecado não está no corpo, está no espírito, e incontáveis são os caminhos da remissão. O amor também redime. Abram-se para Deus, e ele velará por ambos. E um dia, tenho certeza, se a união for sincera, buscarão a bênção do Senhor.

Costa e Geneviève estavam espantados. Não esperavam aquelas frases do padre. Bassi entrou a insistir com Costa que Geneviève também saísse a passear com eles. Um dia convidou-os a visitar uma igreja. Costa confessou que não gostava de igrejas, embora tivesse lá alguma religião, herança de sua mãe, e admirasse alguns templos, por achá-los bonitos. Divertido, Bassi perguntou pela causa do mal-estar.

— É que me fazem pensar em opressão — disse Costa. — Em geral os padres não são como o senhor: não gostam da nossa causa. Bispos e cardeais, pior ainda. E o senhor e Deus que me perdoem, mas para mim o papa é um homem de língua bifurcada, se me entende. E esses padres nunca falariam como o senhor falou de mim e de Geneviève.

Estavam diante da igreja que Bassi queria visitar, nos arredores da cidade.

— Veja assim — disse ele. — Aqui nesta igreja, em todas as igrejas, estão depositadas as marcas das mãos de milhares e milhões de homens, e guardadas as vozes de milhares e milhões de homens, mulheres e crianças que ali vieram e vêm rezar. Talvez até as que virão já estejam guardadas. Pode ouvir? Abrir o coração para Deus é ouvir estas vozes. O coro de esperanças, de esperas que ressoa nestas naves, nestas pedras.

Quase insensivelmente o padre os conduzira para dentro. Continuou:

— Este é o verdadeiro poder do Cristo. Tens razão, meu filho: por seus erros, a Igreja tornou-se o símbolo de um poder opressor e indesejável. Mas nela se guarda, às vezes insuspeito, o poder do Cristo. E é para o poder do Cristo que convergem as aspirações daqueles todos que vêm nela rezar, a maioria só querendo uma vida menos miserável do que a que têm. Olhem, meus filhos, olhem estas pedras, estas imagens, estas estátuas, estes bancos de madeira, aqui nesta igreja toscos, em outras requintadas obras de arte: em todas estas coisas viceja o trabalho humano, glorificado pela presença do Cristo, se soubermos vê-lo. Uma igreja é como se fosse um museu: um museu do trabalho humano glorificado, embora aqui, nesta nossa vida de aparências e enganos ele possa ser espezinhado e cuspido como o Cristo foi. Por que o Cristo nasceu e cresceu entre os pobres, os pastores, os carpinteiros, os pescadores, e não entre os grandes da Palestina, ou de Roma? Por que depois ele abençoou a adúltera, condenando os que iam apedrejá-la, e Madalena, que todos desprezavam, mas de quem gostavam de se aproveitar? É porque a verdadeira Igreja Dele está mais no coração do mais humilde do que na pompa de Roma e dos papas que se deixam corromper pelo Poder Temporal. É isto que a Roma de hoje não consegue entender. E digo mais: nem mesmo muitos dos republicanos de hoje conseguem entender.

    Costa não saberia dizer se estava extasiado ou aturdido. Então as pedras falavam?, ele pensava. O fato é que registrou que ali, na visita àquela igreja humilde, é que começou não seu gosto pela pintura, que este já começara com os estudantes, mas sua paixão por pintar e desenhar. Dias depois fez seu primeiro esboço, a carvão: três vultos se acolhiam ao redor de uma mesa, reconhecendo-se a batina do padre Bassi e a trança que a mulher fazia com as mãos na cabeleira que deixava crescer. O terceiro vulto ocupava-se em cortar um pedaço de carne sobre a mesa, e a um canto da sala onde estavam, o braseiro na lareira indicava onde ela tinha sido assada. Costa deu-o a Bassi, e mais: deu-o com um mudo e emocionado abraço.

CAPÍTULO 65

A resposta de Garibaldi à demanda trazida por Bassi foi ir pessoalmente a Roma, em meados de dezembro. Sabia que se de um lado o requestavam, de outro era difícil o convívio de suas turbulentas milícias com as tropas e a oficialidade de exércitos regulares, de forças de polícia. Depois de um complicado processo de negociação, teve permissão para trazer seus seguidores até Rieti, alguns quilômetros ao norte de Roma, lugar considerado estratégico para a defesa da República nascente.

Costa escreveu que não era só que as coisas mudavam. As coisas mudavam completamente todos os dias. Garibaldi agora era político. Fazia discursos inflamados. Candidatou-se a deputado da Assembleia Nacional pela cidade de Macerata, onde a Legião estacionara antes de seguir para Rieti. Acabou eleito com pouco mais de dois mil votos, décimo terceiro colocado entre dezesseis. Modesta em votos, perto da de outros, sua eleição foi o fato político marcante da constituição da Assembleia: o herói da América, mais no que ninguém, trazia para Roma a bandeira da Itália renascente.

Na abertura dos trabalhos da assembleia, já em 1849, a entrada de Garibaldi no recinto foi triunfal. Vinha amparado por Bueno, de poncho branco e lenço vermelho ao pescoço. Fez um discurso inflamado, falando da Itália. Propôs que a assembleia fosse declarada permanente, não se encerrando aquela sessão, apenas interrompendo-a de quando em quando por conveniência e conforto, até que se cumprissem seus deveres constituintes, até que "a expectativa do povo seja satisfeita". Para calar possíveis detratores, encerrou seu discurso fazendo um veemente apelo em favor do regime republicano, coisa que, em contrapartida, provocou vaias entre os monarquistas presentes.

Quando Garibaldi estava em Roma, Costa, Aguiar e alguns oficiais o acompanhavam, como escolta. Nessas ocasiões Costa aproveitava, sempre que podia, para estar com o padre Bassi e visitar a cidade. Bassi mostrou-lhe igrejas, monumentos, fontes, quadros, falando, explicando, e Costa bebia tudo aquilo avidamente.

Queria que Geneviève viesse para Rieti, ou mesmo para Roma, se fosse o caso. A distância entrara-lhe a doer. Imaginava-a com outro, embora ela tivesse jurado que não. E doía. Tinha também o fato de que as mudanças de Geneviève, se não tinham provocado a repulsão por parte da senhora em cuja pensão morava, também não tinham provocado qualquer agrado. Esta, afinal, preocupava-se com a possibilidade de que, sem a renda propiciada pela frequência amiudada dos fregueses, Geneviève pudesse deixar de lhe render quanto rendia. Deteve-a, no entanto, o fato dela ser amiga de um dos legionários de Garibaldi, e não qualquer deles, mas de um daqueles vindos da América, cuja legenda corria a Itália inteira. Sabe-se lá para onde os ventos soprariam, e ela, a senhora, não queria arriscar cair em desgraças com ninguém. Mas, Costa e Geneviève sabiam, havia que pensar no futuro.

De qualquer modo, apesar da distância de Geneviève, aqueles primeiros tempos entre Rietti e Roma foram ricos para Costa, sobretudo graças ao convívio com Bassi. Satisfez também uma antiga curiosidade: viu, ainda que apenas a distância, o conde Tito Lívio Zambeccari, de Bolonha, que lutara na República Rio-grandense nos seus primeiros tempos.

Mas toda a situação pendia por um fio, e o fio rompeu-se.

CAPÍTULO 66

A República Romana, ou Italiana em Roma, era peça de um xadrez cujo tabuleiro era a Europa toda. O papa apelara, naqueles começos de 1849, para a intervenção de Viena, de Madri, do rei de Nápoles, para que submetessem os que chamava de usurpadores de seu divino direito ao Estado Pontifício. Mas estes Estados estavam às voltas com graves rebeliões internas, e não tinham espaço para o envio de tropas. O exército austro-húngaro estacionado no norte da Itália estava em situação delicada, entre Veneza e Roma rebeladas, e o rei Carlos Alberto, na Sardenha e Piemonte, que visivelmente desejava aproveitar-se da situação para tentar novamente expulsá-lo. Mas curiosamente a resposta ao apelo do papa veio da inesperada Paris, onde agora vicejava uma República constitucional que dera estabilidade política à França. Mas à testa da República, como presidente, estava um candidato a imperador: Luís Napoleão, disposto a igualar, senão a suplantar, seu parente de outrora, o grande Napoleão. Suportava-o uma burguesia ávida de mando e desejosa de sufocar os operários revoltados, disposta a se aliar mais uma vez com os remanescentes das antigas aristocracias.

Com todos esses ingredientes na cabeça, Napoleão decidiu enviar à Itália seis mil soldados, comandados pelo general Oudinot, para restabelecer o poder papal e expulsar "os estrangeiros socialistas". Por seu turno, a Assembleia Nacional em Paris reagiu e enviou mais que depressa um negociador, Ferdinand Lesseps, o mesmo que dirigiria a abertura do canal de Suez, com o intuito de evitar o enfrentamento militar. Mas os fados estavam contra as negociações. Logo depois dos envios, houve eleições gerais na França, e o Partido da Ordem, isto é, os conservadores, obtiveram maioria na Assembleia Nacional, passando inclusive a perseguir seus opositores liberais como extremistas sediciosos. Luís Napoleão não perdeu tempo: desautorizou Lesseps e reforçou as ordens a Oudinot para que restaurasse o papa em Roma.

Na Itália a situação não se pusera menos complicada. O rei Carlos Alberto de fato desafiou os austríacos, mas, desejoso de se contrapor à República Romana, não fez qualquer gesto para dela se aproximar. Uma semana depois de seu desafio suas tropas sofreram um revés devastador na Batalha de Novara, diante das tropas de Radetsky. Abdicou logo depois em favor de seu filho Vítor Emanuel e se refugiou na França, onde morreu em seguida. No sul da Itália, o rei Ferdinando de Nápoles conseguiu massacrar a oposição. Em Florença, a aristocracia ameaçada reassumiu o controle da cidade, e o duque que encabeçava o movimento entrou na cidade vestindo um uniforme de oficial austríaco.

Em Roma, Mazzini chegara de seu exílio em Londres e na Suíça. Diante do cerco que se apertava, a assembleia elegeu um triunvirato formado por ele, mais o jovem Aurelio Saffi e o político, mais maduro, Carlo Armellini. Ao mesmo tempo Garibaldi começou um movimento para que a assembleia lhe desse poderes ditatoriais com o objetivo de "comandar a defesa da República". Entre ele e Mazzini desencadeou-se uma polêmica e uma surda luta de bastidor que sacudiu a República inteira.

No meio desses impasses, Oudinot decidiu-se a dar um ultimato e a atacar, se não fosse obedecido.

CAPÍTULO 67

Os dois meses que antecederam o ataque de Oudinot foram de relativa calma para os legionários. Costa e Bassi puderam ver-se com bastante frequência, sobretudo depois que Anita veio de Nice para Rieti, a pedido de Garibaldi. Ali ela concebeu quem poderia ser seu quinto filho ou filha – não se soube, nem se saberá.

A vinda de Anita trouxe grande contrariedade ao Costa. Ao outro Costa, não ao nosso. Sabidamente ela não gostava dele, e fora uma das pessoas que advertira Anzani, quando ele ainda vivia, sobre a influência daquele "negociador de botins", como ela o chamava. Preocupava-se ela também com aquele que fora seu professor. Ele, o Cobra, soubera ou adivinhara aquilo, e a antipatia era recíproca.

Ao nosso Costa a vinda de Anita trouxe mais perplexidade, diante da mais recente configuração da sua vida amorosa. Antes se via preso a uma estrela, ela, a inacessível, mas disponível para a dispersão descuidada em que vivia no mundo dos passos terrenos. Sentia-se fiel a cada amor que desfrutava – até o próximo. Logo depois que Anita chegou, sentiu-se preso e tironeado por uma dupla vida. De um lado, seu amor de corpo presente, Geneviève, estava ausente. Do outro, seu amor de espírito, Anita, estava presente. Perguntava-se: afinal, quem ou o que amo? Será a mesma alma em duas mulheres, ou serão elas almas tão diversas que cada uma é como se fosse um reino? Às vezes descobria-se a pensar: e se Geneviève também tiver o seu amor de espírito? Que farei se descobrir?

Tudo isso se passava em seu ânimo, mas ele nada demonstrava. Diante da própria Anita, que continuava a dar-lhe atenção de quando em quando, diante de Garibaldi, diante de todo mundo, ele permanecia impassível, de rosto inescrutável, como se estivesse apenas à espera da próxima batalha. Que, aliás, todos sabiam, viria. Quatro pessoas, no entanto, tiveram uma percepção de que algo se passava na alma do *mulatto Costa*, como diziam os da terra.

Uma foi o Negro Aguiar. Para ele, tudo aquilo não passava de uma loucura do amigo. Ainda mais agora, que ele encontrara aquela jovem que o cobria de carinhos. Mas o que mais intrigava o Negro não era a secreta paixão do Costa, e sim o brilho que ele via nos olhos de Anita quando esta encontrava o seu amigo. Ele agora a seguia por toda a parte, pois se tornara, em Rieti, o seu guarda-costas oficial. Mas ele não sabia, ou não queria ler por dentro ou por detrás daquele brilho no olhar: seria mera curiosidade de amiga, ou algo mais? Não queria nem pensar.

Outro que percebeu a situação foi o padre Ugo Bassi. Perturbara-se. Que o amor de seu amigo tirasse uma prostituta de seu caminho e a levasse a outro de redenção era motivo de admiração para ele. Mas que agora se envolvesse com uma mulher casada – e logo quem – era motivo de perplexidade e apreensão. Bassi estava também em Rieti; fora nomeado definitivamente capelão dos legionários, em parte por instigação de Mazzini, que queria alguém sagaz como o padre perto de Garibaldi. Estava frequentemente com Anita e, como Aguiar, também observara o brilho nos seus olhos, que eram sempre muito fortes, quando o Costa estava perto. Para ele, aquele brilho era o do enlevo da mulher consigo mesma, ao ver-se amada, ou admirada. Mas não lhe escaparam os tremores de alma do amigo quando ela estava perto. Descobriu-o até um dia a dizer para si mesmo, em voz baixa, mas audível, depois que a vira, uns versos de Leopardi:

Mirava il ciel sereno	Olhava o céu sereno
Le vie dorati e gli orti	As ruas douradas, os jardins
A quinci il mar da lungi, e quindi il monte.	Ali o mar ao longe, e lá o monte.
Lingua mortal non dice	Não diz palavra humana
Quel ch'io sentira in seno.	O que me tinha o peito pleno.

Achava que se alguém daria um passo em falso era ele, e não ela. Por isso, com ele foi direto ao ponto. Direto não: recorreu a uma alegoria literária, já que o amigo andava de leituras. Deu um jeito de introduzir em suas conversas o episódio de Paolo e Francesca, do *Inferno* de Dante. Ele lia para ela histórias de amor, e assim se apaixonaram. Ao serem descobertos no beijo revelador, trespassou-os a mesma estocada do florete do ofendido, e assim terminaram sua vida terrena. Costa fez-se de desentendido, mas, achava o padre, entendeu.

O terceiro a perceber algo de estranho foi o outro Costa. Desde suas conversas com o oficial austríaco Ulrich Gruber depois da batalha em que este caíra prisioneiro, este Costa bisbilhotava o que podia. Dir-se-ia tratar-se de um espia. Mas isto o levava para o lado dos grandes, dos chefes, e com frequência crivava Bueno de perguntas. Mas andava também seguindo e vigiando demais o Costa. Parecia haver um visgo entre ele e o outro, fosse inveja ou outra coisa qualquer. Embora desprezasse os estudantes, tentou também aprender línguas e versos com eles, como o outro. Ele também notou o elo invisível entre Costa e Anita. Mas aquilo lhe despertou apenas apreensão. Temia a influência dela sobre ele, e para ele o Cobra tinha planos. Ou pelo menos começou a desenvolvê-los nessa época.

A quarta pessoa que se deu conta de que algo se passava na alma do Costa foi Geneviève. Ela veio vê-lo, depois de algum tempo, em Rieti. Era costume Bassi passear com Anita pela cidade. O Negro Aguiar ia junto, por Anita; Costa, pelo padre, de quem continuava a fazer a proteção. Num dia de sábado, na praça central da Cidade Velha, no alto de um monte, foram visitar a catedral iniciada no século XII. Geneviève não os acompanhava, mas dessa vez lá estava, para ver o seu Costa. Um xale preto lhe cobria a cabeça, o que lhe ressaltava o azul dos olhos. Ela só se aproximou quando Anita e Aguiar foram para a caleça que os aguardava, e o padre, com o Costa a tiracolo, dispunha-se a voltar a pé para sua hospedaria, que em convento ele não gostava de ficar. Ela pôde então reparar na despedida de Costa e Anita, de como este se curvou e beijou a mão da senhora de um modo que ela achou demorado. Ela estava afastada, mas ainda assim perto o suficiente para perceber o brilho dos olhos de Anita e para permitir inclusive que o negro destes se encontrassem com o azul dos seus. Houve como que uma chispa entre eles, o suficiente para que elas se apercebessem uma da outra, e breve também o suficiente para que ninguém mais percebesse coisa alguma.

Naquela noite cearam na hospedaria com o padre Bassi. Este demonstrava animação e bom humor: a presença de Geneviève trazia-lhe tranquilidade. Depois da ceia, no quarto com o amado, Geneviève perguntou-lhe pela estrangeira.

– Que estrangeira? – perguntou Costa.

– Ora, a única que importa.

– Somos todos estrangeiros, filosofou ele. E tu também importas.

– Também?

– Vê bem, meu amor, ela é a mulher do comandante.

– Ah, é? E do comandado, o que é?

Aquilo espicaçou-o. Saiu do quarto batendo a porta, pôs-se a andar pela rua, para fazer a cabeça esfriar. Não demorou muito: saíra sem sobretudo e sem chapéu, e a noite estava gelada. Voltou. Encontrou-a folheando o livro que Anita lhe dera, *La Legende Dorée*. Delicada, mas firmemente, tomou-lhe o livro das mãos: lembrara-se da Salobra e do seu outro livro. Aquele ele não queria perder. Mas explicou o que era o livro, qual sua origem, falou dele ter ensinado Anita a melhorar sua leitura. Pintou, enfim, o quadro de uma afetividade simples, sincera, baseada numa mútua admiração, sem sombras nem desvãos, e que podia despertar suspeitas apenas em mentes carregadas de preconceitos. Ela não acreditou muito, só achou que ele estava querendo ser gentil com ela. Mas fizeram as pazes, se amaram, dormiram.

Dias depois, quando Geneviève já partira, o Negro Aguiar trouxe ao Costa um novo livro de presente. Era um exemplar precioso: as *Novíssimas Horas Marianas*, em português, mas impresso em Paris. Vinha dela, Anita. Na segunda página havia uma gravura da Madona com Cristo ao colo e São João Evangelista ao lado, ambos crianças. Logo abaixo da gravura, uma dedicatória, pela mão dela, evidentemente:

Ao senhor Costa, para sua felicidade e para exercer de novo suas artes de professor, oferece Anita
Rieti, abril de 1849.

O coração de Costa bateu forte. Então ela vira Geneviève, ela soubera, ela adivinhara. E lhe mandava o presente, para que, como fizera com ela, Anita, ensinasse a outra a ler ou pelo menos a língua dele, Costa. Bateu mais forte ainda alguns dias depois quando, ao folhear o livro, encontrou uma passagem sublinhada por traço fino:

A minha vida me é fastidiosa: eu me queixarei de mim, e falarei na Amargura de minha Alma. Direi a Deus: não me condeneis. Fazei-me conhecer, por que me julgais, ou me tratais assim? Pode parecer-vos bem o entregar-me à calúnia, e oprimir-me, sendo eu fatura de vossas mãos, e favorecer o conselho dos Ímpios? Ou tendes vós olhos de carne, para divisar as cousas como as veem os Homens? Assemelham-se os vossos dias aos do Homem, e são os vossos anos como os seus tempos, para inquirirdes a minha iniquidade, e vos informardes sobre o meu pecado? E então sabeis, que nada ímpio cometi, não havendo quem possa tirar-me das vossas mãos.

CAPÍTULO 68

Foram semanas de muita correspondência, de um lado para o outro. A Itália se integrava, e isto se refletia no destino e no conteúdo das cartas. Eis uma delas:

Irmão Mazzini,
Esta não tem outro objetivo senão o de enviar-vos uma saudação, e também o de vos escrever de meu próprio punho. Confiai na Providência, em vossa brilhante mas árdua carreira, almejo-vos a realização de tudo o que vossa alma sente em benefício do nosso país. Lembrai-vos de que em Rieti estão amigos de vossa crença, e persistentes.
Rieti, 3 de abril
G. Garibaldi

Outra, a Garibaldi:

Roma, 24 de abril de 1849
Cidadão general,
Neste momento temos notícias que fazem crer iminente ou realizado o desembarque de forças francesas estimadas em seis mil homens, em Civitavecchia. Crê-se que outros seis mil homens estejam diretamente a caminho de Ancona. Têm por objetivo restaurar o poder temporal do papa. Sendo indispensável a concentração de nossas forças, vós, ao receberdes esta, partireis imediatamente, dirigindo-se a Roma.
Coronel Pisacane

Ainda outra, de outro tipo:

10 de março de 1847
Meu querido,
Quando estamos a sós, e sinto os cabelos de teu peito de encontro aos do meu, ou roçando-me as costas, ouço esferas celestes bimbalhando em meus ouvidos. Encho-me de gozo. Espero-te hoje, no lugar de sempre, e como sempre.
Teu Raimondo

Vamos por partes. A primeira carta mostra Garibaldi tentando forçar o triunvirato de Roma à ação, e por intermédio dele, Garibaldi, e de suas forças. A situação piorava: o exército do rei de Nápoles preparava-se para intervir em favor do papa. Radetsky, ao norte, começava a mover-se para cercar Veneza. Em muitas cidades as forças conservadoras retomavam o poder, apoiando os austríacos ou com o apoio deles para escorraçar os rebeldes. Em Roma mesma a situação piorava: os mais pobres começavam a resmungar contra a República, pois ela viera, como sempre cheia de bandeiras e promessas, mas a vida deles não melhorava. Os papistas moviam intensa campanha de bastidor, vendo o demônio por toda parte, sobretudo entre os republicanos, é claro.

A segunda carta urge a vinda de Garibaldi para a defesa de Roma, diante da ameaça das tropas de Oudinot que chegava. Por trás dela estava o general Giuseppe Avezzana, homem de espírito liberal e ideias ousadas: combatera com Napoleão, depois na Espanha contra a restauração aristocrata, e nas Américas, sempre pela liberdade. Fora ele quem praticamente forçara, depois de nomeado ministro da Guerra, a convocação de Garibaldi. Mazzini não queria dar a impressão de animosidades contra a França, pois apesar de tudo ainda esperava que de lá viesse algum apoio. Mas Avezzana pensava que, ao contrário, de lá só viriam armas em favor do papa, pois adivinhava as ambições imperiais de Napoleão. Este, para reforçá-las, queria tornar-se o campeão do Estado Pontifical. Avezzana também adivinhava as ambições do próprio Oudinot, que vinha no comando das tropas. Era aristocrata, duque de Reggio, usava bigode espetado e uma bengala fina de cabo reto trabalhado em prata. Oudinot sabia das ambições imperiais de Napoleão, e queria impedi-las, tornando-se ele próprio o campeão da República Francesa... esmagando a romana. Quando Pisacane escreveu a Garibaldi, Oudinot já se encontrava praticamente às portas de Roma, depois de ter desembarcado do mar Tirreno.

A terceira carta é mais complicada. Em 27 de abril a Legião entrou em Roma, pela Porta Maggiore. Atravessou a cidade e, pelas ruas, moleques e estudantes corriam, chamando a atenção de todos, aos gritos de "Garibaldi veio! Garibaldi veio!" Foi uma marcha triunfal, mas ao invés dos antigos Césares e das legiões romanas, à frente das tropas vinha um homem grisalho, a cavalo, de poncho branco e chapéu de montanhês, seguido por cavalarianos de túnica vermelha, rostos bronzeados de terras estranhas. É verdade que na infantaria vinham muitos de pés descalços, por falta de botas, mas nem de longe isso tirava o brilho da cena. Atravessaram a cidade até o Quirinal, onde iam se hospedar num convento do bairro, o de São Silvestre. Daí a terceira carta.

Os monges, intimados pelo governo, tiveram de deixar o convento às pressas. Muitos não conseguiram levar todos os seus pertences, que ficaram nas celas à mercê dos estudantes, que as invadiram. Encontrados papéis zelosamente guardados ou escondidos nas celas, os estudantes leram muitos deles ruidosamente no pátio. A maioria continha revelações amorosas daquele jaez; eram de monge para monge, de monge para monja e vice-versa, ou de amores extra-conventuais. Foi uma orgia apalavrada. Depois os papistas diriam que tudo aquilo tinha sido forjado pelos ímpios.

Um dos estudantes tinha acabado de ler a carta de Raimondo, enquanto outros jogavam papéis e mais papéis das janelas quando deram com o padre Bassi recolhendo a carta do seu leitor, dizendo:

— Que saque, que botim, que conquistadores!

Costa, ao lado, não sabia definir o olhar do padre. Parecia faísca de fuzil. A voz era grave, as palavras ditas com rispidez. Ele continuou:

— Assim viestes defender a causa da República na Cidade Eterna? Para expor em regozijo as vísceras das vítimas de uma corrupção nefanda? De quem é a corrupção mais corrupta? Deles, que pecaram, ou a vossa, que expõe em escândalo o pecado alheio, e nisto se compraz e se deleita? Isto só comprova que nos abeiramos de um tempo dominado pelo embrutecimento dos sentidos, pelo embotamento do afeto e do amor!

Fizera-se um silêncio esmagador. O padre rasgou a carta em pedaços, e jogou-os no chão, num gesto dramático. Depois, seguido por Costa, foi abrindo caminho por entre os antes ruidosos leitores e ouvintes, agora de cabeça baixa.

Mas no dia seguinte muitas das cartas estavam pregadas nas paredes do convento, na rua, para quem quisesse lê-las.

CAPÍTULO 69

No dia 30 de abril, três dias depois da chegada dos legionários a Roma, as tropas de Oudinot atacaram. As linhas de defesa da República estavam armadas ao longo do velho muro de dois séculos, circundando a margem ocidental do rio Tebro, que atravessa a cidade. O muro – construído a mando de um papa, Urbano VIII, ia desde o Castelo de Santo Ângelo, ao norte, até a Porta Portese, ao sul. No caminho, o muro rodeava a Igreja de São Pedro e o Monte Janícolo.

Como o primeiro objetivo do exército Francês era tomar o Vaticano, aí ele atacou, tentando assaltar as Portas Cavaleggeri e Angélica. Mas o local era desfavorável para um ataque: do lado de fora dos muros havia descampados demais, e o exército regular da República Romana não teve dificuldade em repelir os atacantes.

Os franceses então voltaram-se para outra porta de acesso à cidade, a de São Pancrácio, perto do Monte Janícolo, cuja defesa estava a cargo dos legionários de Garibaldi. Os oficiais franceses acharam que ali, onde não havia tropas regulares, mas apenas um agrupamento de estudantes, expatriados, bárbaros e da ralé, o ataque seria mais fácil. Além disso, a região era acidentada, e o caminho que levava à porta, a Via Aurélia, era cercada de propriedades ricas, bem cuidadas e protegidas por muros que acobertariam os assaltantes: a Villa Corsini, a Valentina, a Giraud, conhecida pelo nome de Vascello, e a Casa Giacometti. Além do convento que dava nome à porta, o de São Pancrácio.

Registram os historiadores que a luta ali foi de canhoneio à queima-roupa e tomadas e retomadas de posições a baioneta. Houve luta corpo a corpo em cima dos muros e no interior das próprias casas das vilas. Mas o valor, o vigor e a ferocidade da resistência surpreenderam os franceses, que esperavam dominar facilmente um bando de despreparados.

Na Porta de São Pancrácio a luta começou por volta do meio-dia. Ao entardecer os franceses batiam em retirada, desmoralizados, para Civitavecchia. Houve delírio em Roma, que permaneceu iluminada a noite inteira. Cantavam-se canções de todos os quadrantes da Itália e, suprema desmoralização para os atacantes, cantava-se a plenos pulmões *A Marselhesa*, hino da Revolução Francesa de 1789. Havia até mesmo uma versão provocativa, que começava mudando os tradicionais versos:

Allons enfants de la patrie,
Le jour de gloire est arrivé!

em

Allons enfants de sacristie,
Le jour de honte est arrivé!

Garibaldi fora ferido na Porta de São Pancrácio: um tiro na altura do baço, embora sem gravidade, pois a bala entrara e saíra sem causar dano de monta. Mas o mais grave do dia foram as dissensões entre os republicanos, depois da vitória. Garibaldi quis autorização do governo para perseguir os franceses em retirada: pretendia obrigá-los à rendição. Mazzini negou. Não queria a humilhação completa dos batidos, contando que a Assembleia Nacional em Paris conteria o ímpeto do exército de Luís Napoleão. As eleições estavam para se realizar, e ele provavelmente contava com uma vitória dos progressistas. Nessa altura o próprio Lesseps estava em Roma, e se a vitória dos progressistas se confirmasse sua missão de paz seria reforçada. Mas o que aconteceu foi o contrário: os conservadores tiveram uma vitória esmagadora na França, a missão Lesseps abortou, e o poder de Napoleão e o de Oudinot se viram reforçados.

Ainda nas lutas do dia 30, os franceses fizeram um único prisioneiro entre os italianos: o padre Bassi, detido enquanto socorria um ferido com a extrema-unção. Oudinot mandou soltá-lo, como prova de sua boa vontade. Apesar da derrota dos atacantes, Bassi voltou impressionado com seu poderio, em armas, munições e soldados, relatando minuciosamente o que vira a Garibaldi.

Nos dias seguintes ao desse enfrentamento, houve cenas curiosas em Roma. Vários soldados e oficiais franceses tinham caído nas mãos dos italianos, feridos uns, apenas detidos outros. Mas eles eram tratados mais como visitantes da Cidade Eterna do que como prisioneiros de guerra. Estudantes, orgulhosos de seus feitos no dia 30, os levavam de boa ou má vontade para ver os monumentos da pátria renascente e contemplar as belezas de Roma. Nesses momentos curiosos de uma guerra ainda de ademanes românticos, Costa notou que o outro, como no caso do oficial austríaco em Luíno, entretinha-se de conversa em conversa com um oficial francês. Estranhou, porque o Cobra não era nenhum estudante deslumbrado com a eficácia da defesa. Confiou suas dúvidas ao Negro Aguiar, que as confirmou:

– É – disse ele –, aí tem alguma coisa. Mas precisamos de certezas e de provas. Se ele anda tão confiante a ponto de entreter estas conversas à luz do dia, quem sabe não seja difícil obtê-las.

Mas a guerra levaria todos por descaminhos muito diversos.

CAPÍTULO 70

Entre os quadros dedicados à resistência da República Romana, um há, em Milão, cujo tema é um velório improvisado. Dois corpos jazem estendidos, um sobre uma mesa, outro no chão.

Ao fundo, sobre a mesa, o rosto pálido destacado de encontro a uma porta escura por detrás, está o corpo de Luigi Manara. Era ele o aristocrata comandante dos lombardos do norte, que tinham acorrido para a defesa de Roma quando os franceses se dispuseram ao ataque. À direita da mesa, um grupo de soldados contempla o corpo: um cobre o próprio rosto com as mãos, outro está cabisbaixo, e chama a atenção, no grupo, o rosto atônito de uma mulher. Do morto só se vê o rosto: o restante está coberto por um lençol. À esquerda, um crucifixo na parede lembra que a sala pertence a uma igreja, a de Santa Maria della Scala, no Trastevere, perto do Janículo. Sob o crucifixo, um soldado mais desaba do que se assenta numa cadeira, expondo seu desânimo.

No primeiro plano do quadro, ao chão, sobre uma tábua, está o outro corpo. Dele só se veem as pernas, das coxas para baixo: dali para cima ele está coberto por um pano ou capote preto, preto como as pernas. É o corpo do Negro Aguiar. Morreram ambos, Manara e Aguiar, no mesmo dia, 30 de junho de 1849, quando a República Romana agonizava. Manara morreu trespassado por uma bala defendendo a Villa Spada, transformada em quartel-general avançado depois que os franceses conseguiram ocupar posições em torno da Porta de São Pancrácio. Ferido, chegou moribundo àquela igreja improvisada em hospital e morgue.

O corpo de Aguiar, já morto, chegou pouco depois. Fora atingido por um estilhaço de granada na cabeça quando buscava um cavalo para Garibaldi. Domador que era, nem morto soltou a rédea. Um médico, o doutor Agostino Bertani, estava presente na igreja, diante dos dois corpos jacentes. Anotou ele em seu diário, depois citado por Alexandre Dumas em seu livro sobre as memórias de Garibaldi:

Ao lado do de Manara, sobre uma tábua, estava o negro de Garibaldi, Aguiar. Olhando aqueles dois cadáveres de uma estranha beleza, ouvi soluços às minhas costas. Voltei-me: era Ugo Bassi.

No Museu do Risorgimento em Gênova, há outro quadro sobre a morte de Aguiar. Ali ele aparece muito jovem, com um olhar quase de criança, como a retratar uma suposta inocência de sua condição. Está na rua, ferido, quase moribundo. Alguém lhe aperta um pano sobre a cabeça para comprimir o ferimento. Um outro segura a rédea do cavalo, por detrás. Entre os que o amparam, um parece dirigir-lhe a palavra. É uma figura inspirada em Costa, embora a tez, ainda que bem morena, seja mais clara do que na realidade era. Em seus escritos Costa registrou que, ferido, em estertores, Aguiar chamou-o para dizer-lhe algo, mas não conseguiu. Seria sobre os intentos do outro Costa? Seria apenas uma palavra de adeus, sentindo ele que a vida lhe fugia? Não se saberá. Sobre todos, nesse quadro, paira a bandeira tricolor da unidade italiana.

Hoje, no Trastevere, Luigi Manara é nome de uma das ruas que passa perto da Igreja de Santa Maria della Scala, onde ele morreu. Ao redor há várias ruas com os nomes dos defensores da República que por ali morreram, em 1849: Emílio Morosini, Goffredo Mameli, Enrico Dandolo. De Aguiar, ficaram os quadros e a referência constante nos historiadores ao "Mouro de Garibaldi". O próprio Garibaldi registrou, na primeira versão de suas memórias, que, "mais do que um servidor, tinha perdido um amigo".

CAPÍTULO 71

Depois do primeiro ataque dos franceses, a República Romana durou pouco mais de dois meses. Nos dias que se seguiram ao combate de 30 de abril, diversas notícias chegaram a Roma, todas elas em favor do papa. Os austríacos consolidavam suas posições na Toscana, ao norte, embora ainda encontrassem resistência, sobretudo em Bolonha e Veneza. A Espanha enviara uma frota para ajudar o pontífice. Ao sul o rei de Nápoles, Ferdinando II, ordenou que suas tropas marchassem contra Roma.

De todas as ameaças, a mais premente vinha do sul. Por isso Garibaldi e seus legionários, transformados na alma da resistência, foram enviados para esse lado, partindo a 4 de maio. Os primeiros embates fizeram os monarquistas recuar. Por isso Garibaldi foi chamado de volta a Roma, pois temia-se novo ataque dos franceses. Mas estes não só estavam abalados com o fracasso de 30 de abril, como em Paris a situação ainda estava confusa entre conservadores e progressistas. Nesses primeiros dias de maio ainda se pensava na hipótese de Lesseps conseguir elaborar um plano de paz que neutralizasse Oudinot. Enquanto isso, o exército de Nápoles voltava a ameaçar Roma, desta vez, dizia-se, conduzido pelo próprio rei.

Novamente os legionários foram enviados para o sul, e novamente puseram os monarquistas em fuga. Mais uma vez as dissensões prejudicaram a atuação dos defensores da República. Garibaldi queria perseguir os monarquistas; mas o comandante em chefe das tropas regulares da expedição, general Rosseli, opôs-se. Houve uma indecisão generalizada, e o rei Ferdinando conseguiu transformar o que já era uma fuga desabalada numa retirada em ordem. Boa parte de suas tropas era composta por campônios recrutados à força, tementes ao papa, aos cardeais, arcebispos, bispos, curas e vigários. Iam para as batalhas cobertos de bentinhos, escapulários, crucifixos, imagens, figas e várias outras armas do outro mundo. Desanimavam muitas vezes, vendo que estas não os protegiam. Quando prisioneiros, mostravam-se aturdidos com o fato de tantos outros curas e padres apoiarem e lutarem ao lado dos garibaldinos.

Maio passou nesse vaivém. Junho trouxe novas cargas dos franceses. Em Paris a situação estava decidida. Os conservadores imperavam, o próprio líder dos liberais, Ledru-Rollin, então em fuga, terminaria num exílio em Londres na companhia de Mazzini. Oudinot mandou aos romanos, na pessoa de Rosseli, um ultimato. Desautorizava qualquer negociação de paz, exigia a rendição, dava um prazo para quem quisesse sair da cidade, e anunciava seu ataque a partir de 4 de junho. A todas essas Garibaldi pedia poderes ditatoriais à Assembleia Nacional, e esta, inspirada por Mazzini, negava. Enquanto os romanos se debatiam com suas discordâncias, Oudinot atacou de surpresa, na madrugada de 2 para 3 de junho, de sábado para domingo. Pegou todos desprevenidos: triunvirato, assembleia, exército, povo, garibaldinos.

Garibaldi acordou no meio da noite com o canhoneio. Os franceses atacavam novamente pela via Aureliana. Mas ao invés de atacarem diretamente a Porta de São Pancrácio, concentraram-se em tomar as vilas próximas. Garibaldi e os legionários dormiam longe do Janículo. Demoraram a chegar ao local do ataque, e quando chegaram a luta já estava deflagrada.

Os franceses atacaram primeiro a Villa Pamphili, onde havia quatrocentos soldados romanos. Inexplicavelmente os atacantes surpreenderam a guarnição dormindo; nem mesmo os sentinelas deram o alarme. Grande parte foi morta ou aprisionada ali mesmo; os outros se puseram em fuga, correndo para a Villa Corsini ou para o Convento de São Pancrácio, dividindo-se, o que facilitava o avanço dos franceses. Estes assestaram seu ataque principal contra aquela vila.

Com a Legião acorreram à porta muitos civis; além dos combatentes, formou-se uma multidão, e não pequena, de espectadores. Não raro, ao caírem os soldados da República, civis acorriam, tomando-lhes as armas e o lugar. Compreendendo a importância das vilas, sobretudo a Corsini e a Pamphili, que, elevadas, protegidas por fortes muros, dominavam as outras e o caminho para a porta, Garibaldi concentrou suas forças e seus esforços na defesa e na retomada delas.

Em suas anotações, Costa registrou que outra batalha tão cruenta quanto aquela só vira em Laguna, naquele 15 de novembro de 1839. Mas anotou também que nunca vira uma tão longa. Perdeu a conta de quantas vezes, ao longo do dia, entrou e saiu da Villa Corsini. Numa das vezes em que entrou chegou a galgar as escadas interiores do edifício, entre baionetaços, sabreadas, tiroteios à queima-roupa, gente se esganando, urros, blasfêmias, ventres e pescoços abertos, mãos, dedos e vísceras pelo chão. Escreveu que nunca vira tantos mortos juntos, nem ouvira tantos gritos, de dor ou de ordens a serem cumpridas. Tudo em vão: ao anoitecer os franceses eram senhores de todos os edifícios externos à muralha. A queda da Porta de São Pancrácio era uma questão de tempo, e os franceses começaram a bombardear os muros a partir das vilas.

Ainda assim, eles levariam quase vinte dias para tomar parte das posições na muralha, e de novo com acontecimentos inexplicáveis. O canhoneio abrira brechas nas defesas e em torno dessas aberturas os defensores da República exerciam uma vigilância constante, sobretudo naquelas que podiam dar acesso a algum dos bastiões, pequenos terraços avançados onde ainda atuava alguma artilharia. Às onze horas da noite de 21 de junho, durante a mudança da guarda, o oficial em comando viu-se frente à frente com um francês vestido de oficial italiano. Este atirou naquele, matando-o no ato. No tiroteio que se seguiu, os franceses, alguns vestidos à italiana, vindos de dentro e não de fora das muralhas, conseguiram tomar a passagem e o bastião e a partir daquele tomaram outros próximos, neutralizando as posições da artilharia republicana. Dessa noite em diante os republicanos foram recuando suas linhas, ocupando as vilas e os palácios próximos, até erguerem nova defesa junto à Muralha de Aureliano, construída entre os séculos II e III, menos imponente que a de Urbano, mas não menos difícil de tomar. Ali se deu o estertor da República, entre os dias 21 e 30 de junho. Dia 30, um sábado, os franceses fizeram ataques e canhoneios maciços contra os republicanos, destroçando suas últimas defesas: foi quando morreram Manara e Aguiar.

CAPÍTULO 72

As anotações de Costa sobre esses dias não se limitaram a observações sobre a luta. Momento houve em que ele começou a escrever sobre a intensa e extraordinária beleza das mulheres logo depois de engravidarem. Os olhos luzem, o corpo todo se faz um testemunho da vida, da que houve, da que há e da que virá. Assim ele começava sua observação da presença de Anita em Roma, de surpresa, na manhã de 26 de junho, cinco dias depois da queda da muralha externa e quatro antes do bombardeio do dia 30. Viu-a resplandescente, vindo pela rua, acompanhada por um oficial. Vinha a pé, quase correndo, o vestido coberto de pó e o cabelo semidesmanchado. Ele, Costa, e Aguiar estavam no pátio da Villa Spada, quase em frente à Muralha de Aureliano. Aguiar a viu primeiro e correu ao seu encontro: ela deteve-se e estendeu-lhe a mão, sorrindo. Num gesto florido, ele beijou-a, e ela seguiu, fazendo um leve aceno com a cabeça em direção a Costa: sempre seguida pelo seu acompanhante, ela galgou os degraus externos e entrou no edifício. Perto, estrondeava o bombardeio dos franceses.

– Ela esteve nos muros – disse Aguiar a Costa. – Por isso está coberta de pó.

Anita decidira vir para Roma quando soubera do ataque de 3 de junho, e pressentira que o momento decisivo tinha chegado. Conseguiu dinheiro emprestado, despediu-se dos filhos, da sogra, e conseguiu chegar de diligência até perto das linhas francesas. Atravessou-as a pé, pretextando buscar em Roma um marido doente. Entrou na cidade pela Porta Angélica, entre o Vaticano e o Castelo de Santo Ângelo. Foi direto à casa de Garibaldi, na rua das Carroças. De lá, onde ele não estava, seguiu com aquele oficial, chamado Orrigoni, até a Villa Spada, onde Garibaldi almoçava com alguns oficiais. No caminho, fez questão de olhar a Porta de São Pancrácio, apesar do canhoneio nas proximidades.

Entrando no edifício da vila, subiu direto ao terceiro andar. À sua entrada, os oficiais que almoçavam com o comandante mostraram-se confusos e desajeitados:

estavam muito à vontade, com roupas em desalinho e alguns mesmo com pouca roupa, inclusive dois franceses republicanos que lutavam contra o exército de sua pátria. Ainda assim eles se perfilaram à sua entrada. Garibaldi, igualmente surpreso como todos, comentou:

— Senhores, ganhamos mais um soldado!

E ela caiu-lhe nos braços.

Horas depois, ela pediu para chamarem Costa. Recebeu-o numa das salas do primeiro andar. Ele entrou, olharam-se, ela sorriu e disse-lhe:

— Quero escrever uma carta. Agora já posso escrever eu mesma, mas estou cansada, e o senhor pode imitar bem a minha letra... Além disso, queria vê-lo.

Ele olhou-a: estava de banho tomado, cabelo preso atrás, vestido azul-cinzento de dobras corretas, sentada num canapé coberto por um tecido floreado. Costa observou que ela parecia estar ali desde sempre, desde tempos sem memória.

Ela apontou-lhe a escrivaninha em frente, onde havia papel e tinta. Ele depôs o sabre ao lado da mesa, assentou-se e assumiu a posição de quem vai escrever. Estavam a sós: pela fresta da porta levemente entreaberta e pelas janelas fechadas entravam os estampidos da artilharia, ora distantes, ora mais próximos.

— Escreva — disse ela.

A voz atravessava de leve, mas firme, aqueles lábios pequenos, o inferior levemente erguido para a frente, mostrando a alma voluntariosa de sua dona.

— Caríssima amiga.

— A data: a senhora não vai pôr?

— É claro, é claro — disse ela com voz macia e paciente. — Mas ponha depois.

Ele anotou: Roma, 26 de junho de 1849. Ela pôs-se a ditar:

Caríssima,
Escrevo para dar notícia de minha feliz chegada, depois de uma perigosa passagem pela Toscana, dominada pelos austríacos, que tive de atravessar para chegar a Roma...

Costa estremeceu. Levantou os olhos e deu com os dela, negros, negríssimos. Ela sorria.

— O que é, senhor... senhor... Como devo chamá-lo agora? José, Talco, ou outro nome?

Uma gota de suor correu pelo nariz dele e pingou sobre o papel da carta. Ele apressou-se a secá-la com o punho da camisa que fora branca, entregue agora ao pó das batalhas. Por esse gesto ficou no papel da carta, até hoje, uma pequena mancha no canto esquerdo, como se fora um borrão desfeito: ela pode ser vista na Biblioteca do Risorgimento, em Roma.

Como ele não respondesse, ela levantou-se, sorrindo sempre, chegou perto da escrivaninha e disse:

— Escreva, professor.

Não era uma ordem: era um pedido. A voz vinha suave, e durante algum tempo só se ouviu o seu sussurro baixo e o rabiscar da pena no papel.

De dia, aqui, as cousas até que vão bem. De noite os franceses perdem seu tempo, e nos divertimos com isto. Meu Giuseppe, sempre muito ocupado, vai muito bem. Saúda por mim teu marido, beija por mim teus filhos. Lembranças ao senhor Camilo, à senhora mãe, aos amigos.

— Está bem, basta — disse ela.

— Falta a assinatura — disse ele.

— Deve ser encaminhada à senhora Maria Seghezza, esposa do major Castellini, em Gênova. E escreva: *Vossa, afetuosíssima...*

Nesse ponto os olhares voltaram a se encontrar. Foi um pequeno relâmpago.

— Dê-me o papel, senhor...

— Costa, senhora, Costa.

— Senhor Costa.

Ele estendeu o papel, ela tomou-o e colocou-o sobre a mesa, assinando: *Anitta Garibaldi*. Ele reparou que de fato as letras dela e dele eram parecidas. Afinal, ela desenvolvera suas leituras lendo a letra dele. Ela observou:

— O senhor modificou um pouco o que eu falei.

— É verdade, dona Anita. Perdão. Mas é que a senhora me falou em nossa língua e eu escrevi na daqui.

— Não tem importância, professor. Está bem.

Os olhares desta vez se apenetraram, luzidos, alegres.

Algum tempo depois Costa deixou a sala, levando a carta para despachá-la, antes de voltar às muralhas. Encontrou Aguiar. Este se limitou a interrogá-lo com o olhar. Costa nada disse. Parou, arfando um pouco, de encontro a uma providencial parede que aparecera por detrás de si. Como permanecesse mudo, foi Aguiar quem falou:

— Meu velho, seria bom ver o padre Ugo.

E deu uma de suas risadas, daquele riso despregado e cheio de ecos. Foi a última vez que Costa ouviu-o rir daquele jeito.

CAPÍTULO 73

A todas estas, o outro Costa desaparecera. Fora visto pela última vez na madrugada do dia 11 de junho, quando Garibaldi levou seus legionários para uma sortida, saindo pela Porta Cavaleggieri, longe da Porta de São Pancrácio. Seu objetivo era atacar pelo flanco as vilas que os franceses dominavam. O estratagema não deu certo: um batalhão de poloneses que lutavam ao lado dos romanos perdeu-se em meio à escuridão. Depois de uma volta desnorteada deu de frente com um dos outros batalhões garibaldinos. No escuro, não se reconheceram, e seguiu-se um breve tiroteio. Alguns caíram, houve um corre-corre, pânico, e a surpresa estava desfeita. Garibaldi ordenou a volta a Roma, onde entraram já acossados pelos franceses, que, alertados pelo infeliz recontro entre batalhões do mesmo lado, tinham acorrido para enfrentar os inimigos.

Garibaldi dera ordem para que alguns de seus legionários fossem à frente com os diferentes batalhões levados para o ataque. Costa, o outro, estava com os poloneses desguiados. Uns diziam que ele tinha caído, outros que fora feito prisioneiro quando os franceses avançaram. O certo é que desde então não foi mais visto. Havia quem jurasse tê-lo reconhecido entre os franceses disfarçados de italianos que tinham adentrado os muros de Roma na noite de 21 de junho, quando atacaram desde dentro a Muralha de Urbano VII, junto à Porta de São Pancrácio. Mas fora uma visão fugaz, não havia certeza absoluta.

Depois do 30 de junho, em que Aguiar e Manara morreram, o destino da República precipitou-se. No dia 1º de julho Garibaldi abandonou a Villa Spada e recuou mais ainda seu quartel de comando para o Palácio Corsini, mais próximo do rio Tebro. Naquela noite fez uma reunião do seu Estado-Maior no salão do palácio. Lá estavam Bueno, o padre Bassi, e outros remanescentes: Domenico Piva, Gaetano Sacchi, os franceses republicanos, o major Hoffstetter, suíço-alemão, entre alguns outros. A Assembleia Nacional votara a rendição, "em nome de Deus e do povo". Num último ato de resistência promovera Garibaldi a general em chefe e o autorizara a continuar a luta – fora de Roma. Garibaldi, ainda com roupas ensanguentadas, fizera um discurso emocionado, lembrando que pedira e tivera negado os poderes ditatoriais. Só assim, dissera, "a águia de Roma se aninharia de novo no alto do Capitólio".

Na reunião naquela noite de 1º de julho fizeram-se os planos definitivos para a partida. Tinham os franceses desfalcados, mas ainda poderosos, a oeste. Pelo leste vinham tropas espanholas. Pelo sul as tropas do rei de Nápoles estavam intactas. Pelo norte os austríacos procuravam bloquear Roma. Optou-se então por sair no rumo do nordeste, atravessando as montanhas dos Apeninos, chegar ao mar, em Cesenatico ou mesmo Ravenna, e daí ganhar Veneza, que ainda resistia às tropas de Radetsky.

Feito o plano, seguiu-se uma ceia. No meticuloso diário que deixou sobre a defesa de Roma, o major Hoffstetter registrou que nessa ocasião Garibaldi apresentou-lhe Anita, e registrou as muitas coisas que o impressionaram: a tez morena, a beleza dos traços, a altivez do gesto, a delicadeza de mulher. Também o ardor, disse ele, que revelava "a alma de amazona". Estaria Anita já dando alguma mostra da moléstia contraída ou em seu vaivém para chegar a Roma, ou ali mesmo naquela Roma derruída que seria entregue por Oudinot ao papa? Seria este ardor sinal de febre, de tifo, malária, ou outra doença dessas que a acabou por levá-la a seu destino?

No dia seguinte, 2 de julho, Garibaldi reuniu povo e tropas na praça de São Pedro, em frente ao Vaticano. Um pouco antes recusara o asilo oferecido pelo ministro dos Estados Unidos da América em Roma, a bordo de uma corveta norte-americana em Civitavecchia.

Diante da multidão, discursou:

A sorte de hoje mudará no amanhã. Deixo Roma. Quem quiser continuar a guerra contra o estrangeiro que venha comigo. Não ofereço paga, nem quartel, nem provisões: ofereço apenas fome, sede, marchas forçadas, batalhas e morte. Quem tenha no coração o nome da Itália que me siga!

Nunca talvez um general e um exército derrotados tenham sido tão aplaudidos quanto aqueles, na praça que breve seria do inimigo. Para começar a marcha, Garibaldi designou a Porta de San Giovanni, do outro lado do rio e da cidade. Muitos se dispuseram a segui-lo, até porque sabiam que a vingança dos papistas seria implacável. E assim foi. Até os médicos e os padres que atenderam os republicanos, entre muitos outros, foram acusados, perseguidos, destituídos, expulsos, presos, torturados e alguns fuzilados.

Para chegar à Porta de San Giovanni a Legião teve de atravessar a cidade arrasada: mortos e moribundos pelas ruas, saques e vinganças que já começavam, antes mesmo dos franceses trazerem de volta o papa. Costa remexeu em seu bornal: levava seus livros, o botão de Charrua, a faca de dois gumes. Pensou que Aguiar não lhe deixara nada senão a perda e o riso. Pensou em Geneviève, e que poderia encontrá-la em Ravenna, para onde ela se retirara de vez desde o começo do cerco a Roma. E pensou que levava na memória mais algumas bandeiras queimadas.

CAPÍTULO 74

Tropas e civis dissidentes se reuniram na praça de San Giovanni, ou São João, no bairro do Laterano, ou Latrão. Estavam quase diante da Basílica de São João de Latrão. Os que partiam tinham de passar diante da fachada barroca, coberta de sombras que contrastavam com o pálido das colunas. Eram seis da tarde de uma segunda-feira, dia de verão. A luz iluminava forte a marcha daquele exército de roupas díspares, tão cheio de esperanças e bandeiras que Costa anotou parecer aquele momento mais o de um desfile do que de uma retirada.

Uma coisa chamou a sua atenção: no conjunto desencontrado de roupas variadas, destacava-se a cor forte e regular das túnicas vermelhas dos legionários. Havia agora daquelas roupas para todos os da Legião, pelo menos os regulares, porque ali havia também muitos chegados de última hora, desde os que aderiam com ardor à nova forma de luta, aos que queriam simplesmente fugir; ou aqueles que só queriam mesmo largar-se pelos campos vizinhos, deixando para trás uma cidade bombardeada e momentaneamente transformada num abrigo selvagem de vinganças.

Para saírem, os legionários, os veteranos e os novos, tinham de estreitar as colunas ao atravessar a Porta de San Giovanni. Nunca se soube exatamente quantos iam naquela marcha e fuga: documentos registram de três a quatro mil pessoas. Mas desses apenas uns dois mil eram de fato gente de combate. À frente iam as bandeiras da unidade italiana, verdes, brancas e rubras. Depois vinham Garibaldi, com seu poncho, e Anita, a seu lado, vestida de oficial e de cabelo curto, que mandara cortar. Vinham depois Bueno, taciturno, e Hoffstetter, de monóculo, comandando a vanguarda, que trazia a bandeira negra da Legião, a mesma de Montevidéu. Ao lado do suíço vinha Ugo Bassi: sobre a batina pusera a túnica vermelha, e sobre esta o crucifixo de prata. Costa, que vinha de banda junto ao primeiro pelotão, olhou bem: ao lado do general, que de vez em quando acenava para as gentes ao lado que saudavam a marcha, faltava o vulto e a pele escura de Aguiar.

Passada a porta, havia que encontrar o caminho, e começaram os problemas: como muita gente queria só sair de Roma, passaram à deserção. Até era bom se livrarem destes, considerou Costa, mas as fugas abatiam o ânimo dos outros. Ainda assim, graças às experiências americanas de guerrilha, a marcha foi dando resultados. Para o pouco tempo que ali estivera, Costa fizera-se um bom batedor, por ler bem os mapas, e ia, com outros do local, conduzindo as tropas num zigue-zague, seguindo as ordens do comando, que desnorteou franceses, austríacos, papistas, napolitanos e espanhóis. Mas o zigue-zague tinha um rumo certo: ir às margens do mar Adriático, apossar-se de navios, e chegar até Veneza, último bastião da resistência. No caminho, entre as deserções, houve uma surpresa: a adesão de oitocentos homens liderados por um elegante coronel britânico: Ugo Forbes.

Eram recebidos nas cidades, vilas e mosteiros, ora de modo hostil, ora de modo até festivo. À medida que avançavam, nas voltas e contravoltas, cada vez mais para leste e para o norte, entravam mais e mais em território dominado ou percorrido pelos austríacos. Começaram a dar combate, primeiro em pequenos e rápidos tiroteios com os batedores do inimigo, depois em recontros de mais volume e duração. Tiveram sucesso em evitar um confronto decisivo, para o que não tinham armamento nem gente suficiente que fosse treinada para uma guerra. Mas o amiudar-se dos enfrentamentos aumentou o número de deserções e foi fazendo piorar o clima na coluna. Apenas um punhado de legionários veteranos, de republicanos de Roma, os homens de Forbes e os estudantes mantinham o ânimo altivo e empenhado.

No dia 17 de julho a coluna entrou na cidade de Cetona. Foram recebidos com honras, galas, bandeiras, banda de música, pétalas de flores. O prefeito acorreu em vir apertar a mão de Garibaldi. Costa começou a descobrir em si um ceticismo que não o largava, dia e noite. Pensava em tudo e pensava em nada. Mas quando pensava em Anita, e em Geneviève, descobria energia para prosseguir. De resto, para ele, não havia outra saída: em qualquer outra circunstância, sua tez o denunciaria, e naquele clima de guerra este seria o primeiro passo para o muro de fuzilamento.

Anotou ele que ali, em Cetona, deu-se conta, pela primeira vez, de que Anita não estava bem. Senhoras da cidade lhe deram de presente uma saia de cor verde-escura, acompanhada de colete feito em seda. Ao vê-la depois, naquela roupa e livre do pó das estradas, ele observou que o brilho de seus olhos se transformara num fulgor esmaecido, ainda que sem desânimo. Chegando mais perto, notou que ela tinha o rosto suarento. Mas ao ver-se observada, ainda que por alguém conhecido, ela recompôs a antiga altivez. E fez-lhe um gesto imperioso, como que impondo silêncio, o que transformou a suspeita de Costa em certeza.

Apesar do gesto de Anita, Costa decidiu-se a falar com Ugo Bassi sobre o que suspeitava. Mas naquela noite em Cetona outros acontecimentos vieram desviar-lhe a atenção.

CAPÍTULO 75

Costa estava de vigia na praça em frente à casa de três pisos onde Garibaldi e Anita repousavam. Devaneava. Aquela noite era a primeira de descanso em muitas. As roupas e os ânimos estavam em molambos. Súbito, a voz de Bueno tirou-o dos seus pensamentos. Fazia tempo que não se falavam. Mas apertando mais as gretas dos olhos, como fazia quando tinha assuntos de voz baixa, Bueno foi logo ao assunto:

— Como está – disse –, isto não vai dar em lugar nenhum. E não me digas que não me entendes. Perdemos a guerra. Continuar perdendo é loucura.

— Que queres dizer, capitão? Afinal, és parte do comando... Por que deixas os ares de importância que te deste faz algum tempo e vens falar essas coisas a um simples soldado? – ironizou Costa.

— Escuta: não é hora de brigarmos. Estou te convidando para sair daqui. Chega de Itália, chega de República, chega desta merda toda. Nada deu certo. Olha, já tenho o apoio do alemão...

— O Hoffstetter?! – perguntou Costa, incrédulo.

— Claro que não – retrucou Bueno. – O outro, o Müller. Contamos também com bastante homens. Pegamos alguns cavalos, armas e vamos direto para a costa. Já temos um contato: vendemos o que pudermos, pegamos um navio e vamos embora, mas não para Veneza. Ao contrário, vamos para o sul, e de lá ganhamos o mundo. E tu podes nos ajudar encontrando os melhores caminhos...

Os olhinhos de Bueno brilharam e se apertaram um pouco mais.

— Ainda tenho algum dinheiro dos nossos antigos negócios. E tem mais uma coisa: eu sei onde está o outro José. E acho que ele pode até nos dar auxílio.
Costa agitou-se, mas disfarçou: seguiu tirando fumaças do cigarro que pitava. Perguntou, displicente:

— É? E onde está?

— Isto não vou dizer. Mas sei onde está, e com quem está. Ele não gosta mais tanto de mim, acha que me pus garibaldino de mais. Assim como tu agora deves estar pensando que me ponho de menos...

Os ombros de Bueno se sacudiram numa gargalhada contida e silenciosa.

— Mas para fugir acho que se pode contar com ele. Sei que ele pensa em ir para a França. E como mudou de lado lhe serve qualquer coisa para enfraquecer os garibaldinos; sempre é serviço prestado...

— Mas como sabes de tudo isso, homem?

— Ora, tenho olhos e ouvidos abertos. Os franceses que estão conosco afiançam que em Roma ele se passou para o lado de Oudinot. Por isso aquele bando de polacos, com quem ele ia, desgarrou-se naquela noite: ficaram sem guia, e vieram tirotear conosco. Eles, os franceses, é que desconfiam que ele quer ir para a França. Aqui, vai acabar morto numa *vendetta*.

Costa estava meio enojado. Comentou:

— Olha, como já fomos amigos, e te devo a sobrevivência em Montevidéu, e como também não acredito mais nisto tudo, não vou te denunciar. Faça como quiser. Mas te digo duas coisas: daqui por diante, se eu vir alguém às minhas costas, atiro e mato. E te mato se alguém puser a mão em Bassi e...

Susteve a fala. Bueno insistiu:

— E...

— E no comandante.

— Homem, estás louco. Mas não te preocupes. Também te devo muitas coisas, embora em dinheiro já tenha pago: digo da salvaguarda de putas e cargas preciosas. Sou como sou, e tenho também minhas lealdades. Desde que não abras a boca, ninguém vai atentar contra ti. Não nos interessa chamar atenções. Mas te digo mais: temos dos nossos, como te disse, entre os oficiais. Se abrires a boca, estás morto. Não sei que te passa, homem, na falta do Negro te pões como ele...

Mas Costa já se afastava, sem dar resposta.

CAPÍTULO 76

Costa cumpriu a palavra: nada delatou. De resto, achava melhor que os que quisessem partir partissem, pois um enfrentamento entre os legionários seria pior do que as deserções. Mas redobrou a vigilância, e distraiu-se da possível doença de Anita.

Duas semanas depois daquela conversa a ameaça de Bueno cumpriu-se: ele, Müller, mais uns setenta cavalarianos desapareceram durante a noite, levando mais cavalos, armas e dinheiro.

Entre os que ficaram, o desânimo crescia. Garibaldi decidiu por isso pedir asilo por algum tempo em San Marino – pequena República independente encravada nos Apeninos, diz-se que a mais antiga do mundo. Enviou para lá Ugo Bassi, Costa e um ordenança, para fazerem as tratativas. Era o dia 31 de julho. Estavam já muito perto do Adriático. Aí sucedeu algo que liquidou de vez com o ânimo da maioria.

Durante todo o percurso pelas montanhas os austríacos tinham se mantido próximos, mas sem condições para um ataque frontal devido à vigilância dos legionários, à estreiteza dos caminhos e aos frequentes despistamentos da coluna. Com a aproximação a San Marino, a coluna esgarçou-se: batedores à frente, o corpo a meio caminho e uma retaguarda de infantes e alguns cavaleiros, onde estava Anita. Os perseguidores aproveitaram o isolamento da retaguarda para atacá-la, e, ao contrário do que tinha acontecido até ali, houve uma debandada em pânico. Anita ainda tentou deter os fugitivos, aos gritos e de rebenque na mão; mas os apavorados desertores daquela hora envolveram-na e a seu cavalo na carreira desabalada e quase derrubaram os dois.

Como os austríacos dispararam algumas armas, Garibaldi teve a atenção despertada, e acorreu com o que restava de cavalaria, chegando a tempo de salvar Anita e uns poucos remanescentes mais corajosos, mas não o suficiente para impedir que uma parte dos soldados sumisse pelas veredas da montanha. Foi o ataque, ou o tiro de misericórdia: o general em chefe decidiu dissolver a Legião em San Marino e seguir com uns poucos homens de confiança para o mar, e daí para Veneza.

San Marino é ainda hoje uma relíquia medieval cercada de Itália por todos os lados, governada por um conselho próprio desde o século XII. É uma República minúscula, no alto do Monte Titâneo, a 700 metros de altura, de onde se avista o mar. Em parte, deveu esta independência multissecular à rivalidade entre seus vizinhos. Eram bispados, reinos, principados e potências estrangeiras, todos preocupados com a possibilidade daquele ponto quase inexpugnável ser dominado por um rival. Formou-se então uma espécie de acordo tácito de que San Marino era inatacável. Hoje em dia, indo-se de trem pela região, vê-se de longe o ajuntamento de torres em seu burgo principal, não se distinguindo ao certo as casas, muradas e torreões das pedras das montanhas.

Foi da sacada de uma dessas casas que Ugo Bassi viu o ocorrido. Daquele alto percebeu que a Legião estava praticamente cercada: havia austríacos por toda a parte. O governador-geral da região – o general Gorzowski – dera ordens para que se impedisse a qualquer preço que os legionários chegassem a Veneza, onde eram aguardados com ansiedade e como última esperança.

Entrando na Cidade-República, Garibaldi entreteve uma conversação amistosa, franca e direta com o capitão regente Domenico Belzoppi. O resultado era previsto: San Marino os acolhia, para que repousassem e para que os feridos pudessem se tratar. Mas a luta tinha de terminar ali. O capitão regente dispunha-se a fazer a mediação com os austríacos.

A decisão de Garibaldi já estava tomada. Mal entrado no Convento dos Capuchinhos, onde os remanescentes da Legião se albergariam, ele redigiu uma Ordem do Dia nos seguintes termos:

San Marino, 31 de julho de 1849
Estamos em terra de asilo, e devemos manter o melhor comportamento possível em respeito aos generosos anfitriões. Desse modo teremos merecido a consideração que se deve à desgraça continuada.
Soldados: eu vos desobrigo do empenho de acompanhar-me; tornai às vossas casas, mas lembrai-vos de que a Itália não deve permanecer na servidão e na vergonha.
A guerra romana pela independência da Itália acabou.
General em chefe Giuseppe Garibaldi.

Mas não acabara. Em seu diário, o major Hoffstetter registrou outro final para essa Ordem do Dia:

Lembrai-vos de que a Itália não deve permanecer no opróbrio, e que é melhor morrer do que viver escravo do estrangeiro.

Qual das versões é a verdadeira? De certo modo ambas – a primeira, para a tropa; a outra, só para alguns legionários, entre eles a maioria dos oficiais, que ali mesmo no convento começaram a discutir qual seria a alternativa à rendição.

CAPÍTULO 77

Quando Costa viu Anita entrar na cidade, depois do desbarato da retaguarda, consternou-se: os acontecimentos tinham-na prostrado, e ela não podia ocultar de mais ninguém que estava doente. Quase desfalecia: tiveram de ampará-la até o convento. Dali foi levada diretamente para a casa de um dos amigos de Garibaldi, Lorenzo Simoncini. Esta casa era também hospedaria, café e restaurante. Lá ficou de repouso.

O dia 31 de julho foi de intensas negociações: um sem-fim de mensagens cruzou a região, pois os austríacos só podiam decidir algo depois de consultar uma infindável cadeia hierárquica que ia do lugar-tenente Adolf von Fiddler, comandante das tropas diante de San Marino, ao general de cavalaria Karl Gorzowski, comandante civil e militar da região, em ida e volta. Também os garibaldinos precisavam saber das condições e possibilidades para concluir sobre suas alternativas. Uma rede de espias espalhou-se também pela cidade, pelos arredores e pela região, ao lado dos mensageiros austríacos que iam e vinham sem parar.

Depois de muito desse vaivém, algumas disposições estavam claras. Os austríacos, que ao longo do dia foram se mostrando mais e mais agressivos, disparando contra os muros da cidade, exigiam a completa deposição das armas, a licença para que eles acampassem dentro da pequena República, o que seria uma verdadeira ocupação, e que Garibaldi, sua mulher e outros membros de sua família partissem para a América.

Pelo meio da tarde, quando os austríacos depuseram o conjunto das condições, Garibaldi e seu estado-maior já tinham decidido que a melhor alternativa era descer a montanha durante a noite, tomar de assalto uma vila junto ao mar e seguir para Veneza.

Bassi, sempre acompanhado por Costa, saiu do convento e foi até o Café Simoncini. Devia comunicar a Anita que Garibaldi decidira partir e que ela devia ficar. Nesse percurso, os dois – Ugo Bassi e Costa – estiveram juntos e a sós pela última vez.

– Padre – disse Costa –, ela está muito doente.

– Já sabias? Porque agora qualquer um pode ver.

– Sim, eu já sabia. Percebi em Cetona. Conheço essas doenças em seus começos melhor do que qualquer um aqui.

– Por que não me falaste? Por que não falaste a ninguém?

– Ela me proibiu, com um olhar.

– Que estranho poder esta mulher guarda sobre ti? Tu, um legionário, e ela te dominando com um olhar?

Bassi dava mostras de estar furioso.

– Padre, acho que nada fiz de que deva me arrepender.

Costa estava empertigado.

– Olha, meu filho, eu poderia te ouvir como confessor ou como amigo. Mas agora não temos tempo para isso. Precisamos nos aviar. Por ora, isto fica entre ti e Deus.

Chegavam. Entraram na casa. Bassi subiu. Costa ficou embaixo, e ouviu o vozerio em cima. As vozes se alternavam, ora enérgicas, ora suplicantes. Costa não podia entender o que diziam. Daí a pouco o padre desceu. Vinha meio furioso.

– Sabes o que ela pediu? Sabes? Que lhe compremos outro vestido, ou que se troque o que ela ganhou em Cetona por algo mais prático para montar. Diz que se vamos, se Giuseppe vai, ela vai, e ninguém vai obrigá-la a ficar, nem ele! Que quem decide o seu destino é ela, e mais ninguém...

– E o senhor, padre...

– Quê?

– Nada fez, ficou subjugado...

– Ora, vá para o inferno, seu sacripanta! Vá chamar o general, ele é o único que pode convencê-la, se é que alguém pode.

Costa afastou-se até o cavalo. O padre chamou-o:

– Meu querido amigo – disse –, fui duro contigo há pouco. Perdoa. É a pressão, a pressa, a situação grave de tudo e de todos agora, mas podes acreditar, é também amizade...

Costa retrocedeu, e eles abraçaram-se. Depois partiu.

CAPÍTULO 78

Anita fincou pé, e não ficou em San Marino. Conseguiu as roupas que queria, e quando os que decidiram fugir se reuniram ela já estava pronta.

Partiram durante a noite: apesar de tudo formavam ainda um grupo numeroso, cerca de duzentos e cinquenta homens. Para não despertar suspeita, se dividiram em pequenas colunas. Descendo pelas encostas, durante a noite, muitos se perderam. Alguns foram encontrados ao amanhecer pelos austríacos, e aprisionados. Começaram os fuzilamentos. Os demais legionários, acuados em San Marino, aguardavam salvo-condutos para voltar às suas regiões. Mas para Gorzowski, Fiddler, Radetsky e muitos outros a captura de Garibaldi e dos fugitivos tornara-se supremo ponto de honra: o cerco virara perseguição, e a perseguição agora virava caçada. Luís Napoleão marcara pontos entre os conservadores da Nova Europa graças aos feitos de Oudinot. Mas se os franceses tinham abatido a República Romana, fora no reino napolitano de Ferdinando II que o papa se refugiara, e suas tropas entraram na Roma derrotada tão triunfalmente quanto as de Luís Napoleão. Viena agora queria o seu triunfo, inclusive para abafar de vez seus próprios trabalhadores e estudantes revoltosos. E nessa bolsa de valores política, nada, nem dominar de vez o norte da Itália, nem dobrar a República em Veneza, absolutamente nada equivalia a capturar ou matar a legenda da resistência: Garibaldi, seus guerrilheiros – e a guerrilheira, que, nessa altura, também já estava virando legenda maldita para seus inimigos.

Anita, entretanto, passava mal, e cada vez pior, à medida que avançavam e desciam pelas encostas, às cegas pela noite adentro. Tinha sede, sede e mais sede. Costa mantinha-se próximo: decidira-se, na verdade, a acompanhá-la onde fosse. As palavras de Bassi tinham lhe calado fundo: aquilo era entre ele e Deus. Estava resolvido a não mais deixá-la, houvesse o que houvesse. Numa passagem mais difícil, ela começou a arriar-se do cavalo; Garibaldi ia adiante, procurando Bassi e Hoffstetter, que tinham se desgarrado. Costa adiantou-se e amparou-a: desceu e fê-la descer do cavalo. Ela apoiou a cabeça em seu ombro, ardia. Ela perguntou-lhe, num sussurro:

– Senhor Costa, eu já sei ler?

Algo estalou dentro dele, como uma chicotada. Mas respondeu:

– Sim, minha senhora, sim, mas devemos tornar a montar, e seguir...

– Mas não se pode ler nesta escuridão, senhor Talco...

Era o delírio. Costa tomou de seu cantil e deu-lhe água. Ao redor, homens e cavalos se impacientavam, mas esperavam. Ela tirou da bolsa de couro que levava a tiracolo um lenço branco bordado e pediu-lhe que o molhasse. Revinha do delírio. Ele fez o que ela pedia, e ela levou o lenço à testa, mas não conseguiu fazer a mão chegar a seu destino. Ele tomou ambos – mão e lenço – na sua, e levou-os até onde ela queria. A lucidez voltou, ela deu uns passos trôpegos, mas dispôs-se a montar. Pediu ajuda. Enquanto Costa a ajudava, Garibaldi chegava, com o cavalo bufando névoas pela noite.

– Eles estão perdidos – disse ele. – Vamos embora.

Pelo amanhecer chegaram a Sogliano, uma cidadezinha ao pé da montanha. Anita pôde comer um pouco de melancia, com as mãos mergulhando na polpa vermelha e chupando a água adocicada como se tivesse chegado de um deserto. Pôs-se melhor. Prosseguiram. Mais adiante, na Vila de Musano, encontraram Ugo Bassi. Com ele estava ainda Ciceruacchio, um carroceiro de Roma que liderara o levante de 15 de novembro, e seus dois filhos, um de 13 e outro de 16 anos. Os demais estavam ainda perdidos. De Musano seguiram ao longo do dia, aumentando a velocidade pois temiam a descida dos austríacos, para o pequeno porto de Cesenatico, junto ao mar. Chegaram pela meia-noite, surpreendendo uma sonolenta guarnição austríaca. Ainda eram uma centena e meia de legionários. O oficial em comando, mal desperto, ficou boquiaberto ao se ver, em seu quarto, na estalagem improvisada em quartel, diante de um padre com a batina coberta por uma túnica vermelha, uma mulher de cabelos negros e olhar febril, porém vibrante, que lhe apontava uma pistola ao peito e por trás dela um tipo amorenado e de olhar cru, que certamente o mataria se respirasse errado.

CAPÍTULO 79

O embarcadouro da pequena cidade de Cesenatico se alonga em linha reta num canal estreito até o mar. Ali os fugitivos encontraram treze pequenos barcos a vela, chamados de *bragozzi*, de uma dúzia de metros de comprido por três da largura; uma vela retangular cujo manejo define o rumo junto com o leme. Prepararam-se para embarcar durante a noite, desfazendo-se do que não era necessário. Estavam mais animados: um pequeno mas importante reforço os alcançara na cidadezinha: o major Luigi Colíolo, dito o Leggero, com alguns homens decididos. O Leggero lutara com Garibaldi desde Montevidéu. Fora ferido nos combates de Roma, por isso não pudera acompanhar a Legião desde o começo. Mas chegava a tempo para a empreitada final e decisiva daquela viagem.

Pelo amanhecer de 2 de agosto, largaram vela. Ao meio-dia estavam em alto-mar. Deram-se conta de um erro grave: na pressa, esqueceram-se de se abastecer de água. O dia estava esbraseado: Anita gemia e soluçava. Garibaldi tinha de fazer-se cada vez mais duro e ameaçador para manter o controle sobre os amedrontados marujos, em pânico porque sabiam o valor para os austríacos da carga que levavam, e a vingança que estes tomariam de quem os ajudasse.

Perto do anoitecer, Costa, que ia na proa de um dos barcos, avistou um brigue pela frente, avisando os demais. Pelo óculo, Garibaldi reconheceu que era dos austríacos. Junto do primeiro, mais e mais brigues apareceram de encontro a eles, e começaram a atirar com seus canhões: visivelmente já sabiam quem ia nos aparentemente singelos *bragozzi* de pesca. Ao entardecer, as chamas dos canhonaços brilhavam nos costados dos brigues, e enormes colunas d'água levantadas despejavam-se sobre os pequenos navios perseguidos. Os treze barcos rumaram diretamente para a costa: outro caminho era impossível. Mas os brigues dos austríacos eram numerosos e rápidos. Tratava-se de uma expedição bem preparada: parecia terem sido avisados com precisão. Mesmo de noite, foram apresando um a um os barcos dos garibaldinos. Dos treze, só cinco chegaram à terra, numa costa pantanosa, dita a Pialazza, um tanto ao norte de Ravenna. E logo em seguida os brigues e as chalupas que os perseguidores deitaram ao mar cercaram três dos cinco barcos, obrigando seus ocupantes a se renderem.

Os ocupantes dos outros dois conseguiram desembarcar: de toda a Legião, só restavam duas dezenas e meia de combatentes, entre eles Anita, estertorando de sede. Numa rápida confabulação, no lusco-fusco da antemanhã, decidiram separar-se para terem melhor chance contra os perseguidores que já deviam estar desembarcando. Garibaldi deu ordem para que Costa seguisse Bassi, que se ia por outro lado. Costa hesitava, queria seguir com o comandante, pois com ele ia Anita, mas não só desobedecer era grave, como o amigo certamente necessitaria dele. Garibaldi já se afastava pela vegetação alta de caniços e juncos, levando Anita ao colo e com Leggero ao lado. Para o outro lado, Bassi estava também na fímbria dos juncos. Costa deu um passo em direção a Bassi, quando se interpôs em seu caminho o padre Stéfano Ramorino, também capelão dos legionários, dizendo:

– Ugo te diz para seguires Garibaldi e Anita, haja o que houver. Segue-os de longe, para que iludas os austríacos deixando pistas falsas. Se for preciso, faze que eles te sigam, ao invés dos outros. Sem isso, eles não poderão fugir, levando de arrasto uma mulher abatida pela febre.

Costa olhou para a frente: já longe, Bassi acenava: "Vai, vai". Costa acenou de volta, apertou a mão de Ramorino, deu meia-volta e correu no rastro de Garibaldi, Anita e Leggero.

CAPÍTULO 80

As anotações de Costa sobre seu percurso nesses momentos iniciais da fuga de Garibaldi ficaram confusas e desconexas: parecem coisa de um homem que viveu um tormento dilacerante e reviveu a dor ao rememorar os fatos. Assim mesmo, é possível discernir com clareza seu papel nos acontecimentos.

O Leggero conhecia bem os arredores, e sabia que podiam encontrar ajuda. Ela veio logo: era Nino Bonnet, morador da região, que conhecera Garibaldi em Ravenna. Acordado durante a noite pelo canhoneio dos austríacos, acorreu àquela enseada: sabia que Garibaldi ia para Veneza, e que os austríacos tentariam interceptá-lo. Acompanhou de longe o desembarque apressado na pequena praia, e acorreu logo que pôde. Encontrando o Leggero, que ia à frente de Garibaldi, e que conhecia também, disse que se encarregava do general e da mulher; que ele, Leggero, partisse à frente para tratar de refúgios seguros mais adiante, que seriam necessários sem dúvida, e quanto mais distantes da costa melhor. Leggero partiu, e Bonnet chegou junto a Garibaldi e Anita quase ao mesmo tempo que um camponês pobre dali, chamado de Baramoro pelos demais pela pele escura que tinha, atraído pelo barulho desde a noite anterior. Os dois conduziram Garibaldi e Anita para a casa de uma viúva, Catarina, que acolheu aqueles homens esbaforidos e a senhora arquejante.

Enquanto isso, Costa fizera seus planos. Primeiro, dera mais uma vez meia-volta e correra em direção aos barcos abandonados. Lá se municiara do que pudera: trapos, balas soltas, pedaços de couro, fivelas, trastes que, jogados aqui e ali, serviriam para o despiste. Não esqueceu de se aprovisionar, levando pequenas tiras de carne de cavalo salgada. Jogou fora, com dó, a túnica vermelha, cuja posse, mesmo que não a vestisse, equivaleria ao encontro com o pelotão de fuzilamento. Seguia num traje escuro como o dos marujos dos *bragozzi*, a cabeça coberta por um gorro de lã com a borda redobrada. Nem mesmo a cor da sua pele seria vista, naquelas margens voltadas para o levante, como algo completamente anormal. Depois voltou a seguir o comandante sem ser visto.

Sabia que Garibaldi, com Anita no colo ou amparada, iria devagar. Se conseguisse transporte, poderia avançar rápido, mas teria que se deter de tempos em tempos para que ela descansasse: este era o maior problema. Decidiu-se assim a caminhar por detrás dele, fazendo um percurso em forma de oito, deixando pistas de quando em quando nas extremidades dos oito, sugerindo desvios de rumo. Se, na região pantanosa, Garibaldi fosse por água, ele iria por terra, fazendo semicírculos para afastar os austríacos das margens dos canais, em meio ao labirinto de terra e água que eram aqueles pântanos. E era melhor mesmo que Garibaldi não soubesse de sua presença, senão o chamaria para ajudar a levar a mulher, o que estragava o estratagema. Melhor agir só, sem ajuda de ninguém. Entre ele e Deus, pensava agora, como diria Bassi. Pela primeira vez disse de si para si que por Anita ia até morrer, se preciso.

CAPÍTULO 81

A fuga de Garibaldi, depois do insucesso em chegar a Veneza, ficou conhecida pelo nome de *Tráfila*. Daquela região próxima ao Adriático ele chegou até o porto de Gênova, do outro lado da Itália, de onde partiu para novo exílio. Mas ao desembarcar ali em Pialazza, Garibaldi pensava ainda em chegar a Veneza, mesmo que fosse por terra. Quem o fez desistir do intento foi Bonnet. Tinha notícias recentes: a situação era desesperadora na cidade, e a resistência não duraria muito, como de fato não durou. Cumpria mudar de rumo, deixar Anita para trás, atravessar a Itália; só a Maçonaria podia salvar Garibaldi: tinha tudo na cabeça, esse Bonnet. Anita não podia ficar ali. Tinham de levá-la para outro lugar, mais distante, perto de um vilarejo chamado de Mandriole, onde teriam abrigo. Lá ela poderia ficar, recuperar-se, enquanto eles partiriam para longe. Garibaldi afinal convenceu-se de que tudo isso era melhor, e pela tarde partiram, fazendo um primeiro pouso na casa de outra senhora, Teresa Patrignani. Anita estava um pouco melhor. A senhora Teresa chegou a perguntar-lhe se os austríacos a reconheceriam. Anita disse que sim, pois ela os tinha combatido face à face. Era a tarde de 3 de agosto.

De fato, os austríacos rondavam. O capitão Gürtler, que comandara o último assédio aos barcos, desembarcara cinquenta homens em operação de caça. Uma parte seguiu mais para o norte, atrás do grupo de Bassi, Ciceruacchio e outros. Para o outro lado, Costa foi fazendo seu trabalho, dançando em oito, semeando pequenas pistas falsas aqui e lá, de modo que os austríacos foram se enredando, se dividindo em pequenas patrulhas, e ao mesmo tempo tendo que perder tempo em manter comunicações entre si; enfim, se não se perderam de todo, se retardaram. Para eles, parecia que perseguiam um inimigo mais numeroso, e que se espalhara na região. Os oficiais decidiram até estacar um pouco e pedir reforços. O estratagema dava certo. Consta que enquanto Anita descansava na casa da senhora Teresa, o Leggero vigiava os arredores do alto de um plátano próximo. Se isso de fato é verdade, ou é generosa lenda, até hoje não se sabe. O fato, em todo caso, é que três plátanos por detrás deste, Costa vigiou, enquanto Garibaldi partia com Anita, ao anoitecer do dia 3, embarcando ali perto numa pequena chata própria para águas rasas, levada por marinheiros da região.

Garibaldi disfarçara-se com as roupas do senhor Patrignani. Leggero, que voltara a juntar-se a eles, vestira-se como um camponês: calça arregaçada, mangas soltas, colete curto. Bonnet conseguira barqueiros que levassem os três pelos canais do banhadal, e se foi por terra para conseguir um bom lugar para Anita, além de ter de tratar da fuga de Garibaldi.

Para Costa, a marcha ficou mais difícil. A região era coberta de águas e mangues. Inicialmente ele teve de se afastar das margens, no seu percurso de voltas e volteios para iludir os austríacos. Depois, ao retornar para perto do grupo, teve de seguir pelo intrincado de passagens estreitas, entre as ilhotas, que permitiam a marcha. Quando conseguiu reencontrar o grupo, pelas três da madrugada, com o dia ameaçando os primeiros clareios, percebeu que a situação estava crítica. Os barqueiros, percebendo quem era que transportavam, tinham abandonado os três numa das cabanas de beira d'água usadas para pesca ou como vigias, feitas de talos de caniços mais robustos e madeira atravessada. A cabana estava ocupada por guardas da região, e tomada pela umidade e coberta pelo mofo. Como havia uma senhora presente, os guardas, de má vontade, ficaram do lado de fora, e Costa ouviu seus comentários; diziam que era melhor os austríacos encontrarem logo todos os antipapistas, porque assim tudo voltaria a ficar tranquilo e eles poderiam voltar a pescar a maior parte do tempo. Costa teve ímpetos de atacar a estupidez daquela gente, mas conteve-se: isso de nada adiantava, e se os barqueiros avisassem os austríacos, alguém teria de detê-los enquanto os outros fugissem. Procurou então um lugar seco para assentar-se, e esperar, como os demais.

CAPÍTULO 82

Na manhã de 4 de agosto, a fuga de Leggero, Garibaldi e Anita para o sul continuou. Bonnet, avisado por outros guardas atentos, conseguiu providenciar novos barqueiros – contrabandistas – mais corajosos do que os anteriores. Enquanto isso o capitão Gürtler enviava relatórios detalhados a seus superiores informando com dedicação merecedora de promoções estar convencido de que os garibaldinos estavam seguindo mais para o norte, pedindo inclusive deslocamentos de tropas do sul para aqueles outros lados – o que foi feito. Os registros das ordens do dia em 4 de agosto assinalam transferência de soldados da região de Mandriole – para onde iam os fugitivos – para Comacchio, bem ao norte.

Mas o intrincado de canais e canaletas era complicado, mesmo para quem o conhecia. Saindo pelas 8 da manhã, os três só puseram o pé em terra firme lá pelas 5 da tarde. Demoraram tanto que Costa, correndo só por terra, chegara antes ao local do desembarque, já depois dos diques do rio Pó, bem ao sul daqueles alagados. Para desembarcarem, tiveram de atravessar correndo o próprio dique – um corredor de areia de três metros de altura – com Anita deitada numa lona. Ali, vendo que ela não podia mais caminhar, Costa se deu conta de que ela ia morrer.

Puseram-na numa carrocinha coberta por um guarda-sol e foram levando aquele corpo gemente. Costa escreveu mais tarde que um naco, um troço de ódio começou a crescer dentro dele. Algumas lágrimas começaram a correr pelas suas faces gretadas pela lama seca dos alagados, enquanto ele corria, mas ele as deteve num guturo. E via o grupo chegando numa casa, era uma casa de dois andares, Garibaldi gesticulando, desesperado, gente correndo, gente entrando, eles entrando, ela entrando, levada ao colo, alguém chegava, um senhor de sobrecasaca naquele calor todo, e súbito, tudo quieto. Todos estavam dentro, Costa pudera aproximar-se um pouco mais. Ouviu os gritos de Garibaldi:

– Não, não, não está morta! Não está morta!

Era isto. Costa foi recuando. Gentes foram saindo. Ele se sentia sujo, sujo, o sujo, sujo de lama, de pó, de água, de tudo, daquela merda toda de mundo, papa, Roma, Áustria, e foi recuando até que se ocultou novamente na sombra do matagal. Dali viu. Primeiro viu Garibaldi sair. Parecia um velho alquebrado. Depois Leggero e Bonnet. Bonnet gesticulava. Apontava para oeste. Arrastava Garibaldi. Ele, Costa, de repente ouviu a própria voz:

– Anita!

Fora um sussurro. Mas teve de se conter. Assentou-se. Desabou. Dormiu. Acordou de noite, com o jato de luz que saía pela porta aberta. Gente forte saía, levando um peso que parecia um corpo. Acenderam-se pequenas tochas, e o grupo se foi, pelos caminhos. Costa, que se pusera de pé num pulo, seguiu-os, com os reflexos avermelhados nos ciprestes, pinheiros e plátanos ao redor das veredas por onde iam. Caminharam um bocado. De repente pararam. Puseram o peso num carrinho. Tiveram de amarrar para que não caísse. Dali seguiram dois, os outros voltaram. Foram os dois até um pasto. Costa ouviu as pás rascantes, o barulho surdo, fofo e escorregante de terra e areia sendo alevantadas e caindo. Depois o barulho de um corpo, de seu peso, sendo posto num espaço estreito, e o rascar de terra sendo jogada num buraco e as pás batendo em cima para aplainar bem, e disfarçar, e ainda as mãos espalhando bem areia sobre. As tochas se apagaram e passos se foram. Anita ali jazia.

CAPÍTULO 83

Os documentos sobre a descoberta do cadáver de Anita – desde o do médico-legista, doutor Luigi Foschini, chamado às pressas, até os informes militares dos austríacos – atestam a existência de estranhas marcas no seu corpo. Havia marcas no pescoço, como se fora de dedos. A mão direita fora forçada e a pele estava ralada, como se roída por dentes de algum animal. O corpo foi encontrado por uma menina, que observou a mão desenterrada. Ela avisou seu pai, que avisou a polícia. O delegado Lovatelli, da polícia de Ravenna, encarregado do inquérito pelo Estado Pontifício, anotou em seu relatório que "tudo leva a crer fosse o cadáver da senhora ou mulher que seguia Garibaldi".

O relatório do doutor Foschini assinalava ainda que a traqueia, no corpo já em decomposição, estava estranhamente deslocada. Isto, mais as marcas no pescoço, levaram os papistas a levantar a suspeita de que Garibaldi tinha estrangulado Anita para ver-se livre dela e poder fugir mais rápido. Tivessem os papistas vencido a guerra, é muito provável que esta fosse a versão hoje dominante. Mas não: dez anos mais tarde eles a perderam, e os depoimentos existentes, preservados, desfizeram a vilania. Mas ninguém esclareceu a origem de tais marcas.

Somente Costa poderia fazê-lo. Naquela noite, depois que os improvisados coveiros se foram, ele ficou ao pé da cova. Entendeu que eles não quiseram, na verdade, enterrá-la, mas sim se livrar do corpo, incômoda prova de ajuda aos fugitivos. Depois de um bom tempo sem ação, ele decidiu-se a reenterrar o corpo, em outro local, e de modo mais adequado, numa cova mais funda e mais bem protegida. Ele começou a recavar a sepultura, com cuidado, com as próprias mãos. O corpo foi reaparecendo: primeiro o rosto, depois os busto, os braços. Ao vê-la daquele jeito, coberta de terra e areia, um soluço saiu-lhe do peito, arrancado como se fora à faca. Ele caiu ao seu lado: foi quando reparou nos olhos, sujos de terra úmida. Sem pensar, fez como sua mãe lhe fizera, certa vez em que ele caíra de rosto na areia: pôs-se a lamber aqueles olhos adorados. Mas se recompôs; precisava agir rápido. Tentou soerguer o corpo, tirá-lo, arrancá-lo da terra. Mas não conseguiu: precisava cavar mais. Nesse momento, a sua mão roçou na dela. Reconheceu ali um objeto pequeno: o lenço com que a vira em Ravenna, em Rieti, o lenço de bordas rendadas. Estava escuro, não dava para ver, mas ele sabia que num dos cantos, bordadas em linha vermelha, havia as letras "AG". Ele procurou livrar o lenço daquela mão. Primeiro com delicadeza. Mas nesse momento percebeu, ainda longe, luzes que se moviam. Merda, pensou, devia ser uma patrulha – guardas locais ou mesmo austríacos que retornavam de suas caçadas infrutíferas. Pôs-se frenético. Tentou abrir a mão, não conseguiu. Puxou, arrancou o lenço da mão rígida. Reconheceu que tinha de desistir do seu intento. Cobriu tudo de novo com a terra que tirara, do jeito que pôde. As luzes, devagar, se aproximavam. Quando conseguiu terminar, elas já vinham mais perto. Sem fazer barulho, guardando no bornal o precioso lenço, ele retirou-se até o matagal próximo. Dali viu as luzes passar a poucos metros da cova improvisada: eram austríacos! Ele não podia mais permanecer ali. Tinha de ir. Ir?, pensou; para onde? Ali era o fim. O fim de algo. Mas não, ele pensou. Havia pelo menos uma coisa a fazer: queria vingança. Alguma. Aquilo arrancou-o dali e ele seguiu de volta por onde viera, para o norte, para o pântano.

CAPÍTULO 84

Tinha um janota pela frente. Costa face a Costa. O outro estava de pé, na porta. Tinha chapéu de coco, bengala de castão, flor na lapela. A voz era melíflua, mas autoritária:

— É o senhor Costa, não?

Ele não falava. Sibilava as palavras. Estavam no quarto de Geneviève, em Ravenna, onde o nosso Costa se ocultara pelos tempos subsequentes à morte de Anita. Com voz cansada, nosso personagem respondeu:

— Sim, ainda sou o senhor Costa. E o senhor quem é?

— Posso ser a esperança... ou a desgraça. Posso entrar?

Para entender o que se passava, é preciso voltar um pouco no tempo. Geneviève estivera com Costa em Rieti, e mais de uma vez. Mas quando ele foi para Roma ela voltou de vez para Ravenna, dizendo-lhe que a fosse buscar quando a guerra acabasse, que ela o esperaria. Estava decidida a ser sua mulher, e de mais ninguém. Despediram-se com juras de amor.

Voltando, ela se instalara no quarto mais alto da casa, uma água-furtada e mudou completamente de vida. Passou a pagar aluguel regular à proprietária, a fazer pequenos serviços para ela e para outras mulheres, dali e da vizinhança. Apesar de sua condição, ou de sua ex-condição, conseguiu trabalho numa loja de costuras. Com tantas guerras e tropas para todo o lado, havia muita farda a consertar e botão a pregar: boas mãos e bons olhos faziam falta. A senhora da casa e suas amigas e conhecidas achavam tudo aquilo muito estranho: parecia uma doença. Talvez passasse um dia. Mas ninguém bulia com ela: sua conhecida ligação com um legionário, de certo modo, a protegia.

Foi nesse estado que Costa a encontrou, chegando de inopino à cidade em dia de festa. Da beira da cova em Mandriole ele voltara à região pantanosa. Dias depois um dos barqueiros que tinham abandonado Anita naquela cabana úmida e mofada apareceu morto, boiando na água rasa, com uma ferida aberta na cabeça e o barco a poucos metros. Uns disseram que ele devia ter escorregado, batido com a cabeça, perdido a consciência, e se afogado. Outros, mais ousados, viam nisto o dedo de "Il Passatore", apelido de Stéfano Pelloni, conhecido salteador da região e que ali viera atraído pela ideia de que com o corpo da mulher Garibaldi teria enterrado também um tesouro. Ninguém, no entanto, suporia haver por ali ainda algum garibaldino extraviado, naquela região infestada de austríacos, de papistas, e agora, além disso, de croatas trazidos pelos austríacos como reforço.

Satisfeito, apesar da vingança ser parca, Costa lembrou-se do campônio que ajudara Garibaldi: Baramoro. Voltou até ele e convenceu-o a levá-lo até perto de Ravenna. Deu-lhe até algum dinheiro, embora ele não quisesse aceitá-lo e protestasse. Chegaram à cidade na noite de 14 de agosto, dia de festa, com rojões, banda de música. Por uma destas coincidências do destino, nessa mesma noite Garibaldi, aproveitando-se também da bulha e da festa, deixava Ravenna, onde se escondera com o Leggero durante alguns dias.

Baramoro entrou antes na cidade e avisou Geneviève. Esta, toda alvoroçada, ao mesmo tempo feliz e em pânico, providenciou um chapéu de feltro e uma capa para o Costa, encontrando-o numa ruelinha onde Baramoro o levara, depois de fazê-lo passar pelos portões meio esmagado por uma carga de lenha, na carroça de um primo. Entre beijos e beijos, e apertos de mão com o Baramoro, o encontro foi breve. Este dizia, no seu jeito pitoresco de falar: "Vade, vade!". E eles dali correram mesmo, dois para um lado e o Baramoro e seu jeito de sombra para o outro. Na casa de Geneviève não havia ninguém: todos estavam na festa, de modo que Costa pôde entrar tranquilamente naquele que seria o seu refúgio por mês e meio.

CAPÍTULO 85

Durante esse tempo muita coisa se embrulhou e se desembrulhou no espírito de Costa. Cresceu dentro dele o sentimento de que sua vida até ali fora uma perseguição de trapos coloridos, ou de bandeiras que viravam trapos. Por um momento quisera construir um mundo seu, para si, mas não conseguira: fora envolvido novamente pelos trapos. Ganhara muito, era verdade. Conhecera homens extraordinários. Mas de que adiantara tudo isso? Bassi fora encontrado pelos austríacos e fuzilado em Bolonha. Cicceruacchio e seus dois meninos também. Ramorino, a mesma coisa. Garibaldi e o Leggero estavam em fuga, quem sabe mortos também. Aguiar morrera. Lembrou-se de Charrua, estirado na chalupa, sem rosto. Do corpo do Frei do Amor Divino, na distante Recife, jogado no meio da rua, em frente ao convento. Do Gavião, lanceado numa ribeira. E lembrou-se de Anita, daquela noite. Ele a ensinara, ele no fundo a amara, para quê? Enterrada numa cova rasa, talvez pasto de cães, ele se dizia. Lembrava-se seguido de tudo isso. Acordava banhado em suor. Consolava-se com Geneviève: ela o acarinhava, limpava-lhe os suores, beijava-o. Aquilo ajudava. Mas ele sabia que tinha de mudar de vida. Mas como? Para onde? Nem à janela podia aparecer, com o perigo de ser visto e reconhecido...

Geneviève aguentava aquele período de tortura com resignação. Esperava que passasse, embora soubesse que seria longo. No meio da noite ele chamava por Anita, dizia outros nomes: Djamena, Jamila, Dasdor, Benedita, Charrua. Ela se conformava, porque no fundo estava feliz. O seu homem estava em casa. Aquilo que fora um refúgio agora era uma casa. Para ela, que desde a infância não tivera uma, era o paraíso. Um paraíso atormentado, mas paraíso. Tanto assim que ela transpirava felicidade. Os vizinhos e as outras costureiras da loja deram de reparar. Começou a haver invejas. Algumas eram dessas sem ódio: só reparavam que a outra estava feliz, e começavam então a procurá-la, a sondar, a querer descobrir o que havia... Geneviève sabia o perigo que isso representava, apesar da boa vontade da maioria das pessoas. De resto, tinha sido impossível guardar completamente segredo da presença de Costa em sua água-furtada. Havia gente que sabia. E ela, por sua vez, sabia que isso importava em terem eles de fugir, mais dia, menos dia. Mas ela também se detinha na pergunta: como? Para onde?

Houve também as invejas tortas. Uma das costureiras da loja disse um dia, entre os dentes, de modo que ela ouvisse:

– Quem esta puta pensa que é? Por acaso uma ex-puta? Puta é sempre puta...

Ela lembrou-se do seu homem a esperá-la em casa. E olhou na cara da desafeta e limitou-se a sorrir. A outra achou isto o supremo insulto. Disse, ainda entre os dentes:

– Puta e estúpida!

A partir desse dia a situação começou a periclitar. Na casa, foi impossível manter o segredo. A senhora exigiu que eles saíssem. A princípio, para as outras moças, a situação foi excitante. Mas logo entraram a se sentir ameaçadas também. Na verdade, a única coisa que sustentava a situação era a ameaça: se Costa fosse descoberto, toda a casa ficaria sob suspeita.

Foi assim nesse súbito lar, ao mesmo tempo atormentado e feliz, que o segundo Costa apareceu um dia, ou melhor, uma noite, provocando uma revolução.

CAPÍTULO 86

Os imprevistos começaram com a chegada dele à casa, apresentando-se à senhora e procurando por Geneviève. A dona da casa o recebera numa saleta, no andar de baixo, vestida em dama, de vestido comprido, leque preto à mão.
— Mas ela não recebe mais, meu senhor... Em compensação temos aqui...
Ele a interrompeu:
— Minha senhora, trago informações decisivas para ela e para seu acompanhante, se me entende...
A senhora ficou num sobressalto. Fechou o leque e o depôs sobre o coração.
— O que quer dizer, senhor?
— Vou direto ao ponto, minha senhora. O comandante Grotski, deste acantonamento, recebeu uma denúncia de que aqui nesta casa se oculta um garibaldino. E ele se apresta a fazer uma diligência... Mas eu posso salvar a todos...
A senhora não teve dúvidas. Chamou uma das moças e mandou-a levar aquele homem escada acima. Depois mandou chamar seus protetores e enviou mensagem também a seus protetores na polícia, para ver se havia algo a fazer. Estava disposta até a pagar pela sua segurança. O garibaldino que cuidasse da dele. O que ela não sabia, na verdade, era que o que dinheiro pudesse comprar já tinha comprado. E foi assim então que o segundo Costa, vestido em janota, bateu à porta do quarto de Costa e Geneviève e, depois da surpresa natural, aquele diálogo começou, até o ponto em que o outro Costa disse que podia ser a esperança ou a desgraça.
Costa tirou do cinto, por detrás, uma pistola, e apontou-a.
— Não atire, amigo. Isto não fará o bem de ninguém, nem o dela – disse o Cobra, apontando Geneviève.
— Veja – ele continuou –, o comandante Grotski, desta praça, recebeu uma denúncia anônima sobre a presença de um garibaldino nesta casa. Parece que a moça aí – ele apontou de novo para Geneviève – tem inimizades onde

trabalha. Acontece que eu já estava aqui, desde há uns dias, e estava atrás do amigo, pois tenho planos... muitos planos, e o amigo neles é indispensável. Mas isso explico depois. Acontece que estava em posição... de exercer uma certa pressão sobre Grotski, uma pressão... em dinheiro, se me entende, além de eu ter relações que ele teme. Convenci-o a fazer a diligência só amanhã de manhã. Mas ele virá, e bem cedo. Acho até que virá na madrugada. Há que sair daqui, e já.

— O que quer — perguntou Costa, ainda de arma apontada.

— Em primeiro lugar, que desarme esse gatilho. Em segundo lugar, que venha comigo. Deixaremos Ravenna hoje à noite. Tenho aqui dois passaportes franceses, um em nome do senhor Maximiano dos Santos, criado, que só pode viajar acompanhado por mim, seu patrão, e o meu, senhor Lúcio de Macedo. Somos ambos nascidos nas colônias, nas Américas, mas agora cidadãos da boa e velha França.

— Só viajo acompanhado — disse Costa.

— Bem, este é um problema que não me compete resolver. Olhe, tenho uma sugestão. Se há algum lugar em que ela possa se esconder, que fique, e depois mande buscá-la. Agora, só tenho lugar para o meu criado, o senhor Dos Santos. Mas se ele não vier comigo, ninguém vai a lugar algum.

— Como sei que não me trairá, que não a entregará?

— Olhe, isto não resolveria nada, nem mesmo para os austríacos. Eles não a querem, querem o garibaldino. Ela, sem ele, nada vale. E quanto a mim, já disse que tenho planos, planos que envolvem muito, muito dinheiro. E preciso de alguém como... como vosmecê. Daqui vamos diretamente para Paris. Lá é que o ouro está. E tenho influências. Olhe, sei que falam muitas coisas de mim. É verdade que passei para o outro lado. No dia 11 de junho os franceses me aprisionaram, depois que aqueles polacos idiotas se perderam. Mas felizmente eu, precavido, tinha feito boas relações, o que me valeu uma oportunidade. Pouparam minha vida em troca de informações. Depois, com a minha eficiência, fui ganhando posições. Amizades. Influências. Tive de passar informações também para os austríacos. Foi para salvar a pele, entende? Mas informações valem dinheiro, poder, mais influências. Pude também abrir os olhos dos oficiais com quem fiz amizade sobre as oportunidades que teríamos em Paris. Já falei de ti, meu... hum... companheiro. Como um criado, naturalmente. Pensas que sou um traidor? E a pele? A própria pele? Ou continuas enrolado em tuas bandeiras?

Houve um momento de hesitação. Era pegar ou largar. O Cobra continuou:

— Olha, tentei convencer até o Bueno a me seguir. Não quis, o idiota. Foi para o outro lado. Quero dizer, tomou um navio aqui mesmo em Ravenna e se foi para o lado dos turcos. É um tonto. Perdeu uma grande oportunidade. Mas deixei-o partir. No fundo, sabe, sou um sentimental...

Geneviève via seu mundo desmoronar. Costa sabia que já tinha desmoronado. Que de fato eles tinham de decidir rápido, e não havia espaço para pruridos. Traidor ou não traidor, aquele Cobra parecia querer levá-lo com ele. Chegou a pensar se tudo não passaria de um truque, se ao sair não seria cercado e preso ou morto. O outro parecia adivinhar, pois voltou-se para Geneviève:

– Olhe, moça, conto com sua boa vontade para convencê-lo. Não há outro meio. Não pensem que vou traí-los. Como já disse, ninguém ganha com isso, e meus lucros diminuirão no futuro. O seu amigo sabe do que estou falando. Quando veio para cá, também tinha planos sérios, mas depois é que ficou de novo enrolado por estas causas sem futuro...

Costa baixou a arma. Pediu ao outro que aguardasse fora, ele precisava conversar com a moça. O Cobra disse que não.

– Tudo se resolve aqui. Não vou me arriscar desse jeito para que agora eu feche a porta e meus projetos saiam aí por qualquer janela a desafiar os austríacos por conta própria. Não, meu amigo, agora tudo se decide aqui, e na minha presença. Além do mais, se não quiseres vir comigo, prefiro eu mesmo ou te abater, ou ser abatido aqui, porque se este meu passo falhar fico nas mãos de Grotski. Por outro lado, se eu não enviar uma certa palavra ao comandante, ele certamente arrasará esta casa e tudo o mais que ela contém.

Nesse ponto ele sorriu e olhou Geneviève.

– Se quiserem ter um particular, vão ali para o canto. E como sei que não vais mesmo atirar, porque isto não te interessa, quem agora aqui aponta armas sou eu – disse ele, tirando do bolso da casaca uma pistola pequena, de dois canos.

Costa chamou Geneviève para o lado.

– Olhe – segredou-lhe –, eu conheço este tipo. Ele não ia se dar todo este trabalho por nada. Eu vou ficar com ele aqui. Enquanto isso, sai agora, já, com a roupa do corpo, e segue as instruções que te darei.

Ele tomou uma folha de papel, rabiscou alguma coisa nela, e deu-lhe com mais um envelope.

– Vai, vai, está tudo aí. Não te inquietes, é o que temos de fazer. E vai primeiro, porque se algo te acontecer ainda tenho tempo de tirotear este homem, e quem mais estiver por perto. Mas não vai acontecer. Ele tem razão: não interessa.

Ela obedeceu. Reuniu umas poucas roupas e saiu. Desceu as escadas com o coração aos pulos. Embaixo, a senhora amaldiçoava-se. Quando a viu, correu para ela, gritando:

– Maldita! *Maledetta!*

Ela saiu mais do que depressa. Passou pela porta. Chovia. Ela deteve-se um pouco, espreitando. Não viu ninguém. Olhou para o alto. A silhueta de Costa desenhava-se de encontro à luminosidade da janela. Estava ainda de pistola na mão. Era a primeira vez que ele aparecia assim na janela, sem nenhum resguardo.

Ela correu pelas ruelas. Aparentemente não estava sendo seguida. Deteve-se ao lado da luz de uma janela. Procurou os papéis que Costa lhe tinha dado. Havia um bilhete, o que ele rabiscara:

Rasgue assim que ler. Procura o senhor Zabberoni, em São Rocco. Pede-lhe que te encaminhe ao senhor Giuseppe Savini e ele te encaminhará ao padre Giovanni Veritá, em Modigliana. Mostra a eles todos esta carta que te dou com o bilhete.

Ela fez como estava escrito. Antes de qualquer coisa, rasgou o bilhete em pedaços e os jogou na chuva. Olhou agora a carta que Costa lhe dera. Estava dentro de um envelope. Ela tirou-a:

Peço que se ajude o portador no que pedir.
Roma, 1ª de julho de 1849
Ugo Bassi

Ela ouviu o ruído de uma carroça e desandou a correr pela noite afora.

Enquanto isso, Costa e Costa se mediam, cada um com sua pistola armada, na água-furtada. Afinal, decorrido um tempo desde a partida de Geneviève, um deles falou:

— Não temos a noite inteira.

— É — disse o outro. — Mas confessa: darias tudo para ler o que eu pus naquele bilhete.

— Olha, duvido que seja algo que eu já não saiba. Mas se quero contar aos austríacos, isto agora é outra história. Agora faço meus próprios negócios, tenho meus próprios interesses. Isso de informações é coisa de José da Costa, assim como isso de bandeiras, espero, seja coisa de um outro finado Costa. O senhor Macedo, este, precisa de trânsito em toda a parte.

— E meu papel nisto tudo?

— Com o tempo saberás. Agora, meu bom Maximiano, desçamos, tranquilizemos a pobre senhora que treme lá embaixo. Embora Grotski vá apertá-la um pouco, basta que ela diga que o garibaldino a forçou com armas apontadas e fugiu com sua... amante. Os austríacos não estão interessados em estourar puteiros... Depois, vamos ao hotel buscar minha mala, que deves, meu caro, carregar com cuidado!

Costa tomou do casaco, do chapéu de feltro, e eles saíram. A chuva apertara. E eles foram andando na escuridão. E foi assim que os dois José da Costa, inscritos na Legião Italiana em Montevidéu, sumiram da face da terra.

IX

GOGUETTE

CAPÍTULO 87

Um dos acontecimentos mais terríveis do ano de 1859, em Paris, foi o incêndio que destruiu completamente o café A Estrela do Sul – L'Étoile du Sud – e alguns prédios vizinhos. Foi em meados de outubro, e no episódio morreram os proprietários, os senhores Lúcio de Macedo e Maximiano dos Santos. A destruição foi tanta que os corpos estavam irreconhecíveis. Foram identificados por trapos de roupa que sobraram, em particular sob os cadáveres. Nunca se esclareceu ao certo a causa desse acontecimento que consternou a alegre Paris daqueles anos, onde os cafés musicais começavam a fazer um sucesso extraordinário – entre eles o pioneiro A Estrela do Sul. Por alguma razão misteriosa, as investigações não prosperaram. Falou-se em rivalidades entre os donos, em corrupção em esferas do governo e da polícia, mas como sempre os comentários foram arrefecendo e alguns anos depois tudo mergulhara no limbo do esquecimento: afinal, a feérica Paris dos retumbantes anos 60, do Império de Napoleão III, tinha mais onde e com que se divertir.

O café A Estrela do Sul se situava nos limites do Quartier Latin, na rua de nome Jacob. Não era muito grande. Era na verdade um precursor dos grandes e notáveis cafés que encantaram a vida parisiense do final do século: o Scala, o dos Embaixadores, o Eldorado, sem falar no famoso Folies-Bergère. O Café da Estrela – Café de L'Étoile – como às vezes era carinhosamente abreviado – começou sua carreira fulgurante com as profundas transformações por que Paris passou sob Napoleão III, depois dos episódios que culminaram com a tomada de Roma pelo general Oudinot.

Até as revoltas populares de 1848, os cafés parisienses eram chamados de *goguettes*, e ali havia espetáculos de variedades, muita crítica bem-humorada e de fundo político. Muitos eram espaços decididamente populares ou de oposição, frequentados por dissidentes socialistas, estudantes e descontentes de todas as facções. A partir daquele ano esse quadro começou a mudar, sob a influência de Luís Napoleão Bonaparte. O governo passou a estimular diretamente um tipo de espetáculo que tinha como principal atrativo o visual, o sensorial, o divertimento puro e simples e supostamente desinteressado – "apartidário". Este apelo encontrava eco numa burguesia ascendente e desejosa de fazer conhecer seu novo estilo de vida e também junto a uma aristocracia combalida financeiramente, apeada do poder, mas ainda ciosa de seus títulos de prestígio, de suas propriedades territoriais, de suas rendas vitalícias, coisas que aquela burguesia ambicionava, pela compra ou pelos casamentos vantajosos. Entre, ou melhor, sob ambas, vicejava uma nova classe média que desejava, mais do que tudo, ter o seu quinhão no alegre estilo de vida que se anunciava, voltado para os prazeres e a fruição de uma Paris que se modernizava velozmente. Acima de tudo, importava conter os ímpetos revolucionários assustadores que as jornadas de 1848 demonstraram jazer entre as populações deserdadas dos bairros operários e periféricos.

A nova Paris exigia grandes avenidas e bulevares que facilitassem a circulação dos elegantes – e que também dessem acesso fácil a qualquer parte da cidade pelas tropas em tempos de revolta e repressão, derrubando o intrincado de becos, ruelas e casas antigas onde barricadas se erguiam num átimo. Essa reforma, entretanto, encontrou muitas dificuldades para se implantar no Quartier Latin, bairro boêmio, de tradições acadêmicas, onde o labirinto de ruas estreitas permaneceu. Isso facilitava, mesmo para quem ali não vivia, as aventuras clandestinas, os encontros secretos, o fruir sem ser visto dos prazeres proibidos. A junção desses elementos – o segredo dos espaços furtivos com o mundo ruidoso de um novo espírito boêmio – foi a chave do extraordinário sucesso do Café da Estrela.

CAPÍTULO 88

A chave mestra do sucesso foi sem dúvida a extraordinária sensibilidade de um dos sócios – o senhor Maximiano dos Santos, homem que aliava o exótico de uma pronunciada tez morena ao sabor de uma vasta cultura – para as exigências do novo momento. Homem de inteligência rara, ele percebia as coisas pelo seu lado oculto. Por exemplo, ao ler *Os Três Mosqueteiros*, de Alexandre Dumas, o leitor comum se deliciará com as aventuras do intrépido D'Artagnan; o senhor Dos Santos percebeu logo de início que uma das forças do romance estava no papel atribuído à singela Constance Bonacieux, mulher casada, pequeno-burguesa, que tem o pacato mundo de seus sentimentos revirado pela presença do espadachim.

Lendo estas e outras coisas do tempo, frequentando museus e salões de arte, o senhor Dos Santos, que logo se transformou em sócio-líder do empreendimento, imaginou expedientes inovadores e ousados, que deram certo, para agrado de todos os envolvidos, embora depois o seu sucesso começasse também a despertar desagrado entre pessoas que o cercavam.

A principal conclusão inovadora do senhor Dos Santos foi a de que o que de fato estava mudando nessa nova sociedade eram o papel, a posição e a disposição de um imenso cortejo de mulheres, e em todos os níveis sociais.

As mulheres pobres, por exemplo, começavam a trabalhar vendendo costuras, com a proliferação dos exércitos e do novo contingente de burgueses e burguesas endinheirados a vestir. Logo passavam a vender favores – e surgia um pequeno exército de *grisettes, lorettes, cocottes* a se espalhar pela cidade, avidamente buscadas e disputadas por boêmios, burgueses e aristocratas fanados, e também pelo mundo intermediário de médicos, funcionários, administradores. Todos queriam ter a sua *pequena*: novos tempos, novas formas de vida. Os burgueses procuravam ostentar suas amantes e suas joias nos salões: a riqueza dos adereços ostentava os poderes do financiador.

Ao mesmo tempo, as mulheres dos burgueses, dos aristocratas, dos notários, tabeliães, comerciantes e comerciários, banqueiros e bancários, professores, prefeitos, e de muitas outras profissões aprendiam cada vez mais a ler, e liam cada vez mais uma profusão de novelas, contos, jornais, magazines, romances, folhetins que exaltavam as imaginações e despertavam desejos e suspiros.

Toda essa multidão de desejos recém-despertos, recém-saídos dos tempos contrariados de revoluções e contrarrevoluções, precisava se divertir e de espaço onde se divertir. Esse novo e trepidante redemoinho urbano, iluminado a gás na reluzente Paris, encontrou guarida no Café da Estrela. Observando tudo com determinação e agudeza, ele construiu o seu império – inicialmente modesto, mas eficaz e enriquecedor, e desde sempre império. De tal modo que em 1853, quatro anos depois de sua chegada a Paris, ao assistir a estreia da peça *L'Honneur et L'Argent*, de seu conhecido e consagrado escritor François Ponsard, ele deu-se ao luxo de experimentar uma enorme satisfação consigo mesmo. No camarote tinha ao lado sua mulher – Gilberta Lajeune –, que, dizia-se, viera da Itália, de grande beleza e sóbrio vestir, inveja do teatro inteiro. No palco passava-se o drama de um artista empobrecido que vê seu noivado se desmanchar devido à intransigência do ex-futuro sogro. Agoniado, a certa altura o pobre diz que vai se suicidar. Um amigo lhe diz:

– Ora, deixe para lá! Não se morre de amor. E depois só aumentarias o orgulho feminino dela!

Ele contemplou, a seu lado, o olhar lacrimejante de sua companheira. Sentiu um certo sentimento de orgulho. Eles vinham, ele o sabia, de um tempo em que se morria de amor e por amor. Mas ele soubera se transformar. Reconhecer que nesses novos tempos, brilhantes e rudes, se o dinheiro não podia tudo, só o dinheiro podia algo. Ele, que pela cor da sua pele era candidato a pária, soubera construir o seu lugar nessa nova sociedade. Oh, sim, ele sabia dos limites: a mureta daquele camarote era uma fronteira mais intransponível do que as novas em desenho pela Europa e pelo mundo inteiro. Aqueles mesmos burgueses e aristocratas – que, ele sabia e sentia, o invejavam – jamais o convidariam à sua mesa, ou mesmo à sua casa, embora tivessem o prazer de sentar-se com ele quando estavam entregues a seus ruidosos divertimentos no café. Mas tinham de aceitar o fato de que também ele tinha dinheiro para desfrutar daquele camarote. E ele sabia também que de certo modo tudo isso se devia por ter reconhecido a tempo aquele novo orgulho nascente a que a frase um tanto cínica do personagem se referia, numa sociedade de gente agora disposta a desfrutar sem limites de toda e qualquer forma de prazer. Uma incômoda certeza assaltou-o: o padre Ugo Bassi não aprovaria sua nova vida. Ele era grato a Bassi: devia inclusive ao amigo morto estar ali, naquele mundo, com seu gosto pelas artes e pela cultura. Mas Bassi, embora querido, era da sua memória, não era deste novo mundo. Mas o ato no palco chegava ao fim. Ele inclinou-se, beijou a mão da suave Gilberta, de olhos claros e translúcidos, e perguntou se ela queria um refresco no intervalo.

CAPÍTULO 89

Calma, leitor ou leitora, as explicações estão a caminho. Comecemos pelo começo: conseguindo deixar Ravenna, o senhor Lúcio de Macedo e seu criado Maximiano passaram à Suíça e dali a Paris. No caminho, um explicou ao outro os seus falados planos. O oficial francês com que ele se entretivera em Roma – nos dias seguintes ao primeiro assalto de Oudinot – chamava-se Jean Bonpré e fazia trabalhos de controle e espionagem no exército – tanto no campo do inimigo como no próprio campo. Era ligado à prefeitura de Paris, ao Serviço Secreto e tinha contatos com o Serviço Secreto austríaco através daquele oficial – Gruber – com quem ele se entretivera depois da Batalha de Luíno. A sua prisão depois do 11 de junho reaproximara os dois – ele e Bonpré. Desde então começara a traçar os seus planos, convencendo Bonpré de que eles podiam ganhar muito, muito dinheiro valendo-se das ligações deste em Paris para instalar um prostíbulo. E podiam se valer de Gruber para conseguir facilidades no transporte de mulheres do norte da Itália e do lado otomano. E por que ele, Costa Macedo, precisava agora do Costa Maximiano? Porque eles precisavam de alguém que fosse afeito ao ramo, e que entendesse ao mesmo tempo de mulheres e de línguas: a sofisticada Paris não era a simples Montevidéu de outros tempos. O plano, portanto, era claro e direto: ele e Bonpré seriam os sócios maiores, Maximiano, o administrador e Gruber faria um fornecimento inicial, bem pago. Mas, como das outras vezes, os acontecimentos tomaram rumos inusitados.

Chegados a Paris, Costa Maximiano se deu conta de que, no fundo, o Costa Macedo queria de fato reconstruir na nova Paris o que eles conheciam na velha Montevidéu: um prostíbulo vagabundo, nalguma ruela suja, frequentado por bêbados e rufiões. Começou então a trabalhar com a própria cabeça. Convenceu Macedo de que era uma pena malbaratar os poderes do oficial Bonpré com coisas de segunda mão. Depois o convenceu também de que convinha livrarem-se do austríaco, que só traria problemas: uma boa soma para ele e pronto. Macedo tinha algum dinheiro, e Bonpré queria investir, arrancando mais um tanto de suas ligações. Também os convenceu de que ele só entraria no negócio quando visse sua adorada Geneviève em segurança. Como os planos que ele, agora, passava a expor eram convincentes, tentadores e as cifras vislumbradas muito altas, os outros concordaram. Bonpré conseguiu um passaporte em nome de Gilberta Lajeune, nascida nas Antilhas. E um belo dia o senhor Maximiano dos Santos – que já superara seu papel de criado – enviou uma carta à abadia de Modigliana dando instruções para que a senhorita Geneviève dispusesse do passe de viagem que ia junto, até Gênova, e procurasse o agente de viagem senhor Alberto Lambruzzi. Geneviève pediu a bênção ao padre Veritá e seguiu para Gênova, onde o senhor Lambruzzi a embarcou para Marselha e daí ela seguiu por diligência até Paris. O encontro com o seu Costa – agora Dos Santos – foi cheio de ternura, lágrimas e ardores, arquejos e gritos, e feliz. Instalaram-se, inicialmente, numa pequena pensão perto de onde Costa Maximiano já cobiçava um café.

Além de cúpido, o senhor Bonpré era prepotente. Gostava de exercer seus poderes sobre alguém. Costa convenceu-o a desalojar, mediante pressões, o proprietário de um antigo café – o Voix de la Ville – na rua Jacob. Ameaças, batidas policiais, inspeções do serviço sanitário fizeram o papel, e o proprietário dispôs-se a arrendar o prédio para um novo empreendimento. Depois, com o tempo e o sucesso, eles o comprariam, em sociedade.

O passo seguinte foi pôr o novo café em operação. O bairro era boêmio e movimentado; por perto havia a Escola de Belas-Artes, universidades, em meio ao labirinto de ruas da região. Mas o acesso até ali era facilitado pela chamada Ponte Nova (na verdade a mais velha de Paris), que ligava o bairro aos bulevares e avenidas que cresciam do outro lado do Sena. De modo que gente de outros bairros podia chegar rapidamente até ali e sentir-se protegida e oculta entre ruas de pouca visibilidade e cheias, muitas vezes, de uma multidão ruidosa e divertida. Era tudo perfeito.

CAPÍTULO 90

Em um ano o café A Estrela do Sul já era popularmente conhecido como o Café da Estrela e era um sucesso. Em meados de 1852 já era uma das passagens obrigatórias para todo o visitante de Paris que tivesse bom gosto. Maximiano já era conhecido como Maxi, no café; monsieur Dos Santos entre aqueles com quem fazia negócios.

Entre outras coisas Maxi entendeu que isso de buscar semiescravas pelos Bálcãs, como fora o caso da sua querida Geneviève, agora Gilberta, era coisa do passado. Ou mesmo pela Itália derrotada e empobrecida. Nada disso. Uma nova integração mundial se desenhava, e pelos lados do Atlântico. O café então se especializou em América, com mulheres e atrações chegadas pelos portos de Marselha e de Hamburgo. Conforme os negócios prosperaram, Maxi começou a lá ir regularmente, encomendar ou buscar atrações que chegavam. Os outros não se incomodavam com essas viagens: Gilberta ficava em Paris, como uma espécie de garantia do retorno. Porque os outros dois, embora invejassem o sucesso de Costa Maxi, sabiam reconhecer o seu valor, e que ele ia se fazendo a alma daquele negócio mais rendoso do que qualquer que tivessem jamais sonhado. Embora, no plano inicial Maxi devesse ser uma espécie de sócio minoritário, ele logo ficou, por seu empenho, em pé de igualdade com os outros, e toda a face pública do negócio era por ele gerenciada.

Não foi sem certa nostalgia que ele empregou um grupo de velhos e jovens com um número de acrobacia e estalares de chicote que se chamava "Os últimos charruas". Havia cantos e danças bárbaras apresentadas como dos derradeiros campos abertos das Américas, e um dos jovens fazia uma dança com boleadeiras a voltear que foi dos grandes sucessos daquele momento, despertando a admiração dos homens e o suspiro das mulheres. Havia números de magia, música e dança: o febricitante cancã era o centro da noite. Havia engolidores de fogo e números até com feras de pequeno porte, como uma jaguatirica trazida do Brasil. Entre todas as estrelas, luzia a de uma cantora antilhana, Mariana de las Casas, cujo nome fora trocado para Goguette Ruiz, reunindo o exótico ao nostálgico, lembrando os velhos cafés que iam desaparecendo. Tinha uma voz grave, gutural, um olhar de fogo e um porte de seios firmes, passo altivo e decidido quando cantava.

O café não era grande, mas bem distribuído. O palco era no fundo, com um espaço para uma pequena orquestra em frente; logo a seguir ficava o balcão de serviços, um pouco ao lado, com uma porta e uma passagem que dava para a parte de trás nos fundos do prédio, onde ficavam os camarins. Na parte da frente havia espaço para umas cinquenta mesas e duzentas pessoas, embora às vezes ali se acotovelassem quatrocentas, com um mezanino onde ficavam as mesas de honra e convidados. Tudo isso era o suficiente para manter uma renda excelente, coisa de mais de duzentos mil francos por mês.

Mas o principal do Café da Estrela não era o café, mas sim seus bastidores, a começar pelo espaço ao lado dos camarins. Havia ali um reservado, uma sala com pequenos nichos onde cabiam uma mesa e cadeiras para duas pessoas. Na porta desses pequenos nichos havia cortinados que podiam ser fechados à conveniência dos fregueses. Um jantar ali custava uma fortuna, e as vagas eram disputadas com semanas, meses de antecedência. Entre o Salão dos Nichos, como era chamado, e o balcão dos serviços na parte externa, ficava a cozinha, que era famosa, e nunca inspecionada, graças à proteção do senhor Bonpré, cujos serviços de extorsão também tinham sido fundamentais para irem levantando o capital necessário no começo de tão moderno investimento.

Ao final desse salão, uma porta dava acesso a uma bifurcação de corredores, ladeados por portas por onde se passava a outras dependências. Esses corredores pertenciam a uma outra casa, que fazia um L com o café, indo dar na rua ao lado, a rua Dauphine, onde havia uma entrada independente e um vestíbulo pequeno, feito para ninguém nele demorar. Esses corredores internos tinham nomes. O primeiro, à esquerda de quem entrava pela rua Dauphine, era o dos Sete Pecados Capitais e suas portas se abriam para quartos finamente decorados, onde discretamente se podia passar a noite em companhia. A decoração dos quartos obedecia aos pecados capitais. No Quarto da Vaidade, por exemplo, disputadíssimo, as paredes e o teto eram recobertos de espelhos, de modo a multiplicar imagens ao infinito. No da Gula um jantar surpresa estava incluído; no do Orgulho tudo era ornado com madeira escura e sobriedade, mas uma claraboia que podia ser manejada da cama deixava ver o céu em noites claras, e assim por diante. Eram caríssimos e procuradíssimos.

O outro corredor chamava-se Alameda dos Prazeres. Suas portas davam para vestíbulos com mesinhas e visores para dentro, onde se podiam ver representações de números eróticos e bizarros. Uma das cenas mais procuradas, cujo nome dizia tudo, era a do "Búlgaro Feliz". Outra era "A Cigana Esmeralda", com direito a Corcunda e Bode. Mas a de maior sucesso era a "Cadeira do Inferno". Na saleta havia uma cadeira sem assento, só com a armação. Alguém ali se assentava e um mastim, acompanhado por uma donzela despida que excitava o sentante, lambia-o nas partes, até provocar-lhe espasmos. Havia o desafio de que se alguém suportasse ficar na cadeira até o orgasmo ganharia um jantar de graça no Salão dos Nichos. Consta que uma única vez alguém aceitou o risco, tendo desmaiado assim que o cão se aproximou. Mas a casa assim mesmo ofereceu-lhe o prêmio, para estimular a freguesia. Uma noitada completa no Café da Estrela, com mesa na sala de espetáculos, jantar no Salão dos Nichos, passagem pela Alameda dos Prazeres e uma reserva no Corredor dos Sete Pecados podia custar trinta, quarenta, cinquenta mil francos, dependendo do consumo. Mas não faltava freguesia.

Para operar tudo isso não era necessário um exército; apenas uma pequena brigada, eficiente e sigilosa. Em havendo, o que o dinheiro não consegue? Maxi Costa pagava bem, em dia, e sabia azeitar a mão da polícia e dos fiscais de Paris através de Bonpré. Mantinha os sócios satisfeitos, e cuidava pessoalmente da administração das dependências do café, inclusive das discretas. Tudo começara com a Sala de Espetáculos. À medida que as demais dependências foram se agregando, houve a tentação de que ele passasse adiante a administração de tudo, mais ou menos como seus sócios foram fazendo, se afastando dos encargos e deixando tudo na mão dele: só queriam saber do dinheiro no final do mês, que lá estava regularmente na conta de cada um. Costa Maxi não seguiu o exemplo dos sócios: manteve tudo debaixo do seu controle. E em grande parte a animação do café dependia dele, com seus ares exóticos, seu conhecimento de escritores, sua cultura que impressionava quem com ele conversasse, uma vida de mistérios, uma mulher linda com quem ele viva discretamente e que jamais punha o pé naqueles salões de divertimento.

Com o passar do tempo ele reconheceu que se tornara o que os franceses chamam de *un homme du monde*. Um senhor de fino trato, ainda que a sociedade o mantivesse a distância de seus salões mais nobres e de seus momentos mais íntimos de exibição de poder, como visitas ao imperador e coisas que tais. Mas ele não se importava. Tinha sua felicidade privada com Geneviève; tinha um passado de que se orgulhar, com paixões secretas de que lembrar; e tinha futuro, pois soubera se adaptar à sua condição, dela tirando proveito, e aos novos tempos. Às vezes detinha-se a pensar em si mesmo como um personagem de um conto distante; como seria se contasse sua vida, por exemplo, ao general Netto; ou ao próprio Garibaldi, que depois de alguns anos de exílio voltara à Itália, tentando se estabelecer numa ilha que comprara. Mas a esses momentos de devaneio sucediam-se outros, de realismo. Ele se tornara, ao fim e ao cabo, um bom administrador. Por isso mesmo sabia que aquilo de salões dos pecados e alamedas dos prazeres podia servir para enriquecer, mas não para durar. Um dia chegaria por ali um marido tresloucado, um empregado vingativo por qualquer motivo; um dia os sócios poderiam querer se livrar dele por qualquer razão; ou a proteção de Bonpré cairia, e ele se veria envolto numa rede de intrigas.

Começou então a diversificar suas iniciativas, sem que seus sócios soubessem.

CAPÍTULO 91

É tempo que se fale da vida doméstica de Costa Maxi. À chegada de Geneviève – Gilberta, eles foram morar num quarto de pensão, na rua São Tomás de Aquino, no Quartier Latin. Ele convencera o Costa Macedo que era melhor se refugiarem naquele bairro de gente tresloucada, estudantes, boêmios, do que irem parar em algum antro sórdido onde mais gente da polícia, além de Bonpré, terminaria por localizá-los, talvez reconhecê-los.

Quando partira de Modigliana, chamada pela carta de Costa, Geneviève fora se despedir do padre Veritá, que a acolhera e a protegera naqueles tempos difíceis. Ao dar-lhe a bênção, dissera-lhe o padre:

– Minha filha, nestes tempos muito se discute sobre a recuperação das mulheres a quem a sociedade chama de perdidas, mas que ela, na verdade, perdeu. Vai em paz com o Senhor teu Cristo. O Cristo não acolheu Madalena? Não te importes com o mundo nem com as suas vozes. Viva com e para teu amado, e serás a prova do caminho da salvação para muitas almas desgarradas do bom aprisco. Mas assim que puderes, casa-te com ele, sim, minha filha?

Ela prometeu que sim, e seguiu à risca as palavras do padre Veritá, que fora amigo de Ugo Bassi. Só não casou na igreja com Costa Maxi. Mas vivia uma vida de contentamento na sua companhia: aquele sentimento de ser a mulher de alguém se exacerbara nela a tal ponto que ela nada reclamava de viver uma vida quase reclusa na exuberante Paris de todas as luzes.

Da pensão os dois passaram a um hotel, conforme os negócios prosperaram. E do hotel, quando o café se ampliou, para uma casa na rua Visconti, nos fundos da rua Jacob, que se comunicava com o complexo de prazeres que Maximiano administrava. Macedo seguiu morando no hotel, embora fosse com frequência à casa do sócio para averiguar o estado dos negócios.

Foi nessa época, na casa da rua Visconti, que Costa desenvolveu o hábito da pintura, o que o levou aos quadros e esboços já descritos, sobre Anita, outras pessoas e alguns feitos. De manhã o senhor Maxi pintava, no terceiro andar da casa, onde ficava a parte íntima, de cujas janelas ele podia ver a Escola Nacional de Belas Artes, o Sena e a Ponte Nova. No segundo andar ficava seu escritório particular e a parte de serviços, que Geneviève administrava com dedicação. Por volta das 11 horas, depois de almoçar, ele descia a esse escritório, onde punha as contas e projetos em dia. À tarde descia ao térreo, onde tinha seu escritório de negócios, onde administrava as contas do café, recebia pessoas, aceitava reservas. À noite ele ia ao café e aos reservados. Não bebia, só tomava água mineral. Uma vez por mês ele levava Geneviève ao teatro ou à ópera. Às segundas o café fechava. Iam então passear por Paris e à noite ele se permitia tomar uma ou duas taças de vinho tinto ou branco, conforme a comida e a estação. Era um homem sóbrio e refinado.

Geneviève era feliz. Ciúmes do café até que tinha, sobretudo de Goguette, depois que ela chegara com seus encantos de morena antilhana. Mas ocultava-os e achava-os normais. Essa vida de uma regularidade de relógio burguês era a fachada de momentos ardorosos de paixão em que os dois se atiravam sofregamente um ao outro e se devoravam de beijos entre espasmos. Seus amores pareciam sempre coisa de relâmpago, e depois ficavam arquejantes, achando que aqueles segundos valiam estenderem-se pela eternidade.

Um senão: não tinham filhos. Não que não quisessem, ela até queria muito. Mas por alguma misteriosa razão que não atinaram médicos que ela consultou, era-lhe difícil engravidar. A médicos, por seu turno, ele não ia, e justificava-se dizendo que temia o excesso de perguntas.

Uma única vez tiveram uma altercação séria: foi quando ela perguntou pela origem daquele dinheiro todo. Ele pôs-se furioso, soltou palavrões, e disse-lhe que nunca mais queria ouvir essa pergunta. Que ele mesmo não se perguntava sobre isso, e que tudo o que sabia é que ainda na Itália o sócio se capacitara a receber vultosas somas de franceses e até de austríacos, mas que isso era assunto dele e que... Nesse momento ele se deu conta de que gritava com ela, que estava com os olhos azuis cobertos pelas lágrimas e com a boca a tremer. Ele deteve o jorro de palavras e vagueou pela sala, dizendo "desculpa, desculpa, desculpa..." até cair a seus pés e abraçar as suas pernas. Mas nunca mais voltaram ao assunto proibido.

Ela seguia com interesse os quadros que ele pintava. Era delicada sempre que o assunto era Anita. Certa vez, já depois daquele ano de 53, numa ocasião em que tinham assistido a *A Dama das Camélias*, de Alexandre Dumas Filho, um dos quadros chamou-lhe a atenção mais do que os outros. Era uma paisagem assustadora: um abismo a prumo, de dois penhascos lado a lado, a despencar das alturas de um planalto encimado por estranhas árvores em forma de candelabro. Ao alto, de encontro a um céu de azul profundo, um pássaro de asas negras esvoaçando; no paredão, à esquerda, sua sombra.

Ela perguntou-lhe pelo nome do quadro. Ele disse que era *O Pássaro Invisível*.

– Mas como? Ela perguntou. O passáro, afinal, aí está.

– É. O pássaro e sua sombra aí estão. Acho que o quadro quer dizer que entre ele e ela há algo que não quer morrer, que não quer deixar que eles se afastem. Mas que o mundo afasta. Pensei nisso depois de ver a peça de Dumas Filho, e ver que a sociedade jamais vai aceitar um par como nós. Tolera, até, porque temos dinheiro. Mas não aceita.

Geneviève abraçou-o, acarinhou-o, fê-lo deitar-se, retirou o copo de vinho.

– Achas que entre nós há algo que possa morrer?

– Não sei, não sei. O mundo é muito forte, Geneviève. Achas que se aquele teatro soubesse quem somos, na verdade, nos deixariam lá?

– Mas quem somos na verdade, meu Costa, ou meu Maxi? Nosso passado se foi: Veritá, Bassi, Andrés...

Ela ia dizer Anita, mas se conteve.

– Mas ainda assim – ele falou –, se eles soubessem, os olhares deixariam a Dama das Camélias morrer de amor no palco para especular o camarote onde tu vives... com teu negro, teu negro capitalista, mas negro, ora!

Ela começou a tirar a roupa.

– O quadro... – ele ainda falou.

Mas o corpo dela desceu sobre o dele.

CAPÍTULO 92

Maxi viajava bastante para Hamburgo. Nessas ocasiões Macedo tinha de se encarregar dos negócios, e o resultado era sempre cheio de problemas: pagamentos não feitos, prazos vencidos, fregueses descontentes. Macedo tinha uma relação contrafeita com o café e seus anexos. Ele se considerava o pai da ideia, o mentor, mas sabia que não era mais o dono dela. E com azedume via cada vez mais o outro ser o herói do empreendimento. Ele ganhava muito dinheiro, e gastava a rodo. Procurava comprar tudo o que Paris podia oferecer. Mas o problema era que não tinha o *savoir-faire* do sócio. Macedo não tinha graça, não tinha cultura, não sabia cantar, falava só de coisas vulgares. No fundo ele pertencia a um tempo em que para administrar um bordel só se precisava de voz grossa e de mão larga – para azeitar as da polícia e para bufetes e taponas. Aquilo de boêmios, de escritores e estudantes, de gente endinheirada, de artistas ousados e mulheres refinadas não era com ele. Em suma Macedo não agradava, não era do ramo.

Na verdade não era de nenhum ramo. Macedo não conseguia fazer nada, a não ser jogar pela janela o dinheiro que lhe vinha do negócio, e que não era pouco. Gastava com mulheres – nunca no café, pois havia um acordo entre os sócios que lhes interditava o uso, exceto para receber convidados –, mas com jogo, bebida e logo em seguida ópio, que entrava na moda. Gastava em roupas – vestia-se como um dândi da moda. Como maltratava as mulheres com quem se relacionava, tinha de pagar cada vez mais caro por elas. Macedo era um fracasso – e um fracasso cada vez mais caro, para ele mesmo e para o sócio. Começou aos poucos a desenvolver uma surda inveja do outro, e isso se refletia nas vezes em que este tinha de viajar: os negócios sofriam com o seu desleixo.

Apesar desses inconvenientes e contratempos, Costa Maxi não deixava de viajar, sempre pretextando aquisições para o café. Reafirmava-se nele a convicção de que tudo aquilo era instável, e que se continuasse ali para sempre ficaria nas mãos de um indesejável e de um alto funcionário corrupto – cada vez mais alto e cada vez mais corrupto – da Polícia Secreta. Queria, no fundo, preparar a sua saída de cena: afinal, já fizera isso tantas vezes, e achava que agora, com dinheiro, tudo devia ficar mais fácil. Em Hamburgo inventou um certo senhor Laplace, que começou negócios pelo ramo que ele conhecia, investindo nos bordéis do bairro de Saint-Pauli, famosos no mundo inteiro. Depois diversificou, investindo em bancos e em negócios de exportação e importação. Era endinheirado demais para que banqueiros, comerciantes e industriais se incomodassem com o moreno escuro de sua pele; e moreno demais para que buscassem qualquer outra forma de convívio com ele que não fosse através de seu dinheiro. Gozava então de uma razoável oportunidade de discrição, e não era incomodado. Era até citado como prova de que a civilização europeia podia fazer milagres com qualquer um que aderisse de fato a seus valores.

A partir de um certo momento, por inúmeras vezes o senhor Maximiano dos Santos saía de Paris e o senhor Laplace chegava em Hamburgo, onde justificava o outro nome como necessário para seus negócios com cafés em Paris. E os seus sócios nem desconfiavam de nada, atarefados demais com os próprios gastos e com as próprias vaidades. Enquanto isso, em Paris, o senhor Bonpré ia se tornando cada vez mais caro em suas exigências, graças, sobretudo, às atitudes turbulentas do senhor Macedo e aos cuidados que ele tinha de tomar para protegê-lo, além de proteger o café. As desavenças chegaram ao auge quando o senhor Macedo espancou uma mulher num cabaré barato de Montmartre, durante uma ausência de Maxi. Bonpré exigiu uma soma desmedida para livrá-lo de complicações, e Macedo pagou. Quando Maxi voltou, houve a primeira desavença séria entre os três.

A construção e o desenvolvimento dessa vida burguesa tomou dez anos, desde a chegada em fuga e quase clandestina de todos eles a Paris, em 1849. Nesse tempo Costa Maxi se agrisalhou e engordou um tanto, perdendo a esbeltez de legionário, mas compensando-a, para as mulheres que o admiravam, com um aspecto de solidez e refinamento. E para completar o seu estilo de vida, ele arranjou uma amante, apesar de continuar amando Geneviève, cujos olhos se tornaram mais suaves e mais doces; a pele é que feneceu um pouco. Acontece que aqueles ardores com que eles se atiravam um ao outro foram rareando: como não admitissem durante anos outra forma de se amar, uma mornidão gris se instalou na vida deles, quebrada, é verdade, de quando em quando; mas só de quando em quando. Daí a Costa Maxi se deixar envolver pelos encantos de Goguette Ruiz foi um pequeno passo, e daí a terem uma água-furtada clandestina para seus deleites foi outro pequeno passo. Goguette tinha uma voz cheia, de contralto, capturava o público com o olhar. Em seu maior sucesso, cantava:

Ah! Viens, viens
Dans mon p'tit bateau.
On dirait une voile
Ça se tient à l'air comme il faut.
Ah! Viens, viens,
Mon p'tit Coco,
Tu seras fou, fou de mon amour
Quand t'auras vu mon p'tit oiseau...

Essas e outras coisas é que deixaram Costa meio louco. O resultado disso é que as viagens de Costa Maxi a Hamburgo se amiudaram, e o tempo gasto nelas aumentou uns dias – aqueles que, antes da ida ou depois da volta, ele passava na prazerosa companhia de Goguette. Era um amor de convites e negoceios, entregas e recuos, véus e desandamentos.

Tal era a vida do senhor Costa, com prazeres e atribulações, quando, em meados do ano de 1859, ele recebeu uma estranha visita.

CAPÍTULO 93

A visita lhe veio na tarde de uma segunda-feira de agosto. Já estava anunciada, por mensageiro, desde o dia anterior. Tratava-se de um certo senhor Joseph Pane e companhia. Costa Maxi imaginava tratar-se de algo relativo aos reservados, embora reconhecesse que aquilo de "companhia" não era comum. Normalmente os cavalheiros vinham sós, tratavam tudo, pagavam e as damas, cuja identidade muitas vezes era motivo de segredo, só apareciam no momento azado, envoltas em véus ou espessos mantôs.

Ouviu a sineta da porta e a velha criada – única pessoa na casa além de Geneviève àquela hora – abri-la. Foi receber pessoalmente os visitantes, pois a criada nessas ocasiões tinha ordens de abrir a porta e desaparecer nos fundos. Abriu a porta do escritório e quedou-se estatelado. Diante de si tinha Giuseppe Garibaldi, alto, elegante como sempre, embora envelhecido e encanecido, de sobrecasaca escura e bengala de castão. O embranquecimento dos cabelos não empanava o brilho de eterna juventude no olhar. Garibaldi adiantou-se marcialmente e estendeu-lhe a mão, que ele tomou, primeiro maquinalmente, depois de modo caloroso, surpreso ainda por estarem agora ali, em igualdade de condições o generalíssimo e o antigo soldado, ainda que fosse um legionário. Ao lado de Garibaldi estava uma dama, uma senhora, o rosto semicoberto na altura dos olhos por um véu negro que lhe caía de um chapéu redondo, de pele também negra, onde espontava uma pequena pena branca. Tinha cachos longos e escuros jogados por trás da cabeça, e o véu mal podia disfarçar a beleza dos traços. O vestido era escuro e sóbrio, e o único detalhe mais alegre em sua vestimenta era um camafeu de delicadas flores pintadas que prendia um laço preto fino sobre a gola da blusa branca. Garibaldi fez a apresentação:

– Elpis Melena, escritora.

Depois:

– O senhor Dos Santos, empresário.

Costa Maxi inclinou-se para beijar a mão enluvada que se estendia, mas percebeu de soslaio os olhares significativos que ambos lhe deram, como a demonstrar que sabiam estar em meio a uma pequena farsa consentida. Garibaldi devia saber quem ele era, e devia ter comentado algo com ela, Costa pensou, não sem apreensão.

Sem pestanejar, levou os visitantes ao seu escritório particular, no andar de cima, não sem antes recomendar rigorosamente à criada que dissesse que ele havia saído se alguém o procurasse.

Nas suas notas posteriores, Costa registrou as linhas gerais do diálogo que se seguiu. Garibaldi, como costumava, falou muito de si; e tinha do que falar. Algumas coisas Costa já conhecia. A luta pela unificação se reacendera na Itália. Durante o começo daquele ano de 59 houvera combates entre patriotas, agora animados por um novo rei da Sardenha e Piemonte, Vítor Emanuel, filho do antigo, Carlos Alberto, austríacos e papistas ao norte, na região dos Alpes, e ao sul, contra o Bourbon. Agora havia uma paz precária, e a continuação da guerra era inevitável. As potências europeias estavam demasiadamente ocupadas com suas mútuas rivalidades para se ocuparem de ajudar eficazmente o papa e o Estado Pontifício. Ali mesmo em Paris, ano e meio antes, Luís Napoleão sofrera um atentado quando patriotas italianos jogaram uma bomba contra seu coche. Os autores tinham sido presos e executados, mas sua ousadia calara fundo: as ameaças estavam em toda parte, e uma intervenção podia custar muito caro.

Isto era conhecido e público. Depois veio o desconhecido e secreto. Garibaldi sabia sim quem ele era. Seguira-o, vigiara-o, reconhecera-o. Mas não se inquietasse: eles sabiam guardar segredo. Estavam ali mesmo em Paris, por assuntos patrióticos ligados à Maçonaria, também para passear um pouco, tudo em segredo. Não viera ele, Garibaldi, com aquele nome de Pane, com um passaporte falso dado pelo cônsul francês em Nice, sua cidade natal? Ele também não queria ser descoberto. Ao vê-lo, dias antes, ao passar em frente ao famoso Café da Estrela, onde não entrara para não ser reparado, ocorrera a ele, Garibaldi, pedir-lhe algo, um extremo e indispensável favor, coisa que só Costa poderia fazer com a necessária discrição. E pôs-se a explicar o que era.

Depois dos acontecimentos de dez anos antes, em Mandriole, os restos mortais de Anita, encontrados e identificados, tinham sido enterrados junto à igreja local. Conforme o costume, vários anos depois a ossada foi disposta numa caixa e mantida na própria igreja. Mas no começo daquele ano de 1859 um homem chamado Francesco Manetti furtou a caixa. Era um bom homem, um tanto simplório. O pároco, padre Burzatti, logo adivinhou que era ele, e interveio energicamente. Manetti então confessou que furtara a caixa por temor que ela fosse roubada, pois ouvira falar que outros tinham a intenção de levá-la e pedir um resgate. O homem devolveu a caixa e o caso ficou por aí.

Mas Garibaldi sabia que os temores de Manetti não eram de todo infundados. Quem o convencera do risco fora um primo distante, Giulio Mordini, de Ravenna. Acontece que, pela Maçonaria, Garibaldi soubera que esse mesmo Mordini era quem desejava apossar-se da caixa e cobrar um resgate, ou entregá-la aos austríacos. Só que naquela ocasião a pronta intervenção do pároco frustrara seus planos. Mas agora ele planejava voltar à carga. Fazia-se necessário dissuadi-lo, ou impedi-lo. E era isso que Garibaldi queria que Costa fizesse.

Por quê? Porque Costa conhecia muito bem a região, Ravenna, sabia agir discretamente e também não era italiano. A Itália vivia um momento delicado. Um caso daqueles, vindo a público, podia provocar divisões, retaliações, balbúrdias. Ele, Garibaldi, não podia procurar a polícia. Nem era o caso. Em suma, tinha-lhe ocorrido... era uma ideia... ele poderia juntar dinheiro...

À medida que o general falava, ideias foram se constelando no espírito de Costa. Aquela podia ser uma oportunidade de ouro, o caminho que lhe faltava. Também pensou: se o general o descobrira por acaso, se é que fora mesmo por acaso, outros também poderiam fazê-lo. Aquilo era um sinal: os acontecimentos podiam se precipitar. Quando o general terminou, disse:

— Olhe, general, à Nova Itália não devo nada, nem a nenhum outro país. Também em relação ao senhor, que respeito e admiro, não me sinto em dívida. Mas farei o que pede. Farei por Anita.

— Entendo — retrucou Garibaldi, baixando os olhos.

— Mas tenho um preço...

— Já disse que posso reunir dinheiro, mas não sou rico, senhor...

— Dos Santos. Acostume-se a chamar assim, por favor. Não, não é isso, general. O senhor me viu, mas não se deu conta de que eu sou rico, muito rico. É outra coisa.

Explicou-lhe então. Queria que Garibaldi lhe conseguisse secretamente, em Nice, ou pela Maçonaria, dois passaportes: um em nome de Théodore de La Foix, e o outro em nome de Marie de La Foix. Eles deveriam ser entregues a ele em Mandriole ou Ravenna.

— Vou a Mandriole no mês que vem — disse Garibaldi. — Posso encontrá-lo lá e entregá-los pessoalmente. Pretendo trasladar os restos de Anita para o túmulo de minha mãe, em Nice: além de ser mais apropriado, é mais seguro.

— Está feito. Combinaremos as datas. Mas há mais uma coisa. Ouvi dizer que o senhor pretende escrever suas memórias, ou pedir a alguns escritores que o façam. Quero que, quando fizer isso, eu desapareça. Suma. Não exista. Tanto este que aqui lhe fala, em Paris, quanto qualquer outro "eu" que tenha conhecido.

— Está bem — disse Garibaldi. — Não entendo, mas está bem.

O general disse então que havia uma outra coisa. Um outro pedido, mas coisa bem mais amena...

— O que é? — perguntou Costa.

— É que... bem... eu a senhora temos uma curiosidade muito grande. Ouvimos falar do Quarto dos Espelhos e gostaríamos de vê-lo... Assim, só vê-lo, dar uma espiada...

— Ora, claro, general. Se quiserem podem até passar a noite nele. Hoje é segunda e não abrimos. Mas para o senhor faremos uma exceção.

— Não, de modo nenhum, não quero perturbar...

— Para o senhor é uma cortesia da casa. Faço questão.

A partir dali a visita de Garibaldi e da escritora Elpis Melena, aliás, Esperance von Schwartz, tornou-se uma visita social. Costa chamou Geneviève, apresentou-a. Percorreram a casa, o café, os anexos. Esperance era de uma curiosidade insaciável. Costa convidou-os para cear. À mesa falaram largamente da vida aventurosa de Garibaldi, de como ele conseguira iludir com Leggero os austríacos em 49 e chegar a Gênova, de onde partira para novo e prolongado exílio nos Estados Unidos e no Peru e depois na Inglaterra. Em 54 voltara à Itália, comprara uma ilha, tentara fazer-se agricultor.

— Um fracasso! — ele dizia, entusiasmado pelo vinho e pela conversa. — Não que não soubesse plantar. Mas que tédio!

Felizmente agora os bons combates estavam de volta. O descontentamento com os austríacos, com o governo do papa, com os Bourbon era muito maior, e mais amplo do que dez anos antes. Havia bons burgueses, até muitos aristocratas na conspiração. Dessa vez a unificação era inevitável.

Na manhã seguinte, ao se levantarem, ainda almoçaram juntos. Na despedida, Costa reforçou:

— Não esqueça, general. Eu não existo mais, nunca existi.

Como se sabe, Garibaldi cumpriu a promessa quanto às memórias. Mas alhures deixou escapar um comentário sobre *il mulatto Costa*.

CAPÍTULO 94

Quando Costa pensou que a "oportunidade" poderia ter chegado, ele se referia a mais do que só sumir dali. Ele tinha um destino agora. Meio vago ainda, mas destino. Há algum tempo vinha sonhando em fazer uma viagem ao Brasil – agora como um importante empresário. E no Brasil ele queria voltar ao Recife. Não era uma viagem nostálgica. Na verdade era de procura e busca. Em sua intimidade com ele, Goguette lhe revelara ter trabalhado em várias cidades das Américas, entre elas a do Recife. E lá ela fora amante de um comerciante inglês. Este lhe revelara ser o pai adotivo de uma menina – chamada Ana Guadelupe – que lhe fora cedida pelo Convento da Santa Guarda das Meninas Órfãs. De pura curiosidade, ela descobriu pelo provedor-mor do convento, que também a frequentara, o que nem o pai adotivo da menina sabia, uma vez que seu passado era mantido em segredo. Ela descendia na verdade de uma outrora conhecida dona de casa de meretrício na cidade, chamada Jamila, que morrera há tempos vítima da própria ambição: desejosa de enriquecer, sovina, guardava o que amealhava em casa, e por causa disso um negro veio a assassiná-la, parece que também a mando de uma quadrilha de policiais. Mas Jamila deixara um filho, criado por um vizinho, que lhe deu proteção e um ofício: sapateiro. Ele crescera, casara, mas tiveram, ele a mulher, destino infeliz: morreram jovens, numa das febres que se abatiam regularmente sobre a cidade. Deixaram uma filha, que foi recolhida então pelo piedoso vizinho ao convento, de onde ela saíra para ser criada pelo comerciante inglês e sua mulher. Essa história alvorotara sobremaneira o espírito de Costa, e ele estava mais que disposto a ir averiguar se a menina era de fato quem ele pensava que era. Não dissera nada a ninguém, nem a Geneviève – aliás também porque a informação vinha de Goguette e ele teria de dar explicações. Mas começou a dar tratos à bola sobre como arquitetar a viagem necessária. Agora a oportunidade lhe vinha quase que do céu.

Preparou-se para ir a Ravenna. Advertiu Geneviève que nada dissesse a ninguém, que seria como se ele fora numa de suas viagens normais a Hamburgo. E advertiu-a também que depois da volta dele fariam uma longa viagem, talvez sem retorno. Ela amuou-se; disse que não queria deixar Paris, que ele nada lhe contava, que ela achava que ele tinha uma vida secreta, uma amante. Ele não só insistiu, como disse que era melhor obedecer, e que na volta ele esclareceria tudo. Ela despediu-se ainda amuada, dizendo-lhe que também tinha um segredo, mas que então só lhe contaria também na volta. Separaram-se de mau humor.

Costa Maxi foi, viu e desincumbiu-se de sua tarefa com a presteza do antigo Costa. Localizou Giulio Mordini em Ravenna, e não quis saber de perguntas nem de suspeitas. Encurralou-o num beco, espremeu-o pela garganta de encontro a um muro, cortou-lhe a bochecha com a velha faca de dois gumes que levara. Disse então ao espremido que não era páreo para ele:

— Se algo acontecer em Mandriole, volto aqui e te risco um A na cara antes de te matar.

O outro nem respirar respirava. Costa soltou-o e engatilhou a garrucha. Mordini, com o sangue a escorrer-lhe pelo queixo, disparou a correr, depois de juntar o chapéu que caíra. Costa, apesar de um pouco ofegante, sentiu-se satisfeito. Reconheceu que não perdera o vigor dos tempos de legionário. Só não tinha mais a mesma resistência.

De fato, nada de novo se passou em Mandriole, a não ser o esperado. Garibaldi e os filhos, com Esperance, chegaram a Ravenna no dia 20 de setembro. E o que se seguiu não foi apenas um traslado, foi um verdadeiro triunfo, embora lutuoso. Em dois dias ele foi a Mandriole e voltou, com a urna à mostra, desfilando pela cidade em marcha solene. Em Mandriole Esperance se apresentara de cabelos soltos, embora com os ombros cobertos por uma capa preta. Foi ela que se acercou de alguém de pele escura e chapéu de feltro desabado, ainda do lado de fora da igreja, e deu-lhe alguma coisa, aparentemente um envelope. Esse desconhecido não entrou na igreja com os demais. Ficou do lado de fora, enquanto se faziam as exéquias dentro. Só depois que Garibaldi saiu com a urna coberta por uma bandeira preta, e se foi com o séquito em cinquenta carros de todos os tamanhos não sem antes fazer um aceno de cabeça para o desconhecido, foi que ele entrou na pequena igreja. Parou um momento diante do espaço onde estivera a urna, como em oração. Quando o pároco Burzatti retornava, depois de despedir o cortejo, para fechar a igreja, viu o desconhecido que saía. Ao entrar no recinto, percebeu que ele deixara no lugar da urna o chapéu de feltro. Voltou à porta para avisá-lo, mas ele desaparecera. Reparou então que dentro do chapéu, junto à pala, havia uma generosa soma em dinheiro e uma folha dobrada de papel. Com dificuldade, pois o conteúdo estava em português, o padre entendeu que aquela página era de algum livro de devoção à Virgem, e que ali havia uma oração a

Santa Margarida, mulher de pecados e que se arrependera, mudando de vida até a santidade. Dizia:

Eu me converti para o meu Amado. E Ele também se entregou para mim. Achei aquele, a quem ama a minha alma: e o apreendi de tal modo, que não o soltarei por toda a vida.

Sem entender o que se passava, o bom pároco guardou o dinheiro pensando nos necessitados da paróquia. Também guardou a folha de papel e o chapéu de feltro por muitos anos. Mas depois, como muitas outras coisas, eles se perderam.

CAPÍTULO 95

Antes de partir para Ravenna, Costa Maxi dera-se o trabalho de tomar uma série de providências. Fez um pecúlio junto à Casa Rotschild para os empregados do café. Colocou a água-furtada em nome de Goguette. Deu ordem para que todo o seu capital fosse transferido para Hamburgo, em letras e bônus negociáveis, e pôs tudo em seu futuro nome, Théodore de La Foix. Estava jogando alto: *plata o mierda*. Por isso sentia-se tranquilo, e deu-se um tempo, quando percebeu que a ida a Ravenna e a Mandriole tinha produzido em seu íntimo um impacto inesperado. Não por causa daquele Mordini: aquilo era peixe pequeno, ouvira falar que o general comprara uma ilha, pensava-o um homem rico e só queria mesmo arrancar algum dinheiro. Saíra feliz com a própria pele. Para um ex-legionário, mesmo envolvendo a memória de Anita, a aventura fora banal. Mas houvera mais: aquele sutil, harmônico ou desarmônico acorde entre olhar, paisagem, lembrança e espírito. Deteve-se por ali. Foi até o pântano, até a praia do desembarque, naquele 3 de agosto de dez anos antes. Viu velhas casas, ruelas, paragens.

Dali tomou o rumo de Bolonha. Apresentou-se, sob seu novo nome, ao conde Tito Lívio Zambeccari, aquele que lutara no Rio Grande com os republicanos e depois fora deputado junto à Assembleia Nacional em Roma e terminara preso pelos austríacos. Agora estava doente e alquebrado, mas seu olhar ainda detinha o vigor de antes. Pediu que o levasse ao lugar do fuzilamento de Ugo Bassi. Explicou que tinha amigos italianos em Paris que haviam falado no padre. Admirava-o. Zambeccari o levou ao campo de execuções. Mostrou um muro tosco, de pedra, junto a umas urzes e arbustos esgalhados. Apontou: foi exatamente aqui que caiu o corpo. Então viu aquele burguês moreno, ao mesmo tempo bizarro e elegante, colher um pouco daquela terra e guardá-la num pequeno saco bordado por mão de mulher.

Cearam juntos. Zambeccari mostrou-lhe um desenho que fizera. Costa estremeceu. Era um dos lanceiros libertos do Rio Grande, um negro altivo, lança em riste, descalço, sobre um cavalo de porte, com o poncho jogado para trás, deixando os braços descobertos.

– É melhor eu ir – disse Costa, temendo começar a trair-se.

Ao se despedir, deixou o conde estupefato, dando-lhe de presente um exemplar, que comprara em Paris, de uma edição da *Coleção de Vocábulos e Frases Usados na Província de São Pedro do Rio Grande do Sul*, impressa em Londres, em 1856. O conde comentou, sorrindo:

– O que não se encontra na fabulosa Paris...

De Bolonha Costa foi diretamente a Hamburgo, sem passar por Paris. Lá enquadrou os investimentos do sr. Laplace em seus planos, vendendo ações, resgatando fundos e transformou tudo em ordens de pagamento da Casa Rotschild para o senhor Théodore de La Foix, em Montevidéu. Voltou de trem para Paris, filosofando sobre o quanto já tinha sido na vida, e quanto ainda lhe restava ser.

CAPÍTULO 96

Ele era nada. Ele era um nada. Era assim que pensava, detido pela falta de ar, agarrado no balaústre da escada em sua casa. Por que fora a Ravenna? A Bolonha? A Hamburgo? Buscar o quê? Por que se demorara? Fora buscar a memória de Anita, a própria memória, ou só porque não podia ouvir palavras de um general sem obedecer? Sentia seus velhos trapos de bandeiras esfarrapadas agitando dentro de si, amaldiçoava-os, queria destruí-los, queimá-los e não podia. Uma dor feroz lhe sufocava a garganta, lhe descia pelo peito: Geneviève, a sua Geneviève, a dos olhos doces, estava morta. De morte matada. Ele a vira na Morgue. E a culpa era dele. Vinha-lhe novamente aquele asco por si, aquela sensação de sujo. Ele controlou a dor, controlou-se na dor. Subiu as escadas. Entrou no gabinete. Havia ali um envelope com o seu nome escrito pela letra dela. Mas uma nova onda de dor engolfou-o e ele enfiou o envelope sobrescrito maquinalmente, com mais alguns papéis no bolso do casaco. Reuniu outros papéis e começou a queimá-los na lareira. Fora declarada morte acidental: fratura do pescoço por queda na escada. Mas ele sabia que não era. Ao voltar de sua viagem surpresa, fora direto à água-furtada. Tinha de explicar a Goguette o que ia suceder. Contava encontrá-la por lá. E a encontrou. Ela o esperava, de olhos vermelhos. Contou-lhe então o que acontecera. Começou por uns dias antes: ela, Geneviève, a procurara ali na água-furtada.

– Foi logo dizendo que sabia de tudo, que isso não importava agora, que queria saber de ti, que já devias ter voltado, ou pelo menos mandado um telegrama, queria saber se eu sabia do teu paradeiro. No dia anterior Macedo tocara à porta, praticamente invadira a casa, estava furioso, tinha bebido, cheirava forte a álcool, procurara por ti, falando coisas desencontradas sobre estranhas transferências de valores para o estrangeiro, que ele ficara sabendo. Ela estava muito assustada. Conseguira livrar-se do Macedo, não antes que ele reparasse que ela estava empacotando algumas coisas e perguntasse se iam viajar. Ela disse que não, que iam vender, mas sentiu que ele não acreditou. Eu disse-lhe que tanto quanto eu sabia tinhas ido a Hamburgo. Então ela me falou que não, que tinhas ido a Ravenna. Anteontem o Macedo voltou, mais furioso, mais bêbado, dizendo que sabia de tudo. Ela mesma deve ter atendido a porta, pois despachara a criada para que não visse os empacotamentos e as malas. Ele deve ter entrado com brutalidade, pois a porta ficou entreaberta. Foi assim que a encontrei, pois estava também preocupadíssima e, decidida a enfrentar a situação pela segurança de todos. Ouvi uma altercação no andar de cima, um bater de pés, o som de um golpe, um bofetão ou algo assim e o rolar de um corpo pela escada. Ocultei-me na sombra, e vi que ele descia, saindo porta afora sem sequer fechá-la. Fui até ela, estava morta. Chamei médicos, a polícia, inventei que ela me recebera, fora buscar algo no andar de cima, um envelope, eu disse, e na volta rolara pela escada. Acreditaram com muita facilidade. Isso que te conto não contei a ninguém. Tenho medo desse homem.

    Costa estava arrasado. Dali fora direto à Morgue. Fizera declarações. Agora estava atarantado. Fazia coisas maquinalmente. Queria manter os planos, mesmo com ele só. Mas tinha ainda de encontrar o maldito Macedo. E precisava queimar algumas coisas...

    Foi nesse estado de miséria e perturbação que Goguette o encontrou. Ela bateu à porta, ele veio abrir. Tinha os olhos vermelhos: ela não sabia se de lágrimas ou ódio. Voltou com ela à lareira, no andar de cima, e continuou a queimar papéis, maquinalmente.

    – Por quê – dizia ele –, por que esse filho duma cadela fez isso? Ele me odeia por quê? Pelo que é meu?

    – Olha, *mon cher*, retrucou ela, acho que ele te odeia menos pelo que é teu e mais pelo que ele não tem. Tu o pagavas sim, mas tu roubaste o negócio e o espírito do negócio que era dele. Tu ficaste conhecido, enquanto que para ele no fundo só ficou o trabalho de manter o Bonpré em funcionamento.

    – Mas como sabes de tudo isso, mulher?

    Costa estava atônito.

    – Ora, querido – disse ela com uma certa displicência –, tu sabes que a cama serve para mais coisas além do amor. Os homens, na cama, falam demais... Ele te odeia muito mais do que pensas...

    – Como assim, cama? O que quer dizer isso? Mas como pudeste?...

    – Ele levantou a mão, como uma garra.

    – Ora, querido, não faças cenas. Venho te alertar sobre um perigo e só pensas em ciúmes?

    Goguette punha-se crespa. Continuou:

    – Pude, sim. Sou dona de mim. Ou pensas que aquelas belas teorias tuas sobre o papel das mulheres na nova sociedade serviriam apenas da soleira da tua vida para fora, ou das portas do café para dentro? Ou nesse puteiro aí ao lado?

Ela agora gritava. E disse:

– E olhe, guarde a sua água-furtada! Não quero, não mereço pagamentos!

– Goguette... – ele balbuciou.

– Sou a madame Ruiz! E vou embora! Tenho convites em Munique, e vou sem deixar endereço. Não me procure!

Costa assentou-se na poltrona ao lado da lareira. Ou melhor, deixou-se cair. Arfava. Ela chegou-se a ele, devagar:

– Querido, desculpa. Estou muito nervosa, com muito medo. Quanto ao Macedo, olha, foi só curiosidade, foi um nada, foi passageiro. Depois... ele é tão estranho, nunca conseguiu me dar... o prazer que me deste. Ele era tão... lento, tão... sem vigor...

Ela sacudiu a cabeça como se afastasse uma lembrança má.

– Mas é verdade que vou partir, e vou partir esta noite. Estás em perigo. Se querias ir, vai-te também. Depois do que aconteceu não posso ficar contigo. Ela... ela não me perdoaria.

Goguette levantou-se, deu-lhe um beijo, quase um sopro. E foi-se. Costa estava arrasado. Ficou jogado na poltrona, aturdido, pensando que havia algo de podre em tudo aquilo que ele fora e construíra.

CAPÍTULO 97

O enterro foi no dia seguinte, pela manhã. Pouca gente compareceu. Costa nada anunciara. Presentes, só a velha criada e alguns trabalhadores do café, entre eles o Búlgaro Feliz, o amestrador de cães, a cigana Esmeralda. Costa mandara anunciar que o café ficaria fechado por uma semana. Haveria ainda um inquérito na polícia, mera formalidade, garantia o inspetor. Mas ele pedira que seu depoimento fosse marcado para alguns dias depois, o que foi consentido. Mandou também uma mensagem ao senhor Bonpré, marcando uma entrevista para dali a uma semana. E reservara hora para missa também dali a uma semana.

No recado para o senhor Bonpré, embutira uma mensagem que, apostava, ia surtir efeito. Dizia que a partir daquele momento precisava passar uns dias "em casa, recolhido". Ou seja, estava à espera. O senhor Bonpré, tinha certeza, faria este comentário chegar a Macedo. Passou o dia terminando os preparativos para a viagem. Ia levar só o essencial, e precisava destruir o resto. Sim, destruir, ele se dizia, precisava destruir muita coisa. À noitinha, semeou estopas embebidas em alcatrão pela casa, pelo café, pelos anexos. Eram pequenas, mas seriam eficazes naquele mundo de panos, papel e madeira ressequida. À noite, pôs-se a esperar.

Alta noite, ouviu pequenos passos pela casa. Macedo devia estar entrando pela passagem que, no térreo, dava acesso da casa aos reservados. Costa deixara a porta destrancada, de propósito. Mas os passos estacaram. Retrocederam. Voltaram à passagem. A porta tornou a fechar-se. Costa pôs mais lenha na lareira, como se ali permanecesse. Ao invés de descer, subiu: foi ao terceiro andar: havia aí uma claraboia de onde se podia passar, por uma escada de degraus de ferro embutidos na parede, ao telhado do reservado, e ali encontrar uma portinhola para manutenção ao lado da claraboia do Quarto dos Orgulhos. Entrou no quarto, e passou ao Corredor dos Sete Pecados: ali estava ele, vestido em dândi, de casaca curta e colete floreado, com um chapéu enterrado na cabeça.

Havia um bico de gás que iluminava fracamente o corredor. Ele o avivou, e com supresa viu que o visitante não era quem esperava: sorria para ele, tinha o mesmo porte, a mesma altura, mas uma cara de chino, com um olho cheio de cicatrizes. Ao mesmo tempo a porta ao lado se abriu, de um dos quartos, e Costa mal teve tempo de reparar no brilho da lâmina que vinha contra ele, e que o atacante parecia um árabe, trigueiro como ele. Mas dois apaches, como eram chamados, e não dos melhores, pois Macedo, perturbado e em apertos financeiros, tivera de se contentar com os primeiros que encontrara, dois apaches daqueles não davam conta de um ex-legionário.

Quando a lâmina chegou a seu alvo, ele não estava mais lá. O atacante levou um soco no gogó e outro no peito que o fizeram patalear para trás e cair sem ar. O chino viu então Costa virar rápido a cabeça do outro, ouviu o estalo e compreendeu que a quebradura estava feita e o outro morto. Embora o vestido de Macedo tivesse desembainhado a própria faca, quando viu aquele raiar de olhos apontar em sua direção, e apontar para ele a ponta da faca de dois gumes, ele não teve dúvidas: foi recuando, recuando, embarafustou pela primeira porta que encontrou e saiu aos tropeções.

Mas aquela porta se abriu de novo e dessa vez quem apareceu foi o próprio Macedo, o outro Costa, o Cobra, de entradas luzidias na cabeça e olhos de cor indefinida. Havia também uma faca na mão dele, e um risinho no rosto.

Aquilo não foi uma mera luta, foi um combate. Era como um xadrez: o primeiro movimento em falso é que ia perder um deles. Eram dois veteranos que se conheciam, e o imenso ódio construído. Alguma coisa se disseram: quem se descontrolasse primeiro perdia a vantagem da posição.

— Sei que foste a Ravenna por causa daquele porco que esteve aqui.

— Filho da puta, covarde, traidor, matador de mulher...

Costa estava em desvantagem. Tudo o que dissesse, o outro era, e se regozijava em ser.

— Puta foi tua mãe, desgraçado. Sei também que foste a Ravenna cuidar dos ossos daquela vaca. Também tenho a minha maçonaria, negro.

— Deve ser a dos teus fidasputas, capacho de apache, lambe bota de fazedor de trabalho sujo, lambe cu de delegado...

— Negro de trabalho sujo és tu, preto de merda. Sabe de uma coisa, filho da puta, sabe de onde vem parte do dinheiro que eu dei para construir isso aqui e tu, negro fedido, ficar fazendo trabalho de branco enquanto eu tinha de fazer o trabalho sujo de negro? Veio do que recebi por entregar aos austríacos o teu amigo padre, sabe, e eu ainda assisti ao fuzilamento dele.

Costa arfava. Foi para o trunfo alto.

— É, eu sei, Goguette me falou que até dormindo te gabavas disso...

O outro deu um riso de garganta:

— É aquela puta que foi tua amante e que eu fiz minha?

— É, e ela me falou também do chumbo que tinhas no meio das pernas...

Parece mentira, mas entre tanta coisa essa foi a frase decisiva. Gritando "Corno, corno", o Cobra se atirou para a frente, jogando a faca na altura do coração do outro. Costa esquivou-se e conseguiu prender o pulso do Cobra no sovaco, segurando-lhe o cotovelo para desequilibrá-lo. Rodopiaram, pois o Cobra conseguira também segurar a mão do outro, e com um tranco abriram a porta e entraram no Quarto dos Espelhos, respirando pesado. Costa abriu um pouco o sovaco, e o Cobra vislumbrou ali a sua vez. Em meio àquele multiplicar de imagens, mesmo sob a luz fraca do corredor, ele puxou a mão para baixo, mas o Costa segurou-lhe o pulso e deu-lhe certeira cabeçada no nariz. O Cobra, desequilibrado, teve de dar um passo para trás, e a luta se acabou. Sua mão afrouxou e Costa enterrou-lhe a faca na altura da clavícula, rasgando para baixo. Ele deu um berro, rodopiou, caiu e foi de encontro, de cabeça, à quina da cama. Caiu quieto. Costa aproximou-se: Cobra não respirava. Ele acendeu mais o gás. Com a faca cravada no peito, o outro tinha uma horrível fenda na cabeça, da testa ao queixo. Nada nele se mexia; não respirava. Cambaleando, Costa voltou ao corredor.

CAPÍTULO 98

Costa não parou para pensar. Tinha seu plano. Fora providencial o desenlace da luta ser no Quarto dos Espelhos. Ele queria tocar fogo no prédio, e naquela vidraria que multiplicava suas imagens até o infinito o calor seria insuportável. Corpos, ali, seriam torrados até os ossos. E o apache morto era também providencial. Correu até a casa e trouxe algumas roupas suas. Vestiu-o e ia pôr-lhe o casaco que vestia quando se lembrou de tirar do bolso o envelope que Geneviève lhe deixara. Esquecera-o, mas aquela não era hora para leituras. Tinha de agir, agir rápido, antes que qualquer um – sobretudo Bonpré – atentasse para o que estava acontecendo. Saiu então pelo café, pelos anexos e pela casa a tocar fogo em tudo. Reunira suas coisas na saída da rua Dauphine. Saiu coberto pela sobrecasaca escura usada pelos vigias.

Dali a meia hora um enorme incêndio lavrava no quarteirão. Para sorte dos vizinhos houvera uma explosão nos bastidores do café que alertara desde os insones aos de sono pesado: havia pólvora e mais coisas inflamáveis estocadas para efeitos especiais. Em mais meia hora aquelas ruas eram um pandemônio de relinchos, gritos, cavalos, bombeiros e polícia. O reservado queimou inteiramente. O café, em grande parte, e a casa também. Houve um inquérito, pois era evidente que o incêndio fora provocado, e havia os corpos encontrados. Suspeitou-se de latrocínio, houve muitas perguntas inexplicadas, ouviram-se empregados do café, mas o senhor Bonpré foi se encarregando de congelar a matéria. Os corpos foram rapidamente considerados como identificados e enterrados juntos, a dispêndio do Estado, lado a lado na mesma ala de um cemitério distante. Um dos corpos, o identificado como do senhor Dos Santos foi encontrado no Quarto dos Espelhos. O outro, identificado como o do senhor Macedo, jazia nos fundos do café, onde o teto desabara primeiro, reduzindo a cinza e pó tudo o que havia embaixo, criando uma imensa fornalha. Por um tempo considerou-se suspeita a senhora Goguette Ruiz de ser a culpada de tudo, mas depois, ouvida pela polícia em Munique, ela conseguiu provar que deixara Paris horas antes do incêndio começar, e convenceu os interrogadores, com mais algumas horas de depoimento, de que nada tinha a esclarecer.

Por seu lado, o senhor Bonpré, preocupado com tudo aquilo, fez algumas investigações por conta própria, com muito cuidado, para não levantar a ponta de um tapete que ele, mais do que ninguém, tinha interesse em que ficasse encobrindo o que havia por debaixo. Descobriu que no dia seguinte ao do incêndio um certo senhor Laplace, com quem o senhor Dos Santos mantivera algum tipo de relação em Hamburgo, viajara para lá. Dali o senhor Laplace comprara uma passagem para São Petersburgo, mas das duas uma: ou desaparecera no caminho, se é que embarcara, ou se esfumara na cidade russa.

Goguette Ruiz foi caindo no esquecimento. Em seu lugar brilhou por algum tempo, com bastante fulgor, a estrela de Teresa Dieguita, também conhecida como La Diega, rainha de muitos cafés em Munique, Viena, Berlim e outras cidades. Com o tempo, La Diega também desapareceu. Então Mariana de Las Casas voltou a Paris, passou a morar na água-furtada que herdara de seu passado, e que, apesar de ter dito a Maxi Costa que não a queria, tratou de alugá-la enquanto esteve fora. Lá viveu uma vida reclusa e sóbria até o fim de seus dias. Antes de morrer soube que alguns anos depois dos infaustos acontecimentos do ano de 1859 o senhor Bonpré, que até então levara uma vida cercada de conforto, morrera de um ataque apoplético em meio à devassa de escândalos na polícia de Paris, inclusive na Polícia Secreta. Os últimos anos da vida, aliás longa, da senhora Las Casas foram marcados por um único acontecimento bastante singular. Certo dia ela recebeu a visita da menina – já moça feita – cuja história de adoção ela soubera no Recife: Ana Guadelupe. Conversaram, tornaram-se amigas, viram-se com frequência durante os anos em que a moça morou em Paris. Mas do que conversaram, ou se trocaram alguma correspondência nas vezes em que Guadelupe retornava ao Brasil, nunca se soube: não ficou traço.

X

GUADELUPE

CAPÍTULO 99

— Eta mundo velho sem porteira!

A frase quem disse foi o general Netto, sentado diante da lareira de sua casa, uma verdadeira fortaleza, na Estância de Piedra Sola, região do Qüeguay, na antiga Banda Oriental. Quem a ouviu, sentado numa poltrona confortável, ao lado da do general, foi o nosso Costa, agora senhor Théodore de La Foix, que logo seria conhecido como senhor Teodoro, embora pusesse sempre em evidência o seu passaporte francês.

Tomavam um cálice de vinho do Porto. Era mês de março, com os dias ainda quentes e as noites já muito frescas. O fogo na lareira era bastante acolhedor. Haviam ceado, e Costa contava ao general as linhas mais importantes de suas aventuras até ali. O antigo general da República Rio-grandense estava admirado.

Tinha diante de si um homem de vigor no corpo, mas muito envelhecido no semblante e no olhar. Ele, general, ia perto dos sessenta; Costa, pelos cinquenta e poucos. Mas seu aspecto não era muito diferente daquele do general. Era um homem agrisalhado. Seu olhar se perdia, ou se desencontrava de vez em quando, como se estivesse momentaneamente num outro mundo. Não tinha barba, só um bigode branquiço. A voz não mudara, continuava aflautada, de tenor – o general lembrava das cantorias –, mas agora parecia cansada. Costa disse ao general que não cantava mais. O general olhava e pensava: além de envelhecer por dentro, virou paisano. Disse:

— Queres agora então levar uma vida calma...

Era verdade. Costa dissera não querer mais tropelias, saltos mortais de quando em quando. Queria, dissera, pôr um pouco mais de realismo em sua vida, uma coisa mais situada, nem o risco dos grandes investimentos que fizera, nem os riscos da vida precária de soldado da fortuna.

— Pois olha – disse o general, sorrindo –, isso de calma não é coisa que se encontre por cá. Daqui, até os Campos de Cima-Serra, essas terras todas continuam presa de caudilhos.

O general parou, deu uma gargalhada, e continuou:
— Caudilhos como eu!
Em público o general era sempre sóbrio, reservado. Mas ali não se considerava em público, propriamente. E quando podia, o general gostava de bravatear, e de rir.

— Mas olha, senhor Da Fé, ou o que seja, e para mim serás sempre o tenente Costa e vou continuar a tutear-te, não me refiro só a guerras de caudilhos. Por aqui vai haver uma guerra mui grande. Os Lopez estão se armando no Paraguai. E vão intervir no Prata.

— Mas general — atalhou Costa —, eles não seriam loucos de atacar o Brasil. O Paraguai não pode derrotar o Brasil: este não cabe naquele.

— Olha, meu filho, eles contam, eu acho, em sublevar os interesses dos caudilhos nesta Banda Oriental, em Corrientes, Santa Fé, Rosário, até no Rio Grande contra o Império do Brasil e contra a influência de Buenos Aires. Mas le digo: está tudo errado. Hoje não adianta mais sublevar interesses de caudilhos no Prata. Para fazer alguma coisa é preciso sublevar interesses em Londres, Paris, Viena, Madri... Lisboa não conta mais. Até Nova York, imagine, hoje é mais importante do que Lisboa. Tem muito interesse em jogo. Veja só: eu, que proclamei a República Rio-grandense, acho hoje que o Uruguai devia ter ficado parte do Brasil... Estaria melhor protegido dos ingleses, e não teria isso do Império: Buenos Aires e Assunção ficarem se toreando por causa do governo de Montevidéu, se me entendes...

Costa se admirava da largueza de visão daquele homem aparentemente rude.

— Este foi o nosso drama — continuou Netto — na República Rio-grandense. Os moradores de Londres ou de Paris não comem o charque do Rio Grande, e deixaram de se interessar pelas folhas de mate que produzimos. Quem come o charque do Rio Grande é a escravaria e o pobreiro do Império do Brasil. E é para lá que vai uma grande parte do charque uruguaio. Mas o que diferencia um charque do outro é só para onde vão os impostos, se para Montevidéu ou para o Rio de Janeiro.

— Olhe, general — disse Costa —, me desculpe, mas acho que o primeiro problema da República Rio-grandense não estava fora, mas dentro. Era ter mandantes de mais e republicanos de menos...

Ele ia dizer "generais de mais", mas achou que ali não seria cortês. Completou:

— E dos chefes, poucos eram como o senhor, ou como o Gavião... ou o Garibaldi ou o Rossetti, que queriam uma República de verdade, uma República sem escravos. Como hoje é aqui no Uruguai, apesar dos seus problemas.

O general olhou para o fogo, rememorativo. Disse:
— E no começo eu nem republicano era...

Voltou-se para Costa, a chama se refletindo vermelha na cabeleira curta e esbranquiçada e na face queimada pelo sol em que repontava o bigode ainda escuro.

— Foram o Lucas de Oliveira — disse —, o Pedro Soares, o Gavião que me convenceram a proclamar a República e depois a sustentá-la. O Gavião morreu peleando. Os outros estão agora a serviço do Império, e eu aqui no exílio. Mas acho que de certa forma tens razão, meu amigo, posso chamá-lo assim? Se juntares esses estancieiros todos, do Prata, a leste e a oeste do rio Uruguai, dos Campos de Cima-Serra às franjas do litoral, não terás uma República. Terás esquadrões, brigadas, exércitos, valorosos alguns, mas não uma República. Mas diga, tu que vieste há tanto tempo do norte do Império: por lá há algo de melhor? Sei de uma Corte de plantadores de café, açúcar e algodão, escravistas todos, com uma escravaria na maior parte tornada dócil em torno. E na Europa: não esmagaram a tua República de Roma? O próprio Garibaldi não está agora lutando por um rei, Vítor Emanuel, filho do que o condenara à morte? Olha aqui em Piedra Sola: há uns duzentos negros, e suas famílias, que vieram do Rio Grande comigo, sem contar os brancos também. Estão todos por aqui. Nenhum se foi. Têm sua casa, seu cultivo, sua cabeça de gado. É verdade que de quando em quando têm de lutar comigo, ou por mim. É justo: afinal eu sou a República deles! Estás sorrindo? Sorria! Se eu me for, o que terão? O que as Repúblicas daqui lhes darão, se não forem lanceaços para tomar-lhes o pedaço de chão onde vivem? Quando muito ganharão bosta seca para acender um fogo no inverno. E se voltarem ao Império? Terão apenas chicote, ou senzala, ou algum lugar num esquadrão de armas para lutarem... pelos escravistas. E esses Lopes? Seus oficiais chamam os negros de "macaquitos"...

O general estava vermelho, do vinho do Porto, do fogo, da empolgação. Costa aproveitou o momento de entusiasmo. Comentou:

— General, o senhor — permita-me continuar a chamá-lo assim, não me acostumo de outro modo —, o senhor continua a ser o homem bom que sempre foi. Por isso vim lhe pedir ajuda.

— Ah, sim, ah, sim. Olha, desculpa esse entusiasmo. Vamos a estes assuntos. Sim, sim, estou disposto a le ajudar. Não concordo com algumas coisas que dizes, mas isso não é importante: és um homem de valor, de sofrimento, embora rico, e nestas plagas sem ajuda ninguém faz nada. Precisas e mereces ajuda. Diga então: o que exatamente queres de mim?

CAPÍTULO 100

Costa viera até Piedra Sola de caso pensado. Estava em Montevidéu já há alguns meses, urdindo seus negócios e sua entrada no Império. O general, ele sempre soubera, era alguém em quem podia confiar, um homem de palavra. Era uma figura controversa: os imperiais brasileiros temiam a sombra do general Netto, que proclamara a República, no maior desafio que a Corte tivera até ali. Os caudilhos uruguaios também temiam a sua sombra, por ser um homem independente, um estrangeiro de valor, e que liderava os brasileiros estabelecidos na nova República do Uruguai. Em suma, o general era uma presença: por duas vezes já tinham tentado matá-lo, gente de um e de outro lado daquelas fronteiras, e ele escapara por pouco.

Costa desejava entrar logo no Brasil. Em Montevidéu tivera experiências estranhas, que não sabia como qualificar. Estranhas talvez pelo momento que vivia, entre um passado que o abalara e uma extrema determinação quanto ao futuro: encontrar Guadelupe, saber quem era, conviver com ela. Na capital uruguaia em certo momento detivera-se, no centro da cidade, diante de uma loja, em cuja vitrina se lia, em letras manuscritas rebuscadas: Almeyda – Haute Couture. Lá dentro reconheceu uma Salobra – ou Salu – grisalha, feliz, cercada por um exército de empregados e de empregadinhas: eles empoados, de fitas métricas pendentes ao pescoço, atendendo senhoras da sociedade, elas, as empregadinhas, todas jovens, atarefadas em levar pacotes para lá e para cá. Ficou a contemplar o quadro, aturdido. Uma das mocinhas reparou naquele moreno grisalho parado em frente à vitrine e foi à porta perguntar-lhe se podia fazer algo por ele: mas Costa desandou a falar um alemão com sotaque de Hamburgo, e afastou-se. Nada queria fazer que pusesse em risco seu projeto se passar ao Brasil e encontrar Guadelupe.

Soubera onde se encontrava e fora visitar a cruz do túmulo da Generosa. Chorou, bateu no peito, coisa que antes não faria, depôs flores. Depois deu as costas e foi-se embora sem se voltar. Soubera que ela morrera pobre, mas sempre altiva. Perdera a casa onde morava, tossia muito pelas ruas, acabou recolhida a um asilo de mendicidade, onde se finou num catre sórdido.

Costa andava pelas ruas de bengala. A sua cor não despertava confiança; seu ar de senhor de posses e seu traje elegante despertavam curiosidade; seu passaporte francês abria portas, junto com seu dinheiro. Como ele não desejava chamar demasiado a atenção, evitava muitas saídas. Ia aos bancos tramar suas transferências de dinheiro, passeava um pouco, e se recolhia ao hotel, onde dera instruções rígidas para que ninguém o visse sem ser anunciado. Levava, em suma, uma vida reclusa, o que seria uma de suas marcas dali em diante.

Numa de suas saídas foi passar em frente à casa onde Anita tinha morado e onde a ensinara a ler. Ficara olhando, sem coragem de bater ou de entrar. Todas as lembranças se esvaíam quando pensava num nome: Guadelupe, Guadelupe. Precisava voltar ao Brasil. Por isso fora encontrar o general Netto.

– Por isso, general, preciso de sua ajuda e me entrego à sua confiança.

Explicou: precisava fazer desaparecer seu rastro. Ou pelo menos dificultar o caminho se alguém quisesse encontrá-lo. Temia, sobretudo, a Polícia Secreta francesa, o senhor Bonpré. Até ali fizera um jogo complicado com o senhor Laplace, que precisava sumir. O senhor Laplace saíra de Paris, chegara a Hamburgo, partira supostamente para São Petersburgo. Senhor Teodoro também partira incógnito, mas para Montevidéu. E ele agora precisava fazer o senhor Teodoro aparecer no Brasil sem passar por Montevidéu, em Desterro, por exemplo. De modo que houvesse um ponto de interrupção no trajeto que fizesse se perder quem o procurasse.

– Para isso é que conto com o senhor, general. O senhor conhece os caminhos de hoje, as quebradas. Preciso fazer o senhor Teodoro atravessar a fronteira sem ser visto.

– Trata-se então de contrabandeá-lo para o Rio Grande – disse o general, alegre.

Tudo aquilo o divertia demais. Ficava fascinado com aqueles nomes: Laplace, de La Foix, Petersburgo, Hamburgo, Sûreté Française...

– Olha, meu filho, tua vida é um folhetim. Meio mal arranjado, me perdoa se te digo isso assim na plancha, mas folhetim. Sim, vou te pôr do outro lado da divisa. E lá procura sabes quem? O velho Luna, em Pelotas. Ele agora está estabelecido por lá, tem uma tipografia e trabalha numa livraria... de nome Americana, eu acho. Ele vai te arranjar tudo o que for preciso. Vou te dar uma recomendação para ele... Afinal, já te dei uma quase vinte anos atrás...

– Obrigado, general. Se eu puder um dia...

– Ah, isto veremos. Não me deves nada. Só bebamos mais um cálice de Porto. Ainda tenho algo a comentar, e outra a te perguntar.

Encheram novamente os copos. O general bebeu e estalou a língua.

– Olha – disse ele –, isso de vida calma de que falas, vou dizer com franqueza: detesto. Veja o finado Gavião: morreu como um homem, um macho, lanceado em cima do cavalo pelos imperiais que o perseguiram até a morte, enquanto tratavam da paz, de tanto que o odiavam. Caiu, degolaram. Mas morreu como um herói. A mim também me odiavam, mas não me pegaram. Agora, confesso: prefiro morrer como ele, numa carga de cavalaria, de peito aberto, num alce de grito. Vida calma é morrer na cama, entre emplastos, mezinhas, merdas e catarros e – o pior de tudo – freiras! Com certeza, freiras!

O general riu alto.

– Mas isto – continuou – me traz ao outro assunto, ao que quero te perguntar. Aí sim, podes pagar favor com favor, e me servir em algo...

– O que é tão importante assim, general?

– Olha para mim: nesta idade, vou fazer uma loucura. Vou me casar. Sei que nunca casaste na igreja, mas sei o que tiveste de mulheres, e me contaste muito sobre o que viveste, sobre Roma, Paris... Quero que me dês alguns conselhos, se quiseres, naturalmente...

Costa sorriu, embora aquele assunto tivesse se transformado em algo doloroso para ele. Mas o general começava a diverti-lo, com seu ar desempenado e suas maneiras diretas. Disse:

– Se estiver ao meu alcance...

E a conversa se estendeu por algumas horas, mais lenha na lareira, e mais alguns cálices de Porto.

CAPÍTULO 101

A presença do senhor Teodoro, capitalista, na sociedade brasileira foi um sucesso, embora marcado pela circunspecção, pela sobriedade e por um tanto de mistério. Ele tinha capitais, o que já era um primeiro passo para o sucesso. Falava muitas línguas e era respeitado, por seus pecúlios e negócios, por tratar de igual para igual com agentes financeiros do exterior. Vestia-se com elegância, viajava com frequência, fazia bons negócios e levava uma vida reclusa. Para um homem de tez tão amorenada, o último aspecto não era desprezível: sabia o seu lugar. Nem era já tão incomum encontrarem-se pardos em alta posição. Não houvera o Paula Brito, dono de tipografia em plena Corte? Havia-os até nas escolas superiores! E o mulato André Rebouças até estudara Engenharia na Europa e andava agora ditando como se deveria abastecer de água a cidade! – era o que se comentava nos círculos da Corte, ora em tom admirado, ora em tom irado.

Outros fatores do sucesso foram seu passaporte francês e o "de" do seu nome registrado no documento: de La Foix. Havia mesmo uma região no sul da França que se chamava "La Foix". E o "de", apesar da cor, junto com a aura de mistério que cercava a sua vida, dava-lhe fumaças de alguma ascendência nobre, sobretudo em terras onde baronatos e ducados eram instituídos por decreto, como as concessões de sesmarias nos tempos do rei, e onde as pessoas faziam de tudo para acrescentar a partícula a seus nomes.

Depois de passar em Pelotas, onde o velho Luna o recebera de braços abertos, e arranjar negócios aqui e ali, o senhor Teodoro fixara residência na Corte. Em Pelotas, Luna, na tipografia, recebeu-o gritando:

– *Hombre, que es eso? Siempre que te veo, eres uno y te hago otro! Eso no puede quedarse así, vamos a buscar un trago!*

Depois de recomendar segredo absoluto, o senhor Teodoro pagou vários tragos e conseguiu os papéis que queria, dando-lhe entrada um certo tempo antes pelo porto do Rio Grande.

Na Corte o senhor Teodoro comprou um pequeno sobrado numa das travessas, dita do Relógio, do caminho que subia para o Outeiro da Glória, do lado oposto ao mar. Não tinha escravos, nem aceitava serviços de escravos alugados. Tinha um jardineiro preto, pois na frente da casa havia um pequeno jardim, e um criado, também moreno, que lhe preparava uma refeição matutina e a ceia. Almoçava e jantava em hotéis, quase sempre só. Pagava tudo à vista.

Em casa seu passatempo predileto era escrever. Escrevia muito, noites afora. No andar de cima da casa, modesta para um homem de suas posses, mas bem alinhada, havia, além do quarto de dormir, um gabinete, voltado para a rua. Não raro viam-se luzes nas janelas, altas horas da noite. Era o senhor Teodoro escrevendo, ou então mexendo naquilo que o seu criado, quando fuxicava com alguém, chamava de "a gaveta do patrão". Era uma gaveta de duas chaves, permanentemente fechada, que às vezes o patrão abria para retirar certos objetos de dentro e ficar olhando-os. Para o criado, eram quinquilharias: livros velhos, um botão dourado, um lenço de mulher. Havia até um papel dobrado, que num dia de distração do senhor Teodoro o criado teve a oportunidade de ler. Era uma carta, e uma carta de amor, em francês, coisa que ele, criado, arranhava, pois já trabalhara em casa de franceses. Dizia:

Meu amor,
Tenho um segredo a contar-te. Quero que o leias nesta carta, para que eu veja teu rosto adorado enquanto sabes dele. Estou grávida de ti, meu amor, soube-o poucos dias antes de tua partida. Estou feliz, mais feliz que feliz. Se for um menino, vamos chamá-lo de Hugo, assim escrito como em tua língua pátria. Se for menina, quero chamá-la de Anita, porque sei que é um nome que levas no coração.
E não te preocupes se antes de partir me viste um pouco amuada. Estou nervosa. Mas sei que pouco importa o que acontecer, aonde fores me levarás sempre contigo, e eu estarei onde estiveres.
Sempre tua
G.

O criado observou, e depois comentou com o jardineiro que quando o senhor Teodoro pegava neste papel e o lia debruçado sobre a mesa; ele abaixava a cabeça, apoiando-a nas mãos, e sacudia os ombros, convulsamente, como se chorasse, ou soluçasse. Mas nada se ouvia, nem havia lágrimas que molhassem o papel. Tudo era só silêncio e mudez.

CAPÍTULO 102

O senhor Teodoro montara um escritório em prédio alugado na rua do Ouvidor. Trabalhava com ele um velho rábula, conhecido como doutor Darci, que fazia também as vezes de contador. Discreto como o patrão, embora dado a reclamações, o doutor Darci, de *pince-nez* à frente dos olhos azuis muito claros, sempre de sobrecasaca e na rua de chapéu de coco cobrindo-lhe a calva na cabeça pontuda, impunha total respeitabilidade. Era conhecido pelas rabujices. Gostava de frequentar as corridas de touro na cidade, quando se punha a gritar contra o toureiro e em favor do touro. Ninguém se aproximava muito dele: era reclamão demais. Por isso o senhor Teodoro o escolhera. Ele, muitas vezes, é que tratava dos negócios do patrão na Corte, porque este viajava com muita frequência.

O senhor Teodoro tinha praças escolhidas: Porto Alegre, por onde começara, onde agia sobretudo entre comerciantes e atacadistas; a região do café, na Província do Rio de Janeiro e na de São Paulo, e no nordeste, no Recife, onde negociava entre plantadores e comerciantes no ramo da cana-de-açúcar e do algodão. Pode-se dizer que o senhor Teodoro praticava uma agiotagem branda e respeitável. Nas terras do Brasil os negócios agitavam-se. Com o fim do tráfico negreiro no Atlântico, houvera uma explosão liberadora de finanças e capitais para outras finalidades na Corte e em outras cidades também. Havia negócios promissores, oscilação de preços, inflação, enfim, fumaças de capitalismo. Mas não havia ainda nem estrutura bancária ampla nem mentalidade que sustentasse de modo consistente tal agito; as crises, falências, as oscilações de preços eram frequentes. A burocracia pública e privada era morosa e dependia, sobretudo, das relações pessoais. Capitalistas ousados, como Mauá, eram por vezes vistos com temor e desconfiança. Nesse meio o prestígio dos préstimos do senhor Teodoro cresceu. Não tinha ele investimentos na própria Casa Rotschild, a mais famosa da Europa e do mundo? Fez-se ele uma espécie de despachante financeiro. Emprestava aqui, socorria uma quebra ali, adiantava empréstimos que o banco demorava em decidir, dava garantias, trocava letras, favorecia um arrendamento mais adiante. Em casos especiais até servia de fiador. Não interferia em compra e venda de escravos. Atuava no ramo das importações e das exportações, porque quase tudo, na terra, era produzido para exportação e quase tudo em termos de manufaturas e ferramentas tinha de ser importado. Quando os negócios completavam o seu ciclo, da terra ao banco ou do banco à terra, da Europa à terra ou vice-versa, o senhor Teodoro recolhia o seu módico ou pródigo juro.

Com tudo isso, construiu uma sólida reputação, inclusive entre os grandes com quem tinha de tratar, e que tinham de tratar com ele, ou com seu dinheiro. Era um homem sério, de princípios, grave e taciturno, um tanto triste, solitário. Apesar do sucesso, parecia um homem amargurado com a vida e consigo mesmo.

A vida quieta e reclusa não o impedia de buscar, vez por outra, o convívio em meios literários e artísticos. Conheceu o senhor Joaquim de Macedo, homem de princípios liberais, de quem ficou mais próximo. Também o jovem senhor Machado de Assis, que todos conheciam como o Machadinho, cheio de ideias novas e radicais. Chegou a privar com o senhor Francisco Otaviano, jornalista, liberal, generoso, uma espécie de patriarca entre os escritores; e o senhor Alencar, de proceder sisudo e grave, enérgico, trabalhador, severo, mas por vezes com curiosidades sôfregas como as de um menino. Ao encontrarem-se foi logo perguntando se era verdade que ele, senhor Teodoro, de fato vira a representação de *A Dama das Camélias* em Paris e apertara a mão do autor, Dumas Filho, como se dizia.

Pelo senhor Joaquim de Macedo teve a graça de ser apresentado ao próprio imperador, que se ufanava de ser homem de espírito e de ideias pessoais ilustradas no complicado país que lhe tocara governar. O monarca gostava de apresentar-se como homem sem preconceitos. Tornou-se, por exemplo, grande amigo de André Rebouças, o engenheiro da família de mulatos. Secretamente pedira a Macedo, seu íntimo, que estimulasse entre os escritores a produção de peças abolicionistas, moderadas, é claro. Sentiu-se, portanto, orgulhoso ao ser-lhe apresentado, no Teatro São Pedro de Alcântara, aquele capitalista de renome, pardo, e de lhe dirigir a palavra em francês. O senhor Teodoro respondeu-lhe em francês, polidamente, mas logo em seguida comentou que preferia falar na língua da terra, que aprendera pela ama brasileira que tivera na infância, e que, aliás, primeiro lhe despertara o interesse pelo Brasil.

Este era um problema delicado: o senhor Teodoro tivera que inventar traços, mesmo que mínimos, de um passado. Dizia-se filho de oficial francês, descendente distante de família nobre empobrecida, e de mãe do Senegal. Morta esta, o pai o levara para Paris, onde crescera. Mas ele punha-se sempre reservadíssimo se o assunto ameaçava descambar para a área pessoal. Criou-se uma legenda de que ele deveria ter algum segredo terrível no passado; o mais comum era acreditarem que seu pai tivesse morto sua mãe. E que a tal de ama não era ama coisa nenhuma, era amante. Outros diziam ainda que na verdade ele era filho da ama, isto sim. Costa deixava correr essas coisas sobre o senhor Teodoro: no fundo, elas lhe facilitavam a necessária reserva.

Evitava ele encontros oficiais e públicos, embora por vezes fosse convidado. Temia inclusive o encontro com autoridades francesas. Certa vez em que isso fora inevitável, tivera sorte: estava no teatro do Ginásio Dramático. O imperador também estava lá, com o senhor Macedo, e ele teve de ir cumprimentá-lo. Quando ia dizer a primeira frase à Sua Majestade, um senhor empertigado dirigiu-se a ele e apresentou-se como secretário da legação francesa e...

— Desculpe-me, mas o senhor está interrompendo minha conversação — disse-lhe Costa em francês.

Ao mesmo tempo, disse ao imperador que tinha um livro autografado pelo próprio Dumas, que teria prazer em oferecê-lo, em outra ocasião naturalmente. O imperador, lisonjeado, fulminou o importuno com o olhar, e ele teve de se afastar. Disso se aproveitou o Costa para rapidamente deixar o teatro.

Que se soubesse, o senhor Teodoro era celibatário, embora de vez em quando alguma dama escolhida e discreta adentrasse o sobrado da travessa do Relógio, dita assim por um antigo relógio de sol, agora quebrado, no jardim da casa defronte à dele.

Sem ostentação, praticava a sua religião: ia a missas na igreja da Glória, sempre muito cedo, onde deixava polpudas esmolas para o atendimento dos pobres.

Enfim ele era de uma vida respeitada, sem agitações, discreta. Comentava-se, no entanto, na Corte, que ele fora tomado de grande afeto por uma jovem do norte, no Recife, mais precisamente a filha adotiva de um comerciante inglês, o senhor Thomas Cauley, de quem se fizera amigo, e que sempre visitava quando ia fazer negócios por lá.

CAPÍTULO 103

De fato, em suas idas a Recife, o senhor Teodoro aproximara-se do senhor Cauley. Este morava numa bela vivenda às margens do rio Capibaribe, longe do centro, como era moda então entre os abastados. Mas quando vinha à cidade, por suas obrigações, e necessitava passar a noite, hospedava-se no Hotel da Cruz, na rua do mesmo nome. Pois lá se hospedava também o senhor Teodoro, e deu-se a aproximação. Primeiro pelos negócios, pois o senhor Cauley dirigia uma exportadora. Depois fizeram amizade; daí a serem vistos de braço dado pela rua, como era costume na terra, foi um passo rápido e um bom motivo de fuxicos para o vozerio da cidade.

Algum tempo depois o senhor Cauley convidou o senhor de La Foix (ele só o chamava assim) para ir à sua casa. Ele, ao contrário de sua esposa, a senhora Louise Ethernell Cauley, era de índole bastante liberal. Achava que qualquer ser humano poderia aceder à verdadeira cultura – a europeia, é claro – e à vida civilizada – a inglesa, é claro –, com algumas concessões à francesa apenas. Para ele, o senhor Teodoro era a prova disso. O senhor Cauley também era, a seu modo, democrático e sem preconceitos particulares: na terra que o acolhera não desprezava apenas pretos, pardos e os eventuais nativos que vira; desprezava tudo e todos, inclusive os brancos, pobres e ricos, a quem julgava um bando de bárbaros. Para aquele homem, cansado de viver naquele meio que desprezava, e onde ninguém demonstrava apreço por ele, a companhia do refinado senhor Teodoro foi um bálsamo. E aliviava-o da sombra de ter algum preconceito. Afinal, o sr. de La Foix era "de cor".

Para a senhora Cauley foi o contrário. Ela admitira adotar uma filha nascida na terra num momento de desespero, quando a sua própria filha morrera nas febres. Desde então tentava criar a menina completamente à inglesa, e tudo o que vinha da terra a enchia do pavor de imaginar que a sua filha podia "tornar-se como eles". Era uma questão talvez tanto de amor quanto de orgulho de família. A presença do sr.

Teodoro a lembrava demais da "cor local", embora ele fosse francês, como seus papéis testemunhavam. E em torno do senhor Teodoro armou-se então uma discreta, mas surda e implacável disputa entre marido e mulher.

Guadelupe, por sua vez, era uma graça. Na visita em que a viu pela primeira vez, ela estava naquele ponto de deixar de ser menina e tornar-se mocinha. Nesse momento, em geral, os usos correntes nas famílias de bem transformavam a menina-moça numa espécie de boneca empetecada que devia disfarçar a própria ignorância e a rudeza com o rigor mecânico de seus atos: ela devia logo aprender a ser mulher, ou seja, submissa com os homens e cruel com as escravas. Mas Ana Guadelupe estava longe disso: era graciosa e bela, tinha ademanes de moça e trejeitos de criança, um sorriso encantador, cabelos castanhos escuros e anelados, e uma tez dourada, onde o senhor Teodoro escreveria mais tarde ter lido a doce mistura dos amores que lhe deram origem. De mais a mais, ele levou um susto ao vê-la: reconheceu nela os olhos negros e vivos da bisavó, sua própria mãe. Não teve mais qualquer dúvidas: a menina era sua neta.

Ao encontrá-la, estavam nos fundos da casa. Um amplo jardim dava para a ribeira do rio, onde nos dias quentes a menina tinha permissão para banhar-se – não, é claro, como as bárbaras nativas que por vezes em locais mais afastados ainda eram vistas nuas na água –, mas vestida por um camisolão que a cobria vetustamente do pescoço ao tornozelo. Naquele momento do encontro uma pequena armada de criados e criadas fazia navegar pelo jardim bandejas e bandejas de comes, bebes, pastéis, sucos, doces e vinho francês para os senhores. Ela aproximou-se dele, estendeu-lhe a mão enluvada sob o pequeno guarda-sol com um jeito coquete, e depois que ele a beijou saiu a saltitar pelo gramado como se fora uma criança.

Criou-se entre eles a partir daí uma cumplicidade intensa. Quando tinham oportunidade, estavam sempre juntos, e ela mostrava uma curiosidade enorme por Paris, Roma, pela Europa, pelo sul do Império, enfim, tudo o que ele podia falar. Quando ele estava fora, ou mesmo no Recife, escreviam-se. Ela mandava-lhe flores pelo pai. Em compensação, ele lhe trazia presentes da Corte, do sul: um chapéu de fita da rua do Ouvidor, um cavalinho de brinquedo com aperos de prata verdadeira, e assim por diante. A tal ponto chegaram os favores que um dia a menina perguntou-lhe:

– Padrinho – ela o chamava assim –, penso que o senhor é mais para mim do que aquilo que eu sei.

Os olhos escuros, subitamente interrogadores e diretos, se fixaram nos dele.

– Penso que o padrinho esconde algo.

Eles estavam na beira do rio. Ele ficou olhando as águas escuras a deslizar, como quem rememorasse algo. E disse:

– Minha querida, estou escrevendo uma história. Quando o tempo vier, vais ler estas páginas. Elas são só para ti, para mais ninguém.

Ela pediu: queria ler logo. Ele disse que não. E pediu a ela que não comentasse aquilo com ninguém, nem com os pais. E que também não mencionasse o assunto com ele próprio, que já estava arrependido de ter falado.

Continuou a vê-la como sempre, e eles não tocaram mais no assunto. Certa vez pediu a permissão do pai para dar um piano à menina. O senhor Cauley hesitou um pouco, mas terminou por concordar. E ele de fato deu a ela um lindo piano mandado vir de Hamburgo. Foi o começo da desgraça.

CAPÍTULO 104

Para a senhora Cauley, que sentia estar perdendo a sua guerra, o piano foi a gota d'água. Entalou-se em sua garganta e dali não saiu. Daqui a pouco ele vai ensinar a ela esses lunduns da terra, coisas da negrada, fez ela ver ao marido. Suportara a companhia daquele homem por amor ao seu casamento e à paz doméstica, mas via dia a dia ele ir-se impondo ao afeto das menina, que, aliás, já não era mais nenhuma menina, e por aí seguiu numa diatribe que deixou o senhor Cauley muito incomodado.

O resultado é que os convites passaram a rarear, e a rarear. O senhor Teodoro aparecera no Recife pela primeira vez em 1860. Em 61 ganhara a confiança do senhor Cauley e foi à sua casa pela primeira vez. De 62 a 64 suas visitas e sua convivência com Guadelupe estiveram no auge. Em 65 deu-se o caso do piano e os convites começaram a cair por terra. Em 66 esteve no Recife por duas vezes, e não ganhou convite. Na segunda vez, nos fins de setembro, tão incomodado sentiu-se que abordou o assunto diretamente com o senhor Cauley, cuja frieza vinha notando, mas até ali não quisera comentar para não pôr em risco sua convivência com a mocinha. O senhor Cauley gaguejou um pouco, mas acabou explicando-lhe o que acontecia. Que não se magoasse, mas era que a mulher não gostava das visitas, temia uma influência, ele mesmo Cauley errara ao permitir aquele excesso de amabilidade que fora o piano... mas... enfim, era melhor deixarem de se ver, sabe, as mulheres... além do mais, ela não... entenda, não se choque, não me queira mal... ela não apreciava a cor, sabe... e quanto aos negócios, bem, os havia em toda a parte... Costa tinha vontade de esbofeteá-lo, mas conteve-se: não podia, não podia, não podia. Qualquer coisa que promovesse o afastamento definitivo seu de Guadelupe o deixava desesperado. Disse qualquer coisa para o amigo, ou ex-amigo, e deixou-o de boca aberta e mão no ar, saindo porta afora do hotel, meio em desatino. Era o dia 30 de setembro de 1866.

Um torvelinho de sentimentos rodava-lhe na cabeça. Primeiro, veio-lhe à mente a última vez em que a vira: fora no mês de maio. Ela estava na rua, na cidade, com uma criada e algumas amigas. Ao vê-lo, ela correu ao seu encontro:
– Padrinho! Padrinho! Que alegria!
Beijou-o nas faces e reclamou que ele não ia mais à casa dela. Ele, não querendo provocar arrufos, pretextou negócios. Ela, já bem mocinha nessa altura, fez bico de menina contrafeita. Contou-lhe que adorava o piano, que queria logo tocar alguma coisa para ele, disse-lhe que queria viajar como ele, correr o mundo; por isso, queria terminar de crescer logo. Despediram-se com promessas e promessas de eterno afeto.

Logo a seguir, ele lembrava-se, aproximou-se dele um estudante de Direito, João Pedro Martins, filho de importante médico da cidade. O senhor Teodoro o conhecia. Era moço de ideias novas; pertencia ao agitado grupo cujo líder era o senhor Antônio Castro Alves, que agora estava na cidade e frequentava, ou melhor, agitava a faculdade de Direito. Eram tempos de enfrentamentos: havia campanhas abolicionistas, agitações republicanas e manifestações contra os recrutamentos forçados, pois, como previra o general Netto anos antes, o Brasil estava em guerra com o Paraguai. João Pedro tinha uma queda por Guadelupe; conhecia o senhor Teodoro e sabia do afeto dele pela jovem. Procurara então se aproximar dele. Naquele encontro ele entrou a falar dela e o senhor Teodoro gostou da conversa, pois servia de lenitivo para a dor que sentia pelo escassear das visitas. O que ele nunca soube foi que na decisão do senhor Cauley de promover o afastamento pesou, além do torniquete da esposa, a sua proximidade com aquele rapaz. O senhor Cauley, se não tinha preconceitos de cor, os tinha na política. Era monarquista convicto. Achava aqueles jovens estudantes gente perigosa demais, que podia, se deixada à solta, levar o mundo ao caos e à desordem. E intuiu que a influência do senhor Teodoro poderia aproximar Guadelupe – a sua Ana! – daquele mundo de ideias nefastas.

Isso fora em maio. Naquele 30 de setembro a dispensa pelo amigo punha uma gota de ácido na ferida que há tempos vinha aberta e se abrindo mais e mais. O senhor Teodoro andava atarantado pela cidade, caminhando sem rumo no meio da multidão agitada. Havia manifestações em toda a parte, gritos e mais gritos de Viva a República! Abaixo o imperador! Abaixo a Monarquia! Estudantes corriam de lá para cá e daqui para lá. Algo grande se preparava. Aquela cidade agora lhe parecia mais estranha do que nunca, conseguiu pensar. Desde que ali chegara não a reconhecera: não havia mais rua do Encantamento, a água não vinha mais de canoa do Varadouro, havia ruas, ruas, ruas e praças inteiramente desconhecidas e apinhadas de uma gente desconhecida. Ele recusara-se a visitar demasiadamente os locais que conhecera, pelo temor de que alguém, apesar dos anos, pudesse reconhecê-lo, e desterrar de vez sua aproximação com a menina. E agora era isto, isto pelo que ele fizera tudo e renunciara a tanta outra coisa, que desabava. E havia ainda aquela maldita questão da cor, ele ouvia ainda a frase, "sabe, não se choque, mas ela não aprecia a cor"... dita com tanta suavidade. Um cheiro de sangue vinha-lhe de dentro para fora, enquanto ele corria as ruas desatinado. Nestas, às correrias dos estudantes juntavam-se agora o estrupir das botas de milicianos e o tropel de cavalarianos que acorriam dos quartéis subitamente abertos. E havia aquela maldita questão da cor. Uma rede de lembranças começava agora a invadir-lhe a cabeça desatinada, enquanto nas ruas as manifestações engrossavam. A manhã já ia para o fim: o dia prometia.

CAPÍTULO 105

Uma das lembranças vinha-lhe da passagem por Pelotas, quando fora ver o velho Luna. Aproveitara para começar a assuntar informações para seus futuros negócios. Fora visitar uma charqueada nos arredores, levado pelo Luna. Inicialmente recebido com desconfiança, o passaporte francês abriu-lhe o caminho da conversa. Além do mais estava com um branco, e europeu. Depois de entreter-se com o dono, este pretextou ocupações e pediu ao capataz que mostrasse a charqueada ao visitante. Ao chegarem aos quaradouros onde as mantas de carne eram postas a secar, Costa reparou numa negra que caminhava com dificuldade, quase se arrastando. Vestia andrajos, tinha a pele ressequida, mas os cabelos não eram tão brancos quanto deviam ser. Vendo seu interesse, o capataz deu uma cusparada no chão e falou:

— Vejam como são as coisas. Essa aí é a negra Benedita, que veio de Cima-Serra e se acabou nos puteiros das cidades. Diz que foi lindaça no seu devido tempo, mas esse tempo se foi. Ficou bichada, e agora se arrasta por aí, quase cega, a lavar os tachos de fervura. Dizem até que o patrão a deixa ficar por aqui... porque foi também dos que tiveram proveito de sua beleza. É a vida, arrematou, tudo tem seu tempo...

Costa estava estarrecido. E teve uma reação que o espantou mais ainda depois: fugiu, aterrado pela ideia de ser reconhecido. Já ali começava a se desenhar sua obsessão por encontrar a menina Guadelupe.

Tempos depois, arrependeu-se. Afinal, tudo o que ouvira fora uma história de capataz. Ele nem sabia se era mesmo a Benedita que conhecera, e a quem amara. Ele, em todo caso, sequer a reconhecera. E este mundo andava cheio de Beneditas. Pelo sim, pelo não, mandou um mensageiro de Porto Alegre para verificar quem de fato era a mulher, com ideia até de fazer-lhe um pecúlio anonimamente: mesmo se não fora a sua Benedita, condoera-se dela. O mensageiro voltou dizendo que a negra morrera. E ele, por precaução ou repulsa, jamais voltou por aquelas bandas, nem à campanha do Rio Grande, embora tivesse negócios em Porto Alegre.

Outra das lembranças lhe vinha da cidade de Vassouras, perto da Corte. Partira de uma conversa com um dos barões locais do café, o dito e temido Senhor de Vassouras. Na verdade, o seu título de nobreza era o de Barão de Jacupiru, herdado do pai, que fora assim nomeado por Pedro I. Este, além de primeiro imperador do Brasil, fora um grande gozador. O pai do Senhor de Vassouras pediu certa vez ao imperador que o fizesse nobre, em troca do apoio que lhe dera no fechamento da Constituinte em 1823. Pedro, que estava de passagem por Vassouras, perguntou:

— Como é mesmo o nome daquele riacho que passa em tuas terras?

— O Jacupiru?

— Pois estás nomeado: Barão de Jacupiru!

Deu uma gargalhada e foi-se embora. Depois mandou os papéis com as assinaturas. O pai, homem bronco, pensou: a título dado não se olha o nome. E assim ficou. Passou até a chamar a sua fazenda de Fazenda do Jacupiru.

O filho que, ao contrário do pai, não era semianalfabeto, deu de plantar café e enriquecera brutalmente. Fizera-se poderoso, mudara o nome das terras para Fazenda do Rio, mandara vir escravos e escravos da Corte e de além-mar, fizera-se um potentado. Rebatizou-se: era chefe político, era o Senhor de Vassouras. Detestava que lhe lembrassem o antigo nome.

O senhor Teodoro negociava com ele, hospedava-se em sua fazenda. Mas um dia o Senhor de Vassouras procurara-o e dissera-lhe que dali por diante ele teria de se hospedar num hotel, na cidade. Podia ser à sua custa mesmo, ele pagaria as despesas. E queria que continuassem a fazer negócios. O motivo da mudança? Essas tonterias de mulher. Visse só: sua filha mais velha estava já passando da idade de casar. Pois não é que a menina se impressionara com as histórias de viagens dele, Teodoro, e escrevera-lhe (ela sabia escrever, e ele agora maldizia a hora em que permitira que ela aprendesse!) uns versos dedicados. Pedira a um dos pardinhos que viesse entregá-lo. Mas o pardinho, que não era besta, entregara a cartinha de amor à senhora e esta a entregara a ele, Senhor de Vassouras.

O amigo sabia, continuava o barão, que ele não tinha preconceitos. Mas acontece que o caso, mesmo com as ameaças que fizesse a quem o comentasse, podia dar o que falar. E não ficava bem ele, o senhor da cidade e da região, ser motivo de falatórios de que sua filha se engraçara por... bem, hum... não repare, um homem de cor, embora refinado e de passaporte estrangeiro... Veja só, as aparências têm que se manter, eles ali eram os senhores do café, e ele era o senhor dos senhores, e do equilíbrio da região dependia o equilíbrio da nação, pois o nordeste estava em crise, o açúcar e o algodão em queda, o sul vivia em guerras. O equilíbrio estava no centro. Podiam continuar a negociar, mas ele, senhor Teodoro, teria de ficar na cidade.

Ao ouvir essas patacoadas o senhor Teodoro se enchera de raiva e desprezo por aquele homem fátuo e sem caráter. Mas o que fizera? Nada. Ficara na cidade dali por diante, e continuara a negociar com aquele pulha, e com os outros fazendeiros da região, pulhas ou não pulhas, que havia de tudo. Por quê? Porque sabia que enfrentar o Senhor de Vassouras podia cortar-lhe a entrada em muitos lugares, até longe dali. E ele não podia, nem queria, arriscar nada. Não amava a filha dele, mas apreciara a sua companhia. Era educada e tinha boa conversa. Inventando pretextos, conseguiu contar-lhe uma parte da vida de Anita na Itália. Sem dúvida fora isso que impressionara a moça, despertando-lhe uma empolgação romântica.

    Quanto a ela, desiludiu-se com o desaparecimento do motivo de seu transporte afetivo; chorou um pouco, mas depois ficou achando que os pardos eram assim mesmo: tinham algo torto no caráter. Casou-se com outro fazendeiro da região, que ficara viúvo e era bem mais velho do que ela. Não foi feliz, nem infeliz: foi estrela que se apagou.

    Tudo isso, e mais, atravessava a sua mente enquanto ele caminhava a esmo naquele já quase meio-dia de Recife. Mas as coisas não vinham assim ordenadas, vinham como flechas que atravessavam a sua mente, em fulgores e clarões lancinantes: que fiz da minha vida? Por que não tive a coragem de procurar Benedita? Por que não chamei às falas aquele pulha de Barão de Jacupiru, por que não raptei a sua filha e não enfrentei os seus capangas? Que vou deixar para a menina – a moça – Guadelupe? Um piano e um monte de pensamentos covardes?

CAPÍTULO 106

Lembrança mais aguda vinha de Porto Alegre, em 1863, e tinha a ver com uma das razões das suas fatalidades. Lá ele costumava negociar no largo dos Ferreiros, em frente à margem norte da ponta da cidade. A praça de comércio era muito necessitada – de tudo, desde ferramentas de lavoura até artigos de escritório, e nada se produzia por ali. Os carregamentos tinham trajeto complicado, entrando pela barra do Rio Grande (que ele tanto disputara, lembrou-se), vindo pela lagoa dos Patos e afinal aportando no precário cais de abastecimento. Era tudo muito caro, e ele fazia bons negócios e desempenhava bons préstimos por ali, pois tinha muito dinheiro e assim prestígio junto ao recém-fundado Banco da Província.

Quando na cidade, ele hospedava-se no sobrado da viúva Camargo, nos altos da rua Formosa. Isso dava o que falar, mas na verdade entre os dois só havia gosto por livros e conversas agradáveis. Seu quarto ficava nos fundos do segundo piso, e dava para o lado sul do rio, depois da Praia do Riacho e do chamado Campo dos Bagadus. Pois ali, nos fins do mês de abril, ele recebera um estranho bilhete – mas ao mesmo tempo familiar, algo ao mesmo tempo surpreendente e esperado, sempre temido. Dizia o bilhete:

São Pedro de Porto Alegre, 29
4
1863
Vem me ver imediatamente. Estou no Hotel do Alemão, na rua da Praia, quarto 3. Traz dinheiro, muito dinheiro. Não tenta nada. Tenho muito poder. A hora das contas chegou.
L. M.
P.S. – Procura Luís Morales, residente em Montevidéu.

Costa se dizia: mas ele morreu, ele morreu... Mas a verdade é que tinha à frente um bilhete dele. Apesar da letra torta, dava para reconhecer que era a dele. Apesar de tudo, resolveu ir. Botou duas pistolas nos bolsos e rumou para o hotel. Lá chegou, e seguiu as instruções. Foi mandado subir. Bateu à porta do quarto 3, e ouviu uma voz estranha dizendo que entrasse. Ao abrir, antes que entrasse, ouviu um sibilo e um baque na parede de madeira ao lado. Entrou: bem ao lado da porta, estava cravada a sua faca de dois cortes. Ouviu a voz que dizia:

— Vim devolver o que é teu e buscar o que é meu.

A voz era horrível, de coisa rachada. Não falava: mascava as palavras. Ele olhou pelo quarto: sentado a um canto era mesmo o Macedo. Uma cicatriz enorme fendia-lhe a cara de cima a baixo, passando por um olho onde uma pele branquicenta denunciava a cegueira. E continuou a mascar palavras:

— Surpreso? Sabes, foi esta tua mesma faca que me salvou... Como ficou cravada, não sangrei muito. E o covarde do apache que eu contratei voltou: queria buscar o dinheiro prometido.

Ele abriu um sorriso.

— Não sabia com quem falava. Eu estava acordando, acho. Acordei com ele em cima de mim, remexendo no meu bolso. Quando me viu de olho aberto, quis fugir. A casa já ardia, acho. Mas eu chamei o apache. Consegui me pôr de joelhos, e mostrei o dinheiro que eu tinha. Ele voltou, eu me apoiei nele e fomos saindo. Ao chegarmos no café, houve uma explosão e algo caiu em cima dele, e ele desabou no chão. Entendi que isso era bom para mim: ele estava vestido como eu, compreende? Reuni todas as forças que pude e ainda bati na cabeça dele com um pau. O calor já era insuportável. Mas tive de voltar, atravessar tudo aquilo de novo e consegui sair pela porta da tua casa, da tua casa...

Nessa altura ele riu mesmo, um gorgolejo mais que uma risada.

— Tive sorte, muita sorte. Com tanta gente correndo, ninguém reparou em mim, o café queimava primeiro, todo mundo ia e olhava para lá. Eu me cobri como pude. E depois... muita gente me devia favor, sabe, eu sabia da vida de muita gente. Mas tive de pagar assim mesmo. Paguei médico, paguei polícia... Muito caro, muito caro. Eu vim cobrar, e quero mais, mais dinheiro, sabe? Muito dinheiro... Vais trabalhar para mim.

Ele parou para respirar um pouco. Costa pensou: por que eu não o esgano e saio correndo? Macedo continuou:

— Fui até São Petersburgo atrás do Laplace... Enganaste muita gente, até o filho da puta do Bonpré. Mas de novo eu tive sorte... Um rato de navio que eu paguei viu alguém parecido contigo embarcar para Montevidéu. E de lá até aqui, na verdade, foi mais fácil. Querias enganar, mas não deu. Na loja daquela mulher que foi tua uma das empregadinhas te viu, e ela, que ficara desconfiada, já tinha até encontrado o hotel onde estavas. De lá fui a Piedra Sola; nos botecos do caminho comentava-se de um "contrabando" para Pelotas. A propósito, a cidade está consternada: há coisa de alguns dias aquele velho teu amigo sofreu um acidente, sabes, ele bebia muito, escorregou e caiu no banheiro, bateu a cabeça, enfim uma pena...

Costa tremia – mas não era medo do monstro. Resolver aquilo ele resolvia, tinha certeza. Mas e Guadelupe? Teria de desistir dela. Aquela coisa continuava falando:

– Tudo isso custou muito, muito dinheiro, para um homem feio como tu me fizeste, negro filhadaputademerda. Quis te matar. Mas agora não quero mais. Quero que me pagues, com juro, juro alto, para eu não te denunciar. Eu preciso disso, vê.

Tirou do bolso um maço de notas e sacudiu no ar.

– E olha, não te faças de engraçado. Conheço já gente importante daqui. José Ramos, conheces? Trabalha para a polícia daqui. Todos temem. Uma palavra errada e vais para a cadeia. A daqui ou a do Bonpré, em Paris.

Costa já ouvira falar naquele Ramos. Era um mero informante, mas é verdade que tinha poderes. Certa vez até o vira, no Teatro São Pedro, num sarau musical. Tinha coisas em comum com o Costa Macedo: vestia-se como um janota, comportava-se como um afetado, andava sempre de luvas e bengala.

Macedo, ou Costa, ou Cobra, terminou a peroração:

– Dinheiro. É melhor ter. E tenhas o que tenhas, vou querer mais.

Costa pensava. Precisava de tempo. Tirou do bolso algumas notas gordas, deu-as. Disse, sem piscar:

– Mais, só amanhã.

– Está bem, disse o outro. Mas vê bem o que fazes até lá. Já molhei bem a mão do Ramos. Uma palavra minha e vais para a cadeia. Ainda mais assim, escuro desse jeito.

Costa saiu, e pôs-se a pensar. Voltava maquinalmente para a casa da viúva. Lá chegando, continuou a pensar, olhando o imenso rio que se perdia ao longe, no rumo da lagoa. Deu-se conta de que esquecera a faca, cravada na parede. Mas experimentou uma sensação de alívio. Era uma perda. Gostaria de tê-la de volta. Mas não precisava mais dela. Era um homem rico. Não precisava matar. Podia mandar matar.

CAPÍTULO 107

Alta noite, o senhor Teodoro acordou em seu quarto, na cama, banhado em suor. Relampejava. Estivera abafado, agora o vento vinha em longas lufadas do sul, ia chover e esfriar. O senhor Teodoro estava sem camisa, e sentia o suor do peito na palma da mão estranhamente seca, ressequida. Passou a mão no rosto: não sentiu nada. Não na mão, no rosto. Não sentia nada. Agoniado, levantou-se foi até o espelho. Olhou e quis gritar. Não pôde: não tinha boca. Não tinha rosto, no espelho se refletia um rosto sem rosto. Ele ouviu dentro de si o grito sem voz:
– Charrua!
Era um grito de socorro, de chamado.
De repente, acordou de novo na cama, na mesma cama. A folha da janela batia com fúria, trovejava. De um pulo foi até o espelho: lá estava seu rosto. Fora então um sonho? E seria isto novo sonho? Um sonho de sonho? Decidiu ficar de pé, e esperar. Não deitar mais.
Naquele começo de noite saíra à rua em busca de um menino mensageiro. Mandara buscar, lá para os lados do caminho das Belas, depois da Boca do Riacho e da Ponte de Pedra, no Beco da Preta, um negro chamado Silvestre. Tinha o cabelo raspado e fama de bandido valente. Foi encontrá-lo na Praia do Riacho. Explicou-lhe tudo. Ele, Teodoro, mandaria uma mensagem para o Hotel do Alemão, marcando um encontro numa casa de damas, no caminho das Belas. Deu-lhe os traços do Macedo. Deveria então segui-lo, e assim que passasse a Ponte de Pedra, no Areal da Baronesa, acabar com ele. Depois, de manhã, se encontrariam na Praia do Riacho, e acertariam as contas.
Pois muito que bem: de manhãzinha, em meio a uma providencial chuva e a uma ventania que espantavam os viventes das ruas, lá se foi o senhor Teodoro para a Praia do Riacho. Lá encontrou um negro Silvestre nervoso e espantado. Contou ele, lutando contra o sibilo do vento e o estrondo das ondas, que coisas muito estranhas tinham

se passado. Ele fora sim ao Hotel do Alemão e ficara esperando. De fato chegara um mensageiro, mas não era o menino que o patrãozinho – assim ele chamava o mandante – disse que ia mandar. O sujeito que ele devia acabar saiu sim; mas não foi para os lados da Ponte de Pedra. Foi pela rua da Praia, pegou a rua Clara e foi dar na rua do Arvoredo, na casa do beleguim José Ramos. Foi a mulher do Ramos, a Catarina, que abrira a porta.

– Olhe, patrãozinho, fiquei esperando, esperando, e nada. Ele não saiu mais. Lá pelo alto da noite, já nesta ventania, chegaram dois pretos. Um eu até conheço, é o Rosca. Saíram de lá com um baú. Pesava, o danado do baú. E eles foram levando aquilo até o Beco do Bota Bica, e depois na rua da Ponte até o açougue do alemão Clauze. Entraram, deixaram o baú, e se foram. Olha, patrãozinho, tá tudo errado. O patrãozinho mandou matar ele. Mas eu acho que não tem mais ele.

Costa pagou assim mesmo uma parte do prometido ao Silvestre, que se foi satisfeito. Retornando a casa, encontrou uma mensagem para ele. Era de Ramos. Convidava-o para cear com ele e com a mulher, Catarina, que, dizia-se, era de bastante beleza. Era tanta a pressa da resposta que o mensageiro aguardava. Escreveu a resposta, dizendo que iria na noite do dia seguinte. Daí não teve dúvidas. Correu às docas, comprou uma passagem no paquete que partia para Rio Grande no dia seguinte às 10 da manhã. Depois voltou-se, despediu-se da senhora Camargo, reuniu suas coisas, abandonou negócios importantes, foi ao Largo do Portão, comprou dois cavalos e largou-se pelo caminho da Capela. Quebrou para os lados dos morros de Viamão, tomou o rumo do Capivari, por onde andara nos lanchões de Garibaldi, e dali foi ter ao areal da costa.

Foi uma fuga? Também foi um encontro, ou um reencontro. Por ali, naqueles campos e areais, andara Anita. Por ali ela fugira com o filho pequeno nos braços. Ele pintara a cena: lembrava-se do quadro, embora, com os outros, tivesse queimado em Paris. Respirava fundo: aquilo era uma soltura de campo, vento, depois areia e mar, às lufadas grandes. Passou em Mostardas, na casinha que soube ser a de Anita. Parou entre gente de má fama, de quem se dizia que acendiam tochas de noite na praia para desviar os navios e fazê-los naufragar naquelas correntezas de fúria e assim assaltar marinheiros e cargas. E foi, e foi, comendo charque ruim e tainha salgada até São José, que sitiara tanto tempo antes. Dali atravessou de balsa para Rio Grande, onde tomou o paquete para a Corte e nunca mais voltou.

CAPÍTULO 108

Mas a história, ou a lembrança, não parava aí. Em meados do ano seguinte o general Netto foi visitá-lo na Corte. Ele, Costa, não ouvira mais falar do outro Costa, não retornara mais ao Rio Grande. O general veio até sua casa, apresentou-se, disse que precisava de um favor. Costa espantou-se de que pudesse ajudar alguém tão importante quanto o general, mas dispôs-se a tudo que fosse do seu alcance.

– Preciso de uma conversa com o imperador, de um particular. Sei que haverá uma audiência. Foi para isso que vim a esta Corte, imagina, eu, o proclamador da República! Mas antes preciso de uma conversa. Sei que o imperador te conhece, e sei que conheces amigos dele. Quero que me apresentes alguns pelo menos, depois eu me encarrego de convencê-los. Sabe, uma audiência é coisa cheia de gente da Corte, e eu preciso que antes da audiência o imperador já esteja convencido.

– Convencido do quê, general?

– De que a guerra no Prata é inevitável. Que é melhor fazer a guerra apoiado pelos ingleses do que deixar o Prata entregue a uma disputa entre Buenos Aires e Assunção, arbitrada pelos mesmos ingleses. Foi para isso que os estancieros do sul me mandaram.

O general, que já tomava o seu vinho do Porto, estava acalorado. Continuou:

– E a guerra será boa para o Brasil, será boa para os negros, meu caro, eles terão de ser alforriados para compor o exército, como nós fizemos nos tempos da República. A guerra vai acabar com a escravidão.

– General – disse Costa –, o senhor já foi um rebelde...

– Isto foi em outros tempos, meu caro. Agora tudo é diferente. Veja o seu Garibaldi: continuou lutando pela Itália, invadiu a Sicília com seus camisas vermelhas, venceu o rei de lá. Mas em nome do outro, do Vítor Emanuel, no fundo. Dois anos depois, o próprio exército italiano perseguiu Garibaldi e seus camisas vermelhas temendo que fossem longe demais. Acabaram com eles na Batalha de Aspromonte, e o próprio general foi ferido e preso. A época das grandes rebeldias acabou, meu caro. A propósito, tenho algo para ti...

O general remexia nos bolsos. Antes que encontrasse o que procurava, Costa atalhou:

– General, as rebeldias hoje são outras. O senhor Machado, conhecido como o Machadinho, aliás um bom crítico de teatro, contou-me que aqui mesmo nesta Corte, há alguns anos, houve uma greve, veja só...

– Uma o quê?

– Greve, general, greve. É um movimento em que trabalhadores param de trabalhar, cruzam os braços, porque querem algo, alguma coisa, como melhor paga, ou menos horas de trabalho... A palavra vem do francês. Em nossa língua há uma palavra muito bonita para dizer a mesma coisa: parede. Sugere força, união, resistência.

Costa suspirou. Prosseguiu:

– Mas aqui nesta Corte até as revoltas serão em francês. Ou em inglês. Aqui não há manifestações na rua, há *meetings*. Pois houve essa greve, dos tipógrafos, por um mil-réis a mais na féria do dia. Os donos dos jornais pediram ao imperador que enviasse os tipógrafos da Imprensa Nacional para substituírem os grevistas. Houve um *meeting* dos tipógrafos, com debates acalorados. O Machadinho, que nessa época era aprendiz de tipógrafo e tinha ideias esquentadas, foi. Fez um discurso inflamado. Terminou gritando: "Tipógrafos da Corte, uni-vos, nada tendes a perder..." Disse que não conseguiu terminar a frase, tal a massa de aplausos. Essas são as rebeldias de hoje, general.

– Veja só... greve! Êta mundo...

Antes que o general lançasse seu grito de guerra sobre as porteiras do mundo, Costa atalhou:

– Mas concordo com o senhor numa coisa. Não se fazem mais rebeldes como antigamente. O próprio Machadinho hoje já fala que é melhor um imperador esclarecido do que as lutas fratricidas das Repúblicas vizinhas...

– Achei! – gritou o general, remexendo em seu bornal. – É um presente para um ex-legionário...

E estendeu ao Costa um exemplar de um livro: *Memórias de Garibaldi*, por Alexandre Dumas.

– Obrigado, general – disse Costa, de fato comovido.

– Comprei em Porto Alegre, onde passei ao vir para cá. A propósito: é verdade que este mundo está da pá-virada. Porto Alegre está uma coisa bárbara! Diz que tem mais de trinta mil almas, veja só! Nas contas da Intendência são vinte mil, mas tem mais, muito mais, se contarmos tudo o que está esparramado entre o caminho das Belas, que devia ser dito o caminho das Putas e o caminho da Aldeia e o caminho Novo. E quando passei lá, aquilo estava uma arruaça! Havia quebra-quebra por todo lado, a polícia e até o exército estavam nas ruas protegendo as lojas dos alemães. Imagina que descobriram que um tal de José Ramos, com a mulher e mais um açougueiro alemão matavam gente e faziam linguiça das carnes e queimavam os ossos para fazer tudo desaparecer. Ficavam com o dinheiro das vítimas, em geral viajantes que ninguém procurava... E a linguiça era apreciada, dizem, por todo mundo. Até o bispo comia! A mulher do Ramos atraía os homens. Se eles estavam num hotel, depois o Ramos ia lá, pagava a conta, dizia que tinham partido, sei lá. Como ele era assim assim com a polícia, ninguém desconfiava. Ou ninguém perguntava, de medo.

Costa estava estarrecido. Então fora isto que acontecera ao seu desafeto. E quase que ele ia também... Depois pensou: e se ele tivesse provado... porque no sul era chegado numa linguiça. Estremeceu, varreu o pensamento. Mas ele voltou: o seu monstro, o monstro que ele ajudara a criar com as próprias mãos, encontrara um monstro maior e fora devorado. E que monstro por trás do monstro... Ele parou de pensar. O general salvou-o, interrompendo o devaneio:

— E a entrevista, meu jovem? E que tal mais um Porto?

O general estava de cálice estendido.

— Ah, claro, claro, general. Vou apresentá-lo ao senhor Joaquim de Macedo, muito amigo do imperador. Mas lhe digo, general, guerra, se houver, não fará o bem de ninguém. Lopez só ataca o Brasil se for louco. A guerra vai acabar sendo disputada no Paraguai. E vai ser uma sangueira. Os paraguaios, dizem, são muito apegados ao seu pedaço de terra, e à sua pátria. Vão ter que matar todos. Quanto aos negros, à escravidão, general — Costa pensou no Senhor de Vassouras —, os negros continuarão negros, e os brancos continuarão brancos e os pardos, pardos. A escravidão está marcada a ferro na alma do povo, tanto dos de cima quanto dos de baixo, não é qualquer guerra que vai mudar isso de uma hora para outra. Podem até abolir a escravidão: nas almas, continuaremos todos escravos da escravidão. Mas vou lhe ajudar, general. O senhor me ajudou muito... me ajudou...

Interrompeu-se. Ia dizer "a encontrar minha neta". Susteve. Disse, num sotaque que há muito não usava:

— Le devo muito.

Calaram-se. Brindaram.

CAPÍTULO 109

A entrevista com o imperador se realizou alguns dias depois, no Alto da Boa Vista. Foi numa manhã primeiro enevoada, depois ensolarada e de um azul profundo. O próprio monarca achava avisado uma conversa prévia com aquele general que desafiara o Império e proclamara uma República.

Quando os três – Macedo, o senhor Teodoro e Antônio de Souza Netto – chegaram ao local combinado, o imperador terminava de almoçar e a manhã ia pelo meio. Levantou-se da mesa armada ao ar livre, numa clareira da mata, e, com um gesto, pediu que o general se aproximasse. Os outros dois aguardaram à distância, enquanto o imperador e o general se puseram face à face. O general estava de farda – a mesma que usara durante a campanha do Rio Grande. Aprumou-se, e bateu continência. O imperador sorriu, e convidou-o, com um sinal, a que se afastassem da mesa, onde estavam seus familiares, para conversarem em paz. Antes, no entanto, sinalizou a um dos criados que servisse uma taça de vinho ao general, que aceitou com prazer. Depois de tomar um gole e depor a taça sobre uma murada de que se aproximaram, o general disse:

– Senhor imperador, permita-me: trago-lhe uma encomenda da parte do senhor Teodoro.

Dito isto, entregou-lhe um pequeno pacote, que o imperador desembrulhou. Era o exemplar autografado por Dumas. O imperador acenou, visivelmente satisfeito, para o senhor Teodoro, ao longe. Este retribuiu o aceno fazendo uma mesura bem cortesã.

A conversa foi longa. O senhor Teodoro confabulava com o senhor Joaquim de Macedo.

– Veja como o general gesticula: não será um exagero?

– Conheço bem Sua Majestade. Veja, ele está calmo. Isto é bom. No meu entender, tudo vai muito bem.

Depois de um tempo, os dois, o imperador e Netto, afastaram-se da murada. Vieram se aproximando de Teodoro e Macedo. Estes ainda ouviram o general dizer:

— É inevitável, senhor imperador. Não poderá evitá-lo.

— Não gosto de guerras, senhor general.

— Nem eu, pode acreditar, senhor imperador. Nem eu. Mas como sempre vivi numa terra conturbada, me acostumei. E sei conhecer uma quando ela trovoa no horizonte.

Despediram-se. O general bateu novamente continência. O imperador olhou-o com gravidade e baixou os olhos, como a dizer: meu olhar o dispensa, pode ir.

O general já dera alguns passos em direção aos amigos quando o imperador o chamou:

— General, o senhor, vejo, é um homem de sinceridades. E quero uma resposta sincera para o que vou lhe perguntar. Sei que dizem que sou um homem vaidoso e fátuo. O que acha?

— Senhor imperador, fátuo o senhor não é. A pergunta demonstra isso. É o que tenho a dizer.

O imperador sorriu.

— General, não esqueci do desafio que fez a este Império. Mas quero lhe dizer que apreciaria ter mais adversários como o senhor aqui nesta Corte. Ajudariam a me proteger dos meus amigos e aliados...

— Imperador, permita-me dizê-lo, seria perda de tempo. Seria como soltar um bagual numa loja de porcelanas. E com todo o respeito, que o senhor merece, imperador, eu também não esqueci... daquele desafio. Se a guerra vier, como acho que virá, eu e meus comandados lutaremos pelo Império do Brasil. Mas em nossos esquadrões, ao lado da bandeira do Império, irá a bandeira da República Rio-grandense.

O imperador nada disse. Só acenou, despedindo-se. O general ficou em posição de sentido, até que ele se afastasse. Quando se viu a sós com os amigos, perguntou, pressuroso:

— Então, que les pareceu? Fui bem?

— Muito bem — responderam os dois em uníssono.

— Essa coisa toda é que vai mal — ajuntou o Costa.

Dias depois levou-o ao paquete, que partia para Rio Grande e Montevidéu. No cais, pela primeira vez, o general abraçou-o. Foi a última vez em que se viram.

CAPÍTULO 110

Eram imagens dessas coisas todas misturadas que vinham cortar o espírito de Costa, enquanto ele perambulava pelas agitadas ruas do Recife, naquele meio do dia 30 de setembro de 1866. Não veria mais a sua adorada Ana. E a partir daí as lembranças vinham, assim meio aos solavancos. Então era isso? Novamente a cor? Era assim então? Mas ele não deixara tudo ser assim naquela terra amaldiçoada por todos os deuses e morada de todos os satãs de todas as religiões? Não se acostumara com os limites do seu camarote desde a rutilante Paris? Não deixara Benedita para trás, pensava de novo, se é que ela era a Benedita? Sequer tivera a coragem de perguntar. Não se acovardara diante do barão? Não se aviltara ao mandar chamar um negro para matar sua assombração como qualquer branco faria? Não se amordaçara ao deixar de dizer ao seu querido general Netto que a última barbaridade que se podia fazer a um negro era oferecer-lhe a liberdade para ele ir matar paraguaios no lugar do filho do senhor branco? Uma nova dor lancinante varreu-lhe a alma, partiu-o, sufocou-o: soubera por aqueles dias que o general Netto morrera, de doenças e ferimentos, depois da Batalha de Tuiuti. Onde estava a coragem serena que aprendera com Charrua, a estouvada do Gavião, a louca de Griggs, a desvairada de San António, a alegre do Negro Aguiar, a elegante de Rossetti, a desajeitada de Canabarro, a cega de Garibaldi, a desvairada de seu pai a perder-se no deserto, a quase santa do Frei do Amor Divino, a feita de rigor de Ugo Bassi? Onde estavam a doce coragem da entrega que sentira no corpo de Benedita, na obstinação da Salobra, na finura da Generosa, a coragem de amor e de sofrimento com que Geneviève devia ter-se batido contra a morte, a fúria de Goguette, a mais ínfima coragem de todas as bugras e chinas em cujos pelegos fora retido como rei e vassalo de amor, a das damas cujos lençóis povoara de suores e de manchas apaixonadas? Aquela da china que o salvara com um grito? A coragem cálida de sua mãe a protegê-lo e a fria de Djamena a aproveitar-se de tudo? Onde estava a insondável coragem feita de amor e de liberdade, que para sempre vira nos olhos negros de Anita? Anita! Aquele nome espoucou-lhe nos lábios, no meio do vozerio à volta. Anita! Anita!, ele gritou, e algumas pessoas o olharam, espantadas.

Aquele era um dia todo de espantos. Os estudantes e os republicanos exaltados tinham chamado *meetings* por toda a cidade. Logo de manhã, num dos primeiros, os milicianos intervieram e o irrequieto jornalista Borges da Fonseca, um paraibano que vociferava tinta em seu pasquim contra o Império e a escravidão, fora brutalmente espancado com o lado das espadas. Seu filho veio em seu socorro e foi espadeirado também, e os dois foram arrastados pelas ruas à prisão. A partir daí os *meetings* desandaram em apedrejamentos e pancadarias. Os regimentos de cavalaria foram chamados a intervir, e os estudantes, com os cavalarianos atrás, se espraiaram pelas ruas e pelas praças.

Como se acordasse de um estupor, ao gritar o nome de Anita assim a esmo, Costa viu seu protegido, João Pedro, que corria para ele. Estavam na parte central do bairro de Santo Antônio. Os estudantes marchavam por várias ruas, convergindo para o Largo do Palácio, onde estavam a sede da Guarda Nacional e a Casa do Governo. Vinham do Café do Paiva, pela rua da Cadeia, do Pátio do Colégio; outros vinham do largo da Independência, pela rua das Cruzes e ainda da ponte do Recife pela rua do Crespo. Comerciantes fechavam as portas, ambulantes arrastavam carroças cheias de cocos, ananases, melancias, pitombas, pinhas do norte, arroz-doce, quitutes, redes, panos. Negros e negras de ganho corriam para se proteger em desvãos de porta, gente pulava janelas para dentro das casas. Pelas ruas atroavam pés e aos gritos de "Abaixo o Império!" e "Viva a República!" se juntavam os de "Liberdade! Liberdade!", e "Borges livre! Borges livre!" Vinham ainda "Não à escravidão!", "Abolição! Abolição!" e ouviu-se até um grito de "O povo, unido..." mas não deu para se ouvir o resto tal era o ruído e a gritaria.

João Pedro tentou tirar o senhor Teodoro dali, mas foi inútil. A multidão arrastou-os, e dois desembocaram com ela no Largo do Palácio. O senhor Teodoro, sem chapéu, roupas em desalinho, veio ter quase à frente de um piquete de estudantes. No meio do corre-corre alguns passantes tentaram se proteger junto a um sobrado de janelas e sacadas. Por ali foram também uns negros, um deles bem velho, com duas latas d'água juntas por uma canga que levava nos ombros. O negro velho tropicou, a canga oscilou, ele não se susteve e tudo foi ao chão. A água espirrou nas roupas dos passantes que se espremiam contra a parede do sobrado, e algumas mulheres gritaram iradas e alguns cavalheiros recuaram, enojados. Os milicianos chegavam por ali, e um deles, um pardo bem pardo, adiantou-se e ergueu a espada para descarregá-la de prancha no negro, aos gritos:

– Que fazes, negro filho da puta?!

Os outros negros se encolheram para trás. Dentro do senhor Teodoro houve como que um estilhaçar de vidros, uma quebra de cascas, de paredes, correntes caíram aos pedaços e houve um tinir de cascos e de espadas e tudo veio abaixo e tudo foi acima, e daquele estrupício todo saiu, num gemido de morto e num grito de vivo o ex-índio vago Talco da Costa, tenente da Cavalaria de Libertos, o camisa vermelha, batedor da Legião Italiana. O miliciano não terminou o golpe. Teve o braço colhido por detrás e num safanão de dobra houve um estalo de quebra: o braço pendeu mole, num urro de dor. Outro miliciano acudiu: só viu aquela mancha parda crescer diante dele e sentiu a cabeçada que lhe arrebentou o nariz, com sangue espirrando longe, para mais gritos das damas, o que propiciou que os cavalheiros as acudissem com seus lenços. Um grupo de cavalarianos percebeu o que se passava e dois deles se destacaram de encontro ao rebelde. Costa correu para a boca da outra rua, despindo a casaca. O primeiro cavalariano chegou junto a ele, de espada em riste. Mas para sua surpresa o golpe de espada nada encontrou. Talco se embolara no chão, numa cambalhota. Ao erguer-se puxou o braço do cavalariano, que descia pelo vazio. Levado pelo próprio impulso e pelo puxão o cavalariano perdeu o pé e desabou do cavalo. Mas o pé ficou preso no estribo e ele saiu arrastado no meio da praça pelo cavalo desembestado. O segundo se veio, mas Talco saltou para a sua esquerda. Inexperiente, o cavalariano cruzou a espada por cima do pescoço do cavalo, tentando atingir o paisano. Mas o animal levou uma casacada no focinho e empinou. Foi um estrondo de cavaleiro de pernas para o ar caindo de um lado e do animal rodando e caindo do outro sobre umas carroças abandonadas por ambulantes mais apressados em salvar a pele do que a mercadoria.

Os estudantes, maravilhados, aplaudiram, como num teatro. O piquete de cavalarianos acercou-se, mas teve de recuar, recebido por uma chuva de pedras, paus, garrafas, melões, abacaxis, e o que mais houvesse na mão dos estudantes para proteger seu novo e súbito herói.

Talco embarafustou pela rua e pelas vielas. Uma dor horrível pegara-lhe o peito, como se mão de ferro apertasse ali. Era como se alguém quisesse lhe arrancar o ar de dentro pela própria carne, rasgando a pele. Ele corria ainda, mas foi tropeçando, a dor crescia, ele arquejava, ainda deu alguns passos, a dor começou a explodir pelos olhos, ele se encostou a uma parede, viu João Pedro correndo para ele, tudo ia se embrulhando; viu, ou sentiu, que o carregavam. Amparado, sentiu-se deitado de costas, percebeu que entravam num prédio, um jornal, e deixando-se derrear de vez para trás ainda escutou a voz potente do moço Castro Alves que bramava da sacada:

– *A praça! A praça é do povo, como o céu é do condor!*

Ouviu gritar o nome de Garibaldi e de outros, e pôde sentir que estava deitado sobre uma mesa.

A dor continuava, mas um estranho amolecimento tomava conta dele. Via rostos passar. Ouviu sua própria voz dizer:

– Charrua, o barco vai virar. Olha a roda!

Tentou levar a mão ao peito, ao bolso superior do colete, do lado da dor. A mão não chegou lá. Mas ele sentiu contra si o peso do botão dourado de Charrua que, como um talismã, levara naquela viagem. Sentiu mãos que abriam-lhe, rasgavam-lhe as roupas. Correrias em alguma parte do mundo, um bater de pés, perto dali. Uma enorme asa negra, de penas longas nas pontas, como dedos, se abriu. E ele olhou os olhos que ali dançavam, entre os dedos, entre as asas. Guadelupe? Mãe? Viu o azul cristalino dos olhos e a boca de Geneviève a bafejar sobre ele. E viu, viu os enormes olhos negros de Anita pairando, pairando: puxavam-no para si, como uma ressaca de mar. Viu os arrecifes e canoas com latas d'água. Quis beber. E a dor passou. Foi passando. Sentiu ainda na testa molhada o toque de um lenço bordado. E sentiu-se tão melhor que num arquejo extremo sua alma ergueu-se no peito dolorido. E foi embora.

EPÍLOGO

Caro leitor, cara leitora: se pensaste que o nome Aguiar continha alguma explicação para a origem desta narrativa, provavelmente acertaste, provavelmente erraste. Acertaste: de fato, meu interesse por esclarecer a fundo as idas e vindas entre a América e a Europa aqui contidas nasceu ao deparar com o Negro Aguiar que se foi com Garibaldi de um mundo a outro. Houve erro, se pensaste que isto tinha algo a ver com linhagem. Não descendo dele. É pena. Nem de nenhum dos outros Aguiares que aqui compareceram.

Mas é tempo e dever de ofício terminá-la, esclarecendo alguns destinos.

O general Netto de fato morrera depois de ferido e de contrair febres no combate de Tuiuti. E morrera como não queria: entre mezinhas, emplastos, médicos e freiras, num hospital de Corrientes, na Argentina. Hoje seus restos repousam em Bagé, no Rio Grande do Sul.

Um ano depois do general Netto morreu o general Canabarro, por causa de um pequeno ferimento no pé, quase só um arranhão, mas que arruinou. Pode ter morrido de tétano ou de infecção generalizada. O certo é que, agonizando na cama, balbuciou: "Tudo vale a pena...". Como sempre, não teve tempo de terminar a frase. Arquejou e morreu.

Não se sabe se os tipógrafos da Corte conseguiram o seu mil-réis a mais na féria do dia em consequência da sua greve de 1858. O que se sabe é que muitos deles foram despedidos dos jornais em que trabalhavam. Fundaram o *Jornal dos tipógrafos*, que circulou por cerca de três meses, sendo assim o primeiro jornal alternativo operário do Brasil.

José Ramos e sua mulher Catarina foram condenados pelos crimes que cometeram, e morreram, ela na prisão, ele na Santa Casa de Misericórdia de Porto Alegre. O alemão do açougue fora morto por José Ramos porque este temia que ele o denunciasse.

Garibaldi continuou sua vida contraditória e cheia de paixões, mesmo depois de batido e preso pela reação italiana em Aspromonte. Seus camisas vermelhas foram debandados, presos e alguns até fuzilados. Chegou a ver a sua Itália unificada, o poder papal reduzido, e os austríacos expulsos. Morreu em 1882, aclamado como herói, depois de escrever e publicar várias versões de suas memórias. Dez anos antes morrera Mazzini; enquanto ele foi vivo os dois continuaram polemizando sobre o passado e o futuro.

Os restos mortais de Anita foram levados de Nice para Roma em 1932, numa das apoteoses do governo fascista. Foram enterrados no monte Janícolo, perto do local onde se deu a resistência da República Romana em 1849.

Ignácio Bueno de fato desapareceu. Atravessou o mar para os lados do Império Otomano. Parece que tentou a vida como comerciante, mas não deu certo. Acabou por entrar para o serviço do Império combalido, trocando de nome para Abdel Abdelatif. Converteu-se ao Islã e tornou-se um dos campeões da causa de Mafoma. Serviu suas ideias em vários lugares. Teve várias esposas e fê-las todas felizes. Morreu em idade muito avançada, sempre vigoroso, comandando uma coorte de beduínos no famoso ataque ao forte de Zinderneuf, defendido pela Legião Estrangeira, no Saara francês. Nesse ataque morreram todos os legionários, mas os beduínos não conseguiram tomar o forte. Entre aqueles morreu o não menos famoso jovem inglês conhecido como Beau Geste. Mas isso é outra história.

Quanto ao nosso Costa, as linhas restantes dão conta do que ainda cabe comentar.

Quando o senhor Cauley soube do ocorrido, foi tomado por um profundo choque moral. Acorreu ao jornal e encarregou-se dos funerais. Era dos raros ingleses católicos. Encomendou missa de corpo presente no dia seguinte, na Igreja do Convento da Ordem Terceira. Mandou chamar a família. Ana Guadelupe veio desesperada. A senhora Cauley, abalada. Tão abalada ficou que em suas orações passou a incluir algumas pelo senhor Teodoro, e recomendava a suas amigas, piedosamente, que também rezassem pelos pobres nativos da terra e pelos africanos.

Ainda no dia 30, os estudantes não queriam abrir mão do corpo, e queriam velá-lo ali mesmo no jornal. Mas o senhor Cauley e mais algumas pessoas de bom-senso acabaram convencendo-os do contrário. No dia seguinte, depois da missa, houve um cortejo solene pelas ruas da cidade com o caixão levado a braço pelos estudantes, e ao pé da cova o jovem Castro Alves declamou novamente, em homenagem ao morto, parte do seu poema da praça e do condor, o que provocou muitas lágrimas

Semanas depois o senhor Cauley recebeu uma mensagem de agradecimento da mão do próprio imperador, por ter-se encarregado de dar enterro a tão ilustre senhor que, ao contrário de muitos, acreditara no Brasil. Sua Majestade solicitou do governo da província averiguações para saber se houvera excessos por parte dos milicianos e da cavalaria, e também determinou que se ainda houvesse presos por causa das manifestações que fossem soltos, sem prejuízo dos processos por danos à propriedade e ofensas à autoridade. As averiguações deram em nada; mas aqueles gestos iam bem com a imagem magnânima que o imperador queria deixar e deixou para a posteridade.

Alguns jornais, nos dias seguintes aos acontecimentos de 30 de setembro, publicaram vagas notícias dizendo que o senhor Teodoro da Fé, súdito francês, morrera depois de sentir-se mal quando tentava proteger um grupo de senhoras e senhoritas da sociedade diante da balbúrdia dos acontecimentos. Aquilo provocou indignação, cartas chegaram às redações. Quando Borges da Fonseca saiu da prisão, dias depois, o caso do senhor Teodoro já era história, e cada um tinha sua própria versão dos fatos e dela não abria mão.

O jovem João Pedro foi mandado pela família para Coimbra, por temor de suas companhias. Voltou de lá às direitas. Lembrava-se de suas extravagâncias de juventude, entre elas a de ter-se apaixonado por uma moça de origem duvidosa e a de ter participado de correrias contra a polícia. Gabava-se disso entre os convivas de sua casa enquanto um pardinho servia licores, e sua diversão preferida era beliscar o traseiro das pardinhas e pretas do serviço.

Algum tempo depois, quando Guadelupe completou 18 anos, ela e a família receberam a visita de um estranho doutor Darci. Ele apresentou-se como representante dos interesses do finado senhor Teodoro da Fé, e que tinha revelações a fazer. Apresentou-se à casa do senhor Cauley sem se fazer anunciar e, aberta a porta, foi entrando sem cerimônias. A família, estupefata, assentou-se à mesa com ele, para esclarecimentos. Ele os foi dando, depois de ajustar o *pince-nez*.

Trazia ele cópia do testamento do senhor da Fé, em que deixava tudo para a menina, e uma relação das contas bancárias no Brasil e no exterior, bem como cópia da escritura da casa no Rio de Janeiro. De mais a mais, tinha com ele volumoso manuscrito da parte do senhor Teodoro para ser entregue à menina e a ninguém mais. Estava tudo ali, preto no branco, bastava ela assinar aqui, aqui e ali.

— Mas e eu — balbuciou o atônito senhor Cauley —, não devo assinar nada?

— Não — retrucou o doutor Darci. — Mesmo num país atrasado como o nosso o pátrio poder tem limites. A menina — a moça, se me permitem, com todo o respeito — já tem 18 anos e perante a lei é dona do seu nariz, de suas posses, e do manuscrito.

— Mas é minha filha! — disse, empertigada, a senhora Cauley.

— Minha senhora — disse o doutor Darci, com o azul de seus olhos translúcidos transformado em aço, e ainda com um leve sorriso debaixo do bigode ralo. — Minha senhora, o mátrio poder ainda não foi inventado por aqui. Ele o será, mas ainda não!

E saiu sem mais aquela.

Ana Guadelupe leu, releu e tresleu o manuscrito. Na última página o senhor Teodoro, que ela finalmente vinha a saber quem era, dava-lhe instruções imperiosas para que o destruísse. Ela o fez, queimando-o num braseiro improvisado. Em meio à queimação, arrependeu-se. Salvou as folhas que pôde, chamuscadas ou não, e refez a história como a tinha na memória, com sua própria versão. Esta segunda versão veio sendo transmitida por sua descendência, até que na década de 40 alguém a datilografou. Foi a esta cópia datilografada que tive acesso, por obra de um amigo, a quem contei estar interessado na história do Negro Aguiar. Ele levou-me a seu pai, no bairro dos Jardins, em São Paulo, que me permitiu ler o documento, conquanto eu não tirasse cópia nem revelasse a quem pertencia. Nisto, penso eu, ia menos preconceito de raça e mais de família. Não queria o vetusto senhor, de renome nos meios financeiros, ver sua história de família começando entre putas e rufiões. Prefere vê-la, como sei que confia a suas amantes, todas de famílias ricas, começando romanticamente com uma menina de origem desconhecida abandonada pela sorte e recolhida por generoso comerciante inglês.

Ao completar 21 anos Guadelupe rompeu com seus pais adotivos e com seu destino pré-traçado. Dedicou-se completamente à administração de sua fortuna e ao piano. Formou-se na Escola Nacional de Música, indo completar os estudos na França. Foi então que conheceu Mariana de Las Casas, e dela fez-se amiga. Tornou-se pianista de renome. Consta que nunca casou, e que teve vários amantes entre artistas e escritores de Paris e de outros lugares onde a música a levou. Teve uma filha, que criou por conta própria e a quem chamou de Anita.

De uma coisa, em especial, nunca esqueceu: a leitura daquele manuscrito lhe revelara, anos depois, o segredo de algo que ela vira, mas não soubera do que se tratava. Na madrugada entre 30 de setembro e 1º de outubro, no velório do padrinho, houve um momento em que ela ficou praticamente a sós com o corpo, na saleta dos fundos da igreja onde ele repousava. Havia apenas uma criada, dormitando. O pai e a mãe tinham ido descansar, e os demais aguardavam na entrada da igreja. Quase amanhecia. Algumas moscas importunas foram pousar na face do morto. Ela então reparou que do bolso da sobrecasaca que o vestia despontava um lenço. Num gesto de instinto ela o tomou e cobriu-lhe a face, como para poupá-lo do incômodo. Ao fazer isso, viu que o lenço tinha as iniciais AG, bordadas em vermelho, num dos cantos. Sentiu-se confortada pela delicadeza dele ter mandado bordar um lenço com as suas iniciais: Ana Guadelupe. Só depois de ler o manuscrito é que compreendeu o verdadeiro sentido das letras. Mas o lenço se fora para o túmulo do padrinho, levando consigo, e para sempre, o seu segredo.

AGRADECIMENTOS E REFERÊNCIAS

Para escrever este romance baseei-me em inúmeras fontes, algumas já mencionadas em seu corpo. Cabe mencionar ainda, por terem sido referências indispensáveis para a construção de personagens:

La vita di Giuseppe Garibaldi (Biografia), de Gustavo Sacerdote. Milão, Rizzoli & Cia., 1933.
Giuseppe Garibaldi: biografia critica, de Mino Milani. Milão, Mursia, 1982.
Il Dissidio tra Mazzini e Garibaldi: Storia senza Veli. Milão, A. Mondadori, 1928.
Garibaldi, a força do destino, de Max Gallo. São Paulo, Scritta, 1996.
Garibaldi e a Guerra dos Farrapos, de Lindolfo Collor. Porto Alegre, Globo, 1958. 2ª ed.
Garibaldi en Entre Ríos, de Amaro Villanueva. Buenos Aires, Cartago, 1957.
Memórias de Garibaldi, por Alexandre Dumas, pai. Porto Alegre, L&PM, 1998.
Mi Lucha por la Libertad en America y Europa (versão em castelhano, memórias), de Giuseppe Garibaldi. Buenos Aires, Futuro, 1944.
Poema Autobiografico e Altri Canti Inediti, de Giuseppe Garibaldi. Bolonha, Nicola Zanichelli, 1911.
Coleção de *O Povo, Diário Oficial da República Rio-grandense*. Porto Alegre, Livraria do Globo, 1930. Edição facsimilar.
Modelo político dos Farrapos. Porto Alegre, Mercado Aberto, 1996.
"Em busca do general", prefácio de Elmar Bones para o romance *Netto perde sua alma*, de Tabajara Ruas. Porto Alegre, Mercado Aberto/Copesul, 1995.
Vultos da epopeia farroupilha, de Othelo Rosa. Porto Alegre, Livraria do Globo, 1936.
Anita Garibaldi – o perfil de uma heroína brasileira (biografia), de Wolgang Ludwig Rau. Florianópolis, Edema, 1975 (Edição do autor).
La Donna del Generale (romance epistolar), de Anita Garibaldi (descendente de Anita e Giuseppe). Milão, Rusconi Libri, 1987.

Garibaldi e Anita, guerrilheiros do liberalismo, de Brasil Gerson. São Paulo, J. Bushatsky, 1971.
Les Cafés-Concerts. Histoire d'un Divertissement, de Concetta Condemi. Paris, Edima, 1992.
O maior crime da Terra, de Décio Freitas, sobre os chamados crimes da rua do Arvoredo. Porto Alegre, Sulina, 1996.
Enciclopedia Italiana di Scienze, Lettere ed Arti. Roma, Istituto della Enciclopedia Italiana, Edição de 1949.
Grand Dictionnaire Universel du XIXème Siècle, par Pierre Larousse. Paris, Vve. De P. Larousse & Cia. Imprimeurs/administration du *Grand Dictionnaire Universel*, 1865-1876.

Devo agradecer ainda a várias pessoas que de uma maneira ou de outra contribuíram para o bom sucesso da empreitada, dando sugestões sobre o texto, possibilitando o acesso a fontes difíceis ou ajudando-me de diferentes maneiras:

Zinka Ziebell
Valter de Almeida Freitas
Uli Fleischmann
Sandra Vasconcelos
Rogério Wolf de Aguiar
Rejane Coutinho
Mauro Marcelo
Marlene Petrus Angelides
João Roberto Faria
Isabel Florentino
Iole de Freitas Druck

E Sandra Jatahy Pesavento (*in memoriam*).

O Autor

OUTROS LANÇAMENTOS DA BOITEMPO EDITORIAL

GERAÇÃO 90 – manuscritos de computador
Organização de **Nelson de Oliveira**
Contos de **Marçal Aquino, Fernando Bonassi, Marcelo Mirisola, Rubens Figueiredo, Cintia Moscovith** e outros

GERAÇÃO 90 – os transgressores
Organização de **Nelson de Oliveira**
Contos de **Ademir Assunção, André Sant'anna, Fausto Fawcett, Jorge Pieiro, Marcelino Freire, Simone Campos** e outros

A ESCOLA E A LETRA
Flávio Aguiar e Og Doria (orgs.)

DEZ LIÇÕES SOBRE O ROMANCE INGLÊS DO SÉCULO XVIII
Sandra Guardini Vasconcelos

MOSCOW
Edyr Augusto Proença
Orelha de Cacá Carvalho

CIVILIZAÇÃO E EXCLUSÃO – visões do Brasil em Érico Veríssimo, Euclides da Cunha, Claude Lévi-Strauss e Darcy Ribeiro
Organização de **Flávio Aguiar** e **Ligia Chiappini**

O PRESIDENTE QUE SABIA JAVANÊS
Texto de **Carlos Heitor Cony**
Ilustrações de **Angeli**

A SEGUNDA VIA – presente futuro do Brasil
Roberto Mangabeira Unger

COM PALMOS MEDIDA – terra, trabalho e conflito na literatura brasileira
Organização de **Flávio Aguiar**
Ilustrações de **Enio Squeff**
Prefácio de **Antonio Candido**

OS JACOBINOS NEGROS
C.L.R. James
Tradução de Afonso Teixeira Filho

O REVOLUCIONÁRIO CORDIAL – Astrojildo Pereira e as origens de uma política cultural
Martin Cezar Feijó

Marxismo e Literatura

Coordenação
Leandro Konder

AS ARTES DA PALAVRA – elementos para uma poética marxista
Leandro Konder

DO SONHO ÀS COISAS – retratos subversivos
José Carlos Mariátegui
Tradução de Luiz Bernardo Pericás

LUCIEN GOLDMANN – ou a dialética da totalidade
Michael Löwy e Sami Naïr
Tradução de Wanda Caldeira Brant

OS IRREDUTÍVEIS – teoremas da resistência para o tempo presente
Daniel Bensaïd
Tradução de Wanda Caldeira Brant

PROFANAÇÕES
Giorgio Agamben
Tradução de Selvino J. Assmann

SOBRE O AMOR
Leandro Konder

WALTER BENJAMIN: AVISO DE INCÊNDIO – Uma leitura das teses "Sobre o conceito de história"
Michael Löwy
Tradução de Wanda Caldeira Brant

CLÁSSICOS
BOITEMPO

A ESTRADA
Jack London
Tradução de Luiz Bernardo Pericás

AURORA
Arthur Schnitzler
Tradução de Marcelo Backes

BAUDELAIRE
Théophile Gautier
Tradução de Mário Laranjeira

DAS MEMÓRIAS DO SENHOR DE SCHNABELEWOPSKI
Heinrich Heine
Tradução de Marcelo Backes

EU VI UM NOVO MUNDO NASCER
John Reed
Tradução de Luiz Bernardo Pericás

MÉXICO INSURGENTE
John Reed
Tradução de Luiz Bernardo Pericás e Mary Amazonas Leite de Barros

NAPOLEÃO
Stendhal
Tradução de Eduardo Brandão e Kátia Rossini

OS DEUSES TÊM SEDE
Anatole France
Tradução de Daniela Jinkings e Cristina Murachco

O TACÃO DE FERRO
Jack London
Tradução de Afonso Teixeira Filho
Prefácio de Anatole France
Posfácio de Leon Trotski

Este livro foi composto em
Garamond, 10 e Bodoni, 18, e impresso
em papel Pólen Soft 80 g/m² na gráfica
MG3 para a Boitempo Editorial, em
outubro de 2010, com tiragem de 800
exemplares.